Emily Bähr

Counting Rainbows

W0398541

EMILY BÄHR

Counting Rainbows

ROMAN

Forever

Forever by Ullstein
forever.ullstein.de

Wir verpflichten uns zu Nachhaltigkeit

- Klimaneutrales Produkt
- Papiere aus nachhaltiger Waldwirtschaft und anderen kontrollierten Quellen
- ullstein.de/nachhaltigkeit

MIX
Papier
FSC® C083411

Originalausgabe bei Forever
Forever ist ein Verlag der Ullstein Buchverlage GmbH, Berlin
1. Auflage Oktober 2022
© Ullstein Buchverlage GmbH, Berlin 2022
Umschlaggestaltung: zero-media.net, München
Titelabbildung: © FinePic®
Gesetzt aus der Albertina powered by *pepyrus*
Druck und Bindearbeiten: CPI books GmbH, Leck
ISBN 978-3-95818-657-6

Für Regan.

Content Note

Liebe Lesende,
dieses Buch enthält potenziell triggernde Inhalte. Deswegen findet ihr auf Seite 336 eine Triggerwarnung.

Achtung: Diese enthält Spoiler für die gesamte Geschichte. Wir möchten, dass ihr das bestmögliche Leseerlebnis habt.

Eure Emily Bähr und das Forever-Team

Kapitel 1

David

Nicht einmal einem Menschen ohne Spidey-Sinn würde entgehen, dass der Typ in der engen Chino und dem Ralph-Lauren-Polo mir die ganze Zeit seltsame Blicke zuwirft. Nicht auf die gruselige Art. Eher so, als überlegte er, ob er mich ansprechen soll. Gern würde ich ihm den Gefallen tun und den ersten Schritt machen, aber noch bin ich mir nicht sicher. Ich bin neu an der Uni, das Semester hat noch nicht angefangen, und die wenigen Leute, die ich kenne, sind Freunde aus dem College, die mich heute Abend ins Lavery's eingeladen haben. Lavery's, die Studentenkneipe schlechthin. Denn das bin ich jetzt: ein Student.

Ich grinse zufrieden in mich hinein, weil ich irgendwie immer noch nicht glauben kann, dass ich in zwei Wochen die Vorlesungsbank drücken werde, bevor ich an den Abenden das Nachtleben in Belfast unsicher mache.

Study Hard. Party Hard. Nein, der Song ging irgendwie anders. Abwesend nehme ich einen Schluck Guinness, um über den Rand des Glases einen weiteren unauffälligen Blick in Richtung des Typen werfen zu können. Sein Outfit schreit geradezu danach, dass sein Vater Anwalt ist, dennoch kann ich nicht leugnen, dass er verdammt heiß aussieht. Als ein neuer Song einsetzt – »Diamonds«

von Rihanna –, legt er leicht den Kopf in den Nacken und schließt die Augen. Dabei fängt sich das Licht in seinen kupferfarbenen Haaren, lässt sie wirken wie Feuer. Unwillkürlich bleibt mein Blick an seinen vollen Lippen hängen, die lautlos die Lyrics formen. Ich folge in Gedanken der Linie seines glatt rasierten Kinns, spüre, wie mein Herzschlag sich beschleunigt, bis eine plötzliche Bewegung mich aus meiner Trance reißt.

Eine junge Frau tritt an seine Seite, die mit dem kurzen paillettenbesetzten Kleid besser in diese Location passt als er. Vor allem seine weißen Segelschuhe wirken dagegen so, als wäre er auf dem Weg zum nächsten Golfplatz.

Ja. Vernünftig betrachtet, sollte mich dieser Typ nicht interessieren. Ich kann förmlich riechen, dass er als Kind mehr Taschengeld bekommen hat, als meine Eltern im Monat verdienen. Die Art, wie er das Kinn reckt, hat etwas Überhebliches. Er wirkt wie jemand, der sich nie mit unbedeutenden Informatikern herumschlägt, und genau das bin ich. Zugegebenermaßen nicht sonderlich unbedeutend, aber eben ein unscheinbarer Nerd.

Mehrmals gelange ich zu der eindeutigen Feststellung, dass der Typ nichts für mich ist, aber sag das mal dem Rest meines Körpers. Vor allem meinen Augen, die offenbar am liebsten gleich aus ihren Höhlen kullern und sich an seinem Hintern festsaugen würden.

»Alles okay? Ist dir schlecht?« Die Schwarzhaarige, die mir gegenüber auf ihrem Handy herumgetippt hat, sieht mich auf einmal besorgt an. Allerdings kann ich ihr jetzt kaum erklären, was genau in meinem Kopfkino läuft.

»Ich steh nur nicht so auf Guinness«, antworte ich ausweichend.

»Wieso hast du es dir dann bestellt?« Unter ihrem analytischen Blick fühle ich mich nackt. Und ertappt.

»Wollte cool wirken. Mit einer Fanta funktioniert das nicht so gut.«

Die Fremde stößt amüsiert Luft aus, dann wendet sie sich wieder ab. Sie sitzt zusammen mit ihrer Gruppe am nächsten Tisch, der in der Enge des Pubs keine Armlänge entfernt ist. Hin und wieder habe ich aus der Richtung bereits Gesprächsfetzen rund um das neue Semester und einen Debattierklub aufgeschnappt, doch im Vergleich zum Rest ihrer Bekannten wirkt die Schwarzhaarige seltsam abwesend, müde, als hätte diese kurze Interaktion mit mir sie bereits zu viel Kraft gekostet.

Ich starre hinab auf mein Glas, in dem inzwischen kaum noch etwas von dem dunklen Bier übrig ist. Ein Schluck, dann ist es ganz leer, und ich überlege, was ich jetzt am besten mache. Meine Collegefreunde haben sich einen der Pooltische unter den Nagel gerissen, wo sie seit gefühlt Stunden Kugeln durch die Gegend schieben, um den Eindruck zu erwecken, sie wären irgendwie cool. Ich dagegen weiß, dass ich mich dabei nur blamieren würde. Deshalb habe ich es vorgezogen, mich stattdessen an diesen Tisch zu setzen und mir so lange Mut anzutrinken, bis ich genug Selbstbewusstsein zusammenhabe, um ein paar neue Bekanntschaften zu machen. So zumindest die Theorie.

In der Praxis war das mein zweiter Drink, und bis auf ein Kribbeln in den Beinen spüre ich kaum etwas davon. Auch wenn ich mittlerweile ernsthaft darüber nachdenke, den Poloshirt-Typen doch anzusprechen, denn er starrt mich schon wieder an.

Kurz begegnen sich unsere Blicke, und ich meine zu sehen, wie sich sein Mundwinkel hebt. Eine Herausforderung?

Ich brauche noch einen Drink, bevor ich bereit bin, das rauszufinden.

Langsam richte ich mich auf, drücke mich aus meiner Nische und mache mich auf den Weg zur Bar, und weil ich so mutig bin, nehme ich dafür sogar einen Umweg in Kauf, um ja nicht zu dicht an dem rothaarigen Typen vorbeizumüssen. Ein schwieriges Unterfangen, denn mittlerweile ist es ziemlich voll. Das Lavery's hat vier Bereiche. Einen klassischen Irish Pub im Erdgeschoss, einen Hinterhof, von dem aus eine Treppe auf die Terrasse führt. Und das zweite Stockwerk des Gebäudes, das im Vergleich zum unteren Bereich wesentlich moderner ist. Zwischen Backsteinwänden und dunklem Boden gibt es eine Handvoll Pooltische und hohe Decken, von denen Scheinwerfer und Discokugeln hängen, sodass das Ganze mehr an einen Klub erinnert und man kaum glauben kann, noch im selben Laden zu sein.

Sobald ich an den Pooltischen vorbei bin, lichtet sich die Menge etwas.

An der Bar überlege ich kurz, ob ich mir wirklich noch ein weiteres Guinness bestellen oder lieber etwas anderes probieren soll, als mir jemand zuvorkommt.

»Gin and Tonic, bitte, Hendrick's Orbium und Fever-Tree.«

Ich wende mich um, will mich gerade beschweren, was der Typ sich einbildet, sich einfach vorzudrängeln, da wird mir klar, wer neben mir steht. Und zwar nah genug, dass mir sein vermutlich teures Aftershave sofort in die Nase steigt. Weil mir keine passenden Worte einfallen, teilen sich meine Lippen, wodurch ich vermutlich aussehe wie das Karpador auf der Brusttasche meines Shirts.

Der Mann, der kaum älter sein dürfte als ich, grinst mich an, wobei er seine perfekten Zähne leicht in seiner Unterlippe vergräbt.

»Zwei davon«, erklärt er dem Barkeeper, reicht ihm seine Kreditkarte und zwinkert mir verschwörerisch zu. Mir wird auf einmal heiß. Furchtbar heiß.

Okay, David, time to shine, sage ich mir, dabei ahne ich bereits, dass ich im Begriff bin, mich gleich furchtbar zu blamieren.

»Wer sagt denn, dass ich gern Gin and Tonic trinke?«, frage ich, will dabei anzüglich klingen, aber höre mich wahrscheinlich eher wie ein aufmüpfiger Teenager an.

»Wer sagt denn, dass der zweite Drink für dich ist?«

Shit. Denk nach.

»Ich dachte, dass du, wenn du dich schon vordrängelst, wenigstens so höflich bist, mir einen Drink zu spendieren.«

Der Typ hebt überrascht seine breiten dunklen Brauen. Aus der Nähe sieht er noch besser aus.

»Okay, erwischt. Soll ich dir lieber was anderes bestellen?«

Von seiner Ehrlichkeit entwaffnet, schüttele ich nur den Kopf, während ich langsam mein leeres Glas auf dem Tresen abstelle. »Passt schon.«

»Fresher?«, fragt er.

»Ja. Nächste Woche geht's los. Du?«

»Dito. Jura.«

»Sieht man.« Normalerweise bin ich nicht so wortkarg, doch meine Kehle fühlt sich so staubtrocken an, dass jede einzelne Silbe eine Qual ist.

»Tut man das?« Er verzieht die Lippen.

Neben uns auf dem Tresen landen die beiden Drinks. Ich greife sofort nach einem und stürze ihn so schnell runter, dass ich mich beinahe daran verschlucke. Gestatten, David, die Coolness in Person.

»Na ja, das Polohemd, deine Schuhe … dein Portemonnaie«, antworte ich zögernd.

Er starrt auf seinen Geldbeutel, der kaum größer ist als die silberne Kreditkarte, die er darin verstaut. Dann hebt er den Blick und betrachtet mich skeptisch.

Klasse. Da bekomme ich einmal die Chance, mit einem gut aussehenden Typen zu reden, der mir auch gleich noch einen Drink spendiert, und mir fällt nichts Besseres ein, als ihn sofort in eine Schublade zu stecken, zu beleidigen und ganz nebenbei subtil darauf hinzuweisen, dass ich nicht in seiner Liga spiele. Offenbar *will* mein Unterbewusstsein, dass ich Single bleibe.

Ich räuspere mich, überlege mir kurz, wie ich möglichst schnell und elegant zurückrudern kann, nur um mich am Ende doch für die Flucht nach vorne zu entscheiden.

»Ich bin übrigens David.«

»Cameron.« Seine Oberlippe zuckt. »Aber glaub jetzt bloß nicht, dass du dich da rausreden kannst. Was ist falsch an meinem Outfit?«

»Nichts. Du siehst nur mehr wie ein angehender Golfprofi aus als wie ein Student.«

»Wer sagt, dass ich nicht beides bin?«

Ich versuche, ihn mir nicht bei der – meiner Meinung nach – unattraktivsten Sportart aller Zeiten vorzustellen, muss aber gestehen, dass selbst dieses Bild nichts an seiner Anziehungskraft ändert. Er könnte in seiner Freizeit sonst was tun, ich würde ihm trotzdem hinterhersabbern. Er hat einfach etwas an sich. Eine Ausstrahlung, die einen innerhalb von Sekunden in ihren Bann zieht und nicht mehr loslässt.

»Also David«, fährt er unbeirrt fort. »Was ist mit dir? Dein erstes Mal feiern?«

Ich nicke.

»Sieht man.«

Mein gespielt beleidigter Gesichtsausdruck bringt ihn zum Lachen.

»Und was studierst du?« Cameron mustert mich akribisch. Wahrscheinlich versucht er ebenfalls, anhand meines Outfits zu erkennen, wer ich bin. Mit den dunklen Hosen, Regenbogen-Chucks, dem Pokémon-Hemd und der Jeansjacke mache ich es ihm nicht schwer.

»Informatik«, erkläre ich. »Gerade frisch aus dem Foundation Degree.«

»Wie nett.«

»Das hab ich heute schon ein paarmal gehört.«

»Ach, wirklich?«

Der Abstand zwischen uns ist so gering, dass mir von seinem süßlich-herben Geruch schwindelig wird. Vielleicht ist es auch der Alkohol. Oder die Hitze. Oder alles auf einmal. Auf jeden Fall kann ich spüren, wie ich rot anlaufe. »Nein.«

»Noch einen Drink?«

Überrascht stelle ich fest, dass ich mein Glas bereits geleert habe.

»Willst du mich etwa abfüllen?«

Er grinst. »Glaub mir, wenn ich dich abfüllen wollte, würde ich dafür bestimmt nicht den teuersten Gin in der Bar nehmen.«

»Wow, wie ehrenhaft.«

»Ist das ein Nein?«

»Kommt drauf an. Darf ich dieses Mal selbst entscheiden?« Keine Ahnung, woher plötzlich dieser flirtende Unterton in meiner Stimme kommt. Oder wie ich überhaupt den Mut dazu gefunden habe, aber Cameron scheint darauf anzuspringen.

»Hm … Das ist doch schon ziemlich viel verlangt.«

»Ich kann dir anbieten, dass wir uns dieses Mal in eine ruhige Ecke verziehen, statt wie zwei verzweifelte Alphamännchen an der Bar herumzustehen.«

Aus welchem dunklen Winkel meines Gehirns stammt denn der Spruch?

»Aww, du hältst mich für ein Alphamännchen.«

Ich lache. Er lacht. Irgendwas an dem Geräusch bringt meinen Puls kurz ins Stolpern. Dann wird seine Miene wieder ernst. Sein Blick undurchdringlich, düster und irgendwie sexy.

»Also David, was darf's sein?«

Keine Stunde später weiß ich nicht mehr, was ich bestellt habe. Nicht weil der Alkohol mich alles andere hat vergessen lassen, sondern weil Cameron mich irgendwo in einer schummrigen Ecke des Lavery's gegen die Wand drückt und mich so verlangend küsst, dass ich mich nicht einmal an meinen Namen erinnere. Normalerweise bin ich niemand, der auf einer Party gleich mit dem nächstbesten Typen rummacht, aber heute ist alles irgendwie anders. Cameron ist anders. Dieser Kuss ist anders.

Er hat etwas Verstohlenes. Als blieben uns nur Minuten, bevor die Welt uns wieder auseinanderreißt. Er ist stürmisch und intensiv, dass es mir fast den Boden unter den Füßen wegreißt. Camerons Lippen sind warm und weich, schmecken nach einer Mischung aus Vanille und dem Bourbon, den er zuletzt hatte. Sanft, und gleichzeitig fordernd, verzweifelt. Und ich? Ich bin ihm bedingungslos ergeben. Ein Wunder, dass ich nicht gleich schmelze und als Pfütze seine perfekten weißen Schuhe versaue.

Ich versuche, jede Sekunde dieses Kusses auszukosten, jede Berührung, jeden Atemzug, doch auch wenn es sich für einen Moment so anfühlt, als wären wir die einzigen Menschen auf der Welt, sieht die Realität anders aus.

»Cameron?«

Der Klang seines Namens lässt ihn erschrocken zurückweichen. Schwer atmend bleibe ich an die Wand gelehnt stehen und brauche ein paar Sekunden, um überhaupt zu begreifen, was passiert ist. Wir befinden uns in einem kleinen Gang, der zu einem privaten Bereich führt und mit dem diffusen Licht und einem weiteren knutschenden Pärchen so ziemlich jedes Klischee erfüllt. Vor uns steht die junge Frau, mit der Cameron sich vorhin unterhalten hat. Wer auch immer sie ist, seine Freundin, eine Freundin, Bekannte oder sonst wer, sie wirkt alles andere als glücklich, uns zusammen vorzufinden. Stirnrunzelnd betrachtet sie erst ihn, dann mich, wobei es mir vorkommt, als würde sie bei meinem Anblick die Nase rümpfen. Scheinbar denkt sie, ich wäre die falsche Gesellschaft für Cameron. Was ich, wie ich jetzt langsam wieder realisiere, auch bin.

In einer fließenden Geste streicht Cameron sich die ruinierte Frisur zurecht und wirkt dabei so, als würde er in eine Rolle schlüpfen, als hätte es diesen Kuss nie gegeben. Mir wird bewusst, dass noch niemand ein Wort gesprochen hat. Peinliche Stille, die mich mit jeder Sekunde, die verstreicht, verzweifelter werden lässt.

Ich weiß nicht, was ich erwarte. Vielleicht eine Entschuldigung. Vielleicht ein Wort des Abschieds. Seine Nummer. Oder zumindest ein vielsagendes Lächeln. Am Ende bekomme ich nichts davon. Cameron weicht meinem Blick aus, als er sich noch ein Stück weiter von mir entfernt. Kein einziger Laut kommt über seine Lippen.

Er wendet sich ab, marschiert erhobenen Hauptes zu der Frau und lässt mich mit mehr Fragen als Antworten stehen.

Und ich?

Ich sehe ihm hinterher, bleibe zurück und fühle mich furchtbar einsam. Dazu verletzt. Angepisst. Und zugegebenermaßen vollkommen verarscht.

Na, wenn das kein geiler Start ins Studentenleben ist.

Kapitel 2

Cameron, anderthalb Jahre später

»Erinnere mich bitte noch mal, warum du dachtest, es sei eine gute Idee, deinen verkorksten Jura-Klub zu einer Hausparty einzuladen?«

Unwillkürlich folge ich Liz' Blick zu einem meiner Kommilitonen, der gerade aufs Sprungbrett unseres Pools klettert und seine Designerjacke wie eine Flagge umherschwenkt, bevor er die Kontrolle verliert. Während das Kleidungsstück sich irgendwo in Richtung von Mums Rosenhecke verabschiedet, landet er erst unsanft mit dem Hintern auf dem Brett und plumpst anschließend wie ein nasser Sack ins Becken. Kurz verstummen alle Anwesenden, die die Szene beobachten, bis sich etwas unter der Wasseroberfläche rührt.

Der Typ, ich glaube, er heißt Olcan, bricht durch die Wasseroberfläche und grölt dabei so laut, als hätte er die Schlacht von Waterloo gewonnen, woraufhin die anderen in ähnlicher Lautstärke mit einstimmen. Ich sollte morgen dringend eine Karte und eine Flasche Sekt bei den Nachbarn vorbeibringen, um mich für den Lärm zu entschuldigen, doch fürs Erste trinke ich einen Schluck meines viel zu starken Gin and Tonic und wende mich wieder meiner Schwester zu, die missbilligend ihre vollen nude geschminkten Lippen geschürzt hat.

»Es gehört zum guten Ton«, erkläre ich ihr wie selbstverständlich. »Wir sind eine Bruderschaft, die alles teilt. Sturmfreies Haus inklusive.«

Sie pustet sich verächtlich eine kurze braune Haarsträhne aus der Stirn. »Man könnte meinen, ihr Juristen feiert wenigstens mit Würde. Wenn ich daran denke, einer dieser Pappnasen mal im Gerichtssaal gegenübertreten zu müssen …«

Irritiert runzele ich die Stirn. »Hast du etwa ein größeres Verbrechen geplant?«

»Wenn das so weitergeht, kann ich für nichts mehr garantieren.« Wie aufs Stichwort ertönt irgendwo aus dem Inneren des Hauses ein lautes Klirren. »Ey, was soll die Scheiße?«

Sie stürmt so schnell davon, dass ich ihr nur hinterherschauen kann. Zugegeben – ich bin sogar ein kleines bisschen auf ihrer Seite und definitiv kein Fan davon, wenn die zukünftige Judikative des Landes mal wieder vergisst, wer sie ist, Mums Weinkeller plündert und in den Garten kotzt. Andererseits gehört es zum guten Ton, auch mal den Gastgeber zu spielen, und ich würde lügen, wenn ich behaupte, dass ich mich bei anderen Partys zivilisierter verhalten habe. Besonders Lust darauf, mich morgen dafür bei Maisie, unserer Putzfrau, entschuldigen zu müssen, habe ich trotzdem nicht.

Noch immer an den Gasgrill gelehnt, lasse ich meinen Blick über die Terrasse und den Garten dahinter schweifen. Dafür, dass sie eigentlich gegen dieses Event war, hat sich Liz mit der Dekoration selbst übertroffen und unserem beinahe schon sterilen Garten mit den perfekt getrimmten Hecken mithilfe von bunten Laternen und Girlanden ein gemütliches Flair verliehen. Sicherlich einer der Gründe, wieso sie sich entschieden hat, Kunst zu studieren, während ich in ein paar Jahren die Firma meiner Mutter übernehmen werde.

Durch die Deko hat das Haus einiges an dem kargen Minimalismus verloren, der sonst hier vorherrscht und auf den unsere Mutter so viel Wert legt. Übermorgen, wenn sie von ihrem Trip aus London zurückkommt, wird alles wieder so sein wie vorher – weiß, modern, clean –, weshalb ich den Moment trotz des Lärms genieße. Die warmen Bokeh-Lichter spiegeln sich auf der Wasseroberfläche des Pools, dessen Rand mit dem Ozean unter uns zu verschmelzen scheint. Noch nie war unser Garten so schön.

Beinahe bin ich verärgert, so einen perfekten Abend an die laute Law Society zu verschwenden, statt in Ruhe die Aussicht aufs Meer zu genießen und den Tag mit Curtis ausklingen zu lassen. Als ich daran denke, welche Dinge man mit sturmfreier Bude noch so anstellen kann, wandert unwillkürlich ein Lächeln auf mein Gesicht, und ich ernte prompt einen Hieb auf den Hinterkopf.

»Du sabberst, Cameron«, informiert mich meine Schwester, die sich mit einem Glas Cognac in der Hand wieder zu mir gesellt. Offensichtlich hat auch sie die Gelegenheit nicht ungenutzt gelassen und sich an Mums Vorräten bedient.

»Ist drinnen alles in Ordnung?«, übergehe ich ihren Kommentar.

»Kommt drauf an, wie du ›in Ordnung‹ definierst. Ist ein Feuer ausgebrochen, das sich durch Mums Büro frisst? Nein. Hat einer deiner Leute gerade eine Weinflasche *und* sein iPhone gekillt bei dem Versuch, sie aufzubekommen? Ja.«

Ich gönne mir noch einen Schluck Gin. Mir ist klar, dass ich nicht zu viel davon trinken sollte, damit ich morgen einigermaßen in der Lage bin, beim Aufräumen mitzumachen, aber gleichzeitig hilft mir der Alkohol dabei, nicht zu sehr daran zu denken, *was* ich alles beseitigen muss.

»Hast du Curtis eingeladen?«

Verwirrt runzele ich die Stirn. »Nein.«

Ich folge dem Deuten meiner Schwester in Richtung der geöffneten Terrassentür, durch die sich ein Mann schiebt, der so gar nicht in diese Veranstaltung passen will. Sofort macht mein Herz einen Satz – dabei kann ich gar nicht so genau sagen, ob aus Freude oder nackter Panik. Mein Lächeln wird automatisch breiter, während ich nur mühevoll dem Impuls widerstehe, mich unauffällig umzusehen, um sicherzugehen, dass niemand bemerkt, wie ich Curtis anstarre.

Verlegen vergräbt er die Hände in seiner ausgewaschenen Jeans und hält den Kopf gesenkt. Aber mit dem karierten Shirt, dessen weite Ärmel geschickt kaschieren, dass er nach den Vorlesungen regelmäßig ins Fitnessstudio geht, fällt er unter Gucci, Ralph Lauren und Hilfiger trotzdem auf. Nur mit aller Willenskraft kann ich mich davon abhalten, ihn in meine Arme zu ziehen, denn selbst ohne sein Gesicht zu sehen, weiß ich, dass etwas nicht stimmt.

»Cameron«, mahnt Liz, die meine Gedanken errät.

Ich verschränke steif die Arme, und als Curtis bei mir ist, fragt er: »Kann ich mit dir reden?«

Noch immer sieht er mich nicht an, aber das wundert mich kaum. Das hier ist kilometerweit von seiner Komfortzone entfernt. Nicht nur weil er generell nicht gern zu Besuch kommt, sondern auch weil er von Partys noch weniger hält als Liz. Er wusste, was ich heute Abend vorhabe, was bedeutet, dass er einen verdammt guten Grund haben muss, hier aufzukreuzen.

»Lass uns raufgehen«, antworte ich, wobei ich Liz' Blick auf mir spüren kann. Im Haus sind glücklicherweise alle so sehr mit Druckbetanken beschäftigt, dass uns keiner dabei beobachtet, wie wir uns ins Obergeschoss schleichen. Zu meiner Überraschung ist dieses komplett verlassen, was bedeutet, dass meine Kommilitonen zumindest so viel Anstand besitzen, sich nur im Wohnzimmer und im Garten die Kante zu geben.

Den Weg in mein Zimmer finden wir selbst ohne Licht, und als endlich die Tür hinter uns ins Schloss fällt, atme ich erleichtert aus. Hier hört man die Party kaum noch. Außerdem ist der alles überwältigende Geruch des Alkohols verschwunden, sodass ich endlich das Gefühl habe, wieder richtig Luft zu bekommen. Ich schließe die Jalousien, obwohl die zwei großen Fenster, durch die fahles Mondlicht fällt, vom Garten aus nicht einsehbar sind.

Verdammte Paranoia.

Dann wende ich mich Curtis zu, der unsicher in der Mitte des Raumes steht. Wie damals bei seinem ersten Besuch, als er panische Angst davor hatte, meine Mutter würde ihn mit Haut und Haaren zum Frühstück verputzen. Eindeutig ist dieser Fall nicht eingetreten, weshalb seine Haltung mich etwas verwundert. Ich ziehe ihn in eine Umarmung, die er nicht erwidert.

»Ich hab heute gar nicht mit dir gerechnet«, sage ich, um das mulmige Gefühl in meiner Brust zu verdrängen.

Er nickt schwach. »War das Corbyn Foster, der bei euch in der Küche …«

»Mhm, willst du ein Foto machen und an die *Daily Mail* verkaufen?«

Er lacht leise. »Glaube nicht, dass die sich für den Sohn des First Ministers interessieren, solange er nicht mit Strippern zusammen eine Line auf der Treppe von Stormont zieht.«

»Würde sein Vater endlich mal Stripper legalisieren, würde ich ihm das sogar zutrauen.«

Kurz drückt mich Curtis an sich, bevor er sich aus der Umarmung löst. Dabei wendet er kein einziges Mal den Blick von mir ab, während seine Miene in wenigen Sekunden erst ausdruckslos, dann traurig wird.

»Was ist los?«, frage ich und deute mit dem Kinn auf mein Bett.

Curtis schüttelt nur den Kopf, ohne meiner stummen Aufforderung, sich zu setzen, nachzukommen. Stattdessen wendet er sich von mir ab. Nachdenklich beobachte ich ihn dabei, wie er zum Fenster geht und die Jalousie, die ich eben geschlossen habe, ganz leicht öffnet, sodass er durch die Schlitze nach draußen spähen kann. Mehr als das Meer und die fernen Lichter von Carrickfergus, die sich in der Bucht spiegeln, wird er nicht erkennen, dennoch versteife ich mich automatisch. Ich bin unendlich glücklich, ihn zu sehen, aber gleichzeitig wäre es mir lieber, er wäre nicht hier.

»Du bist verkrampft«, stellt er kühl fest. »Angst, dass einer deiner Leute gleich reinplatzt und dich mit einem Kerl erwischt?«

Da ist dieser Unterton in seiner Stimme, der mir signalisiert, dass er nur eine Antwort akzeptieren wird. Dabei wissen wir beide, dass ein »Nein« gelogen wäre.

Unverbindlich zucke ich mit den Schultern. »Alte Gewohnheit. Also, wieso bist du hier?«

Er legt den Kopf schief, wodurch ihm seine wilden braunen Locken in die Stirn fallen. Ich kann den Ausdruck in seinen grünen Augen nicht deuten, in denen ich sonst immer wie in einem Buch lesen kann.

»Ich wollte mit dir reden.«

»Okay?« Unbewusst schnappe ich nach Luft, kann den provokanten Unterton in meinen Worten kaum verbergen. »Eine Nachricht hätte nicht gereicht?«

»Ich kann das nicht mehr, Cameron.«

Aus reinem Reflex liegt mir ein Spruch auf der Zunge, ob sein

Handy kaputt ist, bis mir die Implikation seiner Worte klar wird. »Was?«

»Das hier.« Er macht eine allumfassende Geste, doch ich weiß auch so, was er meint. »Ich liebe dich, aber ich halte dieses Versteckspiel nicht mehr aus.«

Ich will ihn anfahren. Ihn schütteln, ihm einreden, dass er das nicht ernst meint, doch ausgerechnet jetzt bleibt meine Stimme gelassen. Als hätte mein Körper eine Art Schutzmechanismus, der genau dann greift, wenn es emotional schwierig wird.

»Okay«, entgegne ich nur reserviert. »Du weißt, dass das für mich nicht so einfach ist, aber wenn ...«

»Cameron.« Er sieht mir direkt in die Augen, und der Schmerz, den ich in seinen erkenne, schnürt mir die Kehle zu. Obwohl seine Stimme bebt, ahne ich, dass er sich die nächsten Worte sehr genau zurechtgelegt hat. »Ich schaffe das nicht mehr. Ich weiß, du meinst es nicht böse, und ich weiß, wie scheiße deine Situation ist, aber ich will mit dir zusammen sein. Richtig, bedingungslos – und nicht mehr wie in einer Affäre leben.«

Ich blinzele, versuche, den Schmerz auszublenden, der sich langsam in meinem Inneren ausbreitet und meine Hände zittern lässt. »Du weißt, dass du mehr bist als das.«

»Ich weiß, aber ...«

... ich spüre es nicht. Er muss den Satz nicht beenden. Ich kenne ihn besser als jeder andere, und so oft, wie wir dieses Gespräch bereits hatten, weiß ich ganz genau, was in ihm vorgeht. Nur dass es sich dieses Mal endgültig anfühlt.

Ich sehe Erwartung in Curtis' Blick. Einen Hoffnungsfunken, der mir das Herz bricht. Selbst jetzt glaubt er an die Möglichkeit, dass ich nachgebe, ihm sage, dass ich ihn liebe und seinetwegen auf alles scheiße – meine Familie, meine Zukunft, alles. Aber das geht nicht. Ich kann nicht.

»Dann war's das also?«

Ich presse die Lippen aufeinander, während die Stille zwischen uns sich bis in alle Ewigkeit zieht, als könnte noch irgendetwas passieren, welches das Unausweichliche verhindert. Aber die Worte, mit denen ich ihn sonst immer vertröstet habe, bleiben heute unausgesprochen, weil ich weiß, dass es keinen Sinn macht, ihm etwas vorzuspielen.

Er will mit mir zusammen sein und es in die Welt hinausschreien. Und ich? Ich will ihn, bin aber zu feige, den Preis dafür zu bezahlen.

Kapitel 3

Toast

Vielleicht war es doch nicht die beste Idee, Roisin darum zu bitten, öfter mit uns zu zocken …

»Toaaaast?«, dringt es in besorgniserregendem Tonfall aus meinem Headset.

»Ja, Roisin?«

»Da ist schon wieder so ein grünes Ding vor unserer Haustür.«

Ich seufze und bilde mir sogar ein, hören zu können, wie Dominic, der ebenfalls bei uns im Voicechat sitzt, die Augen verdreht, während Ruth leise kichert.

»Lass ihn einfach in Ruhe«, erkläre ich möglichst gelassen. »Der Creeper hat mindestens genauso viel Angst vor dir wie du vor ihm.«

Über die Tatsache, dass ich Roisin fürs Zocken begeistern konnte, bin ich nach wie vor zwiegespalten. Einerseits hatten wir seither kein einziges Mal das Problem, nicht genügend Leute für ein Spiel zusammenzubekommen – andererseits ist meine Kommilitonin nicht gerade das, was man als Naturtalent bezeichnen würde. Zumindest wenn es darum geht, sie davon abzuhalten, unsere mühevoll errichtete *Minecraft*-Base zu zerstören.

Keine zwei Sekunden später ertönt ein verräterischer Knall,

den ich bis weit hinaus in die Wälder hören kann, wo ich eben noch versucht habe, einen Wolf aufzustöbern.

»Roisin?«

»Äh.«

Ich schüttele den Kopf. »Dominic. Bist du in der Nähe?«

»Nope.«

»Ruth?«

»Negativ.«

»Connor?«

Stille, und in der Voicechat-App auf meinem zweiten Bildschirm sehe ich, dass er stummgeschaltet ist.

»Kommst du allein klar, Roisin?«

»Äh.«

»Wieso bleibt eigentlich immer alles an mir hängen?«

Der Satz klingt dramatischer, als ich ihn meine. Insgeheim bin ich froh, dass ich es geschafft habe, die anderen zu überzeugen, für einen *Minecraft*-Server zusammenzulegen. Auch wenn das bedeutet, Roisin beizubringen, dass es keine enge Storyline in dem Spiel gibt und sie im Grunde einfach machen kann, was sie will. Oder dass sie meine Arbeit der letzten Tage mit einem Creeper zerstört.

Ich will gerade den Rückweg antreten, als das Klingeln meines Handyweckers mich mit voller Wucht in die Realität reißt. Ich schaue aufs Display. 14 Uhr. Fuck.

»Toast, dein Handy klingelt«, lässt mich Connor genervt wissen.

In einer hastigen Bewegung stelle ich den Alarm ab, wobei ich fast mein Handy vom Schreibtisch fege. Ich seufze mehrmals, während ich angespannt auf meine zitternde Hand starre.

»Dein Vorstellungsgespräch?« Zu meiner Überraschung ist es Dominic, der eins und eins zusammengezählt hat.

»Yep. Glaubt ihr, sie lassen es mir durchgehen, wenn ich sage, dass ich nicht kommen kann, weil mein Haus bei einer Explosion zerstört wurde?«

»Fürchte, da muss Roisin uns im Nether verloren gehen, damit das zählt.«

Ich grinse und bin dankbar dafür, dass Dominic meinem Bullshit in der Regel mit noch mehr Bullshit begegnet. So bin ich zumindest für ein paar Sekunden abgelenkt, bis die Panik erneut ihre kalten Klauen in mich schlägt.

»Okay, ich muss mich fertig machen. Kann sich jemand um die Base kümmern?«

»Bin dran«, erwidert Roisin mit wenig Zuversicht in der Stimme. »Viel Erfolg!«

Ich verlasse den Voicechat so schnell, dass ich kaum etwas von den Floskeln mitbekomme, die mir Mut machen sollen. Als ich das Headset abnehme, wird die Stille im Raum plötzlich erdrückend, vor allem, weil ich den halben Tag mit *Minecraft* verbracht habe, um mich irgendwie von der Nervosität abzulenken. Aber jetzt gibt es kein Zurück mehr, obwohl mir immer noch fast zwei Stunden bleiben, bis ich bei LabyrIntelligence sein muss.

Genug Zeit, zu duschen, meine Haare zu bändigen, noch einmal mögliche Interviewfragen durchzugehen und ein paar Memes in den Gruppenchat zu posten. Als ich aus dem Bad komme, trudelt eine Nachricht meiner Mutter auf meinem Handy ein, um mir Bescheid zu geben, dass sie zur Sicherheit bereits losgefahren ist, um mich abzuholen. Eines der Dinge, die wir gemeinsam haben: beinahe peinliche Überpünktlichkeit.

Ich schicke ihr einen Daumen hoch zurück und beschließe, erst das Vorstellungsgespräch durchzuspielen, während ich meine Haare an der Luft trocknen lasse. Denn ich bin mir ziemlich sicher, dass ich es eher versaue, wenn ich den Recruitern keine zehn

Gründe liefern kann, warum ich bei ihnen arbeiten will, als wenn diese eine widerspenstige Strähne mir ständig in die Augen hängt.

Wo ich gerade dabei bin …

Ich atme einmal tief durch, bevor ich mich meiner Reflexion im Spiegel an meiner Zimmertür zuwende.

»Also, David, wieso möchtest du unbedingt für LabyrIntelligence arbeiten?«, beginne ich mit verstellter Stimme und komme mir ein bisschen lächerlich dabei vor.

»Ach, dafür gibt es so einige Gründe!« *Zu dick aufgetragen?* »Seit ich an der Highschool einen Vortrag über Cybersecurity gehört habe, wollte ich nichts anderes mehr, als mich ebenfalls in diesem Feld zu etablieren. Und LabyrIntelligence als nationaler Marktführer scheint mir … Ach fuck.«

Ich mache eine Pause. Überlege. Und setze neu an. »Ich bin ein großer Fan der *Matrix*-Filme und wollte daher schon immer Hacker werden. Da das aber illegal ist, will ich das Nächstbeste tun, nämlich – nope. Nope. Nope.«

Ich krame mein Handy aus der Hosentasche und öffne den Gruppenchat.

Wieso will ich dort noch mal arbeiten?

Auf Kommando trudeln mehrere Nachrichten ein, als hätten meine Freunde damit gerechnet, dass ich weiter Panik schiebe.

Connor: Ständig wachsender Marktführer für Cybersecurity.

Roisin: Exzellente Karrierechancen.

Holly: Work-Life-Balance.

Dominic: Geld. Und weil du ansonsten
deinen Abschluss nicht bekommst.

Connor: Oh, und vergiss die
Arcade-Maschinen im Pausenraum nicht!

Anscheinend habe ich es in den letzten Tagen etwas mit der Vorbereitung übertrieben und dabei nicht nur mich, sondern auch meinen kompletten Freundeskreis auf das Vorstellungsgespräch eingestimmt. Dabei verstehe ich nicht, wieso ich so nervös bin. Als Leiter des Debattierklubs, der Literific Society, bin ich es gewohnt, vor Leuten zu stehen und so zu tun, als wäre ich kompetent und sympathisch. Normalerweise fallen mir im Schlaf für alles Argumente ein, und ich gehöre neben Dominic zu den Besten im Informatikstudium.

Warum zur Hölle mache ich mir solche Sorgen?

Ich realisiere, dass ich noch immer mein Spiegelbild anstarre. Die Antwort steht in meinen Augen geschrieben, dass ich Angst habe, die Frau von der Personalabteilung müsse mich nur zwei Sekunden ansehen, um genau zu wissen, was Sache ist.

»Sei doch mal ehrlich, David«, mime ich. »Du willst doch gar nicht für uns arbeiten.«

Ich seufze und zwinge mich dazu, den Blick abzuwenden, als ich realisiere, dass ich gefährlich nah an einem Joker-Moment dran bin. Nur ein paar Sekunden länger und ich fange an, schrill zu lachen und Gotham zu terrorisieren, da bin ich mir sicher.

Statt also weiter zu proben, knöpfe ich mein Shirt vernünftig zu und suche aus dem Schrank meinen alten Blazer, der trotz der sommerlichen zwanzig Grad draußen den Fleck verbergen muss, den ich vor ein paar Wochen in mein einziges schlichtes Hemd gebrannt habe. Und neben diesem bleibt nur die Wahl zwischen welchen mit Hawaii-Blumenmuster, jeweils einem mit D20-Würfeln, Todessternen, Toastscheiben und einem mit Entons drauf – und ich glaube nicht, dass die Personalerin meine Liebe für gelbe Enten-Pokémon teilt. Vielleicht hat mein Dad recht und ich sollte mir zumindest ein *paar* Hemden ohne Muster für seriösere Gelegenheiten zulegen?

Eine halbe Stunde später steige ich in Mums alten Passat und versuche, die Motorkontrollleuchte zu ignorieren. Zwar sagt sie immer, dass Marc, der Automechaniker ihres Vertrauens, behauptet, es wäre alles in Ordnung und nur das Lämpchen selbst wäre kaputt, aber ich habe ihm nie trauen können. Wie auch? Vor zwei Jahren hat er ihr erzählt, dass der Rost am Auspuff total normal wäre, bis das Teil kurze Zeit später mitten auf der M2 abgefallen ist.

»Na, nervös?«, fragt meine Mutter, wobei sie den Wagen aus der Parklücke lenkt.

»Ich doch nicht. Ich geh da rein und hau sie aus den Socken, sodass sie quasi dazu verpflichtet sind, mich einzustellen.«

Ohne sie anzusehen, weiß ich, dass Mum die Brauen so weit hochgezogen hat, dass sie unter dem Rand ihres dicken Brillengestells hervorlugen. »Ich nehme an, das heißt Ja.«

»Es geht«, entgegne ich. »Vorhin war es echt schlimmer.«

»Ich bin mir sicher, dass du das schaffst. Irgendjemand in dieser Familie muss mir ja schließlich meinen Ruhestand in der Karibik finanzieren.«

Ich verdrehe die Augen. Natürlich weiß ich, dass sie das nicht ernst meint, aber manchmal reicht so ein Spruch schon, um mich zu verunsichern.

Was, wenn ich das eben nicht kann?

Mum arbeitet Vollzeit als Store Managerin bei Tesco, während mein Dad als Lkw-Fahrer durchs Land tourt. Uns geht es nicht schlecht – gut genug auf jeden Fall, dass mit Vitamin B sogar ein WG-Zimmer in der Stadt für mich drin war, aber Mums Traum vom Ruhestand im Warmen lässt sich damit nicht finanzieren. Und da komme ich ins Spiel. Der Stolz der Familie, die große Hoffnung, der unteren Mittelschicht zu entfliehen. Manchmal habe ich das Gefühl, dass meine Eltern das Ganze besser durchgeplant haben als ich. Dabei bin ich derjenige, der alles erreichen muss. Bachelor. Master. Computernerd mit sechsstelligem Einkommen.

Ich lasse ihre Aussage unkommentiert. Mum fährt vorbei am Unicampus, der an diesem Freitagnachmittag im März bereits ziemlich verlassen wirkt, dann in Richtung Lagan über die Brücke und von dort ins Titanic Quarter, wo LabyrIntelligence erst letztes Jahr ein brandneues Bürogebäude bezogen hat. Den Koloss aus Glas und Stahl hätte ich auch problemlos mit dem Bus erreicht, doch meine und Mums immer präsente Angst, zu spät zu sein, hat dazu geführt, dass sie heute einen halben Tag Urlaub genommen hat, um mich ganz förmlich zu meinem ersten Vorstellungsgespräch zu fahren.

Draußen ziehen die SSE Arena, die H&W-Werft und das Titanic Museum an mir vorbei, bevor mein Blick einen Moment zu lange an einem riesigen lagerhallenartigen Gebäude hängen bleibt, auf dem in schwarzen Lettern die Worte »Titanic Studios« prangen. Kurz schlägt mein Herz höher, als ich erkenne, dass eines der riesigen Stahltore leicht geöffnet ist, sodass ich den Greenscreen dahinter erahnen kann.

»Filmen sie etwa noch eine Staffel ›Game of Thrones‹?«, fragt Mum irritiert.

Ich schüttele den Kopf. »O Gott, bloß nicht. Ich glaube, in der Zeitung stand was über einen Sci-Fi-Film.«

»Ist Henry Cavill dabei?«

»Hättest du wohl gern.«

»Du etwa nicht?«

Ich grinse für einen Moment, bis ich mich wieder daran erinnere, dass unser Ziel heute nicht die Studios sind, sondern ein Gebäude, das direkt dahinter liegt.

»Wow«, kommentiert meine Mum. »Ich war echt Ewigkeiten nicht mehr hier draußen. Ziemlich beeindruckend, oder?«

Nickend betrachte ich das riesige Gebäude, das mit den vielen Glasfronten und abstrakten Formen aussieht, als stamme es aus einer weit entfernten Zukunft. Dagegen wirkt das Filmstudio heruntergekommen.

»LabyrIntelligence ist das größte IT-Unternehmen des Landes«, rezitiere ich meine Unterlagen. »Mit über zweitausend Mitarbeitern. Außerdem haben sie in den letzten fünf Jahren über fünfzig Preise gewonnen und …«

»David …«

»Wusstest du, dass sie neben maßgeschneiderten Security-Lösungen für Banken und Datacenter auch noch …«

»David!«

»Sorry.«

Wir biegen auf den Besucherparkplatz vor dem Gebäude ein und halten seitlich der großen, von Obelisken flankierten Eingangspforte. Aktuell schwanke ich noch, ob ich das Gebäude nur imposant oder schon dekadent finden soll. Auf der einen Seite wirkt es cool, auf der anderen viel zu übertrieben.

»Wie ist es jetzt mit der Nervosität?«, fragt Mum.

»Die Möglichkeit besteht, dass ich mich in einem unbeobachteten Moment hinunter zum Hafen schmuggele und das Land verlasse.«

Zum ersten Mal, seit ich ins Auto gestiegen bin, sehe ich sie an und bemerke, dass mein lahmer Spruch sie nicht einmal ansatzweise zum Lächeln gebracht hat. Stattdessen liegt Sorge in ihren braunen Augen, und ihr sonst glänzendes tiefschwarzes Haar wirkt seltsam matt.

»Was hältst du davon, wenn wir heute Abend zu KFC gehen?«

»Wieso? Denkst du ernsthaft, meine Chancen stehen so schlecht?« Ich werde stutzig. Normalerweise statten wir dem Colonel nur dann einen Besuch ab, wenn es schlechte Nachrichten zu verarbeiten gibt. Und auch wenn ich mich eben vor dem Spiegel ziemlich unbeholfen aufgeführt habe, glaube ich nicht, dass meine Chancen allzu schlecht stehen.

Da realisiere ich, dass wir nicht meinetwegen zu KFC gehen werden. Die Frage liegt mir bereits auf der Zunge, doch mir wird sofort klar, dass Mum sie mir nicht beantworten wird. Sie kennt mich zu gut, weiß, dass mich schlechte Neuigkeiten jetzt nur ablenken würden. Also nicke ich nur.

Kapitel 4

Cameron

Ein lang gezogenes Gähnen durchbricht die Stille im Büro und zwingt mich dazu, von den Verträgen aufzusehen, die mir James, Mums rechte Hand, zum »Prüfen« gegeben hat. Eigentlich weiß er sehr genau, dass ich erst im nächsten Semester ein Modul zu Informations- und Medienrecht belege und dementsprechend herzlich wenig Ahnung davon habe, was genau ich tun soll. Daher bin ich mir ziemlich sicher, dass das Ganze eine perfide Taktik ist, mich zu beschäftigen, während er ständig auf die Uhr starrt, als wollte er sie zwingen, seinen Feierabend früher einzuläuten.

Normalerweise genieße ich die Freitagnachmittage in der Firma, die nicht nur meinen Lebenslauf aufpolieren, sondern mir auch jede Menge praktische Erfahrung liefern, die in der Vorlesung oder in den Pseudoverhandlungen der LawSoc nützlich sind. Aber wenn Clarice aus der Rechtsabteilung freihat und meine Mum in irgendwelchen Meetings sitzt, muss ich mit James vorliebnehmen, der keinen Hehl daraus macht, dass er mich nicht ausstehen kann.

Während ich so tue, als würde ich lesen, wandern meine Gedanken auch jetzt, knapp eine Woche später, zu der Party und einer bestimmten Person.

Curtis.

Zu behaupten, ich hätte wegen der Trennung Liebeskummer, wäre eine Übertreibung. Ja, es tut weh, aber ich bin vor allem frustriert. Darüber, wie ich mit der Situation umgegangen bin, aber auch über die Tatsache, dass mir nichts anderes übrig blieb. Denn auch wenn LabyrIntelligence nach außen hin hip, inklusiv und divers wirkt, sind einige der Leute, die die Zügel in der Hand haben, alte weiße Männer. Allen voran Peter Edwards, Gesellschafter, der ständig mitmischen will und der die Vorstellung nicht erträgt, dass sein Kapital zukünftig von jemandem betreut werden würde, der nicht seinen Vorstellungen von »normal« entspricht.

Klar kann ich nach außen hin den Schein wahren, doch mein Liebesleben muss unter allen Umständen geheim bleiben. Nicht nur hier im Büro, sondern auch an der Uni. Denn in einem Land mit nicht einmal zwei Millionen Einwohnern sind Leute mit wirtschaftlichem oder politischem Einfluss gut vernetzt – vor allem, weil gefühlt alle ihre Kinder an der Queen's University Belfast Jura studieren.

Schöne Scheiße.

Während ich in Gedanken vor mich hin brodele, macht sich James mit einem Räuspern bemerkbar. Ich starre direkt in sein eiförmiges Gesicht, dessen Form durch die Glatze und die runden Brillengläser, die mich immer an die Böden von Colaflaschen erinnern, zusätzlich betont wird.

»Hm?«, mache ich.

»Kannst du mir einen Tee holen?«

Kurz will der verzogene reiche Bengel in mir durchkommen und ihm mitteilen, dass er sich den gefälligst selbst holen soll, weil er derjenige ist, der bald für mich arbeitet, aber ich schaffe es geradeso, den Impuls zu unterdrücken, und lächele stattdessen.

»Klar. Oolong, Milch und Zucker wie immer?«

Der kleine Botengang ist immerhin eine Form von Beschäftigung – und jede Form von Beschäftigung lenkt mich derzeit von meiner Frustration ab. Die Kaffeeecke hier oben in der Führungsetage ist allerdings leer geräumt. Vermutlich ist das Meeting meiner Mutter eines von der Sorte, die nur mit viel Koffein erträglich ist, weshalb die Leute dort alles für sich horten. Zumindest finde ich in den Schränken nur eine Packung Pfefferminztee und eine Schachtel mit drei Zuckerwürfeln, weshalb ich zu Plan B übergehe.

Es ist kurz nach halb vier an einem Freitagnachmittag, was bedeutet, dass das Gebäude so gut wie ausgestorben ist. Zwischen Teilzeit, Hybridarbeit mit Homeoffice und frühem Feierabend keine Überraschung. Die damit einhergehende Stille finde ich immer ein wenig gruselig. Einer der Gründe, wieso ich nie bis spät in die Nacht hinein hier allein Überstunden schieben möchte.

Um die Etagen, in denen noch Leute arbeiten, zu meiden, nehme ich den Fahrstuhl direkt hinunter ins Foyer, wo ich hoffentlich James' heiß geliebten Oolong finden werde. Mit einem *Bing* öffnen sich die Türen und geben den Blick auf den Eingangsbereich frei, der mit dem hellen Granitfußboden, den hohen weißen Wänden und der abstrakten Polygon-Designerlampe wie ein Raumschiff anmutet. Ich erinnere mich noch genau, wie ich zum ersten Mal mit meiner Mutter zur Arbeit durfte – ausgerechnet an dem Tag, an dem der Vorstand die ersten Pläne für das neue Gebäude besprochen hatte. Unter den verwendeten Begriffen wie »Minimalismus«, »klare Linien« und »zeitlose Eleganz« hatte ich mir damals wenig vorstellen können, bis Mum erzählt hat, dass derselbe Architekt auch unser Haus geplant hatte, was so einiges erklärt.

Ich nicke Andrew an der Rezeption zu, bevor ich auf die Sitzecke zusteuere, die ich immer als Back-up-Teequelle nutze. Zu meiner Überraschung sind die weißen Ledersofas nicht komplett verwaist. Und als ich realisiere, wer dort sitzt, erreicht meine Laune einen neuen Tiefstand.

David McCann. Ausgerechnet. Auf der riesigen Couch wirkt er verloren, wobei sein wackelndes Bein deutlich auf seine Anspannung hindeutet. Sonst treffen wir uns eigentlich nur zufällig auf dem Campus oder bei Kooperationen unserer Klubs. Was zur Hölle will er hier?

Zwischen der Rezeption und der Kaffeeecke liegen nur wenige Schritte – nicht genug, um mir ausreichend Zeit dafür zu geben, mir zu überlegen, wie ich mit dieser Situation umgehe. Ich kann ihn wohl kaum einfach ignorieren. Gleichzeitig sträubt sich alles in mir, mich mit ihm zu unterhalten. Das ist unter normalen Umständen schon schwierig, aber heute bin ich eine tickende Zeitbombe.

Bevor ich einen Entschluss fassen kann, hebt er bereits den Blick, als hätte er gerochen, dass ich mich ihm nähere. Sofort senkt er die Brauen, sodass sich ein winziges v-förmiges Fältchen dazwischen bildet, das ihn attraktiver macht, als ich zugeben will.

Von seinen schwarzen Haaren, die ihm in einzelnen Strähnen ins Gesicht hängen, über die markante Nase bis hin zu seinen Hemden mit den eigenwilligen Motiven gefällt mir alles an ihm. Jedes Mal wenn ich ihn sehe, drohe ich die Contenance zu verlieren, weil ich automatisch an unser erstes Treffen erinnert werde. Und die ganze Scheiße, die danach kam. Die übliche Scheiße.

»David«, begrüße ich ihn ausdruckslos. Dabei konzentriere ich mich auf meine Mission, um ihn nicht weiter anzustarren. Tee. Wo ist der verdammte Tee?

»Cameron.« Seine Stimme klingt mindestens so angespannt, wie ich mich fühle. Aber vielleicht kann ich das hier ohne Eskalation hinter mich bringen. Einfach still James' Tee organisieren und dann mit einem höflichen Kopfnicken verschwinden.

»Was verschlägt dich hierher?«, rutscht es mir trotz meines Vorsatzes heraus. Wenn man zwischen Politikern, Unternehmern und sonstigen Gestalten aufwächst, die sich als »Elite« bezeichnen, wird einem der Hang zum Small Talk quasi in die Wiege gelegt. Einerseits ist das hilfreich, um peinliche Stille zu vermeiden, andererseits entsteht dadurch auch Druck, eine solche Stille gar nicht erst entstehen zu lassen.

»Äh …« Offenbar hat ihn meine Frage genauso sehr überrascht wie mich. »Vorstellungsgespräch. Du?«

»Ich arbeite hier«, erkläre ich, während ich die Schale mit den Teebeuteln nach der richtigen Sorte durchsuche.

»Du arbeitest?«

Perplex wende ich mich um und erwische ihn dabei, wie er sich auf die Unterlippe beißt und den Blick senkt. Leider verringert das seine Anziehungskraft nicht im Geringsten, auch wenn ich ihn am liebsten würgen würde.

Du arbeitest? Als würde ich mich nur auf dem Vermögen meiner Eltern ausruhen.

»Meiner Mutter gehört die Firma«, proklamiere ich daher und gebe mir nicht einmal Mühe, den arroganten Unterton zu verbergen. Die Information verfehlt ihre Wirkung nicht. Allerdings bin ich kein Arsch, der ihm wegen so eines belanglosen Seitenhiebs eine Chance verbauen will, weshalb ich etwas freundlicher hinzufüge: »Keine Sorge, ich kann gern ein gutes Wort für dich einlegen.«

Die Falte in seiner Stirn wird, falls das überhaupt möglich ist, noch etwas tiefer. »Denkst du, das habe ich nötig?«

Unwillkürlich zucke ich zusammen. Ich hatte schon taktvollere Momente. Aber statt mich zu entschuldigen, reißt mein angestauter Frust die Kontrolle an sich.

»Die meisten wären dankbar für ein bisschen Vitamin B.«

»Und andere bevorzugen es, sich ihren Erfolg zu verdienen, statt alles in den Schoß gelegt zu bekommen.«

Ich beiße mir auf die Zunge, während ich immer noch suche. Gibt es hier niemanden, dessen verdammter Job es ist, die Tees zu sortieren?

»Soll ich etwa freiwillig auf alles verzichten und meine Familie verlassen, damit du dich mit deinem Leben besser fühlst?«

»Ich würde mich mit meinem Leben erheblich besser fühlen, wenn du mir nicht ständig vorhalten würdest, dass du mir ja so überlegen bist.«

Das ist nicht unser erster Streit und auch nicht das erste Mal, dass genau diese Sätze fallen. Davids Blick macht deutlich, dass hinter seinen Worten mehr steckt als nur Wut über mein Angebot von eben. Viel mehr. Dinge, über die ich besser nicht nachdenken sollte, weshalb ich nur die Zähne zusammenbeiße und mir jeden weiteren Kommentar verkneife.

Inzwischen schlägt mir das Herz bis zum Hals, und ich merke, dass ich gefährlich nah dran bin, einfach zu explodieren. Denn David zu sehen, streut nur noch mehr Salz in die Wunde, die Curtis hinterlassen hat. Eine weitere Erinnerung daran, was sein könnte. Nur dass es zwischen David und mir nie zu mehr gereicht hat als zu einem einzigen Abend und einem Kuss, der viel zu gut war, als dass ich ihn vergessen könnte.

Selbst jetzt meine ich seine Lippen schmecken zu können, obwohl ich mich mit jeder Faser meines Körpers darauf konzentriere, den richtigen Tee zu finden. Ich darf mich nicht daran erinnern, darf nicht so an ihn denken.

Vermutlich ist es das Beste, wenn er glaubt, dass ich mich nur deshalb nie bei ihm gemeldet habe, weil er angeblich nicht in meiner Liga spielt. Denn wenn er mich nicht ausstehen kann, komme ich gar nicht erst in Versuchung, an das zu denken, was zwischen uns sein könnte. Zumindest bis die Realität das Happy End ohnehin vorzeitig canceln würde. Wie eine Kerze, der man die Luft entzieht, bevor sie überhaupt richtig zu brennen begonnen hat.

Ich atme einmal tief durch, bevor ich kapituliere und mir einen Beutel Earl Grey und eine Packung Milch aus dem Minikühlschrank schnappe. Scheiß auf James. Anschließend straffe ich meine Schultern, wende mich erneut an David. Wieder liegt die Entschuldigung auf meinen Lippen, aber stattdessen sage ich: »Viel Glück bei dem Gespräch. Falls es scheiße läuft, weißt du, wo du mich findest.« Und dann, ohne eine Antwort abzuwarten, drehe ich mich um und stolziere unter Andrews missbilligendem Blick zum Aufzug, mit einer Nominierung für den »Arsehole of the Year«-Award im Gepäck.

Kapitel 5

Toast

Regentropfen fallen auf mein Gesicht, als ich aus Mums Auto steige, die Papiertüte von KFC fest umklammert. Die ganze Fahrt über hat mich der Geruch von frittiertem Hühnchen verführerisch in der Nase gekitzelt, obwohl ich bezweifele, gleich auch nur einen Bissen hinunterzubekommen.

Während Mum vorhin noch versucht hat, Positivität zu verbreiten, hat sie auf dem Weg nach Hause ein ganz anderes Bild abgegeben. Eines, das mir klargemacht hat, dass etwas passiert sein muss, das nichts mit dem Vorstellungsgespräch zu tun hat. Sie hat nicht einmal danach gefragt.

Mit einem mulmigen Gefühl trete ich durch die Haustür und werde von einer Atmosphäre empfangen, die beinahe geisterhaft ist.

»Geh schon mal ins Wohnzimmer«, weist mich meine Mutter eine Spur zu förmlich an. »Ich hole noch Servietten und Getränke.«

Da verschwindet sie bereits in die Küche, wohingegen ich unschlüssig in der Diele stehen bleibe. Aus reinem Impuls will ich ihr hinterher, aber am Ende ringe ich mich dazu durch, mein Jackett auszuziehen und es mir im Wohnzimmer bequem zu machen.

Der Raum ist eng, kleiner als mein WG-Zimmer, sodass er geradeso genug Platz für ein Sofa, einen Sessel, einen Couchtisch und den Fernseher bietet, der über dem elektrischen Kamin hängt. Die Enge ist einer der Gründe, weshalb wir so gut wie nie hier essen, sondern das Esszimmer nebenan nutzen. Aber heute ist eine Ausnahme.

Mein Dad sitzt bereits, allerdings nicht wie sonst auf dem Sessel, sondern auf dem Sofa. Kurz bin ich verwirrt über diesen Umstand, doch das stolze Lächeln, das er mir zuwirft, lässt mich meine Überraschung sofort vergessen.

»Warst du etwa so beim Vorstellungsgespräch?«, fragt er und deutet auf den Fleck an meinem Ärmel, den das Jackett bisher geschickt verborgen hat.

»Ich hatte eine Jacke an, Dad.« Grinsend lasse ich mich neben ihm aufs Sofa fallen. Im BBC läuft gerade die Quizshow *Pointless*, unser aller Favorit und die perfekte Hintergrundbeschallung zum Abendessen, die mich unmittelbar in meine Kindheit zurückversetzt. Anschließend öffne ich die Tüte und verteile das Essen an den jeweiligen Plätzen.

Es hat sich nichts verändert, seit ich das letzte Mal hier war. Normalerweise bemühe ich mich, alle zwei Wochen bei meinen Eltern vorbeizuschauen, aber bis zum Abgabetermin letzten Mittwoch hat mein gesamter letzter Monat nur aus einer Gruppenprojektarbeit bestanden, die jede Sekunde an Freizeit aufgesaugt hat. Die Tapete mit dem Blümchenmuster ist noch dieselbe. Der Geruch nach Lavendel und Gartenerde. Selbst der rote Fleck im Teppich, wo ich als Kind einmal Saft verschüttet habe, ist immer noch da.

»Du hast dich lange nicht mehr blicken lassen«, richtet Dad wieder das Wort an mich.

»Ach, komm schon, das sagst du jedes Mal.« Für Außenstehende wirkt Dad oft wie ein eigenbrötlerischer Holzklotz, dem nichts im Leben Freude bereitet, aber ich weiß, dass er einfach nur Schwierigkeiten hat, seine wahren Gefühle in Worte zu fassen. Eine Eigenschaft, die mir manchmal guttun würde, denn im Vergleich zu ihm trage ich mein Herz öfter auf der Zunge, als ich sollte. »Hat Mum dir nicht erzählt, dass ich gestresst war?«

»Pft, gestresst. In deinem Alter wusste ich noch gar nicht, was Stress ist.« Er lacht herzhaft und wie um seine Aussage zu unterstreichen, klopft mir auf den Rücken. Am Ende verschluckt er sich sogar an seinem Lachen – wohlverdient – weshalb er hastig nach seinem Wasser greift. Und da fällt mir auf, was sich verändert hat: Das Zittern seiner Hand ist intensiver geworden, beängstigender noch als vor wenigen Wochen. Unwillkürlich starre ich eine Sekunde zu lange auf seine Finger.

»Es ist nicht so schlimm, wie es aussieht«, knurrt Dad.

Ich nicke ertappt und versuche, mich zusammenzureißen. Wäre ich an seiner Stelle, hätte ich auch wenig Lust, von meinem eigenen Sohn angestarrt zu werden, als könnte ich jeden Moment in tausend Teile zerspringen.

»Sorry, Dad.« Ich überlege, wie ich elegant das Thema wechseln kann, als mir der Fernseher auf die Sprünge hilft, indem er eine Werbung für »Doctor Who« einspielt. Mein Dad und ich haben nicht viele gemeinsame Interessen, aber Science-Fiction gehört definitiv dazu. »Hast du die neue Folge schon gesehen?«

»Jetzt lenk nicht vom Thema ab, David. Wie war das Vorstellungsgespräch?«

»Äh.«

»Warte, das will ich auch hören.« Mit einem Strahlen, das selbst die dunkelsten Wolken durchbrechen könnte, kommt Mum dazu und stellt Sektgläser und zwei eisgekühlte Flaschen Schloer auf den Tisch, dessen süßlich-fruchtiger Geruch mir sofort in die Nase steigt, als ich den Deckel aufdrehe.

»Äh«, mache ich erneut. »Gut. Denke ich.«

»Wow.« Mum schnappt sich die Fernbedienung, um den Fernseher leiser zu stellen. »Wenn du so detailliert erzählst, habe ich gleich das Gefühl, dabei gewesen zu sein.«

»Es war echt okay. Ich musste im Foyer warten. Danach haben sie mich in ein Büro bestellt, und die Personalmanagerin und der Teamleiter aus der Qualitätssicherung haben mich mit Fragen gelöchert – so guter-Cop-böser-Cop-mäßig.«

»Machen sie den Scheiß immer noch?«, sagt Dad, der sich bereits über seine Pommes hermacht und dabei versehentlich ein Schälchen Gravy umstößt. Er flucht unterdrückt, woraufhin meine Mum ihm nur kommentarlos eine Serviette zuschiebt.

»Yep. Wollten wissen, wieso meine A-Levels so mies waren und meine Noten an der Uni und am College dagegen so gut.«

»Hast du ihnen gesagt, dass du dich damals noch nicht in die Schuldatenbank einhacken konntest, um deinen Schnitt zu verbessern?«, wirft meine Mutter schnell ein, vermutlich, um mir gar keine Gelegenheit zu geben, über den wahren Grund für meine schlechten Leistungen an der Highschool zu sprechen: Dads Parkinson-Diagnose, die im letzten Schuljahr kam und uns alle ziemlich aus der Bahn geworfen hat.

»So in etwa. Danach haben sie mit mir ein paar Szenarien durchgespielt, die man inzwischen in jedem Bewerbungshandbuch findet. Und mit mir die Ergebnisse des Einstellungstests letzte Woche besprochen. Die waren wohl ganz passabel.«

»Und wie gefällt dir das Unternehmen an sich?«

»Gut«, antworte ich. *Wenn man von bestimmten Kollegen einmal absieht …*

Die Erinnerung an Cameron hinterlässt einen bitteren Geschmack auf der Zunge. Ich wusste, dass seine Eltern irgendwelche reichen Unternehmer sind, aber damit, dass ihnen LabyrIntelligence gehört, hätte ich nicht gerechnet. Oder damit, dass er dort arbeitet. Auf mich wirkt er nämlich nicht wie jemand, der sich mit so niederen Dingen wie einem Job herumschlagen will.

»Ich meine«, füge ich noch hinzu, »sie sind riesig, die Bezahlung ist der Hammer, und wenn ich das Praktikum bekomme, kann ich sogar drei Tage die Woche von der WG aus arbeiten, ohne das Haus verlassen zu müssen.«

»Was das betrifft ...«, wirft Mum ein und legt den Hot Wing beiseite, den sie eben noch essen wollte. »Collin, willst du?«

»Erzähl du's ihm, Adela.«

»Mir was erzählen?«, will ich nun wissen, den Blick fest auf den Popcorn Chicken Bucket vor mir geheftet, den ich bisher nicht einmal anrühren konnte.

»Dein Vater ist vor zwei Wochen gestürzt. Nicht schlimm, aber zur Sicherheit sind wir trotzdem zum Arzt, und es sieht nicht gut aus.«

»Mum, Klartext, bitte«, bringe ich zwischen zusammengebissenen Zähnen hervor, aber es ist Dad, der antwortet.

»Die Symptome verschlechtern sich, und mein Medikament hilft nur noch bedingt, weshalb wir die Dosis erhöhen. Aktuell komme ich gut allein zurecht, darf aber mit sofortiger Wirkung nicht mehr fahren.«

Ich schlucke, weil ich ahne, was als Nächstes kommt.

»Ich habe mit meinem Chef geredet, ob sie vielleicht eine Stelle im Büro für mich haben. Aber du weißt ja, mit diesem Technikzeug komme ich nicht zurecht. Daher bin ich ab sofort arbeitslos.«

»Bekommst du *Universal Credit* oder irgendein Krankengeld?«, frage ich und sehe ihm zum ersten Mal ins Gesicht. Selbst seine Mimik ist inzwischen von Parkinson gezeichnet, will nicht so recht zu dem Ausdruck in seinen Augen passen.

Immer noch dein Dad, erinnere ich mich.

»Wir haben noch nicht alles geklärt, aber ziemlich sicher, ja. Nur wird das nicht annähernd so viel sein, wie ich früher verdient habe.«

Durch einen landesweiten Mangel an Lkw-Fahrern hat sich Dads Gehalt in den letzten Jahren verbessert. Das jetzt zu verlieren, wird einiges verändern. Nicht nur für meine Eltern, sondern auch für mich.

»Wir haben mit der Bank gesprochen«, erklärt meine Mutter. »Den Kredit fürs Haus können wir weiter halten, aber …«

»Mein WG-Zimmer nicht.«

Kurz herrscht Stille, in der ich mich leer fühle. Der Gedanke daran, wieder bei meinen Eltern wohnen zu müssen, löst nichts in mir aus, und alles, was ich zustande bringe, ist: »Okay.«

»Tut mir leid.« Die Hand meines Vaters landet auf meinem Oberschenkel, und ich kann sein Zittern spüren. Eine Erinnerung daran, dass es Wichtigeres gibt als meine Wünsche nach einem größeren Zimmer, schnellem Internet und einem kürzeren Weg zur Uni.

»Es ist okay«, sage ich lächelnd. »Die zwei Jahre bis zum Abschluss halte ich auch noch hier aus, solange Mum nicht sonntagmorgens den Laubbläser anwirft.«

Sie schmunzelt. »Wer weiß. Vielleicht bekommst du ja das Praktikum, dann könntest du bald wieder in die Stadt ziehen. Hauspartys will ich hier nämlich keine sehen.«

»Gilt das auch für *DnD*-Sessions?«

»Ist das was Schmutziges?«, fragt mein Dad, was mich ohne Grund rot anlaufen lässt.

»Nein, das ist … ach egal. Auf jeden Fall ist es kein Thema. Redest du mit der Vermieterin, Mum, oder soll ich?«

»Schon erledigt. Sie entlässt dich früher aus dem Vertrag, du kannst nächste Woche in Ruhe packen.«

Nun spüre ich doch einen kleinen Stich in der Brust. Natürlich war mir klar, dass ich den Auszug nicht bis in alle Ewigkeit hinauszögern kann, aber dass es so schnell geht … »Wolltet ihr das vorher nicht mit mir besprechen?«

Mum zuckt mit den Schultern. »Ist nicht so, als hätten wir eine Wahl. Außer du erfindest das nächste Social Network und machst uns reich.«

»Klar. Ich sitze längst an Facebook 2, jetzt mit noch mehr Minion-Bildern für Tanten über vierzig.«

»Was?«

»Egal.« Endlich überwinde ich mich und schnappe mir ein inzwischen lauwarmes Stück Chicken Popcorn. Wenn ich eines in den Jahren seit Dads Diagnose gelernt habe, dann dass man immer das Beste aus dem machen muss, was einem gegeben wird, und dankbar sein für das, was man hat. Parkinson allein ist schlimm, und es bringt nichts, den Dingen nachzutrauern, die hätten sein können – auch wenn das bedeutet, wieder mit viel zu neugierigen Eltern zusammenziehen zu müssen.

Nach dem Essen verabschiede ich mich nach oben in mein altes – neues Zimmer –, in dem noch immer die Poster aus meiner Teenagerzeit hängen. *Pokémon Platin, League of Legends, Destiny, Halo,* Harry Styles. Mein Alterungsprozess dokumentiert an der Wand über meiner Kommode.

Ich werfe mich aufs Bett, das unter dem Aufprall gefährlich quietscht. Besuch kann ich in der nächsten Zeit vergessen. Nicht, dass die Chancen dafür besonders gut stünden, denn während der gesamten Studienzeit habe ich bisher niemanden kennengelernt, den oder die ich zum *Übernachten* einladen wollte. Außer das eine Mal. Bei Cameron hätte ich nicht eine Sekunde gezögert, ihn mit zu mir zu nehmen. Aber die Gelegenheit dafür war so schnell verflogen, wie sie gekommen war, und er kann mich – so ganz nebenbei – auch mal kreuzweise.

Ich krame mein Handy aus der Hosentasche, auf dem mich geschätzt zehntausend Nachrichten erwarten. Memes, Gruppenchats und zu viele Fragen nach dem Vorstellungsgespräch. Die meisten davon ignoriere ich für den Moment und öffne nur den Gruppenchat mit Dominic, Connor, Ethan, Ruth und Roisin.

Ich tippe:

Schlechte News, Leute. Hauspartys sind bis auf Weiteres gestrichen.

Roisin ist die Erste, die antwortet.

Wieso? Hat LabyrIntelligence deinen TikTok-Account mit den Partyvideos gefunden?

Nein. Ich muss aus der Wohnung ausziehen. Familiäre Geschichte.

Oh?

Mein Dad hat Parkinson und ist jetzt arbeitslos, weil die Symptome inzwischen zu schwer sind, will ich schreiben, halte aber inne.

Ärger mit dem Job bei meinem Dad. Wird daher finanziell etwas enger die nächste Zeit.

Können wir irgendwie helfen?

Nein, alles gut. Ist nicht der Rede wert.

Ich beiße mir auf die Unterlippe und meine, die vorwurfsvollen Blicke meiner Freunde auf mir zu spüren. Dabei ahnen sie nicht einmal, was Sache ist, weil ich ihnen nie davon erzählt habe. Für sie sind meine Eltern einfach nur meine Eltern. Mr und Mrs Toast, zwei Menschen, die mich gezeugt haben und mit denen ich mich gut verstehe. Meine Familie. Mehr nicht.

Und dabei werde ich es auch heute belassen, weshalb ich nur noch schreibe:

Ich wäre gleich im Voicechat, wenn ihr Zeit habt. Ihr glaubt nicht, wer mir vorhin begegnet ist.

Kapitel 6

Cameron

Gegen 20 Uhr höre ich, wie Elizabeths Auto in der Einfahrt hält. Ich weiß, dass sie es ist, weil das Geräusch der Reifen unseres Mercedes auf dem asphaltierten Streifen vor dem Haus ein anderes ist als das von Mums Tesla. Ich lehne mich auf der Couch zurück, um einen Blick aus den Fenstern an der Vorderseite des Hauses zu erhaschen, und als ich die großen Papiertüten in Liz' Armen entdecke, spüre ich zum ersten Mal heute so etwas wie Freude. Die ganze Woche war ein einziger Albtraum. Ein Lächeln stiehlt sich auf meine Lippen, während ich mich auf den Weg zur Haustür mache, damit sie nicht die Hälfte unseres Abendessens unterwegs verliert.

»Wieso habe ich das Gefühl, dass du auf mich gewartet hast?«, begrüßt sie mich, wobei sie mir bereits erwartungsvoll eine der Tüten hinhält.

»Erwischt.« Der Duft von fettigen Pommes und frittiertem Fisch steigt mir in die Nase und lässt mir das Wasser im Mund zusammenlaufen.

»Wir sind allein?«, bemerkt meine Schwester, während sie sich im Wohnzimmer auf die Couch fläzt.

»Überrascht dich das?«, frage ich zurück. »Ich war selbst bis vor einer Stunde noch im Büro. Frag gar nicht erst, wie lange Mum noch braucht.«

»Na dann«, entgegnet Elizabeth mit einem spitzbübischen Grinsen, »wird sich auch keiner beschweren, wenn ich diese Coladose auf den Tisch stelle … *Ohne* Untersetzer.«

Ihr kleiner Akt der Rebellion bringt mich zum Lachen. Ich organisiere Besteck und Servietten, während sich meine Schwester daran zu schaffen macht, das richtige TV-Programm zu finden, weil sie es hasst, sich während des Essens mit – Zitat – »irgendwelchen Schnarchzapfen von Tories« auseinandersetzen zu müssen. Am Ende bleibt sie bei *Dinner Date* hängen.

»Na, wie war dein Tag?«, frage ich, wobei meine Stimme vor Sarkasmus trieft.

Liz schaut mich ungläubig von der Seite an, bevor sie nur die braunen Augen verdreht und das Essen auf dem gläsernen Sofatisch verteilt. Vor mir landet eine Portion Fish and Chips, wohingegen sich meine Schwester ein paar Battered Sausages gegönnt hat.

»Ich mein's ernst«, wiederhole ich. »Darf man als Bruder nicht einmal um das Wohlergehen seiner Schwester besorgt sein?«

»Wie soll mein Tag gewesen sein? Ich war in der Vorlesung, hatte danach zu viele Freistunden, dann noch eine Vorlesung, nur um dann bis eben an diesem langweiligen Projekt zu sitzen – und ich *hasse* bürgerlichen Realismus. Was ist mit dir?«

Ich verziehe die Lippen. »Ich hatte schon bessere Tage. Durfte heute den ganzen Nachmittag damit verbringen, irgendwelche Verträge für James zu prüfen, ohne eine Ahnung, worauf ich überhaupt zu achten habe.«

»Muss ich mir Sorgen machen? Ich meine, du bist doch das Brain von uns beiden. Du solltest wissen, was du tust.«

»Dann hast du mehr Vertrauen in mich als jeder andere.«

Irgendwie habe ich keinen Appetit. Ich nehme eine Pommes,

um zumindest so zu tun, als würde ich essen, dann lehne ich mich zurück und lege den Kopf in den Nacken.

Heute kommt mir der ausladende Raum noch kälter vor als ohnehin schon. Obwohl der Fernseher an ist, wirkt alles so still. Das Echo, das von den kargen Wänden widerhallt, verleiht dem Haus etwas Geisterhaftes, was mich daran erinnert, wieso sowohl Liz als auch ich regelmäßig mit unserer Mutter wegen ihres minimalistischen Geschmacks aneinandergeraten. Es hat Jahre gedauert, bis wir ihr ein paar Zimmerpflanzen aufschwatzen konnten.

Nicht zum ersten Mal wünschte ich, ich wäre zu irgendeiner Party eingeladen. Irgendetwas, das mich davon abhält, zu sehr darüber nachzudenken, was ich normalerweise um diese Uhrzeit an einem Freitagabend tun würde. Seit wir angefangen haben zu daten, haben Curtis und ich uns freitags eigentlich immer verabredet. Und selbst jetzt kann ich immer noch nicht ganz glauben, dass wir das über ein Jahr durchgezogen haben.

Ich konzentriere mich wieder auf den Fernseher und auf Liz' laute Schmatzgeräusche, die mich trotz aller Umstände zum Schmunzeln bringen. Sonst ist sie eigentlich das Vorzeigekind, doch kaum ist unsere Mutter aus dem Haus, zeigt sie ihr wahres Gesicht. Eines, das mir viel besser gefällt. Eines, das mich aber auch daran erinnert, wie sehr sich dieses Leben manchmal wie ein Gefängnis anfühlt. Aber das gehört wohl dazu, wenn man die Verantwortung für eines der zehn größten Unternehmen des Landes trägt. Zumindest rede ich mir das gern ein.

»Woran denkst du?«, kommt es auf einmal von Liz, als hätte sie erkannt, dass mir etwas auf der Seele brennt.

»Ach, das Übliche. Pläne für heute Abend, die niederschmetternde Gewissheit, dass ich nie genug sein werde, und die Frage, ob wir ausreichend Gin im Haus haben, um das alles auszublenden.«

Liz verzieht die Lippen. »Ich glaube, dafür müsstest du einen ganzen Tesco leer kaufen, aber wenn du sonst nichts zu tun hast, wieso rufst du dann nicht Curtis an und fragst, ob er reden möchte?«

Ertappt macht mein Herz einen kleinen Satz. »Ja klar. Der freut sich sicher, wenn er meine Stimme hört. Falls er mich nicht sowieso blockiert hat.«

»Meinst du? Wenn man dem Buschfunk trauen darf, ist die Sache für ihn noch lange nicht erledigt.«

»Woher … Ach, egal. Selbst wenn ich mich bei ihm entschuldige, ändert das nichts an der Situation. Er will eine *öffentliche* Beziehung.«

»Du etwa nicht?«

»Ja, aber ich will sicher nicht dafür verantwortlich sein, dass Peter aus der Firma aussteigt, weil er nichts mit ›solchen Leuten‹ wie mir zu tun haben will.«

»Peter Edwards? Dachte, Mum hätte den schon längst rausgekickt.«

»Er ist immer noch Gesellschafter und nutzt jede Gelegenheit, sich in die Firma einzumischen. Darf ich dich daran erinnern, wie er letztes Jahr auf die Idee reagiert hat, die Pride Parade zu sponsern? Oder was mit Constantine aus der Akquise passiert ist, als xier geschlechtsneutrale Pronomen in die E-Mail-Signatur gesetzt hat?«

»Hat xier nicht einen klasse Job in der Niederlassung in Dublin?«

»Ja, aber davor war im Vorstand die Hölle los, weil Peter einige Leute angestiftet hat, dass Pronomen angeblich die Kundschaft vergraulen und wir mit so einem ›neumodischen Quatsch‹ unseriös wirken.«

»›Bei uns wird Diversity großgeschrieben‹, hm?«, erinnert mich meine Schwester an den Werbeslogan, der einem förmlich entgegenspringt, wenn man sich auf der Firmenwebsite die offenen Stellenangebote ansieht. »Muss ich verstehen, wieso Mum sich den Stress mit diesem Höhlenmenschen überhaupt gibt?«

Obwohl ich meiner Schwester eigentlich beipflichten möchte, zwingt mich eine innere Stimme dazu, zu widersprechen: »Dieser Höhlenmensch hat leider mit seinem Geld überhaupt erst möglich gemacht, dass die Firma so schnell so stark wachsen konnte. Und ich glaube, sie waren früher zumindest mal befreundet.«

»Und was genau hält uns davon ab, Peter einfach abzusägen? Oder wahlweise schmutzige Details aus seinem Privatleben aufzudecken, um ihn damit zu bestechen, seine Anteile zu verkaufen?«

»Das ist irgendwie … beunruhigend spezifisch.«

»Ich meine ja nur. Ich wette mit dir, jemand wie er hat Dreck am Stecken. Der war mir immer suspekt.«

»Das bezweifle ich nicht.«

»Ach komm schon. Du willst mir doch nicht ernsthaft weismachen, dass dich das nicht mindestens genauso sehr abfuckt wie mich.«

»Tut es«, gebe ich ungeduldig zurück. »Aber es ändert nichts an den Tatsachen. Die Firma ist auf seine Beteiligung angewiesen – und Tausende Leute auf ihre Jobs. Wenn er abspringt, könnte das die anderen Gesellschafter oder unsere Klienten verunsichern. Von den finanziellen Konsequenzen einmal abgesehen, wenn die Firma seine Anteile zurückkaufen muss. Und selbst wenn das alles gar nicht so schlimm wird – solange nicht ich, sondern unsere Mum am Hebel sitzt, wird sich daran nicht so schnell etwas ändern.«

»Aber …«

Wie aufs Stichwort höre ich, wie die Haustür geöffnet wird. Was für ein Timing. Nur um sicherzugehen, werfe ich meiner Schwester einen warnenden Blick zu. Zwar ist Mum alles andere als intolerant oder nicht zu einer Diskussion bereit, aber sie an einem Freitagabend nach mehreren Überstunden inklusive einer anstrengenden Konferenz zu konfrontieren, ist nicht die klügste Idee.

Meine Schwester nickt, obwohl ich ihr ansehen kann, dass das Thema für sie noch nicht vom Tisch ist. Diese Sturheit haben wir beide von unserer Mutter geerbt, und während Liz niemals aufhören wird, die Firma zu kritisieren, beharre ich darauf, dass es Schlachten gibt, deren Ausgang im Vornherein klar ist. Und dazu gehört auch die Diskussion, ob es wirklich so schlau ist, mich als Sohn der Firmeninhaberin öffentlich zu outen.

Als plötzlich das Licht angeht, muss ich ein paar Mal blinzeln, bis meine Augen sich an die Helligkeit gewöhnt haben.

»Müsst ihr beiden immer so tun, als würdet ihr in einer Höhle leben?«

»Wir mögen es gern gemütlich«, rechtfertigt sich Liz. »Ist das Kuchen?«

Überrascht wende ich mich meiner Mutter zu und runzele verwirrt die Stirn.

»Feiert hier etwa jemand Kindergeburtstag?«, frage ich belustigt, als ich die Schachtel Raupenkuchen in ihrer Hand entdecke. Ich glaube, es ist über zehn Jahre her, seit wir zum letzten Mal ›Colin the Caterpillar‹-Schokokuchen zum Essen hatten.

Meine Mutter lächelt sanft, wobei ihr Blick vor allem mir gilt. Obwohl ihr Make-up nach dem langen Tag immer noch perfekt sitzt, ist ihr die Müdigkeit anzumerken.

»Wir hatten alle eine miese Woche«, erklärt sie. »Daher dachte ich, wir könnten etwas vertragen, das die Stimmung ein wenig hebt. Ich glaube, wir haben auch noch irgendwo Cider.«

Einen Moment lang sehen meine Schwester und ich uns verwirrt an, bevor meine Mutter schließlich hinzufügt: »Um dich aufzuheitern, Cameron.«

Ein warmer Schauer läuft mir den Rücken hinab, während ich aufstehe, um Mum mit dem Kuchen zu helfen. Normalerweise fällt es mir immer schwer, meine Wut über die Regeln und die Firma auf sie zu lenken, dabei weiß ich, dass nicht sie diejenige ist, die mir hier im Weg steht. Sie hat mir nie explizit verboten, mich öffentlich zu outen, und hatte auch nie ein Problem damit, dass ich schwul bin. Aber sie weiß genauso gut wie ich, dass das nicht auf alle Beteiligten zutrifft.

Ich lächele sie an und lasse mich in eine Umarmung ziehen. Ihr braunes Haar riecht nach dem Büro und dem Parfüm, das sie jeden Morgen benutzt, angenehm vertraut.

»Was hat mich verraten?«, frage ich, weil ich mich nicht daran erinnern kann, ihr gegenüber erwähnt zu haben, dass ich mich getrennt habe.

Meine Mutter löst sich aus der Umarmung, bevor sie sich daranmacht, Teller aus dem Küchenschrank zu holen – sogar die guten aus Frankreich.

»Ich bin deine Mutter«, erklärt sie. »Und auch wenn wir uns in letzter Zeit nicht so oft gesehen haben, kann ich immer noch sehr gut einschätzen, wann etwas mit meinen Kindern nicht stimmt.« Dann fügt sie etwas heiterer hinzu: »Ich hoffe, ihr habt noch nicht zu viel gegessen. Den ganzen Kuchen schaffe ich unmöglich allein.«

Kapitel 7

Toast

»Okay, jetzt rück schon raus mit der Sprache.«

Teilnahmslos starre ich auf mein leeres Tablett, auf dem vor wenigen Minuten noch zwei Sausage Rolls gelegen haben, die ich vor lauter Nervosität quasi inhaliert habe. Doch selbst so kann ich Roisins stechenden Blick auf mir spüren. Sowohl sie als auch Connor, mit denen ich bei Greggs bin, wissen, dass etwas im Busch ist. Falls meine Bitte, unsere Mittagspause in meinem Stammlokal für schlechte Tage zu verbringen, nicht aussagekräftig genug war, dann definitiv die Tatsache, dass ich meinen Lunch innerhalb weniger Minuten vernichtet habe.

»Wer sagt denn, dass ich etwas zu erzählen habe?«, versuche ich abzuwiegeln.

»Du sagst immer, Greggs sei der perfekte Ort für Nervenzusammenbrüche«, erinnert mich Roisin. »Zumal du uns noch nie zum gemeinsamen Mittagessen eingeladen hast.«

Da hat sie leider recht. Ich bin sonst jemand, der das Herz auf der Zunge trägt. Nur dieses eine Mal wäre es mir lieber, meine Freunde würden mich nicht sofort durchschauen. Neben mir räuspert sich Connor. Sorge steht in seine großen blauen Augen geschrieben, und er hat diesen Blick aufgesetzt, den er normalerweise nur dann benutzt, wenn ich während einer *Dungeons-and-Dragons*-Session eine natürliche Zwanzig gewürfelt habe und im Begriff bin, seinen Charakter in eine Horde Goblins rennen zu lassen.

»Ist es das Vorstellungsgespräch? Hast du was von ihnen gehört? Eine Absage?«

»Oder eine Zusage? Und du musst für das ganze nächste Jahr der persönliche Assistent von Mr Hochwohlgeboren sein?«, ergänzt Roisin.

Ihre Aussage lässt mich kurz schmunzeln. Seit dem Vorstellungsgespräch sind gerade einmal fünf Tage vergangen, und ich bin mir ziemlich sicher, dass ich nicht der einzige Kandidat bin, der eingeladen wurde, weshalb ich versuche, so wenig wie möglich darüber nachzudenken. Dabei weiß ich ehrlicherweise nicht, was mir lieber wäre. Der Job würde einige Probleme lösen und es mir ermöglichen, zumindest für die Dauer des Praktikums zurück in die Stadt zu ziehen. Dann wiederum habe ich wenig Lust, Cameron Walsh die ganze Zeit an der Backe zu haben.

»Weder noch«, werfe ich ein, während ich bereits überlege, wie ich das eigentliche Gespräch über die Bühne bringen soll. Nachdem ich mich im Gruppenchat nur über Cameron ausgelassen habe, habe ich das ganze Wochenende und den Montag damit verbracht, mir darüber den Kopf zu zerbrechen, wo und wie ich am besten anfange, denn bisher ahnt keiner meiner Freunde, was wirklich zu Hause bei mir passiert. Mein plötzlicher Umzug zurück zu meinen Eltern, die weit außerhalb der Stadt wohnen, wird unweigerlich Fragen aufwerfen, weshalb ich nach einigem Hin und Her entschieden habe, dass es Zeit ist, mit der Wahrheit rauszurücken. So zumindest der Plan.

»Sondern?« Roisin schiebt sich bereits ungeduldig das schwarze runde Brillengestell zurecht. Dabei verirrt sich eine

Strähne ihres glatten Haars in ihre Stirn, die sie genervt zurück in ihre Position pustet.

»Ich … Es ist etwas passiert«, fange ich vorsichtig an. »Und ich könnte nächste Woche eure Hilfe gebrauchen.«

»Wirst du von der Regierung gejagt und wir müssen mit unseren Autos irgendwo einbrechen, um etwas Wertvolles zu stehlen, um dir deine Freiheit zu erkaufen?«

Stirnrunzelnd schaue ich zu Connor. »Alter, du solltest deine *Fast-and-Furious*-Marathons echt ein wenig runterfahren.«

»Tschuldige.«

»Jedenfalls … muss ich wieder zurück zu meinen Eltern ziehen.« Die Worte schnüren mir mit jeder Silbe ein Stück mehr die Kehle zu. Gleichzeitig muss ich meine Hände unter dem Tisch verstecken, um das Zittern darin zu verbergen. Das schlechte Gewissen, meine Freunde so lange im Dunkeln gelassen zu haben, trifft mich mit einer Plötzlichkeit und Härte, die es mir unmöglich macht, überhaupt noch klar zu denken.

»Weil?«, hakt Roisin ungeduldig nach, nachdem ich ein weiteres Mal in Schweigen verfallen bin.

»Mein … Dad. Er hat seinen Job verloren. Er … Deshalb muss ich aus meiner WG ausziehen.« Ich beiße mir auf die Zunge und meine Blut schmecken zu können. Unter Roisins intensivem Blick fühle ich mich beinahe nackt, als könnte sie den Rest meiner Erklärung aus mir heraussaugen. Ein Teil von mir wünscht sich, es wäre so, denn das würde es mir ersparen, ihr selbst erzählen zu müssen, was in Wirklichkeit mit meinem Vater los ist.

»Oh, Shit«, kommt es stattdessen von Connor, der mich wie so oft weitaus weniger gut durchschauen kann als meine beste Freundin. Ich widme mich den Krümeln auf meinem Tablett, die ich konzentriert hin und her schiebe.

»Das tut mir echt leid. Gibt es einen Grund? Also natürlich nur, wenn du darüber reden willst.«

Das ist meine Chance. Jetzt, in diesem Moment, habe ich die Gelegenheit, meinen Freunden zu erzählen, was Sache ist. Dass mein Vater seinen Job verloren hat, weil seine Parkinson-Erkrankung inzwischen so weit fortgeschritten ist, dass er nicht mehr arbeiten kann. Dass es möglicherweise nicht mehr lange dauert, bis er auch zu Hause Hilfe benötigt. Und dass ich bisher nichts davon erzählt habe, weil ich meine Freunde nicht mit meinen Problemen belasten will. Weil ich von ihnen nicht voll Mitleid angestarrt werden will, als befürchteten sie, es sei nur noch eine Frage von Wochen, bis ich meinen Dad verliere.

Seit der Diagnose bewege ich mich auf einem schmalen Grat zwischen Optimismus und Verdrängung. Versuche zu tun, was ich kann, um das Beste aus der Situation zu machen und meinem Vater zu helfen, während ich gleichzeitig alles tue, um einmal nicht daran zu denken, was morgen sein wird.

Ich starre weiter wie gebannt auf die Krümel vor mir, die ich inzwischen so zusammengeschoben habe, dass sie mit viel Fantasie das Logo der Rebellenallianz aus *Star Wars* ergeben. Ich kann förmlich spüren, wie erst Sekunden, dann Minuten verstreichen und mit ihnen meine Chance und mein Mut, die Wahrheit zu sagen. Stattdessen antworte ich nur: »Er hat gekündigt. Schwierigkeiten mit dem Job. Meine Eltern kommen klar, aber das Geld vom Studierendendarlehen, das nicht für die Studiengebühren draufgeht, reicht einfach nicht, um mir eine Wohnung *und* einen Lego-Todesstern zu finanzieren.«

»Du priorisierst ernsthaft Lego über eine eigene Wohnung?«

Ich werfe Connor einen vielsagenden Blick zu, da mein Sarkasmus offenbar wieder einmal an ihm vorbeigezogen ist. »Klar. Ich kaufe mir lieber sechs Todessterne im Jahr, als meine eigene Wohnung zu haben. Verdammt. So schlimm ist meine Prioritätensetzung auch wieder nicht, Connor.«

»Ist das nur vorübergehend?«, will Roisin mit beunruhigend scharfer Stimme wissen. »Ich meine, dein Dad ist Lkw-Fahrer, oder? Ist es der Job selbst, der ihm Probleme macht, oder die Firma?«

Shit. Ich verziehe die Lippen, um darüber hinwegzutäuschen, dass die Frage mich eiskalt erwischt hat. »Eher sein Arbeitgeber«, korrigiere ich schnell. »Er redet nicht gern darüber, aber ich glaube, er kommt nicht gut mit dem Typen klar, der die Koordination vor Kurzem übernommen hat.«

Was rede ich denn da? Warum erinnere ich mich ausgerechnet jetzt an den lächerlichen Tipp, möglichst viele Details einzuwerfen, um eine Lüge glaubhaft zu machen, den ich aus irgendeiner Serie kenne?

»Jedenfalls«, setze ich noch einen drauf, »wird es wohl eine Weile dauern, bis er wieder was gefunden hat.«

»Kam nicht vor ein paar Wochen erst in den Nachrichten, dass es im ganzen Land an Lkw-Fahrern fehlt?«

In Momenten wie diesen macht Roisin mir immer ein bisschen Angst. Es ist ganz amüsant, dabei zuzusehen, wie sie im Debattierklub jemanden derart in die Mangel nimmt, aber selbst das Opfer ihrer berüchtigten Verhörtaktiken zu sein, jagt mir eine Gänsehaut über den Nacken.

»Ja«, gebe ich zu. »Das macht es vielleicht, hoffentlich, einfacher, aber mein Dad ist auch Mitte fünfzig, und egal, wie dringend Unternehmen nach Leuten suchen, am liebsten wollen sie jemanden, der zwanzig Jahre alt ist und idealerweise dreißig Jahre Berufserfahrung mitbringt.«

»Das stimmt.« Auch wenn sie noch nicht ganz zufrieden mit meiner Antwort wirkt, wird Roisins Miene sanfter. »Und wie geht es dir damit? Hast du deinen Eltern schon erklärt, dass du unmöglich auf die WG-Partys verzichten kannst und deshalb jetzt alles bei ihnen zu Hause machst?«

Neben mir lacht Connor, während ich versuche, mir vorzustellen, wie meine Mutter wohl auf so eine Ansage reagieren würde. Dann schüttele ich den Kopf.

»Dazu müssten wir alle erst mal aus der Stadt rausbekommen. Mit der Bahn dauert es vom Campus aus eine Stunde, bis man überhaupt im richtigen Ort ist – Umstiege inklusive. Ich bezweifele, dass irgendjemand betrunken den Weg nach Hause findet.«

»Das klingt echt scheiße«, bestätigt Roisin. »Ich kann dir gern mein Sofa anbieten, wenn es mal etwas spät wird. Aber ein freies Zimmer hab ich leider nicht.«

»Ich weiß. Zum Glück sind meine Eltern echt okay. Zumindest zwingen sie mich nicht, sonntags mit ihnen zur Kirche zu gehen oder an ihren Wein- und Käseabenden teilzunehmen.«

»Irgendwie hatte ich ein völlig anderes Bild von deinen Eltern«, gesteht Connor. »Ich dachte, sie sind irgendwie … mehr wie du.«

Ich zucke mit den Schultern. »Sie sind normal. Nett, freundlich, verstehen sich gut mit ihren Nachbarn und haben im Wohnzimmer einen Lady-Di-Schrein. Wirklich nichts Besonderes.«

Roisin verzieht angewidert das Gesicht. »Schwer vorstellbar, wenn man dich so betrachtet.«

Ich blicke an mir hinab und muss grinsen. Auch wenn meine Eltern nicht so schlimm sind, kann ich verstehen, dass ich den spießigen Eindruck meiner Eltern nicht wirklich widerspiegele. Früher habe ich viel Wert darauf gelegt, »normal« auszusehen und mich anzupassen, aber seit ich an der Uni bin, interessiert es mich nicht mehr, was die Leute reden, wenn ich mit Skinny Jeans und Hemden mit Pokémon-Muster meine Aufwartung mache.

»Was ich damit sagen will«, kehre ich zum Thema zurück. »Es

ist okay. Wirklich. Ich würde mich nur über Hilfe beim Packen freuen. Und wer weiß, vielleicht habe ich Glück und bekomme einen guten Praktikumsplatz, der genug abwirft, damit ich mir im nächsten Jahr wieder ein WG-Zimmer suchen kann.«

»So wie das Praktikum bei LabyrIntelligence?«, will Connor schmunzelnd wissen.

»Ja. Nur bitte ohne irgendwelche Jurastudis, die meinen, ihnen gehöre die Welt.«

»Apropos«, fällt Roisin da ein. »Hat die LawSoc den Terminvorschlag heute Abend angenommen?«

Kapitel 8

Toast

Na klasse, denke ich, als wir in den Gang einbiegen, in dem sich der Konferenzraum befindet, den Roisin heute gebucht hat, *die Kavallerie ist schon hier.*

Sobald sie unsere Schritte auf dem alten Linoleumboden hören, wenden sich die vier Leute von der Law Society zu uns um. Dabei hat ihre Synchronität beinahe etwas von einem Spielfilm über angehende Anwälte. Immer wenn ich Leute aus ihrem Klub treffe, frage ich mich, ob sie mit dieser geraden Haltung und der arroganten Ausstrahlung geboren wurden oder ob es dafür einen extra Kurs im ersten Semester des Jurastudiums gibt.

Nichtsdestotrotz setze ich mein breitestes Lächeln auf, um darüber hinwegzutäuschen, dass mein Puls allein bei Camerons Anblick gefährlich weit in die Höhe schießt. An seiner Seite steht Laura, die Leiterin der Law Society, mit der ich mich bisher immer gut verstanden habe, und die beiden Jones-Brüder, die niemand je beim Vornamen nennt, da ihr Vater der Dekan der Universität ist – die einzige Charaktereigenschaft, die die beiden überhaupt besitzen.

»Hi«, begrüße ich die Gruppe und versuche dabei, meine Stimme möglichst motiviert klingen zu lassen. »Wie geht's?«

Ich schiebe mich an ihnen vorbei zum Raum dahinter. Beim Öffnen der Tür strömt mir warme Luft entgegen und der Geruch von frischer Wandfarbe.

Schweigend verteilen wir uns um den riesigen ovalen Tisch und nehmen an gegenüberliegenden Seiten Platz. Normalerweise gehören zum Vorstand unserer Literific Society neun Personen, doch bei kleinen außerordentlichen Treffen wie diesem sind in der Regel nur Ethan als Schatzmeister, Roisin als Schriftführerin und ich als Präsident anwesend. Deshalb hatte ich insgeheim gehofft, einen Bogen um Cameron machen zu können, da dieser streng genommen nicht zum obersten Kreis des Vorstands seines Klubs gehört. Pech gehabt.

Während Roisin neben mir ihren Laptop für die Mitschrift aufbaut, hole ich einen Notizblock und Stift hervor, um gar nicht erst in die Verlegenheit zu kommen, Cameron in die Augen sehen zu müssen.

Draußen ist es bereits stockdunkel, weshalb ich die Bäume vor den Fenstern der Students' Union nur schemenhaft erahnen kann. Im Gegensatz dazu ist das Licht hier drin so grell, dass ich schon jetzt Kopfschmerzen davon bekomme. Hoffentlich dauert das Meeting nicht zu lang.

Schließlich lege ich geschäftsmäßig die Hände aneinander und räuspere mich. »Also. Möchtet ihr uns erzählen, wieso ihr ausgerechnet uns treffen wollt und dazu noch so ein großes Geheimnis daraus gemacht habt, worum es überhaupt geht?«

Gegenüber von mir grinst Laura amüsiert, wobei sich feine Fältchen um ihre dunkelviolett geschminkten Lippen bilden. Mit den lockigen dunklen Haaren, der bronzefarbenen Haut und der tiefen Stimme ist sie mir die am weitaus sympathischste Person aus der ganzen Law Society.

»Wir haben große Pläne«, verkündet sie, »und würden euch dazu gern ins Boot holen.«

Neben mir runzelt Roisin die Stirn, während ihre langen schwarz lackierten Fingernägel bereits fleißig auf der Tastatur klackern. »Wenn ihr eine spezielle Debatte zu einem aktuellen Fall mit uns planen wollt, seid ihr etwas spät dran. Die Term Card mit den Themen steht schon lange.«

Doch Laura schüttelt nur mit dem Kopf, bevor sie Cameron anstößt. Schlagartig wird mir flau im Magen, der die Begegnung letzten Freitag noch immer nicht ganz verdaut zu haben scheint.

»Ich bin Cameron Walsh, der Charity Officer«, stellt er sich höflich vor, weil er, soweit ich mich erinnern kann, noch nie offiziell mit Roisin oder Ethan bekannt gemacht wurde. Dabei ahnt er nicht, dass die beiden erst letzte Woche einen halbstündigen Rant darüber ertragen mussten, was für ein arroganter Arsch er doch ist. Jetzt klingt er dagegen zahm, ganz der Charmeur, weshalb ich geradeso ein Kichern unterdrücken kann. »Ich kümmere mich unter anderem um die Organisation unserer Charity Events, die einmal im Jahr stattfinden.«

Er macht eine Pause, in der er uns mustert. Kurz begegnet mein Blick dabei seinen graugrünen Augen, die im grellen Licht besonders hell wirken. Zusammen mit den rot gefärbten Haaren und dem breiten Lächeln, das über seine Züge huscht, ist er immer noch viel zu attraktiv für meinen Geschmack. Und ich wünsche mir nichts mehr, als ihn mit aller Kraft hassen zu können. Nicht nur weil er mich behandelt, als wäre ich ein Niemand, sondern auch weil er mich vor zwei Jahren einfach abserviert hat, als ihm klar geworden ist, dass ich nicht zu seinem elitären Zirkel gehöre … Ich wette, er muss sich heute Abend nicht mit dem Gedanken ins Bett legen, dass er sich die nächsten zwei Jahre ein winziges Badezimmer mit seinen Eltern teilen muss.

Angespannt beiße ich die Zähne zusammen. Sosehr ich ihn auch gern erwürgen würde, alle negativen Gefühle auf einmal auf ihn zu projizieren, während wir eigentlich arbeiten sollten, hilft uns nicht weiter. Ich muss mich auf das Hier und Jetzt konzentrieren. So tun, als wäre der Mann mir schräg gegenüber nur irgendein x-beliebiger Jurastudent und nicht *Cameron Walsh*.

»Für dieses Jahr«, fährt er fort, »planen wir im Mai eine Gala voraussichtlich im Grand Central Hotel. Ein Teil der Ticketpreise und die Erlöse einer Auktion werden gespendet – an wen das Geld geht, diskutieren wir im Moment noch.«

Kaum merklich schielt er zu einem der Jones-Brüder hinüber, der Roisins Tippgeräusche mit grimmigem Gesichtsausdruck bemisst. Ich bin mir nicht sicher, ob es Bryce oder Chad ist, denn ich kann die blonden Zwillinge nicht voneinander unterscheiden.

»Im Grand Central?«, kommt es überrascht von Ethan neben mir, der eine widerspenstige Locke zwirbelt. »Nobel geht die Welt zugrunde.«

»Die Gäste sind in der Regel ziemlich große Tiere«, meldet sich nun der andere Jones-Bruder zu Wort. »Wir können ja wohl schlecht die reichsten Leute des Landes und wichtige Parlamentsvertreter ins Lavery's setzen.«

Es ist kein Geheimnis, dass das Lavery's die Stammkneipe unseres Debattierklubs ist. Dementsprechend ist der Seitenhieb so offensichtlich, dass Roisin sich wieder in das Gespräch einmischt.

»Und uns braucht ihr fürs Catering, oder was?«, zischt sie.

Ich stupse sie unauffällig in die Seite, auch wenn ich insgeheim amüsiert darüber bin, dass nicht *ich* derjenige bin, der gerade einen Streit anfängt. Wäre aber auch das erste Mal, dass ein Treffen mit der LawSoc harmonisch verläuft.

Doch zu meiner Überraschung schreitet ausgerechnet Cameron ein. »Nichts dergleichen«, erklärt er mit sanfter Stimme, die mich unwillkürlich an den Abend im Pub zurückerinnert. »Ich will nicht lügen – ihr wisst sicher so gut wie wir, dass es bei solchen Events nicht nur um Wohltätigkeit geht, sondern auch ums Kontakteknüpfen, was, denke ich, für einige eurer Leute ebenfalls interessant sein könnte.«

Ich verziehe nachdenklich die Lippen.

»Wenn ihr uns dabei helft, das Event auf die Beine zu stellen, seid ihr als Society selbstverständlich eingeladen und automatisch im Mittelpunkt der Feier. Das könnte womöglich die ein oder andere Tür öffnen, denn wie Jones bereits erwähnt hat, ist die Gästeliste ziemlich exklusiv.«

Im ersten Moment klingt das nachvollziehbar, ja geradezu verführerisch. Mir fallen spontan drei Leute ein, die für ein Praktikum bei einem MP alles tun würden – Roisin eingeschlossen –, aber wieso fühlt sich diese Gala dann wie ein Pakt mit dem Teufel an?

»Das ist ja schön und gut«, entgegne ich stirnrunzelnd. »Aber was ist der Haken an der Sache? Ich meine ... ihr kommt doch nicht aus reinem Wohlwollen zu uns, zumal ihr sicher mehr als genug Leute habt, so ein Event auf die Beine zu stellen.«

Laura und Cameron werfen sich vielsagende Blicke zu. Sie trommelt mit ihren Fingern auf die Tischplatte, dann sagt sie: »Wir wollen ehrlich sein ... Im letzten Jahr haben sich einige Leute beschwert, dass die Veranstaltungen der LawSoc nur privilegierteren Menschen vorbehalten sind. Wir haben intern einige Dinge verändert, um dem entgegenzuwirken und um in vielerlei Hinsicht diverser zu sein. Dazu wollen wir zukünftig mehr mit anderen Klubs kooperieren. Da die Literific Society unserer thematisch am nächsten ist, wart ihr die erste Wahl.«

»Wir ...« Ich zögere kurz, um nachzusehen, ob Ethan und Roisin genauso verblüfft sind wie ich. »Wir sollen also mitmachen, um euer Image aufzupolieren.«

»Ja«, entgegnet Laura, ohne auch nur mit der Wimper zu zucken. In ihren Augen liegt ein Ausdruck, der beinahe etwas Flehendes hat. Einerseits sträubt sich alles in mir dagegen, nur ein Mittel zum Zweck zu sein. Andererseits scheint ihr das Anliegen mehr zu bedeuten, als sie durchblicken lässt. Sie ist die erste Präsidentin der LawSoc – noch dazu die erste Woman of Colour, da ist es naheliegend, dass es für sie um mehr geht als nur das Image der Society.

Zögernd wende ich mich zu Roisin, die sicher eine ähnliche Vermutung hat, dann zu Ethan, der als Einziger noch nicht überzeugt wirkt. Mit dem Kugelschreiber kritzelt er Kringel an den Rand seines Blocks, darum bemüht, mich nicht anzuschauen. Nach fast zwei Jahren, die wir beide im Debattierklub sind, weiß ich, was diese Haltung bedeutet: Er ist unschlüssig. Oder weiß nicht genug, um eine Entscheidung treffen zu wollen.

»Angenommen, wir wären dabei«, setze ich vorsichtig an, während mein Verstand auf Hochtouren arbeitet, »was vor allem davon abhängt, was der Rest des Vorstands zu sagen hat … Wie stellt ihr euch das Ganze vor? Ihr meintet Mai? Das ist ziemlich knapp.«

»Ja«, antwortet Laura. »Es gab einige Diskussionen zu dem Event, und der Beschluss wurde immer wieder vertagt. Daher würden wir es begrüßen, wenn ihr uns so schnell wie möglich Bescheid geben könntet. Sollte es bei einem Ja bleiben … erhaltet ihr selbstverständlich volles Mitspracherecht bei den Vorbereitungen, und wir könnten – falls das auch in eurem Interesse liegt – häufiger zusammenarbeiten.«

Ein Blick in Richtung Jones und Jones – und ich weiß, dass nicht alle in diesem Raum für diesen Weg gestimmt haben. Das allein verschafft mir fast so viel Genugtuung, dass ich am liebsten an Ort und Stelle zusagen würde.

»Wer ist bei euch für Veranstaltungen zuständig?« Camerons Stimme reißt mich aus den Gedanken.

»Das wäre …«, setze ich reflexartig an, halte dann allerdings inne. *Julia Campbell* wäre eigentlich die Antwort gewesen, wenn diese nicht im Herbst das Studium geschmissen hätte, weil sie als freiberufliche Künstlerin mehr als genug verdient. In unseren Klubregeln steht nur, dass wir die drei wichtigsten Posten, Präsident, Schriftführer und Schatzmeister, neu besetzen müssen, weshalb wir uns dagegen entschieden haben, einen neuen Events Officer zu wählen.

»Toast … äh … David und ich übernehmen das aktuell«, antwortet Roisin an meiner Stelle. »Hauptsächlich David.«

Cameron notiert sich etwas und grinst kurz. Was findet der denn bitte witzig? Meinen Spitznamen oder die Tatsache, dass wir beide konstruktiv zusammenarbeiten müssen, wenn unser Vorstand wirklich für den Vorschlag der LawSoc stimmt?

»Habt ihr noch Fragen?«, will Laura wissen.

»Ich glaube nicht.« Zur Sicherheit schaue ich einmal zu meinen Kollegen, doch während Ethan noch immer nachdenklich auf sein Papier starrt, scheint Roisin sich bereits mit der Idee abgefunden zu haben, denn in ihrem Webbrowser tippt sie bereits eine Zusammenfassung des Meetings in den Gruppenchat des Vorstands.

»Super.« In einer überraschend überschwänglichen Geste klatscht Laura die Hände zusammen. »Ich würde mich echt freuen, wenn ihr dabei seid.«

Kapitel 9

Cameron

Nächtliches Wachliegen und die Tatsache, dass Laura neben mir auf keinen meiner Gesprächsversuche eingeht, sorgen dafür, dass sich meine Vorlesung über Grundstücksrecht mehr zieht als ohnehin schon. Mir ist klar, dass vielleicht einmal der Tag kommt, an dem ich dieses Wissen brauche, aber bisher erschließt sich mir nicht, wie mir ein besseres Verständnis für die Regeln zur Neubauanmeldung dabei helfen soll, eine Firma zu leiten. Dementsprechend verbringe ich die Stunde eher müde als wach, bevor Mr Harrison, unser Dozent, endlich die erlösenden Worte spricht, die uns in den Feierabend entlassen.

Das sorgt auch dafür, dass sich Laura aus ihrem tranceartigen Zustand löst und irritiert blinzelt, als hätte sie der äußerst spannende Vortrag in eine andere Welt entführt. Sie streckt sich einmal ausgiebig, bevor sie ihren Laptop zusammenklappt.

»Denkst du an deinen Termin?«, fragt sie.

»Wie könnte ich den vergessen?«

Ich grinse, obwohl sich mir allein beim Gedanken der Magen umdreht. Im Vergleich zum Rest des Vorstands der Law Society begrüße ich Lauras Pläne, uns ein wenig vom Image alter weißer Männer wegzubekommen. Worauf ich dagegen nicht so heiß bin, ist, mir die Planungsarbeit für die nächste Gala mit irgendjemandem teilen zu müssen. Vor allem, wenn dieser Jemand David McCann heißt. Oder »Toast«, wie ihn seine Freunde aus unerfindlichen Gründen nennen.

»Du wirkst nicht überzeugt«, bemerkt Laura und mustert mich skeptisch. »Soll ich mitkommen?«

Ich winke ab, auch wenn mir nicht ganz geheuer ist, wie schnell sie mich durchschaut hat. »Ich komme schon klar. Ich muss nur wieder wach werden nach der einschläfernden Vorlesung.«

»Wenn Sie das Thema so ›einschläfernd‹ finden, Mr Walsh«, ertönt eine Stimme hinter mir, »bin ich sehr auf Ihre Hausarbeit nächste Woche gespannt.«

Mein Magen sackt gefühlt ein paar Zentimeter tiefer, während ich meinem Dozenten gleichzeitig am liebsten ein paar spöttische Worte entgegenschleudern würde. Einerseits bin ich selbst schuld daran, so laut zu postulieren, wie sehr ich das Grundstücksrecht hasse, gleichzeitig rechtfertigt das nicht, dass Mr Harrison die Gespräche seiner Studierenden belauscht – vor allem, wenn diese *nach* seiner verdammt langweiligen Vorlesung stattfinden.

»Das bin ich auch, Mr Harrison.«

Verunsichert runzelt er die Stirn, sodass die Falten sich bis nach oben zu seinem kahl rasierten, blassen Schädel ziehen. Ich kann ihm ansehen, dass er noch etwas sagen möchte, aber er schweigt. Gut für ihn, denn mir ist echt nicht danach, mich jetzt mit ihm anzulegen. Er wendet sich ab und verschwindet durch die hohe Eichentür aus dem Saal, eine Wolke *Boss Bottled* hinter sich herziehend.

»Hast du denn schon angefangen?«, stichelt Laura.

»Ich hab's vor.«

»Bilde dir ja nicht ein, dass ich dich wieder abschreiben lasse.«

Ich verdrehe die Augen. »Ach, komm. Das war ein einziges Mal in der zehnten Klasse. Du kannst mir das doch nicht ewig vorhalten.«

Ihr Lachen ist beinahe ansteckend. Inzwischen kennen Laura und ich uns fast zehn Jahre, seit wir im Sportunterricht die letzten noch auf dem Feld stehenden Spieler beim Prellball gewesen sind und uns ein unvergessliches Duell geliefert haben. Dazwischen haben wir uns eine Zeit lang aus den Augen verloren, bis ausgerechnet das Jurastudium uns wieder zusammengebracht hat.

»Um aber wieder zum Thema zurückzukommen«, erwidert sie, meinen Einwurf ignorierend. »Sicher, dass du klarkommst und nicht lieber deine Stimme der Vernunft an deiner Seite hättest? Du *hasst* Gruppenarbeiten.«

»Ach, das passt.« Ich verstaue meinen Block mit der halbherzig geführten Mitschrift in meiner Tasche, bevor ich mich aufrichte. Ächzend beschweren sich meine Muskeln über die plötzliche Belastung, nachdem ich es beim Tennistraining gestern übertrieben habe.

Draußen vor dem Gebäude werden wir von strahlendem Sonnenschein begrüßt, der eine nette Abwechselung zum ewigen Grau der letzten Tage bildet. Warmes Licht fällt auf mein Gesicht, gibt mir für einen kurzen Moment ein Gefühl von Urlaub. Urlaub, den ich dringend nötig hätte. Wobei ich aber bezweifle, dass mir meine Mum einen Kurztrip nach Südfrankreich sponsert – so wie bei den Jones-Brüdern vor Kurzem, die ihre rot verbrannte Haut stolz zur Schau tragen. Doch mir ist klar, dass mein Arbeitspensum sowieso dagegenspricht.

Ich bin nicht der gewissenhafteste Student, der je durch die heiligen Hallen der Queen's University gewandelt ist, aber ich habe einen Ruf zu verlieren, wenn ich nicht mit einer First-Note abschließe. Es ist März, und die ersten Klausuren und Hausarbeiten lauern bereits um die Ecke. Dazu noch eine Spendengala, die sich nicht von selbst auf die Beine stellt. Geschweige denn von *mir* selbst.

Seufzend mache ich mich auf den Weg zur Bibliothek, der mich nach links durch einen Durchgang zum Innenhof des Lanyon Building führt. Der rote Backstein glüht im Licht der tief stehenden Sonne. In der Luft liegt der Geruch von Frühling, auch wenn es im Schatten der hohen Mauern noch so kalt ist, dass ich meinen Schal aus meiner Tasche krame und ihn mir um den Hals binde. Ich laufe an einer Handvoll Studierenden vorbei, die es augenscheinlich kaum erwarten können, endlich nach Hause zu kommen. Zu gern würde ich mich ihnen anschließen …

In der McClay Library herrscht dagegen ein überraschend großer Trubel. Kommilitonen, die an Projekten, Vorträgen und Hausarbeiten sitzen oder sich auf die nächste Klausur vorbereiten, belegen einen Großteil der Plätze und erfüllen das ausladende Innere des Gebäudes mit leisem Gemurmel und Papierrascheln. Ich war hier erst ein paar Mal, weshalb ich zur Sicherheit auf mein Handy schaue.

> Donnerstag. 17.15 Uhr. 3. Stock.
> C.-S.-Lewis-Zimmer.

Von dieser kurzen Information abgesehen, ist der Chat mit David bis auf ein verhaltenes »Hi« vollkommen leer, was sich wie eine Vorahnung auf das bevorstehende Treffen anfühlt.

Obwohl ich gut zehn Minuten zu früh bin, erklimme ich bereits die Treppe nach oben und schaue mich um. Sonnenlicht fällt nicht nur durch die zahlreichen hohen Fenster, sondern auch durch eine gläserne Decke, unter der sich eine Art Innenhof mit zwei Bäumen befindet. Darum herum winden sich drei ganze

Stockwerke voller Bücherregale, Arbeitsplätze und Konferenzräume – ein regelrechtes Labyrinth für Leute wie mich, die ihre Recherche am liebsten online und von zu Hause aus betreiben.

Am Ende finde ich, wonach ich suche – was ich aber nur einem Schild und dem riesigen Teppich mit Löwenkopf zu verdanken habe, der sich vor einer massiven Holztür mit detaillierten Schnitzereien befindet. Hier oben ist definitiv kein Ort, an den sich die Leute allzu oft verirren, was mich ziemlich verunsichert. Hat David den Raum deshalb ausgesucht? Oder hat er bewusst einen Teil des Gebäudes gewählt, in dem niemand meine Leiche so schnell findet?

Ein lächerlicher Gedanke. Aber immer wenn er im Spiel ist, geht meine Vernunft vollkommen flöten. Beste Voraussetzungen.

Hinter der Tür schlagen mir alte, abgetragene Mäntel entgegen. Dazu der Geruch von Staub, Leder, Holz. Als wäre ich mitten in einem Kleiderschrank gelandet. Obwohl ich kaum glauben kann, dass ein solcher Ort an unserer Universität existiert, schiebe ich mich durch die Klamotten, hinter denen ich einen Lichtschimmer erkenne, bis ich endlich wieder frei atmen kann.

Der C.-S.-Lewis-Raum ist kreisrund und mit dem hellen Holz und der rundum angelegten Glasfront ähnlich ausgestattet wie der Rest der Bibliothek. Lediglich der riesige Tisch in der Mitte mit einer eingelassenen Landkarte tanzt aus der Reihe. Und um diesen haben sich einige Leute versammelt.

Ich erkenne David, Roisin und Ethan sofort wieder. Dazu meine ich mich vage an die eine Frau in Goth-Klamotten und einen Kerl mit blonden Locken aus der Literific Society zu erinnern. Die anderen beiden, ein großer Mann mit einem schlichten schwarzen T-Shirt und eine Frau mit in allen Farben des Regenbogens gefärbten Haaren, die viel zu jung fürs Studium wirkt, habe ich noch nie gesehen.

»Oh, du bist schon hier?«, begrüßt David mich argwöhnisch.

»Ich wusste nicht, dass ihr …«, skeptisch betrachte ich die überall auf dem Tisch verteilten Zettel und etwas, das wie eine handgezeichnete Karte aussieht, »… Hausaufgaben macht.«

Sofort ernte ich missbilligende Blicke aller Beteiligten. Ethan erklärt: »Wir spielen *Dungeons and Dragons.*«

Gesundheit, denke ich mir und setze mein freundlichstes Lächeln auf. »Soll ich später noch mal kommen?«

»Nein, wir sind so gut wie fertig. Mach's dir bequem«, erwidert David, bevor er sich dem aufgeschlagenen Buch zuwendet, das er pingelig vor den anderen abschirmt.

Einen Moment lang bleibe ich unschlüssig stehen, bevor ich seiner Aufforderung nachkomme und es mir auf dem freien Platz an der ihm gegenüberliegenden Seite des Tisches bequem mache. Ich fühle mich wie ein Fremdkörper in diesem kleinen Kreis und folge verwirrt dem Geschehen.

»So. Wo waren wir?«, murmelt David. »Ach ja. Ihr kommt gerade aus der Kanalisation zurück, der Geruch haftet an eurer Kleidung, als eine der Wachen sich euch in den Weg stellt. Sie fragt: ›Und, wart ihr erfolgreich?‹«

Ich bin so fasziniert davon, wie tief David plötzlich seine Stimme klingen lässt, dass mich die aufgesetzt piepsige Antwort seiner Kommilitonin mit den bunten Haaren beinahe aus dem Konzept bringt.

»›Die Goblins sind vertrieben. Ihr solltet eure Ruhe haben.‹«

Darauf erwidert David: »Der Wächter mustert euch. ›Das ist schön. Nur sagt, was ist mit dem Tor passiert? Vorhin war es noch intakt und jetzt …‹«

»›Das waren die Ratten‹«, wirft der Blonde hastig ein, worauf sich sämtliche Blicke auf ihn richten. »›Die haben das Tor zerstört und …‹«

»›Ratten? Das war ein massives Stahltor!‹ … Okay, Connor, würfel für mich auf Überzeugen.«

Ohne zu wissen, was genau passiert, beobachte ich, wie der Blonde einen Würfel in die Hand nimmt und ihn über den Tisch rollen lässt. »Natürliche Zwanzig!«, verkündet er voller Stolz, woraufhin Roisin amüsiert kichert.

David will erneut mit tiefer Stimme sprechen, muss jedoch mehrfach von vorne anfangen, da er immer wieder lachen muss. »›Unglaublich. Stahl fressende Ratten … Wer hätte das gedacht.‹«

Inzwischen prustet der Rest der Gruppe los, während ich nur dazwischensitze und keine Ahnung habe. Haben sie eben einen Witz gerissen, der an mir vorbeiging? Irgendein Insider?

»Und damit«, fährt David fort, »beenden wir unsere heutige Session. Nächste Woche dann wieder wie gewohnt am Samstag.«

Auf sein Kommando beginnen die anderen, ihre Sachen zu packen. Unauffällig versuche ich, ihren Gesprächen zu lauschen, um irgendwas über David zu erfahren, aber das meiste dreht sich nur um Stahl fressende Ratten und um irgendwelche Kultisten, die vermöbelt wurden. Absolut nicht meine Welt.

Nacheinander verabschieden sie sich mit den Worten »Viel Erfolg, Toast«, bis am Ende nur noch er und ich im Raum übrig sind.

Der riesige Tisch zwischen uns wirkt auf einmal ungewohnt leer, was unseren Abstand zusätzlich unterstreicht. Dennoch kann ich selbst über die Distanz die dunklen Ringe unter Davids Augen wahrnehmen und das feine rosa Muster, ich meine, es sind Hunderte winziger Pokémon auf seinem Hemd, das eine seltsame Mischung aus Business und Nerd ausstrahlt. Einerseits hoffe ich, dass er das nicht für sein Vorstellungsgespräch anhatte, gleichzeitig denke ich mir, dass es der Firma guttun würde, wenn mal ein bisschen Farbe ins Gebäude käme. Meine erste Amtshandlung im Vorstand: bunt gemusterte Oberteile als Arbeitskleidung einführen.

Viel zu lange befasse ich mich mit diesem unsinnigen Gedanken, bis ich mich schließlich geradezu zwingen muss, meine Aufmerksamkeit wieder auf das Hier und Jetzt zu lenken. Auf diesen Raum. Die Aufgabe. Und auf David vor mir, der auf einmal blasser wirkt als zuvor.

»Also …« Obwohl ich mich alles andere als selbstsicher fühle, grinse ich, lehne mich im Stuhl zurück und verschränke die Arme vor der Brust. »Wieso *Toast?*«

Kapitel 10

Toast

Camerons Frage wirkt so normal, so unschuldig, dass sie sich nicht mit meinen aufgewühlten Gefühlen vereinbaren lässt.

Die Wut über unsere Begegnung bei LabyrIntelligence sitzt noch tief, gleichzeitig schleichen sich aber auch ganz andere Gedanken in meinen Verstand, nisten sich dort ein und setzen mir Szenen vor, wie es zwischen uns sein könnte. Er als Teil meines Freundeskreises, wie er hier mit den anderen an unserem Stammplatz sitzt und seinen Charakter für die nächste *DnD*-Session ausarbeitet. Ohne Anspannung zwischen uns – stattdessen mit derselben Leichtigkeit unseres ersten Treffens. Sein breites Lächeln, das mein Herz damals schon aus dem Takt gebracht hat, wohingegen es mich heutzutage auf die Palme treibt.

Das Leben ist nur leider kein Rollenspiel, bei dem ich und ein paar Würfel die Fäden in der Hand haben. Keine Horde Goblins, die ich heraufbeschwören kann, um die Handlung wieder auf mein eigentliches Ziel auszurichten. Stattdessen muss ich mich der Situation ganz allein stellen.

»Es ist ein Spitzname«, erkläre ich gedehnt, während ich langsam damit beginne, meine Rollenspielsachen beiseitezuräumen. Ohne meine Freunde fühlt sich das C.-S.-Lewis-Zimmer auf einmal furchtbar leer an. Ich komme mir für einen kurzen Augenblick sogar lächerlich vor, weil ich so viel Kram für die *DnD*-Session mitgenommen habe. Kampagnenbuch, handgezeichnete Karten, fünf verschiedene Würfelsets, Charakterbilder, 3-D-gedruckte Tokens für Gold und Items. Wahrscheinlich muss Cameron sich ernsthaft zusammenreißen, mich nicht auszulachen.

»Ist mir nicht aufgefallen«, erwidert er kühl, bevor er sich zu meiner Überraschung neben mich setzt. »Ich frage aber, wieso Toast und nicht, was weiß ich, Dave oder so.«

Ich verziehe das Gesicht bei der Erinnerung an den furchtbaren Spitznamen, den ich zeit meines Lebens mit mir rumgeschleppt habe. »Bloß nicht. So haben sie mich früher in der Grundschule genannt. Toast ist so eine Art Insider aus der IT.«

Beinahe rechne ich damit, dass er sich nun endlich über mich lustig macht, weil ich doch so ein Nerd bin. Aber in Camerons Augen funkelt aufrichtiges Interesse. Ein paar Sekunden zu lange verliere ich mich in diesem Blick, lasse zu, dass der Geruch seines Aftershaves mir den Verstand vernebelt, bis ich mich losreißen kann. Dieses sinnlose Anschmachten muss endlich aufhören. Vor allem jetzt, wo ich mich seiner Gegenwart bis auf Weiteres nicht entziehen kann.

»Jedenfalls …«, unterbreche ich meine kreisenden Gedanken. »Was müssen wir genau machen?«

Cameron greift in die teuer aussehende lederne Umhängetasche, die er immer auf dem Campus mit sich herumschleppt, und fördert sein MacBook Air zutage. Was auch sonst?

»Wie viel Erfahrung hast du im Eventmanagement?«, fragt er mich.

»Machst du Witze? Ich bin quasi Profi. Geburtstage, Brettspielabende, Schnitzeljagden – sag mir, was du brauchst, und ich bin dein Mann.«

Klang das irgendwie seltsam? Normalerweise mache ich mir keine großen Gedanken darum, was ich den lieben langen Tag von mir gebe, aber …

»Ich bin mir sicher, eine Schnitzeljagd wird richtig gut ankommen«, murrt Cameron, während er sein Notizprogramm öffnet.

»Oh, sorry. Ist das etwa zu banal für die edlen Herrschaften?«

Er ist gerade dabei, das Wort »Charity« zu tippen, als er innehält. »Du hast wirklich kein besonders gutes Bild von reichen Leuten, oder?«

»Na ja, bisher hat sich keiner von ihnen bemüht, einen guten Eindruck zu hinterlassen.« Ich beiße mir auf die Zunge, weil mir klar wird, dass ich mir solche Kommentare besser verkneifen sollte. »Also, was muss alles getan werden?«

»Wir brauchen eine Location«, erklärt er. »Eigentlich wollten wir wie immer ins Grand Central, aber das ist an dem Wochenende schon für eine Hochzeit gebucht. Also brauchen wir Alternativen. Die suchen wir raus, hoffen, dass sie so kurzfristig noch Kapazitäten haben, vereinbaren einen Termin und besichtigen sie zeitnah. Wie voll ist dein Wochenende?«

Überrumpelt von seinem plötzlichen Wandel zum professionellen Eventplaner, stolpere ich kurz über seinen Satz, bevor ich antworte: »Ich ziehe am Wochenende um, kann mir aber ein paar Stunden freiräumen, wie es dir passt.«

Sofort sehe ich eine Frage in seinem Blick aufblitzen. Selbst ihm muss klar sein, dass es als Normalsterblicher nicht üblich ist, mitten im Semester umzuziehen.

»Alles klar. Unser Back-up ist normalerweise das Titanic Hotel – ich will mir aber gern die Möglichkeiten offen halten. Vielleicht das Culloden oder das Europa …«

Ich runzele die Stirn, während ich im Kopf die drei exklusiven Hotels durchgehe, von denen ich allesamt nur die Fassade kenne.

»Ist unsere Great Hall keine Option? Ich meine … Budget ist vermutlich kein Problem, aber wenn wir kein Vermögen für die Location ausgeben und stattdessen in der Uni feiern, bleibt mehr Geld zum Spenden …«

»Das Geld für die Organisation kommt aus einem separaten Topf«, erklärt Cameron und klingt dabei beinahe schon amüsiert, als müsste er einem Kind erklären, wie die Welt funktioniert.

Ich beschließe, es dabei zu belassen, da er sowieso den Anschein erweckt, als wäre ich nur zum Lächeln und Zustimmen hier.

»Ich glaube, dann kann ich mit Locations nicht dienen«, erkläre ich schließlich. »Zumindest wenn es kein Museum oder Vereinsheim sein soll.«

Cameron nickt abwesend, während er die genannten Hotels notiert. Doch als er das letzte davon aufschreibt, stutzt er. Er verzieht die vollen Lippen, schaut kurz an die Decke, als würde er ernsthaft über meine Worte nachdenken, bis er schließlich einen weiteren Ort zu der Liste hinzufügt: *Titanic Museum.*

»Und jetzt?«, frage ich nach.

Cameron runzelt die Stirn und lehnt sich zurück. »Ich lasse ein paar Beziehungen spielen und schaue, wo und wie wir am besten rankommen. Erst dann können wir uns an die Details machen wie Dekoration, Catering, Abendgestaltung und so weiter.«

Wie einfach das Leben sein muss, wenn man nur ein paar Beziehungen spielen lassen muss, um zu bekommen, was man will …

»Dann war's das?«

Entschlossen klappt Cameron seinen Laptop zu. »Yep.«

»Verarschst du mich? Müssen wir nicht jemanden anrufen, ein Datum raussuchen oder uns für eine Charity entscheiden?«

»Alles längst geschehen.«

Die plötzliche Eile, die Cameron an den Tag legt, bringt mich vollkommen aus dem Konzept. Vor allem, da seine Society uns wohl kaum extra hierherbestellt haben wird, nur um ein paar Locations zu sammeln. Da dämmert es mir. Es war Lauras Vorschlag gewesen, mich gleich diese Woche noch mit ihm zu treffen. Und ich bin derjenige gewesen, der Cameron deshalb angeschrieben hat.

»Wenn ich es nicht besser wüsste, würde ich sagen, du hast keinen Bock darauf, mich bei der Planung dabeizuhaben«, bemerke ich spitz.

Cameron, der gerade sein MacBook verstaute, stoppt mitten in der Bewegung. »Das hat nichts mit dir zu tun. Ich arbeite nur lieber allein.«

»Ja klar.« Die Worte sind schneller heraus, als mir recht ist, doch kaum sind sie ausgesprochen, scheint die Temperatur im Raum um zwanzig Grad zu sinken.

»Was war das?«

»Ich sagte: Ja klar.« Und dazu setze ich mein süßestes Grinsen auf.

»Was? Bildest du dir echt ein, es hätte was mit dir zu tun?«

Einen Augenblick lang stocke ich. Die Worte schmerzen mehr, als ich wahrhaben will. »Entweder das, oder du bist ein noch größerer Arsch, als ich bisher gedacht habe.«

Daraufhin herrscht Stille, in der ich buchstäblich hören kann, wie die Sekunden verstreichen. Wortlos schultere ich meinen Rucksack, während ich verzweifelt versuche, meinen drohenden Ausbruch noch zu verhindern. Aber es nützt alles nichts.

»Und bilde dir ja nicht ein, dass noch jemand anderes aus der Literific Bock auf diesen Scheiß hat. Ihr wollt euren Ruf verbessern? Schön, dann solltet ihr vielleicht mal bei Leuten wie dir anfangen.«

Und damit stürme ich davon. Mein Inneres ist ein tosender Orkan, den ich nicht kontrollieren kann. Ich sehe schwarz. Rot. Was auch immer. Ich bin so überwältigt, dass ich beinahe in eine Gruppe geschwätziger Studierender hineinrenne, die unten ihre Bücher auschecken will.

Selbst die kühle Luft, die mir draußen entgegenschlägt, schafft es nicht, meinen Verstand zu klären. Mein Herz zieht sich schmerzhaft zusammen, Tränen der Wut brennen in meinen Augen, hinterlassen eiskalte Spuren auf meinen Wangen, und ich ahne, dass ich diesen plötzlichen Gefühlsausbruch nicht allein Cameron in die Schuhe schieben kann.

Erst ein Vibrieren in meiner Hosentasche reißt mich aus den Gedanken und bringt mich zurück ins Hier und Jetzt. Zurück auf den gepflasterten Vorplatz der McClay Library, der im warmen Licht der untergehenden Sonne viel zu idyllisch und freundlich wirkt.

Am liebsten würde ich nach Hause, meinen PC anwerfen und all die Sorgen um Cameron und meinen Dad in Videospielen ertränken. Aber ich kann nicht. Nicht nur, weil es meine Probleme nicht lösen wird, sondern auch weil ich heute noch einen weiteren Termin habe. Es ist Donnerstag und damit Zeit für eine der wöchentlichen Debatten der Literific Society, die ich als Präsident nicht einfach schwänzen kann.

Ich nehme ein paar tiefe Atemzüge, bis das Zittern in meinem Körper nachlässt, dann krame ich mein Handy aus der Tasche. Fast schon hoffe ich, dass es eine Nachricht von Cameron ist, eine fadenscheinige Entschuldigung, weil ihm klar ist, dass er auf meine Teilnahme an der Planung angewiesen ist, aber stattdessen ist es eine E-Mail, die ich argwöhnisch öffne.

Betreff: Ihre Bewerbung bei LabyrIntelligence

Hallo David,

herzlichen Glückwunsch! Wir danken dir für deine Geduld und möchten dir hiermit offiziell ein Stellenangebot als Praktikant*in in der Quality Assurance bei LabyrIntelligence unterbreiten.

Solltest du das Angebot annehmen, möchten wir dich bitten, dich bis zum 31. März bei uns zu melden.

Bitte fülle hierzu das angehängte Formular aus und …

Ich schaffe es nicht mehr weiterzulesen, weil ich befürchte, gleich den Boden unter den Füßen zu verlieren. Hilflos taumele ich zur nächstgelegenen Sitzbank und lasse mich darauffallen.

Mein erster Instinkt ist es, meine Mutter anzurufen und ihr von der Zusage zu erzählen, ihr zu sagen, dass es wenigstens eine gute Nachricht diese Woche gibt. Dass ich diesen verdammten Job bekommen habe.

Aber ich kann nicht. Meine Glieder sind schwer, als wären sie aus Blei. Auf einmal bin ich müde, unendlich müde. Und das Glücksgefühl, das auf so eine gute Nachricht normalerweise folgt, bleibt aus.

Stattdessen beginnen sich die Rädchen in meinem Kopf zu drehen, und das Kino darin springt an, zeigt mir Bilder einer erfolgreichen Zukunft: top Gehalt, schönes Auto, eine Villa am Meer, weil ich ja überhaupt nicht anspruchsvoll bin. Dazu ich in einem Büro, wie ich die Kollegen bespaße. Wie ich mir Tag um Tag mit Python, Java und C# um die Ohren schlage. Probleme löse. Vielleicht sogar die Welt verbessere.

Aber selbst meine kühnsten Tagträume schaffen es nicht, gegen die Leere, die sich langsam in meinem Inneren ausbreitet, anzukommen. Da ist nichts. Keine Freude oder Erleichterung. Nur Stille. Ein erdrückendes Gefühl. Und die vage Ahnung, dass das alles hier ein Fehler ist.

Kapitel 11

Cameron

Gegen neun schaffe ich es endlich, den Campus zu verlassen. Nachdem ich mich noch viel zu lange mit Recherche, E-Mails und Telefonaten herumgeschlagen habe und anschließend auch noch einer Pseudoverhandlung der LawSoc beiwohnen musste, ist mein Energielevel im Keller und meine Laune gleich mit. Ich würde am liebsten einfach nach Hause fahren und schlafen, aber ich habe Liz versprochen, dass wir uns im Lavery's treffen, und sowieso wenig Lust, in einer muffigen Bahn nach Holywood zu fahren.

Stattdessen hefte ich mich an die Fersen meiner Kommilitonen aus der LawSoc und folge ihnen in Richtung Pub, wobei ich nicht einmal die Kraft aufbringe, ihren Gesprächen zu lauschen, geschweige denn daran teilzunehmen. Scheiße, ich hab kaum mitbekommen, was überhaupt während der Verhandlung lief. Mir schwirrt der Kopf. Mit allem. Angefangen bei meiner endlos langen To-do-Liste für diese unnötige Charity-Veranstaltung, wegen der ich Laura schon den ganzen Abend aus dem Weg gehe. Noch so ein Grund, wieso ich den Pub meinem Bett vorziehe: Laura würde dieselbe Bahn nehmen, da sie Kneipen unter der Woche mit einer Gewissenhaftigkeit vermeidet, um die ich sie beneide.

Die dröhnende Musik des Pubs schlägt uns bereits aus mehreren Hundert Metern Entfernung entgegen. Im Lavery's löse ich mich von der Gruppe und gehe zielstrebig ins Obergeschoss zu den Pooltischen. An einem Tisch am Fenster entdecke ich Liz zusammen mit ihrer Gefolgschaft aus Kunststudierenden, die mich beim Näherkommen misstrauisch beäugen. Vor allem mein Outfit, das Poloshirt und die Burberry-Tasche, die ich mit mir herumschleppe. Blicke, die ich schon mein ganzes Leben lang gewohnt bin.

Ich lächele den anderen zu und lasse mich auf dem freien Platz neben meiner Schwester nieder. Sie legt mir kurz den Arm um die Schulter, ein stummes Zeichen an ihre Freunde, dass ich zu ihr gehöre, bevor diese endlich aufhören, mich anzustarren.

»Du siehst scheiße aus«, informiert sie mich prompt.

»War ein harter Tag.« Verwirrt bemerke ich das Glas, das vor ihr steht. »Fährst du?«

»Yep. Hab irgendwie geahnt, dass dir das lieber ist. Und dir gleich was mitbestellt.«

Ich bin verblüfft, als sie ein volles Glas vor mich schiebt. Skeptisch schnuppere ich daran, weil ich meiner Schwester nicht traue, seit sie als Kind die Creme meiner Oreos durch Zahnpasta ersetzt hat. Als mir der markante Geruch eines guten Gin Tonic in die Nase steigt, würde ich ihr am liebsten um den Hals fallen.

»Kannst du hellsehen?«, frage ich, und was nur ein erster Schluck werden soll, führt dazu, dass ich das halbe Glas hinunterstürze.

»Wenn du die Fähigkeit zu lesen mit Hellsicht gleichsetzt, ja. Du hast mir vor fünf Minuten geschrieben, dass ihr loslauft.«

»Oh.«

Ich trinke, obwohl ich es eigentlich besser wissen sollte. Den Tag über habe ich zu wenig gegessen, und mein Hirn fühlt sich an wie eine platt gefahrene Zitrone. Wieder kommt mir der Gedanke an Urlaub.

»Wie war denn deine Verabredung?«

»Meine …« Ich will nachbohren, was sie damit meint, da deutet sie kaum merklich mit dem Kinn in Richtung Bar. Ich folge ihrem Hinweis und würde am liebsten unter dem Tisch versinken. Auch das noch.

Nach dem Stress des heutigen Tages ist mir komplett entfallen, dass Donnerstag ist. Der Tag, an dem die Literific sich zum Debattieren trifft. Und wo geht der Klub danach hin? Richtig, ins Lavery's.

David McCann am Tresen zu entdecken, wirft mich sofort zurück in die Vergangenheit. Lange genug, dass ich mir vor Reue auf die Unterlippe beiße, bis ich entsetzt realisiere, wer ebenfalls Teil der Literific Society ist.

Curtis sieht gut aus – jedenfalls um einiges besser, als ich mich fühle. Er albert mit seiner Gruppe herum, zu der auch der Blonde gehört, den ich vorhin mit David in der Bibliothek gesehen habe. Beinahe erwarte ich, so etwas wie Trauer zu verspüren, Wehmut, Reue, Frust, aber nichts dergleichen passiert. Stattdessen bleibe ich auf meinem Platz sitzen und lasse ihn über den Rand meines Drinks hinweg nicht aus den Augen, wie der gruselige Stalker, der ich bin.

Erst ein schmerzhafter Stupser in meine Seite holt mich zurück in die Realität.

»Willst du nach Hause?«, raunt Liz mir über den Lärm der Musik zu.

Ich schüttele den Kopf, nach wie vor unfähig, mich wegzudrehen. Mir fällt auf, dass ein anderer Typ aus der Gruppe, jemand, den ich nicht kenne, Curtis verdächtig nahe kommt. Eine unauffällige Berührung seines Arms, die Lippen ganz nah an seinem

Ohr, als er mit ihm spricht. Ich spüre einen Stich. Wie ein Eiszapfen, der langsam meinen Nacken hinuntergleitet und einen unangenehmen Schauer auf meiner Haut hinterlässt.

»Sollen wir gehen?«, wiederholt Liz. »Du musst da nicht durch, wenn es dir nicht guttut.«

»Das ist es nicht«, erwidere ich überraschend ungehemmt, als hätte es nur das eine Glas Alkohol gebraucht, um meine Zunge zu lockern. »Es ist nur so scheiße unfair.«

»Was meinst du?«

Schon fällt mir die Antwort etwas schwerer. Die Worte wollen noch nicht so recht heraus, weil sie mir lächerlich vorkommen. »Was, denkst du, wäre passiert, wenn ich ihm öffentlich auf diese Art nahegekommen wäre. Wenn irgendein Armleuchter aus der LawSoc uns so gesehen hätte …«

Neben mir zuckt Liz mit den Schultern. Ich kenne ihre Meinung dazu. Weiß, dass sie mittlerweile reichlich wenig auf einen guten Ruf gibt und ihr Leben nach ihren eigenen Vorstellungen führt. Etwas, worin wir uns im Grunde nicht so sehr unterscheiden, nur dass ich wesentlich mehr Angst vor den Konsequenzen habe.

»Na ja«, entgegnet sie. »Du würdest es vermutlich nicht auf die Titelseite der *Daily Mail* schaffen, falls du darauf aus bist. Ansonsten, keine Ahnung. Ich würde dir gern sagen, nichts, und dass Mum nur übervorsichtig ist, aber wenn ich mich an die Facebook-Posts mancher Kollegen erinnere, als die gleichgeschlechtliche Ehe endlich legitimiert wurde …«

»*Ein schwarzer Tag in der Geschichte Nordirlands*«, zische ich verbittert, als ich mich an Posts eines inzwischen graduierten Kommilitonen aus der LawSoc erinnere. Während die dringend notwendige Gesetzesanpassung von der queeren Community begrüßt wurde, haben die News in manchen Kreisen für Unmut gesorgt.

Und das, obwohl ein guter Teil dieser Leute jedes Jahr zur Pride Parade gekommen ist.

Weil es so eine geile Party ist, kommen mir die Worte von Rupert Hughes-Atkinson, dem vorigen Präsidenten der LawSoc, in den Kopf, *ich bin nicht … schwul oder so.*

»Wir können immer noch versuchen, Mum zu überzeugen, dich für das letzte Semester nach England oder Amerika zu schicken«, bietet Liz diplomatisch an. »Dort kennt dich wahrscheinlich niemand, und keiner wird deine Partnerwahl gegen dich verwenden. Also … vermutlich.«

Ich verziehe die Lippen. Denn genau das ist das Problem. Meine ganze Sorge beruht eigentlich nur auf diesem einen Wort.

Vermutlich. Keiner kann sagen, ob Mums Befürchtungen eintreten werden. Ob Peter Edwards wirklich abspringt, wenn ich mich oute, und die Welt gleich mit untergeht. Vielleicht hält er sich sogar zurück, weil er nicht als intolerant dastehen will. Vielleicht tut er es doch, und keiner zieht nach. Vielleicht sind sie nicht *alle* so intolerant. Aber wie ich die Herrschaften aus der Führungsetage kenne, kann ich nicht ausschließen, dass sie zumindest im Geheimen versuchen, mir oder sogar Mum das Leben schwer zu machen.

»Du hast wieder deinen Denkerblick aufgesetzt«, informiert mich Liz amüsiert.

»Meinen Denkerblick?«

»Ja, den, mit dem du sonst immer den Fernseher anstarrst, wenn du zum Frühstück die Börsennews mit Mum schaust. Ziemlich gruselig, wenn du mich fragst.«

Ich kitzele sie kurz, was Liz einen hellen Quietscher entlockt, der mich zum Lächeln bringt und die düsteren Wolken aus meinen Gedanken vertreibt.

Als ich wieder zur Bar sehe, realisiere ich, dass die Leute von der Literific Society sich woandershin verzogen haben. Ich vermute, zu den Billardtischen, doch in dem voller werdenden Pub kann ich kaum noch etwas erkennen.

»Ich geh zur Bar«, gebe ich Liz Bescheid. »Willst du auch noch was?«

Sie deutet auf ihre noch halb volle Cola, und ich nicke, während ich mich aufrichte. Obwohl ich nur einen Drink hatte, fühlen sich meine Beine an, als stünden sie unter Strom, auch wenn mein Verstand noch vollkommen klar ist.

Ich bahne mir einen Weg durch die anderen Studierenden, die teils tanzend, teils trinkend, teils sich unterhaltend im Raum herumstehen, und werde vom intensiven Geruch nach Schweiß und billigem Aftershave erschlagen, der stärker wird, je näher ich dem Tresen komme.

Da beide Barkeeper gerade beschäftigt sind, mustere ich die Leute, die sich hier versammelt haben. Wäre meine Laune besser, würde ich mir dafür etwas mehr Zeit lassen, aber heute habe ich kaum Augen für irgendwelche Männer, denen ich wie ein schüchterner Teenager heimlich meine Nummer unterjubeln muss. Zumindest bis mein Blick plötzlich an David McCanns Gesicht hängen bleibt. Er steht unweit von mir am Tresen und wartet mit seinem Geldbeutel in der Hand ebenfalls darauf, mit Getränken versorgt zu werden.

Noch hat er mich nicht bemerkt, weshalb ich den Moment nutze, um ihn unverhohlen anzustarren. Die scharfe Linie seiner Nase, die Brille, die ein Stück zu weit unten sitzt, das dunkle Haar, das völlig zerzaust ist und seinem nerdigen Äußeren noch den letzten Schliff gibt. Falls ich so etwas wie ein Beuteschema habe, fällt er nicht hinein, und dennoch kann ich nicht wegschauen, wenn er in meiner Nähe ist. Liegt es wirklich nur an dieser einen gemeinsamen Erinnerung? Oder daran, dass er von allen Leuten in meinem Leben, die nicht Familie sind, der Einzige ist, der nie einen Hehl daraus gemacht hat, was er von mir hält?

Plötzlich bereue ich die Situation vorhin. Dass ich meine guten Vorsätze, mit ihm zusammenzuarbeiten, sofort über Bord geworfen und meine schlechte Laune an ihm ausgelassen habe. Dass ich ihm einen weiteren Grund geliefert habe, in mir nicht mehr zu sehen als den überheblichen Arsch, der ich bin.

»Was darf's sein?«

Ich blinzele, bevor ich etwas überrumpelt meine Bestellung aufgebe. »Gin and Tonic. Hendrick's Orbium und Fever-Tree. Und ein Guinness für den Typen mit der Brille da vorn.«

Die Barkeeperin, eine junge Blondine, nimmt meine Bestellung, ohne mit der Wimper zu zucken, auf, lächelt sogar verschmitzt über meine letzte, zugegebenermaßen spontane Idee. Ich zahle und beobachte sie dabei, wie sie das Bier zapft und meinen Longdrink mixt. Letzterer landet vor mir auf dem Tresen, ehe sie das Guinness einem ziemlich überraschten David vor die Nase stellt.

Er sagt etwas zu ihr, das ich über den Geräuschpegel in der Bar nicht verstehe. Zur Antwort schüttelt sie den Kopf und deutet in meine Richtung. Dann begegnen sich Davids und meine Blicke.

Mir ist klar, dass ich jetzt etwas tun sollte. Ihm wohlwollend zunicken oder – noch besser – zu ihm hingehen und mich für meinen arschigen Auftritt vorhin entschuldigen. Oder dafür, dass ich ihm ausgerechnet ein Guinness bestellt habe, als eine Art Andenken an unsere erste Begegnung. Aber ich schaffe weder das eine noch das andere. Mein Körper schaltet auf Autopilot, und statt endlich mal etwas Nettes zu machen, hebe ich nur mein Glas und zwinkere ihm zu. Eine Geste, die gleichermaßen überheblich wie auch nichtssagend ist.

David runzelt die Stirn, nimmt skeptisch sein Guinness entgegen. Ich lasse eine Sekunde verstreichen. Zwei. Drei. Fünf. Dann wende ich mich ab. Ohne auch nur ein Wort mit ihm geredet zu haben, mache ich mich auf den Weg zurück zu Liz.

Kapitel 12

Toast

»Irgendwie seltsam«, sage ich, während ich gedankenverloren die Kabel von meinem Computer trenne, sie zusammenrolle und mit Kabelbindern festzurre, bevor sie schließlich in eine Kiste wandern.

»Was meinst du?« Dominic, der meine Bücher in verschiedene Kartons sortiert, mustert mich von der anderen Seite des Raumes, der jetzt, wo er langsam leerer wird, plötzlich viel größer wirkt.

»Ich dachte, ich müsste meinen Kram erst dann zusammenpacken, wenn ich mit dem Studium fertig bin. Und nicht mitten im zweiten Unijahr.«

Wehmütig sehe ich mich im Zimmer um, das in den letzten anderthalb Jahren zu meinem Zuhause geworden ist. Die hohen Altbauwände, der hässliche, aber weiche graue Teppich. All die vielen Kleinigkeiten an Merch, die ich in meiner Zeit hier angesammelt habe und die ich nun schweren Herzens sortieren muss. Die meisten wandern zu meinen Eltern auf den Dachboden, bis ich wieder ausziehe, denn mein altes Zimmer ist nur halb so groß. Gerade ausreichend Platz für ein Einzelbett, Schreibtisch und eine Kommode. Nur das wenigste kann ich direkt mitnehmen, und alles andere, wie beispielsweise mein Pappaufsteller von Mark Hamill, der sonst immer das Fußende meines Betts bewacht, kommt zeitweise bei Dominic unter, der mich aus ernsten dunkelgrünen Augen mustert. Seine Miene wirkt gewohnt gleichgültig, man könnte meinen, teilnahmslos, aber ich kenne ihn lange genug, um zu wissen, dass hinter seiner Fassade mehr passiert, als er durchblicken lässt. Und dass er vermutlich ahnt, dass ich ihm etwas verschweige.

»Kann ich verstehen«, erwidert er, woraufhin ich mir plötzlich furchtbar unsensibel vorkomme.

Es stimmt, dass nicht alles rundläuft bei mir, aber neben Dominic, der viel Übleres durchgemacht hat, kann ich mich nicht beschweren. Im Vergleich zu mir hat er nämlich keine Eltern, zu denen er ziehen kann, wenn es mal eng wird.

»Hast du denn nicht die Möglichkeit, dir eine neue Wohnung zu suchen, sobald dein Praktikum anfängt? Zumindest für das eine Jahr? Vielleicht findet dein Dad bis danach einen Job.«

Ich lasse mir zu viel Zeit mit der Antwort und kaue nachdenklich auf meiner Lippe herum, bis Dominic meine Ängste sicher hören kann.

»Es sei denn, du willst das Praktikum gar nicht?« Er lässt den Satz wie eine Frage klingen. Vermutlich muss diese Vorstellung auf ihn noch absurder wirken, als sie für mich ist. Andere würden für die Stelle sterben, während ich es seit Donnerstag nicht fertigbekommen habe, meinen Eltern von der Zusage zu erzählen, geschweige denn auf die E-Mail mit dem Stellenangebot zu antworten.

Ich ziehe weiter ein Kabel nach dem anderen raus. Display. Maus. LAN. An Dingen herumzubasteln, hat mich schon immer beruhigt. Eine Stille in meinem Kopf hervorgerufen, in der sich Gedanken so träge bewegen, dass sie auf einmal nicht mehr ganz so erdrückend wirken.

Irgendwann kommen die Worte von ganz allein über meine Lippen: »Kennst du dieses Gefühl, einen riesigen Fehler zu begehen, obwohl du objektiv gesehen das Richtige tust?«

»Na ja. Du redest mit jemandem, der fast immer die falschen Entscheidungen getroffen hat. Es hat mich nicht umgebracht, wenn dir das irgendwie hilft.«

Ich schmunzele leicht. »Meinst du damit, ich soll meinem Gefühl folgen und etwas anderes machen? Oder das Gefühl ignorieren, weil es nur halb so wild sein wird?«

Dominic hält mitten in der Bewegung inne und runzelt die Stirn. »Fragst du mich gerade ernsthaft um Rat?«

»Ja.«

»Wow. Ich meine …«

»Ich weiß«, unterbreche ich ihn. »Du machst das nicht gern, aber du bist der Einzige, der nicht gleich ein Riesenfass aufmacht.«

»Wohl wahr.« Er stützt sein scharfkantiges Kinn auf den Arm. Das dunkle Haar hängt ihm dabei in die Stirn, bildet einen scharfen Kontrast zu seiner fast weißen Haut. »Dann schieß los.«

Seine aufgesetzte Ernsthaftigkeit bringt mich zum Lachen. Dominic ist kein Mann großer Worte und behauptet von sich selbst immer wieder, dass er in etwa so viel Empathie hätte wie eine Dampfwalze. Eine Aussage, der seine Handlungen widersprechen, auch wenn er mitunter eine seltsame Art hat, es zu zeigen.

»Ich bin unsicher«, sage ich schließlich. »Nicht wegen des Praktikums speziell, sondern ganz allgemein. Mit dem Studium. Meinem Leben.«

»Uff.«

»Ich programmiere gern.«

»Und du bist gut darin.«

Ich winke ab. »Aber ich … ich kann mir einfach nicht vorstellen, für den Rest meines Lebens in einem Büro zu sitzen und Programme zu schreiben. Oder zu testen. Oder mich in irgendwelche Datenbanken zu hacken, um Firmen zu zeigen, wie schlecht ihre Firewall ist.«

Dominic kratzt sich mit der Hand am Hinterkopf. »Verstehe. Hast du eine Alternative?«

»Keine Ahnung. Das kam vor ein paar Tagen auf. Du bist der Erste, mit dem ich darüber spreche. Mir fallen eine Million Dinge ein, die ich gern machen würde, gleichzeitig aber nichts Bestimmtes. Aber mal unabhängig davon weiß ich auch nicht so wirklich, wie ich das anstellen soll. Wie lange ich mein Studierendendarlehen verlängern kann – und ob es nicht absolut leichtsinnig ist, einfach alles hinzuwerfen, woran ich schon so lange arbeite.«

Eine Weile herrscht Stille im Raum, in der Dominic stumm vor sich hin nickt, als würde ihm die Bewegung dabei helfen, das, was ich da eben zugegeben habe, zu verarbeiten. Etwas, womit ich selbst zu kämpfen habe, denn die Erleichterung, einen Teil meiner Sorgen endlich ausgesprochen zu haben, bleibt aus und hilft mir wider Erwarten auch nicht, die Dinge klarer zu sehen.

»Vielleicht schaust du mal, was deine Optionen sind«, rät Dominic mir schließlich. »Und was überhaupt eine Option wäre, für die du dich langfristig begeistern kannst.«

»So vernünftig kenne ich dich gar nicht, Dom.«

Er grinst.

»Aber das ist vermutlich der beste Schritt, bevor ich gleich in Selbstzweifeln ertrinke«, setze ich hinzu und mache mir eine Notiz im Handy. Zwar gehe ich nicht davon aus, dass ich es *vergesse*, aber der Hinweis wird mich zumindest einigermaßen davon abhalten, meinen Arbeitsauftrag an mich selbst unnötig lange aufzuschieben.

Als ich den Bildschirm entsperren will, fällt mir eine Nachricht auf, die vor wenigen Minuten unbemerkt eingetrudelt ist.

Hey, ich weiß, es ist super kurzfristig, aber ich hab für heute einen Termin im Titanic Museum bekommen. Um vier – schaffst du das?

Ich blinzele perplex, als ich Camerons Namen über der Nachricht lese, und muss eine ganze Weile daraufstarren, um sicherzugehen, dass ich ihn mir nicht einbilde.

Eigentlich bin ich davon ausgegangen, dass sich das Thema nach unserem Streit vorgestern erledigt hat. Zumal sich der Drink, den er mir später danach im Lavery's ausgegeben hat, ein bisschen nach »Fuck you« angefühlt hat. Oder bestenfalls wie ein Trostpreis. Und außerdem ging es mir ganz gut mit dem Gedanken, mich nicht weiter mit ihm, seiner arroganten Art, dem viel zu perfekten Lächeln und dieser Charity-Veranstaltung herumschlagen zu müssen. Ich war darauf vorbereitet, am Montag im Meeting des Literific-Vorstands durchzusetzen, dass wir doch nicht Teil der Veranstaltung sein werden. Oder allerhöchstens auf dem Papier.

Dass Cameron seine Meinung anscheinend geändert hat, kommt deshalb überraschend. Obwohl ich mir vorstellen kann, dass Laura ihm die Hölle heißgemacht hat. Oder es tun wird, wenn er mich nicht einbezieht.

»Alles okay?«, fragt Dominic.

»Literific-Zeug.«

Neben Ruth ist er der Einzige in meinem Freundeskreis, der nicht Teil des Debattierklubs ist und sich auch nur wenig bis gar nicht dafür begeistern kann, solange es kein »Drama« gibt.

Ich sehe auf die Uhr und überlege. Dominic und ich sind heute schon gut vorangekommen, und es fehlt nicht mehr viel, bis mein Zeug sicher verstaut ist. Mum wollte ihren freien Tag morgen nutzen, um alles abzuholen. Rein theoretisch muss ich sowieso erst nächsten Mittwoch aus der Wohnung sein.

Jetzt ist es gerade einmal kurz nach halb zwei. Mir bliebe also genug Zeit, mir etwas Vernünftiges anzuziehen, mit der Bahn ins Titanic Quarter zu fahren und zum Museum zu laufen. Aber … will ich das auch?

»Du siehst aus, als würdest du einen Mord planen«, beschreibt Dominic liebevoll meinen Gesichtsausdruck.

»Mhm. So was in der Art.«

»Gibt es schon wieder Drama im Vorstand?«

Ich schüttele den Kopf. »Nein, es geht um diese Charity-Veranstaltung.«

»Ach, die mit den Leuten von der Law Society.«

»Yep. Und Cameron Walsh …«, knurre ich.

Dominic lässt meine Aussage unkommentiert und fährt stattdessen mit der Arbeit fort. Wie alle anderen auch kennt er die genauen Hintergründe, wieso wir Cameron nicht ausstehen können, nicht. Er weiß nur, dass dieser ein Arsch ist, der sich für was Besseres hält, nicht aber, was damals im Lavery's vorgefallen ist. Und ich werde bestimmt niemandem auf die Nase binden, dass ich derart auf diesen Schleimbeutel reingefallen bin.

> Nein, schaffe ich nicht. Nicht nur habe ich gerade genug in meinem Leben zu tun, ich habe auch noch reichlich wenig Bock, mir von einem arroganten Schnösel wie dir die Laune verderben zu lassen. Du wolltest ja eh allein arbeiten. Hochachtungsvoll, Toast.

Mein Daumen schwebt lange über dem Button zum Absenden. Und ich habe ehrlich gesagt nicht wenig Lust, genau das zu tun.

Ihn ein für alle Mal wissen zu lassen, was ich von ihm halte, ungeachtet der Konsequenzen für mich und die Literific Society. Dann kommt mir eine bessere Idee. Eine, dank der ich möglicherweise zwei Fliegen mit einer Klappe schlagen könnte.

Als Präsident der Literific Society kann ich es mir nicht leisten, diese Zusammenarbeit zu vermasseln. Unser Vorstand hat abgestimmt sowie einvernehmlich zugesagt und mich darüber hinwegzusetzen, könnte mich nicht nur die Position kosten, sondern wäre auch schlicht undemokratisch. So gesehen habe ich also nicht mal eine Wahl.

Was das Ganze allerdings erträglicher macht, hat mir meine eigene Nachricht erst vor Augen geführt. *Du wolltest ja eh allein arbeiten.* Cameron hat deutlich gemacht, wie wenig Lust er darauf hat, sich die Organisation mit jemandem zu teilen. Dementsprechend wäre es eine Genugtuung, ihm aus Trotz für seine Arschigkeit nicht von der Seite zu weichen.

»Toaaaast«, kommt es von Dominic. »Was heckst du aus?«

Doch statt Dom zu antworten, lösche ich meine ursprüngliche Nachricht und tippe stattdessen:

> Ja klar, das sollte kein Problem sein. Ich sehe dich dann um kurz vor vier vorm Museum.

Und um dem Ganzen noch eins draufzusetzen, füge ich hinzu:

> Bin schon sehr gespannt auf die Location. Bis dann. <:

Kapitel 13

Toast

Viel zu früh komme ich an der Haltestelle Titanic Quarter an, von der aus ich zu Fuß weiterlaufe. Mein Weg führt mich an der Werft vorbei, deren gelbe Kräne an diesem Samstag regungslos in den Himmel ragen. Vorbei am Stadion der Belfast Giants und dem Odyssey, einem Freizeitcenter, in dem vor Kurzem ein neues IMAX-Kino aufgemacht hat. Statt den kürzeren Weg durch das Gebäude zu nehmen, umrunde ich es und folge der Uferpromenade des Lagan River, in dessen ruhiger Oberfläche sich der wolkenverhangene Himmel spiegelt.

Es ist viel zu lange her, seit ich zum letzten Mal zu Fuß hier war, obwohl das Titanic Quarter zu den schönsten Vierteln der Stadt gehört. Alles hier wirkt auf Hochglanz poliert, perfekt für die zahlreichen Touristen, die wegen des Museums oder der Drehorte von *Game of Thrones* zu Besuch kommen.

Als ich schließlich vor der schwindelerregend hohen Fassade meines Ziels zum Stehen komme, lege ich beeindruckt den Kopf in den Nacken. Der Grundriss des Museums ist ein vierzackiger Stern, dessen Enden wie der Bug des gesunkenen White-Star-Liners in den Himmel ragen. Kaum zu glauben, dass hier vor über hundert Jahren ein Schiff mit solchen Ausmaßen gebaut wurde, das für immer in die Geschichte eingehen sollte.

Ich lasse mir den Spaß nicht nehmen, ein Selfie mit mir und dem rostigen »Titanic«-Schriftzug vor dem Gebäude in den Gruppenchat mit meinen Freunden zu stellen, und merke dabei, dass ich bei Weitem weniger abgeschlagen aussehe als gestern noch. Das Gespräch mit Dominic, so vage es auch war, hat zumindest etwas geholfen.

Ich probiere verschiedene Posen, mache erst ein Peace-Zeichen, versuche anschließend, supercool zu wirken, bevor ich ein letztes Foto schieße, bei dem ich den Mund weit offen und den Kopf in den Nacken gelegt habe. Dieses stelle ich am Ende auch in die Gruppe, zusammen mit einem Screenshot aus *Bee Movie*, auf den ich anspielen möchte.

»Wenn ich es nicht besser wüsste, würde ich sagen, du warst noch nie in der Stadt unterwegs.«

Ich fahre so ertappt zusammen, dass ich beinahe mein Smartphone in dem seichten Wasserbecken vor dem Museum versenke.

»Hi, Cameron.«

Er kommt auf mich zu, mit einem Grinsen auf den Lippen, das jedoch schnell verblasst. Ich will mir bereits einen schnippischen Kommentar überlegen, da fällt mir auf, dass irgendetwas an ihm anders ist als sonst. Er trägt eine teuer aussehende Sonnenbrille, obwohl das gar nicht nötig wäre, und seine roten Haare sind nicht so präzise gestylt wie sonst, sondern wirken eher hastig zurückgekämmt. Statt Polo und Chino hat er heute Jeans, T-Shirt und eine schwarze Lederjacke an, was ihn leider nicht weniger attraktiv macht, sondern ihn tatsächlich so wirken lässt, als käme er ebenfalls vom Planeten Erde. Ich tue mein Bestes, um mich davon nicht beeindrucken zu lassen.

»Alles okay?«

»Ja klar, wieso?«

»Sonnenbrille? Bei diesem Wetter? Ich dachte eigentlich, du wärst keiner dieser Leute, die aufgesetzte Coolness nötig haben.«

Er schüttelt den Kopf, scheint einen Moment zu zögern, bevor er die Brille überraschenderweise absetzt. »Besser?«

Da wird mir klar, wieso er sie überhaupt aufhatte. Er hat dunkle Ringe unter seinen Augen, worüber auch der nachlässig aufgetragene Concealer nicht hinwegtäuschen kann.

Auf meine Irritation hin zuckt er nur mit den Schultern. »Hatte 'ne miese Nacht, das ist alles.«

Seine Aufrichtigkeit überrascht mich so sehr, dass ich ihm beinahe angeboten hätte, darüber zu reden. Aber glücklicherweise erinnert mich eine Stimme der Vernunft, dass ich es bei ihm mit Empathie und Freundlichkeit gar nicht versuchen brauche. Bestenfalls lügt er, schlimmstenfalls knallt er mir ins Gesicht, dass mich sein Leben einen Scheiß angeht. Und das wäre wiederum keine gute Art, um diesen Termin zu beginnen. Stattdessen frage ich: »Also, was steht an?«

Er hält kurz inne, fast so, als müsste er überlegen, wieso er mich noch einmal hierherbestellt hat. Dann antwortet er: »Ich hab ein wenig rumtelefoniert. Und weil die Sache so kurzfristig ist, haben wir nicht so viele Möglichkeiten.«

»Kurzfristig?«, bohre ich stirnrunzelnd nach. »Wieso schauen wir dann jetzt erst nach einer Location?«

Generell weiß ich so gut wie gar nichts über diese Veranstaltung, die ich mit ihm zusammen auf die Beine stellen soll.

Ich rechne fest damit, dass er mir nur eine vage Erklärung liefert oder nicht darauf eingeht, aber was auch immer ihm heute auf der Seele liegt, es scheint einen positiven Einfluss auf die Arroganz zu haben, die er sonst immer an den Tag legt.

»Der Termin steht seit September«, erklärt er. »Das meiste war auch schon geplant, aber dann ist der bisherige Charity Officer abgesprungen und der Veranstaltungsort gleich mit dazu.«

»Ich wusste gar nicht, dass du nur Back-up bist.«

»Jedenfalls hat Laura das als Zeichen genommen, alles etwas anders aufzuziehen. Daher die Kooperation mit euch. Und daher auch der enge Zeitplan.«

»Shit.«

»Yep. Also lass uns hoffen, dass es hier passt, ansonsten müssen wir schlimmstenfalls wirklich auf ein Vereinsheim zurückgreifen.«

»Und das können wir den armen Herrschaften ja auf keinen Fall zumuten. Am Ende müssen sie noch so etwas Barbarisches wie Bier zum Aperitif trinken.«

Ich rechne mit einem bissigen Kommentar. Aber nichts dergleichen kommt über Camerons Lippen. Er wirkt sogar eher abgelenkt, müde und scheint sich verhältnismäßig wenig an meiner Anwesenheit zu stören. In einer hastigen Geste fährt er sich durch die Haare und räuspert sich.

»Lass uns gehen, David.«

»Okay.«

Eine ältere Frau – Carol – die mich unwillkürlich an Margaret Thatcher erinnert, führt uns im Gebäude herum. Ich habe immer gewusst, dass es im Titanic Museum mehr als nur die Ausstellung gibt, aber mit ganzen sechs verschiedenen Bereichen, die man sich entweder zusammen oder individuell anmieten kann, habe ich nicht gerechnet. Während der Tour durch die Räumlichkeiten überlasse ich Cameron das Reden, wohingegen ich mich nur stumm berieseln lasse und jedes Detail in mich einsauge. Das hier ist seine Welt, weshalb ich mir wie ein Fremdkörper vorkomme, als wir zum Schluss die »Titanic Suite« betreten.

»Falls ihr vor allem Wert auf Repräsentation legt, wäre die Titanic Suite definitiv die erste Wahl«, erklärt Carol mit singender Stimme. Allein ihrem Tonfall kann ich anhören, dass ihr klar ist, dass wir keine Alternative haben, und sie vermutlich das Geld an Cameron wittern kann. Ich folge den beiden in den riesigen Saal, dessen rot, blau und gelb gemusterter Teppich mir zunächst Kopfschmerzen verursacht, bis mein Blick schließlich auf das Herzstück fällt. Wo sich bei anderen Veranstaltungsorten eine Bühne befinden würde, besitzt die Suite eine elegante breite Treppe, die der in der *Titanic* nachempfunden ist. Es ist Jahre her, seit ich die James-Cameron-Verfilmung gesehen habe, aber dennoch erkenne ich die geschnitzte Uhr am oberen Absatz und das elegante weiße Oberlicht sofort wieder. »Repräsentativ« ist ein absolutes Understatement.

»Je nach Sitzkonfiguration bietet die Suite Platz für bis zu 800 Gäste. Bei einem klassischen Bankett wären es 500 oder 325 mit reduzierter Bestuhlung.«

Unwillkürlich frage ich mich, wie riesig diese Veranstaltung sein wird. Ich habe vielleicht mit fünfzig Leuten gerechnet, aber so wie Cameron nickt, scheinen die von Carol genannten Zahlen eher in unsere Pläne zu passen.

»Daneben bietet der Saal ausgezeichnetes AV-Equipment, frei anpassbar für jeden Bedarf.«

»Wie sieht es mit dem Catering aus?«, will Cameron wissen. »Besteht die Möglichkeit, die Bewirtung gleich mitzubuchen?«

»Selbstverständlich. Wenn ihr mich einen Moment entschuldigt, suche ich euch ein paar Beispiele und Unterlagen heraus.«

Ich höre, wie hastige Schritte sich von uns entfernen, während ich ganz fasziniert auf die Treppe zugehe. Ein bisschen komme ich mir vor wie an einem Filmset. Oder wie Jack Dawson, der Passagier der 3. Klasse, der durch einen Zufall in dieser seltsamen Welt gelandet ist. Ich gehe ein paar Stufen hinauf, fahre mit den Fingern über das hölzerne Geländer mit den kunstvollen Goldornamenten.

»Was denkst du? Reicht das, um ein paar Schnösel zu beeindrucken?«, ziehe ich Cameron auf.

Sein Blick findet meinen, und auf einmal fühlt sich diese Kluft zwischen uns beinahe greifbar an. Schlimmer als je zuvor.

Der Ausdruck in seinen Augen ist müde, undurchdringlich, als wäre er aufs Äußerste darum bemüht, sich ja nicht in die Karten schauen zu lassen. Und für meine anzügliche Frage hat er nur ein teilnahmsloses »Ja klar« übrig.

Ich seufze, und obwohl ich es eigentlich besser wissen sollte, sage ich: »Wenn du über etwas reden willst … gib mir Bescheid.«

»Ich komme zurecht«, erwidert er scharf.

Sicher doch.

Selbst über die Distanz, die zwischen uns liegt, kann ich erkennen, wie mies es ihm geht. Er wirkt erschöpft, verzweifelt und irgendwie verloren. Aber ich kann ihm nicht helfen, wenn er nicht mit mir darüber redet. Und ich sollte auch gar nicht. Sollte überhaupt nicht darüber nachdenken, was da in seinem hübschen Köpfchen passiert.

Cameron Walsh geht mich nichts an. Cameron Walsh tut mir nicht gut. Und Cameron Walsh ist jemand, dem ich auf keinen Fall zu nahe kommen darf. Normalerweise weiß ich das. Aber ihn auf einmal so zu sehen löst etwas in mir aus, über das meine Vernunft nur wenig Kontrolle hat.

Stattdessen ist da dieser Impuls, zu ihm zu gehen, weiter zu bohren, herauszufinden, wie ich ihm helfen kann, weil ich mir für diesen einen Moment einreden kann, dass er kein vollkommener Arsch ist. Dass das, was er die letzten zwei Jahre nach außen getragen hat, nur eine Maske war, und der Cameron, der gerade vor mir steht, derselbe ist, der mir seit der ersten Begegnung im Lavery's nicht mehr aus dem Kopf will.

Doch so schnell dieser Moment gekommen ist, so schnell verpufft er auch schon. Energisch wendet Cameron sich ab, verschränkt die Arme vor der Brust und murmelt mit heiserer Stimme: »Du brauchst mich nicht so mitleidig anzusehen, David.«

»Ich …« Mir fällt keine passende Erwiderung ein. Die Blase, die sich eben noch um meine Gedanken gelegt hat, zerplatzt jäh, und auf einmal ist da nichts mehr außer das Echo meiner eigenen Worte: »Kommt nicht wieder vor.«

Kapitel 14

Cameron

»Shit … War ja klar.« Durch die riesige Glasfront hat man eine ausgezeichnete Sicht auf den Vorplatz des Museums, die Uferpromenade und damit auch auf den Sturzregen, der dort niedergeht. »Scheiße«, flucht David erneut.

»Bist du zu Fuß hier?«

»Normalsterbliche fahren mit der Bahn. Das sind diese schlangenartigen Dinger, die auf Schienen herumrutschen.«

Mir entgeht nicht, dass das nur ein weiterer Versuch ist, mich aus der Reserve zu locken. Als hätte er es sich zum Ziel gemacht, die Zusammenarbeit möglichst ätzend zu gestalten. Aber heute prallen seine Kommentare an mir ab wie ein flacher Stein vom Wasser. Ich bin zu müde, um mir eine bissige Antwort einfallen zu lassen, und die letzte Nacht sitzt mir noch tief in den Knochen. Ein Wunder, dass ich es heute überhaupt geschafft habe, etwas Produktives zu tun, statt mich vor Scham in meinem Zimmer zu verstecken.

»Ich kann dich nach Hause fahren«, biete ich an. »Oder zu einer dieser ominösen Schlangen, wenn das hilft.«

Der Blick, den er mir auf mein Angebot hin zuwirft, schafft es, für einen winzigen Moment Licht in meine dunklen Gedanken zu bringen. Dabei verstehe ich selbst nicht so genau, was in mich gefahren ist, so etwas überhaupt vorzuschlagen. Aber vermutlich ist es nur die Resignation, die da aus mir spricht. Und das schlechte Gewissen, weil ich ihn so kurzfristig hierherbeordert habe, nachdem ich ihn Donnerstag am liebsten losgeworden wäre.

»So zuvorkommend heute?«

»Laura hat mir in den Arsch getreten«, erwidere ich kühl, was nicht einmal gelogen ist. »Also gewöhn dich nicht dran.«

»Alles klar …«

David verfällt in Schweigen, während er wieder auf den Vorplatz starrt, wo sich der Regen hartnäckig hält und riesige Pfützen auf dem Boden bildet. An sich nicht das allerschlimmste Wetter, aber wenn man wie David nur ein Hemd und darüber einen Kapuzenpullover trägt, sicher alles andere als einladend.

»Ich geh eben im Shop das Parkticket lösen«, übernehme ich die Antwort für ihn. »Warte einfach hier.«

Er erwidert nichts, doch ich kann spüren, wie er mir nachstarrt, als ich in Richtung Souvenirshop verschwinde. Müde krame ich dabei mein Handy aus der Tasche und schreibe eine Nachricht an Liz, dass ich in einer Stunde zu Hause bin und ob wir unsere Tennisverabredung ausfallen lassen können.

Ihre Antwort folgt wenige Minuten später, als ich den Laden verlasse. Einen Moment lang starre ich irritiert auf den eingehenden Anruf auf meinem Display, bleibe stehen, bevor ich ihn schließlich annehme.

»Liz?«

»Soso, du lebst also?«

Ich runzele die Stirn. »Ja?«

Stille.

»Was ist los, Liz?«

Vom anderen Ende der Leitung kann ich sie angespannt ausatmen hören. Im Hintergrund erkenne ich leise Musik, also ist sie wahrscheinlich zu Hause in ihrem Zimmer.

»Was los ist?«, zischt sie schließlich. »Ich will wissen, was mit *dir* los ist. Was zur Hölle war das gestern Abend?«

Mit jedem Wort wird ihre Stimme lauter, sodass ich am Ende das Handy von meinem Ohr weghalten muss, damit die Kopfschmerzen nicht noch schlimmer werden.

»Ich weiß nicht, was du meinst«, wehre ich kleinlaut ab.

»Und ob du das tust. Scheiße, Cameron, was hast du dir dabei gedacht? Wie betrunken warst du?«

Leider nicht betrunken genug, will ich erwidern, als plötzlich die Erinnerungen an letzte Nacht vor meinem geistigen Auge auftauchen, nachdem ich sie den ganzen Tag erfolgreich verdrängt habe. Erinnerungen an eine Wette, den Wunsch, jemand anders zu sein, und einen Kuss, den ich noch im selben Moment bereut habe.

»Was sollte das?«, bohrt Liz weiter.

»Ich weiß es nicht, okay?« Die Worte platzen so ungewollt aus mir heraus, dass ich Mühe habe, meine Stimme im Zaum zu halten, obwohl die ersten Besucher des Museums bereits die Köpfe zu mir drehen. Kein guter Ort für dieses Gespräch. »Können wir das bitte später klären?«

»Nein.«

»Verdammt, Liz.«

Es wäre zu leicht, einfach aufzulegen. Aber ich kenne meine Schwester gut genug, um zu wissen, dass das ein riesiger Fehler wäre. Wir beide klären Streits lieber sofort, doch während ich wenigstens halbwegs nachvollziehen kann, dass es manchmal nicht der richtige Zeitpunkt ist, würde Liz es mir wochenlang vorhalten, wenn ich dieses Gespräch verschiebe. Und das ist es nicht wert, weil sie aktuell der einzige Mensch ist, der mich bei Verstand hält.

»Du willst wissen, was los war?«, presse ich zwischen zusammengebissenen Zähnen hervor. »Vielleicht wollte ich mich einfach mal gehen lassen und die Realität ausblenden? Oder zumindest einen Scheißabend lang so tun, als wäre mein Leben normal.«

»Und deshalb machst du mit einer Kommilitonin rum? Vor allen Leuten? Im Klub?«

Ich beiße mir frustriert auf die Zunge.

»Wem wolltest du was beweisen? Deinen Kumpels? Dir selbst?«

»Ich weiß es nicht. Es schien im ersten Moment eine gute Idee. Und vielleicht … keine Ahnung …«

Ich schaffe es nicht, den Satz zu beenden, weil ich mich selbst so für gestern hasse. Die Vorstellung, ein Kuss könnte mich irgendwie auf den Geschmack bringen und plötzlich hetero machen … Was für eine Scheißidee. Dabei bin ich sonst im Reinen mit mir und habe lange gelernt, mich zu akzeptieren. Loud and proud. Nur in meinem Fall ohne den Loud-Teil, auch wenn ich es am liebsten in die ganze Welt hinausschreien würde.

»Kanntest du die Frau?«, will Liz wissen.

»Aoife. Aus meinem Studiengang. Und bevor du mich gleich weiter anbrüllst, ich hab mich bei ihr entschuldigt.«

»Ändert nichts daran, dass dein Verhalten scheiße war – vor allem ihr gegenüber.«

»Ich weiß. Glaub mir, ich fühl mich deshalb auch so schon scheiße, ohne dass du mir eine verdammte Moralpredigt hältst.«

»Gut so.«

Ich seufze genervt. »War es das?«

»Ich weiß nicht. Sag du's mir.«

»Liz …«

»Jetzt mal im Ernst. Du solltest mit Mum reden und endlich mal auf dich selbst achten, bevor du irgendwann noch platzt.«

»Mhm.«

Auf einmal wird ihre Stimme wieder ruhiger, dafür aber umso

eindringlicher. »Ich meine es ernst, Cameron. Ich mache mir Sorgen um dich. Darum, was dieses ewige Versteckspiel mit dir macht.«

Ich mir auch …

Ich schließe die Augen und lege den Kopf in den Nacken, beiße die Kiefer fest zusammen. Einatmen. Ausatmen.

»Ich bin in einer Stunde zu Hause, Liz«, sage ich schließlich so gefasst wie möglich. »Können wir dann weiterreden?«

Fast befürchte ich, sie wird mir widersprechen, doch dann sagt sie: »Alles klar. Fahr vorsichtig.«

Sie beendet den Anruf, und in der Stille, die folgt, atme ich tief durch. Obwohl die Situation gestern verhältnismäßig glimpflich ausgegangen ist und Aoife, solange kein Alkohol im Spiel ist, anscheinend ebenso wenig an mir interessiert ist wie ich an ihr, ist der Druck auf meiner Brust unerträglich. Das schlechte Gewissen bereitet mir Übelkeit. Und falls das überhaupt möglich ist, erreicht meine Laune einen weiteren Tiefpunkt.

Als ich die Augen irgendwann wieder öffne, steht plötzlich David neben mir.

»Alles klar?«

Ein Schauer jagt mir den Rücken runter, und ich kann nur mühevoll den Impuls unterdrücken, ihn zu fragen, ob er etwas von dem Telefonat mitbekommen hat. Doch ich bringe nur ein Kopfschütteln zustande, traue mich kaum, ihn anzusehen.

»Du hast … ziemlich lange gebraucht«, sagt er schließlich. »Ich wollte nur sichergehen, dass du mich nicht doch im Regen stehen lässt.«

»Du hast wirklich keine sonderlich hohe Meinung von mir, kann das sein?« Die Worte kommen wie von allein über meine Lippen. Ebenso das selbstironische Lächeln. Als ob ich ihm je einen Grund gegeben hätte, anders über mich zu denken.

Zu meiner Überraschung erwidert er es. »Sei ehrlich: Wenn ich in Flammen stünde und du Wasser hättest, würdest du es nicht trinken?«

»Würde ich nicht«, erwidere ich voll Selbstbewusstsein.

David hebt überrascht die Brauen.

»Du solltest doch inzwischen wissen, dass Leute wie ich nicht so etwas Gewöhnliches wie Wasser trinken.«

»Arsch.« Selbst jetzt verschwindet das Grinsen nicht aus seinem Gesicht, was mir ein seltsames Gefühl beschert. Die Ungezwungenheit unseres Gesprächs hat etwas Vertrautes. Etwas, das ich unter normalen Umständen nicht zulassen würde. Aber der Impuls, den Moment zu ruinieren, der mich sonst immer überkommt, bleibt aus.

Schließlich ist es David, der den Blickkontakt löst und sich räuspert. »Wir sollten los.«

Im Auto werfe ich die Unterlagen, die Carol mir mitgegeben hat, achtlos auf den Rücksitz, wo sich neben meiner Tennisausrüstung auch noch eine verräterische McDonald's-Tüte von letztem Donnerstag befindet, die ich dringend wegwerfen sollte.

Als David sich in den Beifahrersitz fallen lässt, kann ich ihm den Kommentar zum Auto förmlich ansehen. Dabei weiß ich selbst, dass eine A-Klasse keine durchschnittliche Studentenkarre ist. Fasziniert macht er sich an der elektrischen Sitzeinstellung zu schaffen, rückt vor, wieder zurück, hoch und runter.

»Champagner ist selbstverständlich im Handschuhfach«, erkläre ich.

»Oh, klasse, ich liebe vergammelte Trauben.«

Ich öffne das Navigationsmenü und frage: »Wo geht's hin?«

»Mir reicht es schon, wenn du mich zur Haltestelle bringst«, erklärt David. »Den Rest schaffe ich allein.«

Stirnrunzelnd schaue ich ihn an, was wohl reicht, um ihn seine Aussage überdenken zu lassen. Er zögert einen Moment, dann fügt er hinzu: »Mallusk. Wenn es dir nicht zu viele Umstände macht. Aber ehrlich, ich kann auch einfach die Bahn nehmen.«

Kopfschüttelnd starte ich den Motor und steuere den Wagen aus der Parkbucht. Sobald wir aus der Tiefgarage raus sind, prasselt der Regen auf die Windschutzscheibe und verursacht ein Rauschen, das Balsam für meine angespannten Nerven ist.

Wir verbringen einen Großteil der zwanzigminütigen Fahrt nachdenklich und bis auf die wenigen Anweisungen des Navis in Stille, bis ich schließlich auf die Straße Mayfield Dl einbiege. Die Gebäude hier wirken schon etwas älter, haben alle die gleiche braune Backsteinfassade mit etwas dunklerem Dach und unterscheiden sich für mich lediglich durch verschiedenfarbige Haustüren. Mit den gepflegten Vorgärten und den zweistöckigen Doppelhäusern wirkt die Gegend gleichermaßen spießig wie einladend. Ich kann mir nicht vorstellen, dass David hier lebt.

Am Ende kommen wir vor der Nummer 10 zum Stehen, in deren Einfahrt eine Frau die Einkäufe aus einem alten VW Passat räumt. Als sie mein Auto entdeckt, runzelt sie die Stirn, bis sie David erkennt. Dann lächelt sie und winkt uns zu.

Unsicher winke ich zurück, während David das Gesicht in der Hand vergräbt.

»Deine Mum?«, frage ich.

»Mhm.«

»Du hättest nur was sagen müssen, dann hätte ich dich an der Kreuzung weiter vorne abgesetzt.«

»Schon okay. Danke dir auf jeden Fall für den Service.«

»Kein Thema.«

Er sieht sich kurz im Fußraum um, um sicherzugehen, dass er nichts vergessen hat, und will aussteigen, als er zögert.

»Cameron.« Er seufzt, ballt die Hände zusammen, und ich habe plötzlich eine ungute Ahnung, was er sagen will. Sein Blick wirkt gequält, unsicher, versetzt mich sofort in Panik.

Er wird mich auf das Telefonat ansprechen, stelle ich fest und hätte ihn am liebsten zur Tür hinausgeschubst und das Gaspedal durchgetreten.

»Wie geht es jetzt weiter?«

»Was?«

»Wegen der Veranstaltung. Gibt es noch andere Locations, die wir besichtigen müssen, oder was passiert als Nächstes?«

Sofort kehrt das schlechte Gewissen zurück. Und Lauras mahnende Worte, mir gefälligst von ihm helfen zu lassen, auch wenn sich nach wie vor alles in mir dagegen sträubt.

»Ich wollte mir heute Abend die Angebote ansehen«, erkläre ich schließlich, »und mir alles durch den Kopf gehen lassen.«

David presst die Lippen zu einem Strich zusammen.

»Aber …« Ich schlucke. »Wir können uns auch nächste Woche deswegen treffen. Passt dir Dienstag?«

»Äh.« Offenbar hat er ebenso wenig mit diesem Vorschlag gerechnet wie ich.

»Ich kann dir bis dahin die ganzen Sachen einscannen. Außer du willst lieber ein paar Tage deine Ruhe.«

»Nein, äh, schick sie mir ruhig.«

»Alles klar.«

Wir bleiben beide sitzen, und obwohl sich inzwischen wieder einige Regentropfen auf meiner Windschutzscheibe gesammelt haben, meine ich zu erkennen, dass Davids Mutter uns beobachtet.

»Dann … sehen wir uns Dienstag?«, fragt er unsicher.

»Dienstag«, bestätige ich. »Ich schreibe dir wegen der Uhrzeit.«

»Okay. Dann … bis dann. Danke noch mal.«

»Nicht dafür.«

Kapitel 15

Toast

Obwohl ich nicht einmal zur Tür hinein bin, weiß ich bereits, dass meine Mutter im Wohnzimmer sitzt und darauf lauert, mich abzupassen, bevor ich nach oben in mein Zimmer verschwinde. Ich könnte ihr aus dem Weg gehen, aber mir ist klar, dass das nur eine temporäre Lösung wäre und sie mich bei der erstbesten Gelegenheit darauf ansprechen wird, was ich in einem Mercedes zu suchen habe. Oder wer der gut aussehende Typ ist, der mich nach Hause gefahren hat.

Aus dem Inneren des Hauses schlägt mir warme Luft entgegen und ein intensiver Geruch nach Waschmittel. Ich entdecke meine Mutter in der Küche, wo sie gerade dabei ist, die Einkäufe aus zwei riesigen Lidl-Tüten in den Schränken zu verstauen.

»Hi Mum«, begrüße ich sie leise und helfe ihr beim Einräumen. »Wo ist Dad?«

Mir ist nicht entgangen, dass er nicht wie die letzten Male, als ich hier war, im Wohnzimmer sitzt, weshalb ohne den Fernseher eine geisterhafte Stille über dem Haus liegt.

»Physiotherapie«, antwortet Mum. »Ich hab gar nicht so früh mit dir gerechnet.«

»Es gab eine Planänderung. Ich hab vorhin die letzten Sachen mit Dominic zusammengepackt, dann hatte ich noch einen Termin für die Literific.«

»Aha?«

»Eine Besichtigung. Ich hab dir doch von der Charity-Gala erzählt.«

»Das in dem Auto war aber nicht Dominic, oder?«

Seufzend verdrehe ich die Augen. Dominic und ich kennen uns seit unserer Kindheit. Dementsprechend weiß meine Mutter, wie er aussieht. Und dass er bestimmt keinen Mercedes fährt.

»Nein, das war ein Kommilitone. Der, dem ich bei der Planung helfe.«

Ich beiße die Zähne zusammen. Mir war klar, dass meine Mutter mich darauf ansprechen würde, aber gerade steht mir alles andere als der Sinn danach, ihr zu erzählen, wer Cameron ist. Vor allem, weil ich nach heute noch weniger weiß, was ich zu ihm sagen soll.

»Ein schickes Auto fährt er da.«

»Mhm.« Ich versuche, all meine Konzentration auf die Paprika zu richten, die ich nacheinander in den Kühlschrank lege. Da kommt mir plötzlich eine Idee. »Seinen Eltern gehört LabyrIntelligence. Die haben mir übrigens eine E-Mail geschrieben. Also die Firma.«

Meine Mum stockt und legt die Packung Reis, die sie eben in der Hand hatte, zurück auf die Küchenzeile. Mit weit aufgerissenen Augen wendet sie sich zu mir um. »Und?«

Die unterdrückte Aufregung in ihrer Stimme bringt mich zum Lächeln und sorgt dafür, dass ich mich verrate, noch bevor ich ihre Frage mit »Ja« beantworte.

Keinen Moment später finde ich mich auch schon in ihren Armen wieder. Hilflos ziehe ich meine Mutter an mich.

»Wieso hast du mir nichts erzählt?«

»Ich wollte es lieber persönlich machen.« Die Lüge kommt so schnell über meine Lippen, dass ich sie kurzzeitig sogar selbst glaube. Vor allem ist sie eine bessere Antwort als *Ich hatte eine existenzielle Krise.*

»Das ist klasse.« Falls möglich drückt mich Mum noch fester an sich. »Das macht einiges einfacher. Ich bin so stolz auf dich.«

Beinahe kommt es mir vor, als würde ein kalter Luftzug meinen Nacken streifen. Reue, die sich wenige Sekunden später wie Gift durch meinen Körper frisst und mir Übelkeit beschert. Es kostet mich sämtliche Kraft, noch einen Moment lang durchzuhalten, bevor ich meine Mum schließlich sanft von mir wegschiebe. Erst da fallen mir ihre feuchten Augen auf, was es noch schwerer macht, mein Lächeln beizubehalten. Aber ich tue es. Ihr zuliebe.

»Aber siehst du«, erklärt sie. »Dann musst du es gar nicht so lange bei uns aushalten.«

»Willst du mich etwa loswerden?«

Sie lacht. »Nein, aber ich weiß, dass man in deinem Alter andere Dinge im Kopf hat, als sich samstagabends Quizshows mit seinen Eltern anzusehen.«

»Du weißt, ich liebe Quizshows«, erwidere ich. »Und überhaupt. Ich bin ja hier nicht festgekettet, und bis in die Stadt ist es nicht weit …«

Dieses Mal kann ich nicht verhindern, dass mein heiterer Tonfall kurz verrutscht. Aber entweder bemerkt meine Mutter es nicht, weil sie dabei ist, die letzten Sachen zu verstauen, oder sie ignoriert es. Ich verschränke die Arme vor der Brust und lehne mich an den Kühlschrank, während ich sie dabei beobachte, wie sie jetzt summend in unserer kleinen Küche herumwuselt.

Wieder hier zu sein – und das nicht nur zu Besuch – ist ungewohnt und wirft mich unwillkürlich in meine Kindheit zurück. Zurück in die unzähligen Momente, deren Erinnerungen wie Fingerabdrücke an jeder Oberfläche haften. Eine glückliche Kindheit. Und eine ziemlich peinliche Jugend. Allein durch meine Anwesenheit hier fühle ich mich jünger. Aber auch ungewiss, da ich nicht weiß, was sein wird.

Mein Dad. Das Praktikum. Meine Zukunft. Dinge, die seit Tagen über mir schweben und nun mit jeder Sekunde mehr ihr schweres Gewicht auf mich legen und mich schließlich in die Flucht schlagen. Mit einer fadenscheinigen Ausrede schiebe ich mich an Mum vorbei und gehe hoch in mein Zimmer.

Der winzige Raum ist bereits wohnlicher als letzte Woche, auch wenn ein Großteil meiner Sachen fehlt. Zumindest die wenigen, die hier drin überhaupt Platz finden, denn geschätzt reicht allein mein PC-Set-up, um die Hälfte des Zimmers einzunehmen.

Ich setze mich an meinen in die Jahre gekommenen Laptop und klappe den Bildschirm auf, der allein unter dieser Belastung beängstigend knackt. Das alte Teil braucht gefühlte Ewigkeiten, um Windows 7 zu starten, und begrüßt mich mit einem Desktop voller alter Dateien von Memes, Vines bis hin zu Referaten aus der Highschool.

Sobald der Computer mich lässt, öffne ich den Browser und beginne meine Suche.

Student Finance maximale Laufzeit

Bereits das oberste Ergebnis führt mich auf gov.uk, und ich lese mich durch die allgemeinen Informationen. Das meiste davon habe ich noch richtig im Kopf. Mein Studierendendarlehen erstreckt sich über das ganze Studium und kann verlängert werden, sofern ich meinen Abschluss *erweitere*. Genau das, was ich bereits getan habe. Denn nach der Schule habe ich nicht direkt an der Queen's angefangen, sondern an einem College erst ein Foundation Degree in IT gemacht, weil meine A-Levels ziemlich in die Hose gingen, nachdem Dad kurz davor seine Diagnose erhalten hatte.

Somit befinde ich mich bereits in einem erweiternden Studium, und die allgemeinen Infos zum Fachwechsel treffen nicht auf mich zu. Ich klicke mich durch mehrere Seiten, überfliege ellenlange Texte, bis ich endlich finde, was ich suche. Und dann würde ich am liebsten den Laptop an die Wand werfen.

> Im Falle eines erweiternden Studiums besitzt
> das Studierendendarlehen eine maximale
> Laufzeit von fünf Jahren, die anschließend
> nicht weiter verlängert werden kann.
> Genauere Informationen und
> Sonderregelungen finden Sie hier.

Mit wenig Hoffnung folge ich dem Link, stelle jedoch gleich fest, dass von den erwähnten Sonderregelungen keine auf mich zutrifft. Zumindest solange unser Haus in den nächsten zwei Monaten nicht von Godzilla platt gemacht wird.

Resigniert klappe ich den Laptop zu und lasse mich tiefer in den Stuhl sinken. So viel dazu also. Selbst wenn ich wüsste, was ich statt Informatik machen will, ist die Finanzierung dreier zusätzlicher Studienjahre eine ganz andere Sache. Vor allem jetzt, wo Dad nicht mehr arbeiten kann. Ich müsste bei meinen Eltern leben und neben den Vorlesungen arbeiten, um die 5000 Pfund im Jahr zu stemmen. Was nicht unmöglich wäre, aber alles andere als einfach …

Ich seufze, richte mich auf, nur um mich kurz darauf aufs Bett zu werfen. Der beste Ort, um mich in Selbstmitleid zu suhlen. Lustlos streife ich meine Schuhe ab und fördere mein Handy zutage, wo der Gruppenchat auf die neuesten Infos im Fall Cameron wartet, nachdem ich meinen Freunden vorhin nur geschrieben habe, dass ich mich mit ihm im Titanic Museum treffe.

Unter normalen Umständen würde ich keine Sekunde zögern, ihnen den Tee frisch aufzugießen, doch nun zögere ich, unsicher, was genau ich ihnen sagen soll. Wie viel. Und was sie davon halten werden.

Es gleicht einem Wunder, dass ich die Autofahrt überstanden habe, ohne mit meinen brennenden Fragen herauszuplatzen. Dabei hab ich das meiste sowieso mitgekriegt …

Eigentlich wollte ich ihm nur ein Stück entgegenkommen, als er das Parkticket gelöst hat, doch dann hat er diesen Anruf erhalten, und das Gespräch war aus der kurzen Distanz kaum zu überhören gewesen. Zumindest seine Seite.

Vielleicht wollte ich mich einfach mal gehen lassen und die Realität ausblenden? Oder zumindest einen Scheißabend so tun, als wäre mein Leben normal.

Bisher konnte ich ihn mir nicht verletzt vorstellen, aber der Schmerz in seinen Worten war greifbar. All die Frustration. Wut.

Letzte Nacht lief anscheinend etwas mit einer Kommilitonin. Zuerst dachte ich, dass Cameron vielleicht bi oder pan ist, aber die darauffolgenden Gesprächsfetzen haben diese Vermutung gleich widerlegt.

… zumindest einen Scheißabend so tun, als wäre mein Leben normal.

Kaum vorstellbar, dass er genauso Probleme hat wie wir Normalsterbliche auch. Er, der jeden Raum mit einem Lächeln betritt, als gehörte die Welt ihm allein.

Das Telefonat erklärt, wieso es ihm heute so mies ging. Wieso er auf keinen einzigen meiner Kommentare eingegangen ist und schon beinahe beängstigend nett zu mir war. Aber was genau der Hintergrund ist, darüber kann ich nur spekulieren. Auch wenn ich ihn am liebsten darauf ansprechen würde. Nicht nur, weil ich ehrlich darüber sein will, ihn belauscht zu haben, sondern auch weil ich wissen möchte, was ihn dazu getrieben hat.

Ob ich ihm schreiben soll? Oder lieber bis zu unserem Treffen am Dienstag warten? Oder einfach die Klappe halten, weil er sowieso stinksauer sein wird?

Letzteres wäre sicherlich das Beste, aber jetzt, wo ich angefangen habe, darüber nachzudenken, lässt mich die Versuchung nicht los. Ich schüttele den Kopf, als könnte ich die Gedanken dadurch loswerden, und entsperre endlich mein Handy, das ich bis dahin nur vor mein Gesicht gehalten habe. Sobald ich den Gruppenchat vor mir habe, überlege ich.

Soll ich es ihnen sagen? Oder weiter an meiner Einstellung festhalten, dass Cameron Walsh ein unverbesserlicher Arsch ist?

Andere Frage: Verschweige ich meinen Freunden nicht schon genug?

Bisher weiß nur Dominic von meinen Zweifeln wegen des Praktikums. Und keiner ahnt, was der wahre Grund ist, wieso ich wieder zu meinen Eltern ziehe. Scheiße. Dabei bin ich sonst derjenige, der Dominic den Hintern aufreißt, weil er ständig alles totschweigt …

Ich starte gleich mehrere Versuche, eine Nachricht in die Gruppe zu senden, nur um den Text nach wenigen Sekunden zu löschen. Bis ich irgendwann aufgebe, mich dagegen zu wehren, und auf Senden drücke:

> Bin zurück. Leute, ihr glaubt nicht, was heute passiert ist …

Kapitel 16

Cameron

Um meinem Fehler vom letzten Freitag auch noch die Krone aufzusetzen, folgen mir die Blicke meiner Kommilitonen, wohin ich auch gehe, obwohl ich den Jones-Brüdern – bekanntermaßen die größten Plappermäuler des Kurses – bereits erklärt habe, dass ich ziemlich betrunken war und nichts von Aoife will. Aber entweder hatten sie noch nicht Gelegenheit, die Neuigkeiten weiterzutratschen, oder mein Liebesleben ist der juristischen Fakultät wichtiger, als ich gedacht habe.

Die ungewollte Aufmerksamkeit entgeht auch Laura nicht, die mich darauf anspricht, als wir uns auf dem Weg zur Bibliothek befinden und damit endlich außer Hörweite der anderen: »Was ist eigentlich an den Gerüchten dran, dass du was mit Aoife Hamilton am Laufen hast?«

Ich runzele die Stirn. Wenn sogar Laura davon weiß, scheint das Thema wirklich die Runde gemacht zu haben. Wahrheitsgemäß antworte ich: »Gar nichts. Wir waren beide angetrunken am Freitag, haben aber schnell gemerkt, dass wir nicht füreinander bestimmt sind.«

»Na, Gott sei Dank.«

Ich schiele in Lauras Richtung. Ihre schwarzen Haare, die sie heute geglättet und zu einem hohen Zopf gebunden hat, schwingen beim Gehen hin und her. Auf ihren Lippen liegt ein verschmitztes Lächeln.

»Sagst du das um ihretwillen oder meiner?«

»Na, wegen ihr natürlich. Um dich mach ich mir keine Sorgen.«

»Nett.«

»Aber mal im Ernst, die WhatsApp-Gruppen laufen gerade heiß, als hätte Prince Harry eine Affäre.«

»Jetzt übertreibst du aber.«

»Ich wünschte, es wäre so. Es ist wieder wie an der Highschool, und alle warten förmlich darauf, dich vorm Altar zu sehen.«

Ich seufze und haue mir mit der flachen Hand gegen die Stirn. Seit der Sixth Form hat es immer wieder jemanden gegeben, der für mich geschwärmt hat, aber ich hätte nicht damit gerechnet, dass das an der Uni weitergeht.

Plötzlich senkt Laura die Stimme: »Was hast du Aoife genau gesagt?«

»Dass ich bedauerlicherweise nicht auf sie stehe und es mir leidtut, falls ich ihr Hoffnungen gemacht habe. Hab ich aber nicht. Glaube ich zumindest.«

»Hmhm.«

Das Lächeln ist von Lauras Lippen verschwunden und einer Miene der Nachdenklichkeit gewichen. Bisher habe ich mich nie offen mit ihr über meine Sexualität unterhalten, aber ich bin mir fast sicher, dass sie zumindest eine Vermutung hat, dass ich nicht hetero bin. Womit sie mich aber nie bedrängen würde.

Schweigend legen wir die restliche Strecke zur McClay Library zurück, bahnen uns unseren Weg durch die Scharen an Studierenden, die sich auf den Weg in die nächste Vorlesung oder zum Lunch in die Botanic Avenue machen. Gern würde ich mich ihnen anschließen und mir bei *French Village* mein Mittagessen holen, aber ich habe andere Verpflichtungen. Und diese warten erneut hinter einem Kleiderschrank im dritten Stock auf mich. Am Fuß der Treppe verabschiede ich mich von Laura, die die Freistunde für ihren Essay in Grundstücksrecht nutzt.

Dieses Mal finde ich dort nicht Davids kompletten Freundeskreis vor, sondern nur ihn. Reflexartig will ich ihm eine sarkastische Begrüßung entgegenschleudern, irgendeinen Kommentar, dass er immer so früh da ist, da realisiere ich plötzlich, dass er schläft. Er hat die Wange auf seinen Hoodie gebettet, einen Kopfhörer im Ohr und vor ihm einen aufgeklappten Laptop, auf dem Spotify geöffnet ist.

Vorsichtig nähere ich mich und schiele unverhohlen auf den Bildschirm. *Toast's Dank Mixtape* lautet der Name der Playlist, und ich frage mich sofort, wie er denn bitte zu »Crab Rave« schlafen kann. Auch der Rest der Auswahl wirkt alles andere als entspannend und kommt mir mit allem von Rick Astley über Boney M., Scooter, »Cotton Eye Joe«, »Gangnam Style« bis hin zu »Country Roads« von John Denver vollkommen willkürlich vor.

Ich nehme vorsichtig neben David Platz, unschlüssig, was ich jetzt machen soll. Jeder, der zwischen den Vorlesungen schläft, hat meistens einen guten Grund dazu, und David zu wecken kommt mir arschig vor. Gleichzeitig haben wir auch Arbeit und ich wenig Lust, mir wieder von Laura anzuhören, dass ich die Kooperation gefälligst ernst nehmen soll.

Ich räuspere mich laut, doch das Geräusch reicht nicht, um David aus seinem Schlummer zu wecken. Stattdessen bleibt mein Blick ein wenig zu lange an seinem Gesicht hängen. Der verrutschten Brille, dem zerzausten Haar und seinen dunklen Brauen, die er ernst zusammengezogen hat. Ihn so zu sehen lässt gegen meinen Willen meine Mundwinkel nach oben wandern, führt mich in Versuchung, nur ein einziges Mal wieder mit den Fingern über seine weiche, blasse Haut zu fahren. Und beinahe tue ich es.

Geradeso stoppe ich meine Hand mitten in der Luft nur wenige Zentimeter von seinem Gesicht entfernt. Mein Herz schlägt rasend schnell in meiner Brust, als wollte es mich dazu antreiben, auch den letzten Abstand zu überwinden. Aber mir ist klar, wie leichtsinnig das wäre.

Am Ende lasse ich den Arm sinken, sodass meine Finger nur kurz Davids Schulter berühren, eine Geste, die ihn endlich aus dem Schlaf reißt. Er gähnt herzhaft, gefolgt von einem Schmatzgeräusch, bevor er sich langsam aufrichtet und streckt. Müde blinzelt er ein paarmal und scheint erst dann zu realisieren, wo er ist.

»Oh«, macht er, ein Laut, der in einem weiteren Gähnen untergeht. »Sorry.«

»Lange Nacht?«

»*Unbequeme* Nacht«, erwidert er, wobei seine Gelenke wie zur Bestätigung knacken. »Mein altes Bett ist die Hölle. Keine Ahnung, wie ich ohne Bandscheibenvorfall aufgewachsen bin.«

Sein Plauderton lässt mich schmunzeln.

»Sorry, das interessiert dich sicher nicht.«

Kurz will ich antworten, dass mich sehr wohl interessiert, was er im Bett macht, aber ich spare mir den Kommentar, ziehe stattdessen endlich meine Jacke aus und fische die Unterlagen des Titanic Museum aus meiner Tasche. Entgegen meinen Vorsätzen habe ich mich nur wenig damit auseinandergesetzt, weil mein Wochenende nach Freitagnacht und dem Streit mit Liz so gut wie gelaufen war und ich nur noch Ablenkung wollte.

»Danke aber noch mal … für die Fahrt«, fügt David kleinlaut hinzu, woraufhin ich ihn verwirrt ansehe.

»Kein Thema.«

»Geht's dir … besser?«

Sein Zögern lässt mich stutzen, und etwas in seinem Blick beschert mir eine Gänsehaut.

Ich nicke in Ermangelung einer besseren Antwort und beginne, die Angebote zu den verschiedenen Suiten auf dem Tisch auszubreiten.

Zuerst die Location, gehe ich im Kopf durch, *dann das Essen. Dann gleich eine Mail an Carol schicken, die Society informieren …*

Eine Berührung an meinem Bein bringt mich kurz aus dem Takt. Kurzzeitig bin ich verwirrt, bis ich realisiere, dass es David ist, dessen Fuß hin und her zuckt, wodurch auch sein Knie in Bewegung gerät und immer wieder hauchzart meinen Oberschenkel streift. Ist er etwa nervös? Der Ausdruck in seinem Gesicht bestätigt meine Vermutung. Sein Daumen ruht an seinen Lippen, während er aus dem Fenster starrt, als würde da draußen irgendetwas anderes vor sich gehen als leichter Nieselregen.

Die Frage rutscht mir heraus, bevor ich überhaupt darüber nachgedacht habe: »Was ist mit dir?«

Er lässt sich eine ganze Weile Zeit mit der Antwort. Und gerade als ich das Thema beiseiteschieben und mit der Tagesordnung fortfahren will, platzt er förmlich heraus: »Ich hab da etwas mitbekommen.«

Sofort gefriert mir das Blut in den Adern. Ein Reflex, denn streng genommen ist er einer der wenigen Menschen, die mein Geheimnis kennen.

»Und was?«

Er beißt sich auf die Lippe und rückt sich die Brille zurecht. »Dein äh … Telefonat am Samstag. Es war keine Absicht, wirklich. Ich wollte nur nach dir sehen, und da …« Seine Stimme bricht kurz ab. »Ich hab ein megaschlechtes Gewissen deshalb und wollte mich entschuldigen.«

Ich brauche ein paar Sekunden, bis es mir dämmert, doch als

es endlich so weit ist, spüre ich komischerweise nichts. Rein gar nichts. Mir ist klar, dass ich wütend sein sollte oder zumindest genervt, aber da ist einfach nichts. Stattdessen ist es mir fast schon egal, was David weiß oder nicht. Oder was er jetzt vielleicht von mir denkt.

Ein resigniertes Seufzen kommt über meine Lippen, während ich abwesend die Papiere auf dem Tisch so zurechtschiebe, dass sie eine Linie bilden. Worte stecken mir in der Kehle fest, wollen aber nicht so recht heraus. Da ist so vieles, was ich sagen will, aber am Ende schaffe ich es, nur eine einzige Frage zu formulieren: »Wie viel hast du mitbekommen?«

»Deine Seite des Gesprächs … dass du am Wochenende feiern warst und etwas mit einer Kommilitonin angefangen hast.«

Mir wird übel.

»Ich wusste nicht, dass du … nicht geoutet bist«, gibt David zu.

Unwillkürlich lächele ich. Dabei ist es keine Freude, die ich spüre, sondern eher Belustigung. Als ob es so einfach wäre.

»Sorry, ich sollte das alles gar nicht sagen. Das geht mich auch überhaupt nichts an. Also, an die Arbeit. Hast du dir schon Gedanken über die Suite gemacht?«

Noch immer bringe ich keinen Ton heraus, aber gleichzeitig gelingt es mir nicht, mich wieder auf die Unterlagen zu konzentrieren.

»Cameron?«

Mein Name dringt aus weiter Ferne zu mir durch, doch es ist erst eine Berührung an meinem Unterarm, die mich aus dieser seltsamen Starre reißt. Sobald er realisiert, dass ich ihn bemerkt habe, zieht David seine Hand zurück, aber selbst dann dauert es noch ein paar Sekunden, bis ich endlich zu sprechen beginne.

»Es ist kompliziert.«

»Das mit den Suiten? Ich meine, wenn es hilft, können wir …«

»Nicht das«, unterbreche ich ihn schärfer als beabsichtigt. »Ich meine das Telefonat. Das Outing.«

David legt verwirrt die Stirn in Falten. Meine Chance, zurückzurudern, das Thema zu beenden und zu sagen, dass es sowieso egal ist. Aber ich kann nicht. Kaum habe ich angefangen, sprudeln die Worte geradezu aus mir heraus.

»Es ist nicht so, als würde ich mich nicht outen wollen. Es ist nur …«

»Kompliziert«, wiederholt er. »Du musst das nicht rechtfertigen, wenn du nicht drüber reden willst.«

Ich weiß, sagt mein Kopf, aber ich kann nicht mehr aufhören. »Meine Familie weiß Bescheid«, erkläre ich. »Und hat an sich auch kein Problem damit, aber … ich muss vorsichtig sein. Einer der Gesellschafter ist ziemlich konservativ. Wenn ich mich oute, könnte er das möglicherweise in den falschen Hals bekommen und seine Anteile verkaufen. Scheiße …«

Wenn ich es so ausspreche, klingt es wie das ultimative First World Problem, allerdings nickt David.

»Und das wäre problematisch für die Firma?«, bohrt er nach. »Sorry, ich verstehe so gut wie nichts von BWL.«

»Ja genau. Es könnte andere Gesellschafter und Klienten verunsichern, noch dazu müssten wir die Anteile zurückkaufen und … Jedenfalls ist meine Mum dagegen, dass ich mich öffentlich oute. Und ich will nicht derjenige sein, der mit einer Entscheidung ihr ganzes Lebenswerk ruiniert. Meine Schwester auf der anderen Seite hält mir buchstäblich das Messer an die Kehle.«

»Autsch?«

Ich zucke mit den Schultern. »Sie meint es nur gut und macht sich Sorgen, dass ich irgendwann einfach platze.«

»Ist das denn wahrscheinlich?«, fragt David.

»Keine Ahnung. Vor drei Wochen hat mein Freund mit mir

Schluss gemacht, weil er das Versteckspiel nicht mehr ausgehalten hat. Und da war er nicht der Erste. Sorry. Wieso erzähle ich dir das überhaupt alles?«

Daraufhin lacht er auf. »Das ist meine Superkraft: Leuten ihre tiefsten Geheimnisse entziehen, ohne dass sie sich dagegen wehren können.«

Natürlich ist das als Witz gemeint, aber in diesem Moment kann ich fast glauben, dass es stimmt. Er hat mich erwischt. Eiskalt. Unerwartet. Und doch … fühlt es sich irgendwie gut an, mir das alles einmal von der Seele zu reden. Ungehemmt und ohne Liz' urteilende Blicke. Nur warum ausgerechnet er? Warum David? David, mit dem mich nichts weiter verbindet als ein gestohlener Kuss und eine Art Feindschaft, die ich meiner eigenen Feigheit zu verdanken habe.

Falls ihm ähnliche Gedanken durch den Kopf schwirren, lässt er es sich nicht anmerken. Stattdessen sagt er: »Beschissene Situation.«

»Kannst du laut sagen.«

»Ich würde dir ja den Standardtipp geben, auf dein Herz zu hören und den ganzen Scheiß, aber ich glaube, ich wäre mindestens genauso vorsichtig. Bin ich auch jetzt noch.«

»Schlechte Erfahrungen?«

»Teils. Hab in der Siebten irgendwann gemerkt, dass ich Ewan McGregor als Obi-Wan mindestens genauso heiß finde wie Padmé Amidala, und den Fehler gemacht, meinen besten Freund zu küssen. Tja …«

»Dein erster Crush war ein Typ aus *Star Wars*?«

»Wow, du kennst *Star Wars*.«

Ich verdrehe die Augen.

»Jedenfalls war ich danach ziemlich vorsichtig. An der Uni wurde es dann langsam besser. Arschlöcher gibt es zwar überall, aber wenigstens habe ich mittlerweile Leute um mich herum, die mich unterstützen.«

»Beneidenswert«, rutscht es mir heraus.

»Sorry ... Das sollte nicht angeberisch klingen.«

Ich winke ab. »Schon gut. Ich bin teilweise selbst schuld. Selbst Laura weiß nicht, dass ich schwul bin, und die kennt mich seit Ewigkeiten. Paranoia sei Dank.«

Verwirrt runzelt David die Stirn. »Du gehst das Risiko einer heimlichen Beziehung ein, aber sagst nicht einmal deinen Freunden, dass du schwul bist?«

»Ja. Wenn du es so ausdrückst, klingt es sogar noch unverständlicher.«

»Noch dazu hast du es *mir* erzählt.«

Unwillkürlich verziehe ich die Lippen. *Gesagt* wäre noch eine Untertreibung, schließlich habe ich es ihm damals mehr als deutlich gezeigt.

»Warte, warte«, kommt es nach kurzer Stille von ihm. »Heißt das, dass ... Damals im Pub, als du mich einfach wortlos hast stehen lassen ...«

Ich meide seinen Blick. Auf einmal ist meine Kehle wieder wie zugeschnürt, aber ich weiß, dass ich ihm nicht nur eine Erklärung schulde, sondern dass diese auch längst überflüssig ist. »Das hatte nichts mit dir zu tun. Als Liz plötzlich aufgetaucht ist ... Das war wie ein Schubs ins kalte Wasser, und die ganzen Ängste, die ich den Abend über erfolgreich verdrängt hatte, waren plötzlich zurück.«

»Das hättest du mir sagen können«, murmelt David, der nun nachdenklich aus dem Fenster in den Regen sieht.

»Ich weiß. Aber zu meiner Verteidigung, du hast mir nie wirklich eine Gelegenheit dazu gegeben.«

»Da magst du recht haben. Ehrlich gesagt bin ich davon ausgegangen, dass du gemerkt hast, dass ich nicht gut genug für dich bin, und deshalb lieber schnell auf Abstand wolltest.«

Beinahe hätte ich gelacht, wenn das alles hier nicht so verdammt bitter wäre. Er? Nicht gut genug *für mich*?

»Bullshit«, kommt es schnippischer über meine Lippen als beabsichtigt. »Wie gesagt, das hatte nichts mit dir zu tun, sondern lag nur an mir und meiner Panik.«

David wendet sich wieder mir zu, schaut mir auf einmal so intensiv ins Gesicht, dass ich Gänsehaut bekomme. Ein warmer Schauer, der meinen Nacken hinabwandert und die feinen Härchen auf meinen Unterarmen aufstellt. Es ist Ewigkeiten her, seit ich ihn zuletzt so unverhohlen angestarrt, mich im blassen Blau seiner Augen verloren habe, das mich an einen kalten Wintertag erinnert.

Ich bin zurück im Lavery's in dieser einen Nacht, versunken in einem Kuss, der mich glauben lässt, dass es auf der Welt nur uns beide gibt. Dass alles schon irgendwie gut wird.

David mir gegenüber beginnt auf diese Art zu lächeln, bei der er leicht die etwas zu groß geratenen Schneidezähne in der Unterlippe versenkt.

Ein Lächeln, das ich jetzt, wo zumindest ein Teil der Last auf meinen Schultern verschwunden scheint, unbeholfen erwidere. Dabei weiß ich nicht so recht, was ich aus der Situation machen soll. Was das alles bedeutet. Was passieren wird. Ist das das Ende? Oder erst der Anfang? Und wer sagt denn, dass es überhaupt etwas ist?

Egal, was es ist, auf einmal kommt mir der Gedanke, David McCann regelmäßig sehen zu müssen, gar nicht mehr so unerträglich vor wie noch vor ein paar Tagen.

Kapitel 17

Toast

»Und? Habe ich was verpasst?«, frage ich, während ich den Konferenzraum in der Students' Union betrete, in dem ich zu meiner Überraschung nur Roisin vorfinde.

Müde sieht sie von ihrem Laptop auf und senkt die Brauen. »Du bist zu früh«, lässt sie mich kühl wissen.

Mein Gehirn braucht einige Sekunden, um die Information zu verarbeiten, aber erst die Uhr, die neben der heruntergelassenen Leinwand hängt, lässt mich realisieren, dass ich eine halbe Stunde vor der verabredeten Zeit zum Vorstandstreffen gekommen bin. Und das, obwohl ich das Gefühl hatte, ich wäre viel zu spät.

»Oh.« Noch immer verwirrt über diesen Umstand setze ich mich neben sie und schiele auf ihren Laptop, wo sie gerade die Zusammenfassung der letzten Debatte aufschreibt. »Und wieso bist du schon hier?«

»Wollte einen ruhigen Platz zum Arbeiten. Ein Ding der Unmöglichkeit, wenn die Bibliothek bis spätabends voll ist und meine Nachbarn zu Hause ihre ganze Bude umstellen.«

»Nervig.«

»Was ist mit dir? Du bist ziemlich spät dran, um wie immer viel zu früh zu sein.« Der scharfe Unterton in Roisins Stimme entgeht mir nicht. Ich ahne, worauf das hinausläuft, und hätte wissen müssen, dass ich diesem Gespräch irgendwann nicht mehr aus dem Weg gehen kann.

»Ich war bis eben noch in einem Meeting wegen der Charity-Gala.«

»Aha?«

»Wir müssen gut vierhundert Leuten verklickern, dass sich die Location geändert hat, und überlegen jetzt, wie wir das am besten anstellen, ohne dass uns die Hälfte abspringt.«

Obwohl ich mich bemühe, entspannt zu klingen, während ich die verpassten Nachrichten im Gruppenchat überfliege, kann ich Roisins intensiven Blick nur allzu deutlich auf mir spüren.

»Und das läuft gut?«

»Ja?«

»Ich meine ja nur, vor ein paar Wochen wolltest du Cameron an die Gurgel, wenn jemand auch nur seinen Namen ausgesprochen hat, und auf einmal ist alles gut? Ich meine, du schreibst ihm sogar privat?«

Ertappt klicke ich den Chat weg, in den ich aus reinem Reflex geschaut habe, und nicht, weil es irgendwas Neues gibt. »Ich habe doch gesagt, dass wir das klären konnten.«

»Konntet ihr das?«, bohrt Roisin nach und lehnt sich dabei in meine Richtung, als könnte sie die Lüge an mir riechen. »Einfach so?«

»Yep. Einfach so.«

»Toast.«

»Roisin.«

Eine Weile starren wir uns stumm an. Dabei hat sie ihre Brille so weit nach unten gezogen, dass sie mich über den Rand der runden Gläser hinweg anstarren kann, was Roisins Augen zusammen mit dem schwarzen Cat-Eyeliner einen durchdringenden Ausdruck verleiht.

»Was ist eigentlich zwischen euch vorgefallen?«, fragt sie plötzlich zuckersüß. »Das hast du uns nie so genau erzählt.«

Ich schlucke unwillkürlich und versuche, meinen rasenden Puls mit einem Lächeln zu überspielen. »Ach, wir hatten eben unsere Meinungsverschiedenheiten in der Vergangenheit.«

»Meinungsverschiedenheiten«, wiederholt Roisin, die Stimme triefend vor Ironie.

»Mhm. Du weißt ja, wie so was zustande kommt.«

»Nein. Erzähl doch mal.«

»Ach verdammt, Roisin.«

Ihre Mundwinkel wandern nach oben. Sie weiß, dass sie gewonnen hat. »Ja?«

Ich seufze. Einerseits kommt es mir lächerlich vor, dass ich überhaupt so lange ein Geheimnis um die Sache zwischen mir und Cameron gemacht habe. Auf der anderen Seite fühle ich mich nicht wohl dabei, ihn meinen Freunden gegenüber zu outen, obwohl er ohnehin davon ausgeht, dass ich es längst getan habe. Vielleicht komme ich irgendwie drum herum?

»Na gut«, sage ich schließlich gedehnt. »Du musst mir hoch und heilig versprechen, dass du niemandem irgendwas davon erzählst, okay?«

Roisin blinzelt. »Oh, wow. Okay.«

»Ich meine es ernst, Roisin.«

»Schon gut, schon gut«, antwortet sie beschwichtigend. »Ich schwöre. Kein Wort wird diesen Raum je verlassen.« Zur Untermalung hebt sie eine Hand hoch, während sie die andere aufs Herz legt.

Ich verdrehe die Augen, weiß aber, dass ich ihr vertrauen kann. »Also. Das war damals vor der Freshers Week im Lavery's, erinnerst du dich noch? Ich hab mich kurz an euren Tisch gesetzt und …«

»… ich hab mich gewundert, was zur Hölle du von uns willst.«

»Yep. Schön, dass ich so einen bleibenden ersten Eindruck hinterlassen habe. Jedenfalls bin ich irgendwann an die Bar und hab dann diesen Typen getroffen, er hat mir einen Drink ausgegeben. Dann noch einen. Und noch einen. Wir haben geredet, uns richtig gut verstanden, und kurze Zeit später haben wir in einer dunklen Ecke rumgemacht …«

»Was?!«

»Pst, Roisin.«

»Nein, nein. Wieso hast du mir nie erzählt, dass du schwul bist?«

»Pan«, verbessere ich sie. »Und keine Ahnung? Es hat sich nie ergeben, okay?«

Sie schnappt nach Luft, ernsthaft aufgewühlt darüber, dass ich ihr diesen Teil von mir all die Jahre vorenthalten habe. Dabei war das wirklich keine Absicht. Ich bin niemand, der aus seiner Sexualität ein Geheimnis macht, aber bisher gab es für mich keinen Grund, damit herauszuplatzen, weil es bisher auch niemanden gab, an dem ich ernsthaft interessiert war. Na ja, fast.

»Sorry«, rudert Roisin dann überraschenderweise zurück. »Ich sollte dir das nicht zum Vorwurf machen. Gibt sicher gut eine Million Gründe, so was für sich zu behalten.«

»Es geht dabei nicht um mich. Also schon, aber nicht wirklich. Cameron ist das Problem.«

»Oh, warte. Das war Cameron? Du hast mit Cameron rumgemacht?«

Ich schlucke, ohne zu antworten, was Roisin als Bestätigung reicht.

»Inwiefern ist er das Problem?«

»Er kann sich nicht einfach so outen«, erkläre ich zögernd. »Wegen der Firma und allem. Es ist nicht ganz unkompliziert. Deshalb hat er mich nach dem Kuss auch stehen lassen und ... ich hab fälschlicherweise gedacht, es läge nur daran, dass ich nicht in seiner Liga spiele.«

»Wow«, sagt Roisin. »Und dann hat eins zum anderen geführt und ihr habt euch gehasst. Sozusagen.«

»Yep.«

Nachdenklich verschränkt Roisin die Arme und lehnt sich in ihrem Stuhl zurück, die Augen auf einen imaginären Punkt an der Wand gerichtet. »Und wie geht's dir damit? Ich meine, das muss doch ziemlich seltsam sein, oder?«

»Etwas. Wir kommen klar. Und es ist schon über zwei Wochen her, seit wir das geklärt haben, aber ... Keine Ahnung. Wie du gesagt hast. Es ist seltsam.«

»Du stehst doch nicht etwa immer noch auf ihn, oder?«

Ich beiße mir auf die Zunge, denn genau da liegt die Wurzel des Problems. Ihn zu hassen war so verdammt leicht, aber jetzt, wo es dafür keinen Grund mehr gibt und ich mich nicht mehr mit aller Kraft daran festbeißen kann, fällt es mir mit jedem Tag schwerer, das Offensichtliche zu verdrängen. Dass ich ihn sehr wohl immer noch anziehend finde. Und dass ich am liebsten so tun würde, als hätte es die letzten beiden Jahre nicht gegeben, und stattdessen dort anknüpfen, wo wir damals im Pub aufgehört haben.

Aber in der Realität ist das nicht so simpel. Einerseits weiß ich nicht, wie er dazu stünde. In zwei Jahren kann viel passieren. Er hatte in der Zwischenzeit mehrere Partner. Noch dazu war er bei unserem ersten Treffen selbst nicht ganz nüchtern – also keine Ahnung, ob er mehr in mir sieht als einen seltsamen Nerd mit Segelohren, Brille und Hasenzähnen.

Und selbst wenn all das kein Problem wäre, wenn die Anziehung tatsächlich noch immer auf Gegenseitigkeit beruhen würde, wäre da das andere Problem. Eines, das sich nicht so leicht aus dem Weg räumen lässt.

»Das nehme ich mal als Ja«, schließt Roisin, die sich wieder ihrem Laptop zuwendet.

»Nicht, dass es irgendwas ändern würde«, murmele ich.

»Na ja. Mal von seinem eigenen Problem abgesehen spricht nichts dagegen, zu schauen, was möglich ist. Ist er denn grundsätzlich an Beziehungen interessiert?«

»Ja. Aber wer weiß, ob er überhaupt so von mir denkt.«

»Wieso findest du es nicht einfach raus?« Sie sagt das so beiläufig, als wäre es die leichteste Sache der Welt.

»Klar, ich schreib ihm gleich 'ne Nachricht und frage, ob er auf mich steht.«

»Warum denn nicht?« Sie lacht. »Oder merkst du langsam mal selbst, dass deine ›einfachen‹ Ratschläge nicht immer so leicht umzusetzen sind?«

Da hat sie mich erwischt. Sonst bin ich immer derjenige, zu dem die Leute mit ihren Problemen kommen und dafür beinahe ekelhaft simple Lösungsvorschläge erhalten. Plötzlich auf der anderen Seite zu sitzen, ist irgendwie frustrierend.

»Ja, ja, okay. Fällt dir was Besseres ein?«

»Keine Ahnung. Unternimm vielleicht mal was mit ihm, das nichts mit der Gala zu tun hat.«

»Und was?«

»Was fragst du mich? Das letzte Mal, dass ich 'nen Typen hatte, der wirklich Datingmaterial war, war in der Highschool. Also keine Ahnung. Zusammen kochen? Spaziergang am Strand? Einmal alle Drehorte von *Game of Thrones* abklappern? Oh, warte, ich hab's: Lad ihn doch zum *DnD* ein!«

»Damit der hohe Rat gleich entscheiden kann, ob er würdig ist?«, bemerke ich halb im Scherz, halb ernsthaft besorgt.

Roisin grinst. »Genau. Zumal wir einen Back-up-Schurken brauchen, wenn Ruth wieder im Klausurensumpf verschwindet.«

»Wow, dass du dir um so was Gedanken machst. Vor einem Jahr hast du dich noch über uns lustig gemacht.«

»Aber das wäre doch eine Idee?«

Seufzend schüttele ich den Kopf. »Er verzieht ja schon bei *Star Wars* das Gesicht. Ich kann mir nicht vorstellen, dass Rollenspiele so sein Ding sind.«

»War bei mir nicht anders«, gibt sie zu bedenken.

»Du lässt nicht locker, oder?«

»Ich will nur, dass du alle Optionen ausgelotet hast«, entgegnet sie mit ungewohnt sanfter Stimme. »Und nicht am Ende irgendetwas bereust.«

Beinahe wäre ich gerührt, wenn dieser Tonfall nicht so verdammt ungewöhnlich für sie wäre. Roisin ist bei Weitem kein Mensch, der in irgendeiner Weise rührselig ist. Sonst ist sie eher pragmatisch – hart, aber herzlich, könnte man sagen.

Sie scheint meine Skepsis zu bemerken, denn nun wendet sie sich mir wieder zu. »Außerdem … wäre ich dann wenigstens nicht mehr der einzige Nichtnerd unter euch. Wird manchmal ganz schön einsam, wenn ihr mal wieder darüber diskutiert, ob Jar Jar Binks ein Sith-Lord ist oder nicht.«

»Das ist auch Bullshit und steht vollkommen außer Frage. Natürlich ist er …«

»Siehst du?«

»Ja, schon gut«, gebe ich mich geschlagen. »Ich überleg mir was. Keine Ahnung. Kaffee oder so, damit er mich erst normal kennenlernen kann und nicht schreiend davonrennt, wenn er meine wahre Gestalt sieht.«

»Toast. Zerbrich dir darüber nicht den Kopf. Entweder der Typ mag dich, wie du bist, oder er ist ein Arsch.«

Wenn es doch nur so leicht wäre …

Kapitel 18

Cameron

Unsicher betrachte ich David über den Tisch hinweg, ohne dass von ihm eine Reaktion kommt. Es ist bestimmt geschlagene zwei Minuten her, seit eine eingehende Nachricht ihn in eine Art Schockstarre versetzt hat, aus der er einfach nicht aufwachen will. Mit weit aufgerissenen Augen starrt er noch immer auf das Display seines Handys, während sich feine Schweißperlen auf seiner Stirn gebildet haben.

»Schlechte Klausurnote?«, frage ich scherzhaft, um der Anspannung im Raum entgegenzuwirken. Und tatsächlich zeigen meine Worte Wirkung. Zumindest blinzelt David endlich, bevor er das Handy senkt und den Bildschirm sperrt. Danach hebt er den Kopf und starrt ausdruckslos zum Fenster hinaus.

Die Vernunft rät mir, ihn in Ruhe zu lassen und mich wieder an den Text der neuen Einladungen zu setzen, aber sosehr ich mich auch darauf konzentrieren will, kann ich nicht verhindern, dass mein Blick immer wieder in Davids Richtung schweift. Wie hypnotisiert folge ich der scharfen Linie seines Kinns, auf dem ich heute ganz leicht den Schatten eines Barts erahnen kann. Seine Lippen sind zu einem schmalen Strich geformt und beben kaum merklich, sodass ich es genauso gut auf ein Flimmern in der Luft schieben könnte.

»Cameron?« Als er endlich das Wort an mich richtet, habe ich noch immer nicht aufgehört, ihn anzusehen.

»Hm?«

»Ich würde mir in der Stadt was zu trinken holen …«, sagt er mit rauer Stimme. »Wärst du … Hast du vielleicht Lust mitzukommen?«

Ich schaue auf den Bildschirm meines MacBooks, auf dem seit einer halben Stunde nur die Worte *Sehr geehrte*r Vorname Nachname* stehen, und beschließe, dass es ohnehin keinen Sinn hat, weiter darüber zu brüten, wie sehr ich in dem Text schleimen soll. Es ist früher Mittwochnachmittag, aber mein Kopf fühlt sich trotzdem an, als würde er gleich explodieren, weil ich gestern Nacht noch bis spät an meiner Hausarbeit saß. Dazu hatte ich heute Morgen schon drei anstrengende Vorlesungen, weshalb eine Pause längst überfällig ist. Also nicke ich und ernte ein schwaches Lächeln von David. Eines, das nicht zu seiner sonst so lebhaften Art passen will.

Vor der McClay Library scheint die Sonne, die zum ersten Mal dieses Jahr richtige Frühlingsgefühle in mir weckt. Ich schließe die Augen, um die Wärme auf meiner Haut zu genießen, bevor ich meine Sonnenbrille aus der Tasche krame.

»Du siehst aus, als wärst du auf dem Weg zu deinem Privatjet nach Ibiza«, bemerkt David.

Ich grinse, obwohl die Stichelei harmloser ist als sonst. »Ich wünschte, es wäre so. Hätte dringend mal wieder etwas Sonne nötig. Richtige Sonne.« Er verzieht das Gesicht. »Du etwa nicht?«

»Keine Ahnung«, antwortet er schulterzuckend. »Ich bin noch nie wirklich aus Belfast rausgekommen.«

Beinahe steht mir der Mund vor Fassungslosigkeit offen, bis

ich realisiere, dass ich ein ziemlich privilegierter Arsch bin und dringend aufhören sollte, mein Glück auf das Leben anderer zu projizieren. »Sorry.«

David winkt ab. »Schon gut. Was ich aber weiß: Wenn die Sonne nur ein bisschen intensiver wird als das hier« – er deutet nach oben – »zerfalle ich zu Asche. Wie so ein Vampir.«

»Ich glaube, dafür wurde die Sonnencreme erfunden«, entgegne ich schmunzelnd, froh darüber, dass das schöne Wetter ein Stück seiner Leichtigkeit zurückgebracht hat. Was auch immer er da auf seinem Handy gesehen hat – vielleicht ist es ja nicht ganz so schlimm wie befürchtet. »Wie dem auch sei. Hast du eine Idee, wo wir hinwollen?«

»Ich schwanke noch«, erklärt er. »Hast du Hunger?«

»Nicht wirklich.«

»Gut, dann fällt Greggs weg. Dann einmal mir nach.«

Vom Hauptcampus aus ist es nur ein Katzensprung in die Botanic Avenue, auf der, wie sonst auch, großer Trubel herrscht. Die Bäume, die den Straßenrand säumen, leuchten in saftigem Grün, während die Düfte der zahlreichen Restaurants und Cafés vom sanften Wind in unsere Richtung getragen werden. Kurz bevor wir dort ankommen, biegt David nach rechts in die University Street ab. Wir überqueren die Straße, die von zwei langen Reihen an Backsteinhäusern gesäumt wird, die den Beginn der Holylands markieren. Belfasts berüchtigtes Studierendenviertel, in dem der Legende nach *immer* irgendwo eine Hausparty stattfindet.

Ich will David fragen, was wir hier wollen, als ich realisiere, dass der Eingang, auf den er zusteuert, wider Erwarten nicht zu einem Wohngebäude gehört, sondern zu einem kleinen Shop namens *Let's Get Bubbly*. Zuerst muss ich an einen Spirituosenladen denken, der sich auf Champagner spezialisiert hat, bis ich das Innere betrete.

Ich werde von schwarz-weißen Fliesen und mintgrünen Wänden begrüßt. Von der verspiegelten Decke hängen Dutzende kugelförmige Lampen, die in verschiedenen Pastelltönen leuchten und zusammen mit den 50er-Jahre-Postern den Raum wie eine Art Retro-Eisladen wirken lassen. Irgendwie haben es die Besitzer geschafft, trotz der Enge einige Sitzplätze unterzubringen. Lediglich eine Studentin steht am breiten Tresen, in dessen bunter Auslage sich nicht nur allerlei Eiscremesorten, sondern auch verschiedenfarbige gummiartige Bällchen befinden.

»Hast du jemals Bubble Tea getrunken?«, fragt David von der Seite, der meine Verwirrung bemerkt.

»Nein. Als ich *Let's Get Bubbly* gelesen hab, dachte ich erst, wir geben uns gleich mit Sekt die Kante.«

Er lacht leise. »Glaub mir, wenn ich später nicht noch eine Vorlesung hätte, wären wir längst auf dem Weg in die nächste Bar.«

»Schlechter Tag?«

»Du hast ja keine Ahnung.«

»Dann verrat's mir.«

Überrascht hebt er den Blick, als könnte er nicht ganz glauben, dass ich mich gerade nach seinem Wohlbefinden erkundige. Dann nickt er und murmelt »Gleich«, weil die Studentin vor uns im selben Moment ihr Getränk bezahlt und zur Seite tritt.

Der Typ hinter dem Tresen schenkt uns ein schiefes Lächeln, das die Piercings in seinen Mundwinkeln hervorhebt. Mit den schwarzen Klamotten, den bunten Tattoos, die seine Arme und seinen Hals zieren, und den türkis gefärbten Haaren wirkt er nicht wie jemand, den man in einem Laden finden würde, dessen Inneres aussieht wie ein wahr gewordener Kindertraum. Dann wiederum sollte ich vielleicht damit aufhören, die Leute nur nach ihrem Äußeren zu beurteilen … Mit einer Freundlichkeit, die weder übertrieben noch aufgesetzt ist, nimmt er sich dabei Zeit, mir die

Welt der Boba Teas zu erklären und mir Kombinationen zu empfehlen, als wären wir in einem feinen Restaurant und er der Sommelier.

Einige Minuten später sitzen David und ich in der Fensternische, wo man von weich gepolsterten Bänken einen perfekten Blick auf die Straße hat, und lauschen der J-Pop-Musik, die leise den Laden beschallt.

Während David sich mit Gusto über seinen Drink hermacht, sauge ich verhalten am Strohhalm, unsicher, was ich von den Kügelchen halten soll, die mir dabei mit Schallgeschwindigkeit in den Mund schießen und beim Draufbeißen zerplatzen. Immerhin ist die Kombination aus grünem Tee mit Pfefferminz und Bubbles mit Himbeergeschmack echt lecker.

»Also«, greife ich das Thema von vorhin wieder auf, »schlechter Tag?«

»Etwas komplizierter als das …« Zögernd zieht er sein Handy aus der Brusttasche seines Hemds – heute eines mit schwarzen Pokébällen – und schiebt es mir zu.

»Was ist das?«

»Lies.«

Ich überfliege die E-Mail, die er geöffnet hat. Zuerst ist mir nicht klar, worum es geht. Es klingt wie eine Jobzusage – oder zumindest so ähnlich –, und die Nachricht verlangt nach einem ausgefüllten Fragebogen zum »Verfügbarkeitscheck«, den David bitte bis Ende der Woche zurücksenden soll.

»The Extras Dept«, lese ich laut, als ich bei der Signatur ankomme. »Was ist das?«

»Es ist eine Casting-Agentur für Film- und TV-Produktionen. Ich habe mich aus Spaß mal registriert, als *Game of Thrones* gefilmt wurde, um vielleicht an eine Statistenrolle zu kommen. Ich habe nie was von ihnen gehört … bis jetzt.«

»Und das ist schlecht?«

David seufzt, während er den letzten Rest seines Tees schlürft. Zurück bleiben eine ganze Menge roter Bubbles mit Kirschgeschmack, die er der Reihe nach aufsaugt.

»Kennst du diese Momente, wenn etwas völlig Zufälliges, eigentlich vollkommen Irrelevantes passiert, aber es lässt dich plötzlich an deinem kompletten Lebensweg zweifeln?«

»Nein«, entgegne ich wie aus der Pistole geschossen und frage mich sofort, ob das überhaupt stimmt.

Mein Leben lang bin ich nur einem einzigen Weg gefolgt. Alles war irgendwie vorbestimmt. Ich bin mit dem Wissen aufgewachsen, dass ich die Firma übernehmen werde, und habe meine ganze Laufbahn darauf ausgelegt. Ich habe Spaß an dem, was ich tue, sowohl im Büro als auch im Studium, daher gab es für mich bisher nie einen Grund, überhaupt darüber nachzudenken.

Aber wenn ich diese Überlegung weiterspinne, weg vom Beruflichen, realisiere ich, dass es sehr wohl einen Abend gab, an dem ich beinahe alles über Bord geworfen hätte. Einen Abend, der sich selbst nach Jahren so lebendig in meinem Gedächtnis anfühlt, als wäre er eben erst passiert.

Ich schaue David an, verliere mich im Blau seiner Augen, bevor mein Blick kurz zu seinen Lippen hinabwandert, wo ein einziger Tropfen roten Sirups klebt, als wollte er mich dazu herausfordern, die Erinnerung aufzufrischen. Kaum zu glauben, was ein einziger Kuss, eine einzige Begegnung bewirken kann. Nur ein kurzer Funke, der sogar die Sterne zum Beben bringt.

»Doch«, verbessere ich mich, wobei meine Stimme klingt, als hätte ich sie Ewigkeiten nicht benutzt.

David nickt schwach und fährt sich mit der Hand über den Nacken. »Ich weiß nicht, ob du es mitbekommen hast, aber ich habe eine Zusage für den Praktikumsplatz bei euch bekommen.«

»Oh? Wusste ich nicht, Glückwunsch?« Ich lasse meine Worte bewusst wie eine Frage klingen, denn seinem Gesicht nach zu urteilen, sind diese Glückwünsche alles andere als angebracht.

»Ich bin unsicher«, gesteht er. »Aber ich habe schon angenommen und will echt nicht undankbar erscheinen, aber ich weiß einfach nicht, ob das der richtige Weg für mich ist.«

»Inwiefern?«

»Ach, keine Ahnung. Es kommt mir wie ein Fehler vor. Ich bin gut im Programmieren, meine Noten sind super, und ich habe eigentlich auch Spaß dran, aber irgendwie kann ich mir nicht vorstellen, den Rest meines Lebens in einem Büro zu versauern und Sicherheitslücken in Firewalls aufzudecken.«

»Gibt es keine Alternativen? Ich meine, ich bin kein IT-Experte, aber bei LabyrIntelligence gibt es noch mehr als nur Cybersecurity, wir haben auch …«

»Das meine ich nicht«, unterbricht er mich scharf.

»Oh, du willst ganz davon weg?«

Er nickt.

»Und wieso wechselst du dann nicht das Fach?«

Seine Miene wird falls möglich noch finsterer, sodass ich das Gefühl habe, er könnte seinen Strohhalm jeden Moment zum Blasrohr umfunktionieren und mich mit seinen Kirschbubbles abschießen.

»Weil Normalsterbliche wie ich nicht einfach so mit dem Finger schnippen können, um zu bekommen, was sie wollen. Mein Studienkredit lässt sich nicht verlängern.«

»Verstehe. Sorry …«

»Jedenfalls habe ich mich damit abgefunden, bis diese Mail kam. Und jetzt fällt es mir wieder viel zu leicht, mir einzureden, dass ich alles sein kann. Und dass sich schon eine Möglichkeit finden wird.«

»Versuchen einem das diese Positivitäts-Gurus nicht immer weiszumachen?«

»Ja klar«, zischt David. »Glaube kann Berge versetzen, solange er nur mit einem großen Geldbeutel und jeder Menge Privilegien kommt.«

Mein Leben lang habe ich immer gewusst, dass ich das Glück habe, mit Privilegien aufgewachsen zu sein. Aber komischerweise braucht es erst Davids Worte, seine Verzweiflung, seinen hoffnungslosen Blick, um mich wirklich spüren zu lassen, welche Welten zwischen uns liegen. Und dass positives Denken und Selbstvertrauen oft nicht ausreichen.

»Du willst also Schauspieler werden?«, frage ich, um das Gespräch in eine weniger schwermütige Richtung zu lenken.

David zuckt mit den Schultern, aber immerhin stiehlt sich ein sachtes Lächeln auf seine Lippen. »Ja. Nein. Früher wollte ich das unbedingt, zumindest bis ich gemerkt habe, dass Softwareentwickler eine wesentlich größere Jobsicherheit haben. Und bis …« Er stockt. »Na ja, egal. Der Gedanke kam erst mit der E-Mail richtig zurück. Eigentlich nur eine spontane Eingebung, aber sag das mal meinem naiven Gehirn, das sich schon mich zusammen mit Liam Neeson auf dem roten Teppich vorstellt.«

»Hey, ich habe gehört, Schauspieler aus Nordirland sind gerade der Shit in Hollywood.«

»Ja, aber ich möchte nicht der Lead in einem Erotikfilm sein, der auf *Twilight*-Fan-Fiction basiert. ›Mein Geschmack ist … erlesen, speziell. Das hier ist mein Spielzimmer.‹«

Passenderweise ist sein amerikanischer Akzent on point, weshalb ich das Lachen nur mühsam unterdrücken kann. Vor allem, weil mein Kopfkino mir statt *Fifty Shades of Grey* etwas anderes vorsetzt: »Und in diesem Spielzimmer ist dann ein riesiger Tisch, alle deine Freunde sitzen mit Papier und Stift darum, und irgendjemand will wissen, ob deine Geliebte einen Kleriker spielen kann.«

David hebt überrascht die Brauen. »Du weißt, dass es bei *DnD* Kleriker gibt?«

»Hab recherchiert«, gebe ich zu. »Wollte sichergehen, dass ich euch letztens nicht bei irgendeiner Beschwörung oder einem Ritual unterbrochen habe.«

»Da warst du sicher enttäuscht«, gluckst er, doch dann kehrt die Ernsthaftigkeit in seine Stimme zurück. »Jedenfalls. Träume sind schön und gut, aber ich hab echt keine Ahnung, wie ich das Studium finanzieren soll und wie es – wenn überhaupt – weitergeht.«

»Also …«, setze ich an, bevor ich überhaupt realisiere, was ich im Begriff bin zu sagen. »Ich bin zwar nicht der Beste, um deine Situation nachzuvollziehen, aber wenn du hypothetisch jemanden brauchst, der mit dir einen Businessplan ausarbeitet, um zu sehen, ob ein Studienwechsel vielleicht machbar ist, kann ich helfen.«

»Ich kann selbst Excel bedienen.«

»Das ist mir klar. Lass es mich anders ausdrücken: Wenn du willst, können wir die Idee mal zusammen durchgehen und einen Plan fassen, wie du die zusätzlichen Unigebühren finanziell gestemmt bekommst. Und welche Möglichkeiten es überhaupt gibt, um etwas in Richtung Schauspiel zu machen.«

»Du klingst wie ein wenig vertrauenswürdiger Steuerberater.«

»Komm schon, ich hab noch keinen Steuerberater getroffen, der so gut aussieht wie ich.«

»Stimmt.«

Kurz schauen wir uns an, beide verblüfft, dass er das gerade gesagt hat. Ich schaffe es kaum, das Grinsen zu unterdrücken, das sich langsam einen Weg auf meine Lippen bahnt. »Ich meine das ernst. Wenn du willst, dass …«

»Will ich«, erwidert David überraschend schnell. »Und wenn es am Ende nur dazu da ist, dir zu beweisen, dass eben nicht alles so easy-peasy läuft und Geld auf Bäumen wächst.«

»Hey, ich hab kein Wort von easy-peasy gesagt. Aber ich glaube, dass es einen Weg gibt.«

»Okay. Dann beweis es.«

»Ich brauche etwas Recherchezeit. Und wir müssen die Einladungen fertig bekommen.«

»Okay, dann Samstag.«

»Samstag?« Ich runzele die Stirn. Ich hatte irgendwie mit mehr Widerstand gerechnet, aber da ist auf einmal ein Funkeln in Davids Augen, das weit über diese kleine Herausforderung hinausgeht. »Okay, Samstag bei dir.«

»Klingt gut.«

»Gut.«

Wir schauen uns schweigend an. Dann wie auf Kommando beginnen wir beide zu lachen, und der dunkle Schatten, der zuvor auf Davids Gesicht lag, scheint für den Moment verschwunden.

Kapitel 19

David

Send help, tippe ich in den Chat, wobei die Worte nicht einmal einen Bruchteil meiner Gefühlslage einfangen. Ich bin völlig übernächtigt, obwohl ich mir zur Beruhigung ein Glas von Dads gutem Whisky eingeschenkt habe. Es hat eine ganze Weile gedauert, bis ich realisiert habe, worauf ich mich da eigentlich eingelassen habe, doch seit Donnerstag bin ich ein nervliches Wrack und ich kann immer noch nicht glauben, dass ich Cameron wirklich zu mir nach Hause eingeladen habe.

Da musst du jetzt durch.

Wie immer hält sich Roisins Mitleid für meine Misere in Grenzen. Dabei ist das Ganze, zumindest zum Teil, ihre Schuld. Sie war diejenige, die gesagt hat, dass ich mich ganz ungezwungen mit Cameron treffen soll. Ein Gedanke, der sich bei *Let's Get Bubbly* immer weiter hochgeschaukelt hat, bis ich auf sein Hilfsangebot angesprungen bin, als hinge mein Leben davon ab. Und nun treffen wir uns auch noch bei mir. Statt auf neutralem Boden. *Große Klasse, Toast.*

Das wird so awkward.

Wird es nicht. Ihr kennt euch doch und könnt euch mittlerweile auch normal unterhalten. Hast du deine Eltern vorgewarnt?

Ja.

Als ich meiner Mutter erzählt habe, dass Cameron vorbeikommt, habe ich mir nicht einmal die Mühe gemacht zu verheimlichen, dass ich auf ihn stehe. Sie hätte es sowieso augenblicklich gemerkt. Einer der großen Nachteile daran, wieder zu Hause zu sein: keine Geheimnisse, keine Privatsphäre. Auch wenn ich mir sicher bin, dass sie nicht unangekündigt in mein Zimmer platzen wird, wenn ich Besuch habe.

Na also. Alles wird gut. Keine Panik. Ist ja sicher nicht das erste Mal, dass du Herrenbesuch bekommst.

Ja, aber das letzte Mal war noch während des Colleges.

Was ein weiteres Problem darstellt. Ich habe keine Ahnung, wie ich mich verhalten soll, und fühle mich wie ein hilfloser Teenager, der bei der kleinsten Bewegung in einer Wolke Hormone verpuffen könnte. Dabei müsste ich längst aus dem Alter raus sein oder mir zumindest vor Augen halten können, dass es nichts zu bedeuten hat, dass Cameron heute vorbeikommt. Er will mir schließlich nur mit dem möglichen Studienwechsel helfen und einen Plan für meine Finanzen erstellen. Etwas, das ich auch allein machen könnte … Ich weiß, wie man Google benutzt und Tabellen aufsetzt.

Und trotzdem habe ich den ganzen Morgen damit verbracht, mein Zimmer auf den Kopf zu stellen und jede noch so kleine Ecke zu säubern. Auf einmal kam mir jeder Funko zu viel vor, jedes Poster peinlich, und ich bin heilfroh, dass Mark Hamill fürs Erste über Dominics statt über mein Zimmer wacht. Auch wenn mir klar ist, wie vollkommen kindisch das ist. Cameron sollte mittlerweile wissen, wofür ich mich interessiere. Und falls ihn das stört, käme etwas anderes als eine oberflächliche Freundschaft sowieso nicht infrage.

Ich werfe mich aufs Bett, weil ich nichts mehr finde, das ich noch verstecken möchte, und starre an die Decke meines winzigen Zimmers, bis Roisins nächste Nachricht eintrudelt.

Du brauchst dir echt keinen Kopf zu machen. Dich mit jemandem zu verabreden, ist keine Wissenschaft. Du lässt ihn rein, stellst ihn kurz deinen Eltern vor, und dann schaut ihr, was der Tag bringt. Ganz einfach.

Pff. Sie nennt es einfach. Das ist es aber nur, bis wir zu zweit in meinem Zimmer sitzen und ich entweder keinen Ton rausbringe oder die Worte so sehr aus mir heraussprudeln, dass Cameron nicht weiß, wie ihm geschieht, und sein Leben plötzlich um zweihundert Funfacts über die Dreharbeiten von *Star Wars – Eine neue Hoffnung* reicher ist. Zweifelsohne genau das, wofür er hergekommen ist.

Nachdem ich Roisin eine nichtssagende, aber zustimmende Antwort geschickt habe, fällt mein Blick auf die Uhrzeit in der oberen Ecke meines Handydisplays. Ich schlucke. Wird er überhaupt vorbeikommen? Vielleicht ist alles nur ein perfider Scherz, um meine Hoffnungen zu schüren, es könnte doch etwas zwischen uns laufen. Wir haben den ganzen Tag nicht miteinander geschrieben. Ich war zu panisch, um nachzuhaken, ob das Treffen noch steht. Und von ihm kam auch nichts. Keine Rückfrage wegen der Adresse oder der Uhrzeit. Nicht einmal ein »Ich fahr jetzt los«.

Natürlich ist mir klar, dass nicht jeder sich ständig rückversichern muss, aber meinem panischen Gedankenkarussell ist gerade jede Mücke recht, die es zu einem Elefanten machen kann.

Am Ende beschließe ich, dass ich trotzdem allmählich nach unten gehen kann, damit Mum gar nicht in Versuchung gerät, ihn mit Babyfotos von mir zu begrüßen. Nicht, dass ich ihr das zutrauen würde, aber ja, ich bin paranoid.

Im Erdgeschoss sitzen beide meine Eltern verdächtig brav im Wohnzimmer. Der Geruch von frischem Earl Grey liegt in der Luft, während vor ihnen auf dem Sofatisch ein paar Digestive Biscuits fein drapiert und unangetastet auf einem Teller liegen, als hätte ihnen die Aufregung den Appetit verschlagen. Im Fernsehen läuft *Planet Earth*, und meine Mutter trägt eine ihrer guten Blusen.

»Euer Ernst?«, frage ich mit einem schiefen Lächeln, als ich sie dort entdecke, und werde rot. Wie sehr sie versuchen, die perfekte normale Familie zu spielen, ist beängstigend.

»Schieb's auf deine Mutter«, brummt Dad, wobei er sich den Kragen des Hemdes zurechtzupft, das er seit Jahren nicht getragen hat. Ein Wunder, dass er nicht auch Jackett und Fliege aus der Versenkung geholt hat.

Meine Mum dagegen winkt völlig unbeirrt ab. »Wie mag dein Freund seinen Tee?«

»Keine Ahnung. Weiß nicht mal, ob er gern Tee trinkt oder … in seiner Freizeit David-Attenborough-Dokus schaut.«

Ich deute auf den Fernseher, der nicht nur ungewohnt leise eingestellt ist, sondern auch statt Quizsendungen, *EastEnders* oder der Premiere League ein Programm zeigt, das mein Dad normalerweise nur zum Einschlafen anmacht.

Dad starrt meine Mutter vorwurfsvoll an, bevor er sich die Fernbedienung schnappt und auf *Tipping Point* umschaltet. Dazu schnappt er sich einen Keks, den er sich extra laut schmatzend in den Mund schiebt. Besser.

»Entschuldige«, kommt es kleinlaut von Mum. »Ich will dir nur keine Chance verbauen, bloß weil wir … weil wir eben wir sind.«

Das Lächeln fällt aus meinem Gesicht wie eine Maske. »Du brauchst dir echt keine Sorgen machen, Mum. Ihr seid klasse. Und überhaupt: Es geht ja nur um eine Projektarbeit.«

Ihre gehobene Braue macht mir klar, dass sie weiß, dass ich Letzteres nicht nur ihr einreden will, sondern vor allem mir selbst. »Dann …«

Das Türklingeln schneidet ihr das Wort ab. Meine Augen werden tellergroß. Die Nervosität ist mit einem Mal wieder präsent, packt zu und scheint meine Lunge zu zerquetschen, sodass ich wie ein Fisch nach Luft japse.

Sofort geht mein Blick zum Fenster hinaus, wo ich hinter den halbtransparenten Gardinen die Straße vor unserem Haus einsehen kann. Camerons Auto entdecke ich nicht, stattdessen einen silbernen Tesla, der noch weniger in diese Wohngegend passt als der Mercedes, mit dem er mich letztes Wochenende nach Hause gebracht hat.

Meine Füße sind wie im Boden verankert, doch mir ist klar, dass ich jetzt zur Tür gehen und ihn hereinlassen muss.

»Viel Glück«, raunt mir meine Mutter zu, da habe ich mich schon in Bewegung gesetzt.

Meine Gelenke fühlen sich stocksteif an, und ich kann nur mit Mühe den Impuls ignorieren, durch den Türspion zu schielen, als könnte dahinter ein Mörder stehen. Im Wohnzimmer dreht mein Dad die Lautstärke des Fernsehers hoch. Ich atme noch einmal tief durch, um den Druck auf meiner Brust zu lösen, dann öffne ich die Tür.

Cameron trägt Jeans, ein T-Shirt und die Lederjacke, die ihm so gut steht und in deren Taschen er locker seine Hände vergraben hat. Ein breites Grinsen liegt auf seinem Gesicht, das mich beinahe blendet und es unmöglich macht, zu erahnen, was wirklich in ihm vorgeht. Seine rot gefärbten Haare sind wie immer perfekt gestylt, ein scharfer Kontrast zum strahlenden Grün seiner Augen.

Als er meinen Blick bemerkt, runzelt er die Stirn. »Bin ich zu früh?«

»Nein«, antworte ich eine Spur zu hoch. »Ich bin nur … ich …« *Reiß dich zusammen, Toast.* »Komm rein.«

Innerlich verpasse ich mir eine Ohrfeige, was dazu führt, dass mein Körper zumindest einigermaßen seine Funktionen wieder aufnimmt. Danach führe ich Cameron ins Haus. Ich winke verhalten ins Wohnzimmer, wo mein Dad noch immer unbeeindruckt auf den Fernseher starrt, während meine Mutter ein Lächeln aufgesetzt hat, das ich noch nie an ihr gesehen habe.

»Mum, Dad, das ist Cameron. Cameron, das sind meine Eltern.«

»Hallo zusammen«, sagt er in die Runde, als würde er es jeden Tag machen. »Schön, Sie kennenzulernen.«

Meine Mutter betrachtet ihn genau, und ich kann deutlich erkennen, dass Cameron ihr gefällt. Ein Wunder, dass sie nicht gleich vor Freude quietscht.

»Wenn ihr Hunger oder Durst habt, gebt einfach Bescheid.«

Ich nicke, erleichtert darüber, diese erste kleine Hürde geschafft zu haben, bevor ich Cameron nach oben führe. Dabei entgeht mir nicht, dass er noch einen Moment zögert, als sein Blick auf die Gehhilfe neben dem Sofa fällt.

Oben angekommen fühlt sich mein Zimmer noch kleiner an als ohnehin. Ich weise Cameron unbeholfen meinen Schreibtischstuhl zu, während ich es mir im Schneidersitz auf dem Bett bequem mache.

Vermutlich gibt es bei ihm zu Hause Abstellkammern, die größer sind als mein Zimmer, aber zumindest wirkt Cameron nicht missbilligend. Eher aufrichtig neugierig.

»Hast du gut hergefunden?« Bereits als ich die Frage ausgesprochen habe, kommt sie mir furchtbar banal vor. Small Talk konnte ich mal besser, aber die Art, wie Cameron jedes Detail in sich aufsaugt, verschlimmert meine Nervosität nur noch mehr. Was er sich wohl bei den zwei Bildschirmen, dem Headset mit den grünen Katzenohren oder dem riesigen *Halo*-Master-Chief-Poster über meinem Bett denkt? Oder überhaupt darüber, dass es keinen Zentimeter Wand gibt, der nicht ausgefüllt wird – sei es nun durch Regale, Bilder oder meinen Fernseher, den ich sonst nirgends unterbringen konnte.

Cameron nickt schwach. »Du hast nicht übertrieben, als du meintest, du seist ein Nerd.«

In seinen Worten liegt keine Wertung, dennoch würde ich meinen Kopf am liebsten in meinen Kissenbezug stecken. »Ja … Sorry, jetzt ist die Überraschung wohl weg.«

»Bist du nervös?« Plötzlich schaut er mich direkt an. Sein Grinsen zeichnet kleine Fältchen in seine Augenwinkel.

»Wärst du es nicht? Ich hatte seit Ewigkeiten keinen Besuch mehr bei mir zu Hause. Also hier, bei meinen Eltern.«

»Du bist seit Kurzem wieder hier, meintest du.«

»Ja. Ein paar Wochen. Nicht der Rede wert nur … ungewohnt.«

»Ist es wegen deines Dads?« Cameron beißt sich auf die Unterlippe, dann winkt er ab. »Sorry, das geht mich nichts an.«

»Schon gut«, erwidere ich. »Aber ja. Er kann nicht mehr arbeiten, deshalb können wir uns das WG-Zimmer nicht mehr leisten …«

»Alles okay? Du musst nicht drüber reden.«

Da bemerke ich erst, dass mein Bein zu zittern begonnen hat. Ich kann geradezu spüren, wie das Blut mein Gesicht verlässt und meine Haut vermutlich blasser wirken lässt als die Wand hinter mir.

Besorgt rollt Cameron mit dem Stuhl auf mich zu, wobei ein schabendes Geräusch ertönt, als die Plastikräder über den in die Jahre gekommenen Teppich streifen. Das Geräusch bereitet mir immer Gänsehaut, doch nicht so sehr wie die plötzliche Nähe.

In meiner Kehle stecken gleichermaßen keine und alle Worte der Welt. Mir war klar, dass eine gute Chance bestand, dass dieses Thema – die Erkrankung meines Vaters – aufkommen würde, doch jetzt, wo es so weit ist, komme ich mir auf einmal ausgeliefert vor, als würde ich auf dem offenen Ozean treiben Tausende Kilometer vom Festland entfernt.

Es war keine gute Idee, Cameron zu mir einzuladen. Das wusste ich von Anfang an. Selbst meine Freunde lade ich nicht ein. Ich vermeide es, weil ich es hasse, mich so zu fühlen. Nackt, schutzlos unter Camerons durchdringendem Blick, verletzlich.

Unfähig, klar zu denken, fange ich einfach an zu reden, erzähle Cameron alles – beginnend mit der Diagnose, meinen verkackten A-Levels, dem Verlauf seiner Krankheit bis zu Dads Kündigung vor ein paar Wochen. Die Erleichterung, als die Worte endlich über meine Lippen sind, bleibt aus, stattdessen ist da in meinem Kopf nur Leere. Müdigkeit.

Die ganze Zeit hat Cameron nur stumm meiner Erzählung gelauscht, doch nun, wo ich mich immer mehr in mich selbst zurückziehe, legt er plötzlich seine Hand auf meine.

Zuerst nehme ich die Berührung gar nicht richtig wahr. Sehe nur den Kontrast, den seine gebräunte Haut zu meiner bildet. Ich bin wie ein Beobachter. Als wäre das ein Film. Als wäre das gar nicht meine Hand.

Kriechend langsam wie Lava beginne ich etwas zu spüren. Die Wärme seiner Haut auf meiner. Das sanfte, elektrische Prickeln, das sich nun seinen Weg durch meinen Körper bahnt. Den Arm hinauf direkt in meine Brust, wo es mein Herz, das bisher ganz still seinen Dienst verrichtet hat, plötzlich eilig hat.

Und mit ihm wandert auch die Hitze in meinen Kopf, und die Realität kehrt mit solcher Klarheit zurück, dass ich beinahe reflexartig zurückgewichen wäre. Mit einem Mal sind Cameron und ich uns so nah wie in der Nacht im Klub. Nah genug, dass ich den Geruch seines Aftershaves in mich aufsaugen, das winzige Muttermal unter seinem linken Auge sehen kann. Nah genug, dass es nur eine kleine Bewegung bräuchte, um dort anzuknüpfen, wo uns seine Schwester damals unterbrochen hat.

Mein Blick wandert auf seine vollen Lippen, und ich schlucke unwillkürlich. Er weiß, was in mir vorgeht. Und er weiß, dass ich weiß, dass er es weiß. Aber er tut mir den Gefallen nicht, mir die Entscheidung abzunehmen, wie diese Situation enden soll. Gleichzeitig macht er keine Anstalten, auf Abstand zu gehen. Cameron beobachtet jede meiner Regungen genau. Es wäre leicht, verdammt leicht, meinem Impuls nachzugeben, ihn zu küssen, zuzulassen, dass aus dem Prickeln noch so viel mehr wird, um vielleicht für einen Moment zu vergessen, was gerade alles vor sich geht.

Gleichzeitig ist mir aber auch bewusst, dass es ein Fehler wäre. Dass Verdrängen meine Probleme nicht behebt und dass es vor allem Cameron gegenüber unfair wäre, ihn einfach dafür zu benutzen. Schließlich trägt er eigene Sorgen mit sich herum. Und ich kann nicht versprechen, dass es nur bei einem Kuss bleiben würde.

Am Ende räuspere ich mich verhalten und lehne mich ein Stück zurück. Nicht weit, aber genug, dass sein Duft nicht weiter meinen Verstand betäubt. Cameron versteht, weicht seinerseits von mir zurück, während seine Hand kraftlos von meiner rutscht. Ob er über meine Entscheidung erleichtert oder enttäuscht ist? Wer weiß? Ich lasse mir keine Zeit, meine Gedanken weiter mit der Frage »Was wäre wenn?« zu erfüllen.

»Sorry«, sage ich kleinlaut, wobei meine Stimme fester klingt als vorhin. »Ich glaube, das musste einfach raus.«

»Dachte ich mir.«

»Jedenfalls siehst du hoffentlich, wieso ich nicht gerade tausend Optionen habe und eine Welt, die mir quasi zu Füßen liegt.«

Darauf grinst er beinahe siegessicher. »Ich weiß, und ich verstehe, dass wir hier nicht unter Idealbedingungen arbeiten. Aber ich wäre ja nicht dein Finanzberater, wenn ich keine Lösung für deine Zwickmühle parat hätte.«

»Jetzt bist du schon mein Finanzberater?«

Er angelt sich seine Tasche vom Boden. »Nenn es, wie du willst. Aber ich habe eine Möglichkeit gefunden, wie du das Studienfach wechseln *und* den Bachelor finanzieren kannst.«

Skeptisch betrachte ich sein MacBook, welches er zutage fördert. »Hast du dafür extra eine PowerPoint-Präsentation gemacht?«

»Aber natürlich.«

Kapitel 20

Cameron

Als David an diesem Nachmittag das C.-S.-Lewis-Zimmer betritt, erkenne ich ihn kaum wieder. Nicht nur weil er zur Abwechslung mal nicht zwanzig Minuten zu früh am Treffpunkt ist, sondern auch weil das Lächeln, das auf seinen Lippen klebt, etwas Ansteckendes hat. Etwas, das mein Herz so sehr zum Stolpern bringt, dass ich ihn ein paar Sekunden zu lange sprachlos anstarre.

»Warst du heute schon feiern?«, rutscht es mir lahm heraus, weil mir kein besserer Kommentar zu seiner Erscheinung einfällt. Er trägt seine üblichen Klamotten, eine Kombination aus Jeans und einem Button-down-Shirt – heute mit kleinen Blitzen drauf –, aber seine Haare sind heute mit Gel gestylt. Dazu meine ich, hinter seinen Brillengläsern die Überreste schwarzen Eyeliners zu erkennen, wodurch seine stahlblauen Augen ungewohnt hell und ausdrucksstark wirken.

Er lässt sich neben mir auf den Stuhl fallen. Erst jetzt merke ich, dass er schwer atmet, als wäre er ein ganzes Stück gerannt, während feine Schweißperlen auf seiner Stirn funkeln. Auffällig ist auch sein Geruch, der mich an eine Mischung aus Liz' teurem Make-up und dem künstlichen Nebel in Klubs erinnert. Vielleicht lag ich mit meinem Kommentar doch nicht so weit weg.

»Bin ich viel zu spät?«, will David atemlos wissen.

»Du bist zehn Minuten zu früh.«

»Ach verdammt.« Falls möglich wird sein Lächeln noch breiter. »Sorry, dass du warten musstest.«

Ich will ihn darauf hinweisen, dass »zehn Minuten zu früh« für die meisten Menschen eine andere Bedeutung hat, frage aber stattdessen: »Willst du mir nicht sagen, wo du warst?«

Er nickt, nimmt sich aber noch einen Moment Zeit, um Luft zu holen. Dann platzen die Worte förmlich aus ihm heraus. »Ich war gerade in den Titanic Studios beim Dreh, hab dafür die Datenbanken-Vorlesung sausen lassen, aber Gott, war es das wert.«

»Wusste gar nicht, dass du das Angebot angenommen hast.«

»Ich hab ihnen letzte Woche alle Infos geschickt. Nur mal so und wollte niemandem davon erzählen. Falls es nicht klappt oder es mir nicht gefällt oder so. Dann wäre es einfach nie passiert.«

Ich schmunzele. »War es gut?«

»Du glaubst gar nicht, wie. Also, es war anstrengend. Aber auch so gut. Ich meine, versuch mal, neben David Tennant, ja genau, DEM David Tennant, dem Doctor, Idol meiner Kindheit, zu stehen, und nicht mit ihm zu reden, oder ihn anzusehen, oder in die Kamera zu schauen, oder überhaupt irgendwas, während du so tust, als wärst du ein Klubbesucher.«

Daher also das Make-up und die Frisur. »Was wird denn gerade gefilmt?«

»Ein Noir-SciFi-Thriller. Ein bisschen wie *Blade Runner*, soll in zwei Jahren in die Kinos kommen. Ich hab bestimmt zwei Stunden in der Maske mit Styling verbracht. Hab mich gefühlt wie ein Celebrity kurz vor der Oscarverleihung, als Carla mir Make-up verpasst hat. Aber das war erst der Anfang. Das Set, das sie dafür aufgebaut haben, war total abgefahren. Der Produzent glaubt nicht an CGI – Licht, Nebel, Hintergründe, alles ist echt. Die ganze Haupthalle der Studios ist ein einziger riesiger Klub. Und ich bin mir ziemlich sicher, dass mein Ellenbogen in einer Szene sogar kurz David Tennants Mantel berührt hat!«

Seine Begeisterung ist beinahe ansteckend, dennoch wundere ich mich: »Darfst du das überhaupt erzählen?«

»Klar. Stand vor Kurzem im *Belfast Telegraph*, alles gut. Nur Details darf ich nicht verraten. Aber egal. Ich bekäme sowieso nicht mehr alles zusammen.«

»Scheint so, als wärst du ganz in deinem Element.«

Davids Augen sind riesig, während er eine Dose Dr. Pepper aus seinem Rucksack zutage fördert, die er in einem Zug leert.

»Du hast ja keine Ahnung. Morgen und nächste Woche muss ich noch einmal hin, danach kann ich glücklich sterben.«

»Nun übertreib nicht«, entgegne ich lachend. »Aber genial, dass es dir so gefallen hat. Macht das die Entscheidung etwas leichter?«

David stockt, und ich merke, dass ich einen Fehler gemacht habe. Meine Worte dämpfen seine Laune, auch wenn das Leuchten in seinem Blick bleibt. »Keine Ahnung. Vielleicht. Ich weiß nicht. Ich warte noch ab.«

»Klar. Ich wollte dir nicht die Laune vermiesen.«

»Hast du nicht«, beschwichtigt er und schenkt mir dieses aufrichtige, schiefe Lächeln, das mir kurz den Atem raubt. »Ich brauche nur etwas Zeit.«

Wir haben den halben Samstag damit verbracht, über das Für und Wider eines Studienwechsels zu diskutieren. Nicht nur die finanziellen Aspekte, sondern auch wie viel ihm der Wechsel bringen wird, wenn er wirklich ins Filmbusiness einsteigen will. An der Queen's gibt es einen Studiengang für Drama, der dafür infrage käme. Da David aus Nordirland kommt, zahlt er den geringsten Satz an Studiengebühren, den er theoretisch mit einem Teilzeitjob abdecken könnte, solange er nur weiter zu Hause lebt

– ganz ohne Studierendendarlehen. Das wäre nicht ideal, aber machbar, und würde ihm nicht nur helfen, verschiedene Bereiche auszuprobieren, sondern auch, über Praktika und die Dozenten mögliche Kontakte zu knüpfen.

Eigentlich ein No-Brainer, wenn es nach mir ginge, aber ich habe inzwischen gemerkt, dass das mit dem Optimismus gar nicht so einfach ist, wenn man es gewohnt ist, dass immer etwas schiefläuft.

Nichtsdestotrotz scheint David es ernsthaft in Betracht zu ziehen, hat sogar schon mit jemandem aus seiner Fakultät gesprochen, bis wann er den Studienwechsel anmelden müsste, und sich die Deadline sowie die Aufnahmebedingungen im Kalender gespeichert. Bis Ende Mai hätte er definitiv noch etwas Zeit, sich über alles Gedanken zu machen, aber der Stichtag ist in der Woche nach der Spendengala, und bis dahin hat er mit der Organisation, seinem jetzigen Studium, der Literific Society und dem Dreh alle Hände voll zu tun. Von seiner Situation zu Hause ganz zu schweigen.

»Ich frag mich echt, wie du das alles schaffst«, rutscht es mir heraus.

»Was meinst du?«

»Das alles.« Ich mache eine allumfassende Geste. »Mir reicht schon Studium, ein Tag im Büro und diese Gala. Wenn ich mehr hätte, würde ich tot umfallen.«

David grinst. »Koffein hilft. Außerdem hänge ich nicht jedes Wochenende auf zwei bis drei Hauspartys herum.«

»Aber mindestens einer«, schieße ich zurück.

»Ich komme klar. Ich meine, natürlich wird es manchmal stressig, aber ich mag das. Wenn ich herumsitze und nichts tue, denke ich zu viel nach und bin am Ende nur deprimiert.«

Davon kann ich ein Lied singen. Zwar bin ich bei Weitem nicht so viel unterwegs wie er, aber ich merke immer mehr, wie sehr mir eine Beziehung fehlt. Nicht, weil ich Curtis hinterhertrauere, der Gerüchten zufolge übrigens gut über mich hinweggekommen ist, sondern einfach weil es nicht so viel in meinem Leben gibt, das mich wirklich beschäftigt hält. Dinge, an denen ich mehr hänge als an irgendwelchen Partys, bei denen es nur darum geht, wer wie viel Alkohol verträgt.

»Jedenfalls«, unterbricht David meine Gedanken, »wo wir gerade beim Thema ›viel zu tun‹ sind – sind die Einladungen raus?«

Dankbar für den Themenwechsel öffne ich mein MacBook und werfe einen Blick in meine Planungstabelle: »Einladungen raus und die Location gebucht. Titanic Suite mit All-inclusive-Catering. Die Verkostung für das Menü ist in zwei Wochen, und damit haben wir die Basics erledigt. Die Dekoration übernimmt das Titanic Museum. Die Kaution ist auch bezahlt. Bleiben noch insgesamt sechs Wochen bis zum Abend. Uns fehlen noch Musik, Eintrittskarten, die Abendplanung, Preise und Artikel für die Auktion.«

»Klingt machbar«, schließt David.

Du hast ja keine Ahnung, will ich sagen, weil ich weiß, dass uns mit der Abendplanung das Schlimmste erst bevorsteht, aber ich will David nicht verunsichern und hoffe darauf, dass seine Zuversicht ein wenig ansteckend ist.

»Wie ist das mit der Musik?«, fragt er. »Ein Kumpel von meinen Eltern hat DJ-Equipment. Er ist jetzt nicht David Guetta, aber auf dem Vierzigsten meiner Mum hat er ordentlich für Stimmung gesorgt.«

Ich kann nicht verhindern, dass meine Gesichtszüge entgleisen. Eigentlich will ich nicht so sein, arrogant und von oben herab, aber ich komme einfach nicht umhin, mir vorzustellen, was passieren würde, wenn auf einer Spendengala, bei der wir reichen Leuten Geld für einen guten Zweck aus der Tasche ziehen, plötzlich die Ibiza-Partyhits-2012-CD läuft.

»Es sei denn, dir fällt etwas Passenderes ein?«

»Streichquartette sind bei so was immer sehr beliebt«, erkläre ich. »Angenehm, entspannend, gute Backgroundmusik, sodass sich die Leute noch unterhalten können. Online gibt es genug Ensembles, die man buchen kann, da wird sich sicher etwas finden.«

»Idee«, wirft David ein.

Ich schaue ihn überrascht an. Es ist das erste Mal, dass er seinerseits etwas einbringen möchte und nicht nur meine Vorschläge abnickt oder bestenfalls etwas verbessert. »Schieß los.«

»Wir studieren an der größten Universität des Landes«, bemerkt er. »Es gibt Klubs, es gibt Fakultäten. Wäre es da nicht besser und origineller, wenn wir vielleicht mal bei der Music Society anklopfen, ob sie Interesse haben, uns durch den Abend zu begleiten?«

Mein sofortiger Impuls ist es, ihm zu widersprechen. Nicht, weil ich seine Idee falsch finde, sondern aus reinem Reflex. Eine Stimme, die mir zuflüstert, dass es unprofessionell wäre. Dass ich lieber erfahrene Berufsmusiker einstellen soll, schließlich spielt Geld nicht wirklich eine Rolle. Doch ich zögere, weil mir auf einmal klar wird, dass das nicht die Vernunft ist, die mir das einreden will, sondern der arrogante Schnösel, der mit Scheuklappen durchs Leben rennt und nur von allem »das Beste« will, anstatt sich auf etwas Neues einzulassen.

»Hast du da Kontakte?«, frage ich David.

»Hollys Schwester hängt dort mit drin«, antwortet er. »Sie spielt Cello, ich kann mit ihr reden. Also, wenn das okay ist.«

»Mach das.«

Unsicher, ob ich gerade die richtige Entscheidung getroffen

habe, beobachte ich ihn dabei, wie er eine Nachricht an seine Freundin tippt.

»Ich bin offen für Vorschläge«, füge ich hinzu. »Also falls sie bessere Ideen als ein klassisches Quartett haben oder vielleicht auch ein paar separate Stücke spielen wollen als eigenen Programmpunkt. Wir müssten dann nur ein kleines Probekonzert machen, damit die Leute aus der LawSoc ihren Segen geben können.«

»Ich dachte, du hast die volle Verantwortung?«

»Hab ich auch«, sage ich, »aber bei größeren Änderungen will mir der Vorstand über die Schulter schauen. Daher sind sie auch alle zur Verkostung eingeladen. Damit ich mir anhören darf, dass Chad Jones der Estragon in der Sauce béarnaise zu dominant ist.«

David verzieht das Gesicht. »Es wird wohl sehr etepetete, oder?«

»Mhm. Sorry schon mal dafür.«

»Hey, ist in Ordnung. Ehrlich gesagt finde ich es sogar ein bisschen aufregend. Ich hab zwar keine Ahnung, was diese Sauce Bernadette ist, aber wie oft im Leben hab ich Gelegenheit, zu so einer Veranstaltung zu gehen?«

»Meinst du das ernst?«

Er schmunzelt, während sich ein leichter Rotschimmer auf seine Wangen legt. »Ja, ernsthaft. Ich wollte schon immer wie Cinderella zu einem glamourösen Ball gehen, die ganze Nacht tanzen und in einer Kürbiskutsche nach Hause fahren.«

Mein Kopfkino verselbstständigt sich. Ich weiß, dass er scherzt, dennoch merke ich, dass ein Fünkchen Wahrheit hinter seinen Worten steckt, und ich kann mir vorstellen, dass er den Abend trotzdem genießen wird. Nur das mit der Kürbiskutsche muss ich ihm irgendwie ausreden.

»Wieso dürfen wir Männer nie Cinderella sein?«

»Na ja«, erwidere ich. »Niemand sagt, dass du nicht Cinderella sein darfst. Gibt bestimmt ein paar Leute, denen das gegen die fragwürdigen Wertvorstellungen geht, aber meinetwegen darfst du gern dein bestes Glitzerkleid auspacken und einen Harry-Styles-mäßigen Auftritt hinlegen, sofern wir die Organisation unbeschadet überstehen.«

»Kein Glitzerkleid«, stellt David klar. »Lieber ein schicker Anzug in Grün, wie der Typ in der Casinowerbung. Dazu eine Limo und eine Variation des Imperial March aus dem *Star-Wars*-Soundtrack, sobald ich den Raum betrete.«

»Du hast das echt gut durchgeplant, oder?«

»Glaub mir, tagträumen fällt einem sehr leicht, wenn man in einer Vorlesung über Datenbanken vor sich hin vegetiert.«

Kurz überlege ich, ob das der richtige Moment ist, um erneut das Studienthema anzusprechen. Bisher hat er kein Geheimnis daraus gemacht, dass er sein Fach nicht mag, obwohl er im Vergleich zu mir eine intuitive Begabung für das ganze Computerzeug hat. Was auch der Grund ist, weshalb er seit der Schulzeit auf genau diesem Weg ist. Warum es nicht nutzen, wenn man ein Talent hat? Aber je mehr Zeit ich mit ihm verbringe, desto mehr bekomme ich ein Gefühl dafür, wie festgefahren und unglücklich er wirklich ist, auch wenn er sich immer darum bemüht, es nicht nach außen zu tragen. Er würde mir zwar nie einen Vortrag darüber halten, wie sehr er sein Studium hasst, aber es sind Kommentare wie dieser, die er immer mit einem ironischen Unterton versieht, die zeigen, was er wirklich denkt.

Aber ich werde mich hüten, weiter Salz in die Wunde zu streuen …

Kapitel 21

David

»Oh, sieh an. Dass man dich endlich auch mal wieder zu Gesicht bekommt«, schleudert Roisin mir entgegen, als ich mich zu ihr in den Senate Room setze, wo die heutige Debatte stattfinden wird.

»Es ist nicht meine Schuld, dass du nicht mit mir in den Kursen sitzt«, zische ich zurück, während ich meine Tasche auf den Tisch stelle, wo Roisin bereits ihren Laptop für die Mitschrift sowie Hammer und Klingel aufgebaut hat, obwohl es noch fast eine halbe Stunde dauert, bis die ersten Leute eintrudeln werden. Reflexartig schweift mein Blick durch den hohen, noch leeren Saal, sucht die holzvertäfelten Wände nach dem Porträt der Queen ab, das vor einigen Wochen spurlos verschwunden ist und seither eine ganze Reihe an Verschwörungstheorien auf den Plan gerufen hat. Doch auch heute fehlt von Lizzie jede Spur.

»Wo du«, merkt Roisin an, »wie man sich so erzählt, auch nicht mehr so regelmäßig aufkreuzt wie sonst.«

Mist. Mir war klar, dass es auffällt, wenn ich zwei Tage in Folge morgens die Vorlesung schwänze, aber während ich Connor und Dominic noch damit abspeisen kann, dass ich einfach keine Lust hatte, ist das bei Roisin eine andere Geschichte.

»Also?« Sie hebt drohend den Hammer, den sie normalerweise

nur dazu benutzt, um die Debattierenden daran zu erinnern, dass ihre Redezeit abgelaufen ist. »Was verheimlichst du mir?«

»Gar nichts.«

»Toast.«

»Ich meine es ernst, Roisin. Ich habe megaviel zu tun, und mir steht das Wasser bis zum Hals.«

Ihre Lippen teilen sich kurz. Wahrscheinlich ist sie genauso verblüfft über meinen schroffen Tonfall, wie ich es bin. Ich lasse mir normalerweise nicht anmerken, wie gestresst ich bin, aber diese Woche hat mich an meine Grenzen gebracht. Angefangen bei der Vorstandssitzung, dann die beiden Drehtermine, dazu die Planung der Gala, Vorlesungen, Vorlesungen nachholen, eine Projektarbeit, Klausurvorbereitungen und der Umstand, dass ich jetzt anderthalb Stunden für den Weg zur Uni brauche statt der gewohnten zehn Minuten.

Wieso ich Roisin das nicht einfach so sage, kann ich mir selbst nicht erklären. Zusammen mit Dominic ist sie meine beste Freundin, und normalerweise würde ich nicht zögern, sie sofort in jedes Geheimnis meines Lebens einzuweihen. Nur verläuft dieses gerade alles andere als rosig. Ich komme mir vor, als würde ich auf einer Nadelspitze balancieren, nur einen Windhauch davon entfernt, in einen Abgrund zu stürzen.

Meinen Freunden zu sagen, was Sache ist, würde zwar kurzzeitig helfen, sie allerdings auch mit meinen Sorgen belasten. Sie können weder meinen Dad heilen noch mir die Entscheidung abnehmen, wie es mit dem Studium weitergehen soll. Deshalb will ich sie gar nicht erst damit belästigen. Auch weil ich Angst habe, dass eine weitere Stimme, die mir zuredet, mein fragiles Gleichgewicht nur weiter ins Wanken bringt. Schlimm genug, dass ich Cameron eingeweiht habe, obwohl dieser im Vergleich zu Roisin sehr vorsichtig mit ungefragten Ratschlägen ist.

»Tut mir leid«, bringe ich schließlich hervor. »Ich wollte dich nicht so anfahren. Mir ist im Moment nur alles ein bisschen viel mit dem Umzug und allem …«

Sie atmet lautstark aus. Ein eindeutiges Zeichen, dass das Thema für sie nicht vom Tisch ist, auch wenn sie für den Moment meine Antwort akzeptiert.

»Alles klar. Ich mach mir nur Sorgen. *Wir alle* machen uns Sorgen, weil du heute Mittag nicht da warst. Du hast noch nie kurzfristig eine *DnD*-Session gecancelt.«

»Ich weiß«, antworte ich, aber eine Ausrede will mir auch nicht einfallen. »Tut mir leid.«

Roisin verkneift sich jedoch jeden weiteren Kommentar. Sie kennt mich schon seit Ewigkeiten und weiß, dass ich entweder früher oder später mit der Sprache rausrücke oder dass sich die Sache von selbst erledigt. Ich rede mir ein, dass ich nur ein paar Wochen durchhalten muss und sich dann alles irgendwie klären wird.

»Kann ich dir helfen?«, fragt sie etwas sanfter. »Du siehst aus, als hättest du sechs Wochen Bahamas nötig, aber vielleicht können wir etwas Kleines machen? Tayto Castle oder so?«

Ich zucke mit den Schultern. Der Gedanke an eine Auszeit in meinem liebsten Kartoffelchips-Themenpark klingt verlockend, doch gleichzeitig setzt das schlechte Gewissen ein, das mich daran erinnert, dass ich eigentlich zu viel zu tun habe.

»Ich habe gehört, dass morgen ein neuer Katastrophenfilm in die Kinos kommt. Low Budget, und die Special Effects sehen ganz besonders vielversprechend aus.«

Erst da realisiere ich, dass sie genau darauf hinauswollte, mich aus meinem Alltag herauszureißen, aber ehrlicherweise stört mich das gar nicht so sehr. Auch das schlechte Gewissen rückt bei der Aussicht auf einen Kinobesuch plötzlich in den Hintergrund.

Sind ja schließlich nur zwei bis drei Stunden. Und ich habe wirklich dringend eine Pause nötig.

»Klar«, erwidere ich schulterzuckend. »Habt ihr einen Plan?«

»Samstagabend um fünf im Queen's Film Theatre. Danach, je nachdem, vielleicht noch ins Lavery's oder Kremlin.«

»Klingt gut.« Auch wenn ich ziemlich sicher weiß, dass ich mir im Pub höchstens einen Drink erlauben werde. »Wissen die anderen Bescheid?«

Roisin nickt. »Yep. Alles längst durchgeplant, damit du ja keinen Vorwand hast abzusagen. Du müsstest nur Cameron Bescheid geben.«

Ich erstarre mitten in der Bewegung. Gerade wollte ich mir meine Robe für die Debatte überziehen, aber nun stecke ich mit dem Oberkörper darin und kann Roisin nur durch die Öffnung für den Kopf ansehen. Mein beiläufiger Tonfall kann nicht ganz darüber hinwegtäuschen, dass die Worte mich aus der Bahn geworfen haben.

»Wieso denn Cameron?«

»Wir dachten, dass er vielleicht mitkommen will. So viel Zeit, wie ihr miteinander verbringt, da hätte es mir das Herz gebrochen, euch beide zu trennen.«

Daher weht also der Wind. »Das wird doch nicht etwa ein peinlicher Versuch, mich zu verkuppeln, oder?«

»Nein. Nennen wir es höchstens einen sanften Schubs in die richtige Richtung. Keiner stellt hier irgendwelche Erwartungen an euch – ich würde ihn nur gern kennenlernen, wenn er mal nicht gerade einen auf Mr Future CEO macht, das ist alles. Falls sich zwischen euch doch was entwickelt.«

Gern würde ich sie darauf hinweisen, dass sie sich diesbezüglich keine Hoffnungen machen braucht. Nicht weil ich etwas dagegen hätte. Aber Cameron hat deutlich erklärt, dass eine Beziehung in seinem Leben – zumindest mit einem Mann – aktuell keinen Platz hat, wohingegen ich genau das will. Auch wenn ich mir manchmal wünsche, ich könnte in der Hinsicht mehr wie Dominic sein und auch ohne Gefühle Spaß haben.

»Muss das sein?«, frage ich Roisin.

»Ja, muss es.«

Ich gebe mich geschlagen, streife endlich die Robe über und schreibe Cameron.

Hey, das kommt vielleicht etwas plötzlich,
aber was machst du Samstag?

Camerons Antwort kommt so schnell, als hätte er nur darauf gewartet, dass ich ihm schreibe.

Hausparty bei Olcan McKimmons, wieso?
Willst du mitkommen?

Ich hab an sich nichts gegen Hauspartys – sie sind mir lieber als Klubs – aber bei der Vorstellung, mir auf dem Anwesen der McKimmons mit den privaten Alkoholvorräten des First Ministers einen hinter die Binde zu kippen, muss ich schaudern.

Muss nicht unbedingt sein. Ich wollte dich
eigentlich fragen, ob du Lust hättest, mit uns
was zu unternehmen, aber das hat sich damit
wohl erledigt.

Was steht denn zur Auswahl?

Wir wollten ins Kino. Irgendein schlechter

Katastrophenfilm. Vermutlich nicht deine Welt, also gar kein Problem.

Ich komme mir furchtbar naiv vor, dass ich es überhaupt erwähnt habe. Cameron Walsh passt einfach nicht zu einem gemütlichen Kinoabend im Queen's Film Theatre mit Nachos und Cocktails. Genauso wenig wie ich auf die Hausparty seiner Kommilitonen passe.

Wann?

Ich stutze und sende ihm die Uhrzeit. Das alles unter Roisins unverhohlen neugierigem Blick. Sie muss aus mir lesen können wie aus einem offenen Buch, denn sie schenkt mir ein selbstgefälliges Grinsen. Ich schüttele missbilligend den Kopf, da trudelt auch schon Camerons Antwort ein.

Alles klar. Bin dabei.

Ich starre minutenlang die Nachricht an, als könnten sich jeden Moment die Buchstaben vertauschen und stattdessen die Worte »Haha, als ob« erscheinen. Aber nichts dergleichen passiert. Camerons Antwort bleibt. Auch als Roisin irgendwann scheinheilig fragt: »Und?«

»Er ist dabei«, antworte ich noch immer verblüfft, ohne zu realisieren, dass es wirklich passiert. Dass ausgerechnet Cameron mit mir und meinen Freunden ins Kino gehen will. Hat er denn echt nichts Besseres zu tun?

»Oh, klasse.« So wie Roisin klingt, kommt es mir fast so vor, als hätte sie gar nichts anderes erwartet. »Dann wäre ja alles geklärt.«

Sie wendet sich wieder hoch konzentriert ihrem Laptop zu.

»Und du hast wirklich nichts Gemeines vor?«, bohre ich zur Sicherheit noch mal nach.

»Nein. Außer du *willst*, dass ich etwas anstelle. Du weißt, ich hab kein Problem damit.«

»Bitte nicht. Schlimm genug, dass er uns alle in freier Wildbahn sieht. Wenn ihn das nicht verscheucht, soll er nicht auch noch leiden müssen, indem er mit mir in irgendeinen Wandschrank eingesperrt wird.«

»Ich bitte dich.« Roisin schnalzt missbilligend mit der Zunge. »Da gibt es viel originellere Sachen, um euch beide dazu zu bringen, etwas Zeit zusammen zu verbringen. Zumal das ja gar nicht nötig ist – ihr macht es ja auch jetzt schon.«

Kapitel 22

Cameron

Wie, du kommst heute nicht?

Ich ignoriere die Nachricht von Olcan. Schlimm genug, dass ich mich überhaupt rechtfertigen muss, wenn ich ein einziges verdammtes Mal nicht zu einer Party komme, weil ich stattdessen Besseres zu tun habe. Natürlich könnte ich ihm eine Ausrede auftischen, sagen, dass ich etwas mit der Familie mache, aber selbst dazu fehlt mir die Energie. Stattdessen lasse ich mein Handy in die Jackentasche gleiten, während ich mich ein letztes Mal im Spiegel betrachte.

Ehrlich gesagt habe ich keine Ahnung, was ich von diesem Abend erwarten soll, geschweige denn was ich mir davon erhoffe. In dem Moment, als David mich eingeladen hat, klang es wie eine willkommene Abwechslung, aber je näher das Treffen rückt, desto schwieriger wird es, mir das einzureden. Ich bin nur wenige Minuten davon entfernt, mit einer Gruppe Menschen auszugehen, die ich kaum kenne und von denen ich nur weiß, dass wir nichts gemeinsam haben werden. Und das alles nur für ein bisschen Abwechslung? Wem will ich eigentlich etwas vormachen?

»Nimmst du das Auto?«, fragt mich Liz kühl, die sich gerade etwas zu trinken aus der Küche geholt hat. Hier auf dem Gang kann sie mir nicht ausweichen, wie sie es seit zwei Wochen tut, aber es ist das erste Mal seit dem Vorfall mit Aoife, dass sie freiwillig das Wort an mich richtet.

»Kommt drauf an«, sage ich. »Ich kann auch das von Mum nehmen, wenn du was vorhast.«

Sie schüttelt den Kopf und sondiert mich von oben bis unten. Ihr muss auffallen, dass ich mich zwar zurechtgemacht, jedoch ausnahmsweise auf Polohemd und Chino verzichtet habe. »Gehst du etwa so zur Party von Olcan? Machst du jetzt einen auf Bad Boy?«

Ich spüre, wie Wut in mir aufsteigt. Normalerweise stört es mich reichlich wenig, wenn sie versucht, mich aufzuziehen, aber dass sie so tut, als wäre nichts gewesen, nachdem sie in den letzten Wochen sämtliche Versuche meinerseits, die Situation zu klären, abgeblockt hat, nervt mich.

»Ich gehe nicht zur Party«, informiere ich sie. »Wüsste aber nicht, wieso dich das interessiert.«

»Tut es nicht. Ich will nur sichergehen, dass du nicht plötzlich mit einer anderen Kommilitonin im Bett landest und sie sich danach Hoffnungen macht.«

»Ist das dein Scheißernst, Liz? Ich hab dir hundertmal gesagt, dass Aoife und ich das geklärt haben und dass es ein Fehler war. Oder denkst du, es ändert irgendwas, wenn du mir jeden Tag ein schlechtes Gewissen einredest für etwas, das ich nicht rückgängig machen kann?«

»Wer weiß«, entgegnet sie schulterzuckend. »Wenn es dir dabei hilft, endlich mal was zu tun, statt immer nur in Selbstmitleid zu versinken, bin ich gern die böse Schwester.«

Daher weht also der Wind. Ich schüttele geschlagen den Kopf. »Liz … ich verstehe, dass du wütend bist. Aber es hilft weder mir noch dir, wenn du mich dafür bestrafst, kein Risiko eingehen zu wollen.«

Darauf schweigt sie. Sie presst die Lippen zusammen, weil sie weiß, dass ich recht habe. Dabei ist sie noch lange nicht bereit, das zuzugeben. Als Geschwister gehört es dazu, dass wir uns streiten, nur während ich Probleme gern sofort abhake, braucht meine Schwester immer eine Weile, bis sie alles verdaut und durchdacht hat. Dass sie mich in der Zwischenzeit ignoriert, tut verdammt weh, aber ich kann sie genauso wenig dazu drängen, mir zu verzeihen, wie sie mich zwingen kann, mich zu outen. Immerhin redet sie wieder mit mir, und nun sind es erfahrungsgemäß nur noch ein paar Tage, bis alles wieder beim Alten ist.

»Und wo gehst du hin?«, will sie wissen. Offenbar siegt Neugier bei ihr immer noch über Wut.

»Kinoabend mit ein paar Freunden.« Ich fahre mir ein letztes Mal durch die Haare, bevor ich mir den Schlüssel von der Kommode schnappe. Als ich Liz ansehe, ist die Verwirrung ihr förmlich anzumerken. Die tausend Fragen, die sie zu stolz ist zu stellen, scheinen ihr förmlich auf die Stirn geschrieben. Aber so einfach werde ich es ihr nicht machen. Stattdessen tätschele ich ihr nur kurz die Wange und schenke ihr mein süßestes Lächeln.

»Bis später, Schwesterherz.«

Dann verschwinde ich, während das »Arsch«, das sie mir hinterherwirft, im Echo meiner Schritte untergeht.

Als ich auf die Seitenstraße neben der Uni einbiege, realisiere ich, dass David langsam auf mich abfärbt. Zwar war ich noch nie jemand, der notorisch zu spät kommt, aber definitiv auch nicht – so wie jetzt – eine ganze Viertelstunde zu früh. Und das auch noch völlig ohne Grund. An einem Samstag sind die engen Straßen um den Campus herum leer, weshalb ich einen Parkplatz direkt vor der Tür des Queen's Film Theatre finde, das sich direkt gegenüber meiner Fakultät befindet. Bisher kannte ich das unscheinbare Reihenhaus nur von außen, sehe während der Vorlesungen hin und wieder ein paar Personen ein und aus gehen, aber es hat mich noch nie dorthinein verschlagen. Ich kann mich ehrlich gesagt nicht einmal mehr daran erinnern, wann ich zuletzt im Kino war. Die meisten Filme schaue ich nämlich, wenn überhaupt, über Netflix und Prime wie die meisten anderen Leute.

Der überwucherte Vorgarten vor dem Haus erinnert so wenig an ein Kino wie die dreistöckige Backsteinfassade mit den rechteckigen Fenstern, doch eine rote Plakette neben der Tür bestätigt, dass ich mich an der richtigen Adresse befinde.

Sobald ich durch die Tür trete, lande ich in einer komplett anderen Welt. Ein schwach beleuchteter Gang führt tiefer in das Gebäude hinein, bevor er sich schließlich zu einem großen Saal mit hoher, schwarz gestrichener Decke öffnet. Die dunklen Vorhänge sowie die ledernen Sitzecken, die Bar und die Pappaufsteller, erinnern deutlich mehr an ein Kino und nehmen dabei so viel Platz ein, dass ich mich unwillkürlich frage, ob wir noch im selben Gebäude sind.

Wie erwartet ist David bereits hier und hat es sich an einem der Tische vor der Bar gemütlich gemacht. Er wirkt etwas verunsichert, fast schon verloren, bis er mich entdeckt und aufgeregt zu sich winkt.

»Ah gut, du hast hergefunden«, begrüßt er mich mit einem sanften Lächeln und deutet auf den freien Platz neben sich.

»Die juristische Fakultät ist direkt gegenüber«, erkläre ich. »Ich laufe jeden Tag vorbei und hab es trotzdem nie hier rein geschafft. Hätte nicht gedacht, dass das Kino so modern ist.«

»Das geht den meisten so. Als ich Roisin vom QFT erzählt hab, dachte sie auch zuerst an ein gammliges Retro-Lichtspielhaus –

hat ewig gedauert, bis ich sie überzeugen konnte, und jetzt kommen wir mindestens einmal im Monat hierher. Sie zeigen nicht nur die Blockbuster, sondern auch Indie- und fremdsprachige Filme.«

Ich nicke anerkennend, während ich erneut den Blick schweifen lasse. Von Davids Freunden fehlt bisher jede Spur. Unter dem Tisch zuckt Davids Bein nervös und streift dabei immer wieder das meine.

Wir warten stumm einige Minuten, in denen ich auf mein Handy schaue. Fünf Uhr und fünf … zehn … fünfzehn Minuten, in denen sich der Saal weiter füllt, nur nicht mit Toasts Freunden.

Schließlich lege ich kurz meine Hand auf seine, um ihn aus den Gedanken zu reißen. Unter der Berührung zuckt er zusammen.

»Alles okay?«

Er streicht sich fahrig durch die Haare. »Sorry, der Tag war superstressig.«

Irgendetwas sagt mir, dass das noch nicht alles ist. »Kommen deine Freunde noch?«

»Eigentlich schon.« Er öffnet einen Gruppenchat im Handy. Dort kann ich bereits mehrere Nachrichten sehen, in denen er nachhakt, wo die anderen bleiben. Ohne Antwort.

»Vielleicht sind sie nur etwas spät dran?«, schlage ich vor.

»Der Film fängt in einer Viertelstunde an. Und wir warten auf fünf Leute – die werden ja wohl nicht alle zu spät sein.«

»Anrufen?«

»Ich versuch's.«

Selbst auf die Entfernung kann ich hören, wie das Freizeichen zweimal ertönt, dann geht unsere Kommilitonin auch schon ran.

»Roisin?« Ihre Worte kann ich nicht genau vernehmen. »Wo seid ihr? … Was ich meine? Es ist Samstag? Kurz nach fünf? Wir wollten ins Kino? … Verarschst du mich? Natürlich war das heute.

Du hast mir doch den Termin gesagt … Du hast es also *vergessen* … Und was ist mit den anderen? Dominic, Ruth? Connor? Haben die es etwa auch alle vergessen? … Verstehe. Na, das ist ja ein wirklich unglücklicher Zufall – nein ehrlich, was soll die Scheiße? Du hast mir versprochen, dass du keine kindische Aktion planst! … Dein fucking Ernst? Überkreuzte Finger? Ich dachte, wir sind aus dem Alter … hey. Roisin? Roisin?«

Er lässt das Handy sinken und starrt entsetzt auf den Gruppenchat, wo kurz darauf ein Gif aufploppt. Elmo aus der *Sesamstraße*, der mit ausgebreiteten Armen vor einem brennenden Inferno steht, als wäre er selbst dafür verantwortlich. Eine ganze Weile blicken wir beide nur auf das animierte Bild, bevor David seufzend den Screen sperrt und sein Smartphone in der Brusttasche seines Hemdes verschwinden lässt.

»Sorry.«

»Sie kommen nicht«, stelle ich überflüssigerweise fest.

»Nein. Ich könnte dir eine Lüge auftischen und sagen, dass ihnen allen – fünf Leuten – leider etwas dazwischengekommen ist, die Wahrheit ist aber: Roisin hat von langer Hand geplant, dass nur wir beide ins Kino gehen.«

»Wenn du mit mir auf ein Date hättest gehen wollen, hättest du nur was sagen müssen«, bemerke ich aufrichtig.

David lacht kurz auf. »Ja, sicher. Mal davon abgesehen, dass ich dazu nie im Leben die Eier hätte, wissen wir doch beide, dass das nicht so leicht ist.«

Jetzt sieht er mich direkt an, und unter seinem Blick fühle ich mich, als befände ich mich einen Sekundenbruchteil im freien Fall, nur um dann mit voller Wucht auf dem Boden der Tatsachen anzukommen. Die Tatsache, dass ich, so gern ich auch mit ihm auf ein Date gehen würde, es eigentlich besser wissen sollte, weil es ohnehin auf nichts hinauslaufen würde. Auch wenn ich mir wünschte, es wäre anders.

Normalerweise klammere ich mich an dieser Gewissheit fest, damit ich am Ende nicht verletzt werde, aber da ist etwas in Davids Miene, das mich nicht zum ersten Mal zögern lässt. Augen, die mich schwach werden lassen; kaltes, helles Blau, in dem ich vergesse, dass die Realität, in der wir nicht zusammen sein können, überhaupt existiert.

»Was wollen wir jetzt machen?«, werfe ich in den Raum, ohne mich auch nur einen Wimpernschlag lang abzuwenden.

»Na ja. Roisin hat mir eben den QR-Code für die Karten geschickt. Aber meinetwegen musst du nicht den Abend mit mir verbringen. Ich kann verstehen, wenn du dir diesen Film nicht geben willst und stattdessen …«

»Angenommen, ich will das sehr wohl«, sage ich, wobei meine Stimme ungewohnt beherrscht klingt, als hätte ich mir jede Silbe vorher genau überlegt. »Angenommen, ich *will* hierbleiben, bei dir, und zumindest einen Abend lang so tun, als wäre ich ein ganz normaler Typ. Einer, dem kein Familienunternehmen im Nacken sitzt, sondern einfach nur jemand, der mit einem Kerl ausgehen will, der ihm seit der ersten Sekunde nicht aus dem Kopf geht. Wie stündest du dazu?«

Davids Gesicht läuft feuerrot an. »Ich äh … es kommt ein bisschen drauf an, wie das ›angenommen‹ gemeint ist. Ich meine, trifft es für alle deine Thesen zu, dass sie nur eine Annahme sind? Also gehen wir zum Beispiel davon aus …«

»David«, unterbreche ich ihn sanft und lege meine Hand auf seine. »Es ist nur ein Angebot.«

Er rückt seine Brille zurecht, sichtlich überfordert mit meiner plötzlichen Offensive. Der Moment erinnert mich an unser Treffen im Lavery's, an ein Gespräch, das ganz ähnlich verlaufen ist.

Am Ende nickt er, sieht mich aus großen Augen ungläubig an. Dabei sollte ich derjenige sein, der über mein Verhalten schockiert ist. Nichts hiervon ist geplant. Und während ich nie ein Geheimnis daraus gemacht habe, was ich für David empfinde, habe ich dennoch bisher immer mein Bestes getan, die Grenzen des Möglichen klarzustellen. Grenzen, die ich für ihn offenbar übertrete. Einfach so. Für David. Für diesen Abend, an dem ich so tue, als wäre ich jemand anderes.

Ein Abend, an dem alles möglich ist.

»Da wir das nun geklärt haben«, sage ich, ohne das Grinsen, das sich seinen Weg auf meine Lippen bahnt, zu unterdrücken, »Popcorn oder Nachos?«

Kapitel 23

Toast

Ich brauche lange, verdammt lange, um zu realisieren, dass das, was hier gerade passiert, nicht nur ein abgefahrener Fiebertraum ist, sondern echt. Und selbst als es langsam klick macht und ich endlich erkenne, dass Cameron seine Worte sehr wohl ernst meint, kann ich trotzdem nicht verstehen, wieso er das tut. Wieso er nicht einfach auf die Hausparty geht, sondern es vorzieht, den Abend allein mit mir zu verbringen. Ausgerechnet.

In der Dunkelheit des Kinosaals schaffe ich es kaum, mich auf das Geschehen auf der Leinwand zu konzentrieren. Der tödliche Asteroid, der Kurs auf die Erde nimmt, die schlechten Dialoge und die erbärmlichen Special Effects ziehen an mir vorbei, und ein Film, der mich unter normalen Umständen zum Lachen bringen würde, dringt heute nicht zu mir durch. Stattdessen kann ich Camerons Nähe in jeder Faser meines Körpers spüren, weil Roisin es sich nicht hat nehmen lassen, uns den Kuschelsitz zu reservieren. In der hintersten Ecke des Saals, die etwas Verruchtes hat. Die wenigen Leute, die überhaupt mit uns hier sind, müssten sich umdrehen und die Taschenlampen an ihren Handys anmachen, um uns zu entdecken. Der perfekte Ort, wenn man nicht gesehen werden will – Roisin hat echt an alles gedacht.

Während ich angespannt auf meinem Platz sitze und in meinem Kopf die Warnleuchten freudig um die Wette blinken, scheint Cameron zumindest so zu tun, als würde er sich für den Film interessieren. Seine Augen sind gebannt auf die Leinwand gerichtet, wobei immer wieder ein Lächeln über seine Züge huscht, wenn etwas besonders Fragwürdiges passiert. Irgendwann merke ich, wie meine Aufmerksamkeit sich immer mehr auf ihn richtet. Der Katastrophenfilm rückt trotz des Lärms der billig dargestellten Explosionen immer mehr in den Hintergrund.

Alter, Toast, was tust du da eigentlich?, höre ich ausgerechnet Roisins Stimme in meinem Kopf. Eine Zurechtweisung, die ich sehr wohl verdient habe. Schließlich bietet sich mir hier die Gelegenheit, Cameron nahe zu sein, und ich habe nichts Besseres zu tun, als mich wie ein Opossum zu verhalten, das sich aus Angst vor einem Raubvogel tot stellt. Große Klasse.

»Und so was siehst du dir regelmäßig an?«, flüstert Cameron mir plötzlich zu, die Lippen so nah an meinem Ohr, dass ich seinen Atem kitzelnd auf meiner Haut spüren kann.

Automatisch will sich mein Körper weiter versteifen, aber dieses Mal setze ich mich zur Wehr. Verdammt, ich bin doch sonst auch nicht so. Wieso schafft es Cameron, aus mir einen unfähigen Klotz aus Hormonen zu machen, der nicht einmal seinen eigenen Namen kennt?

»Ja, aber nicht weil ich so was besonders spannend finde«, stelle ich klar, wobei meine Stimme klingt, als hätte ich sie seit Jahren nicht benutzt.

»Sondern?«

»Ich mag trashige Filme einfach. Egal, wie ernst sie sind, man findet eigentlich immer was zum Lachen. Ist dir aufgefallen, dass sie denselben Flammeneffekt in jeder Szene verwenden?« Oh, wow, ich hab doch ein bisschen aufgepasst.

Cameron gluckst leise. »Yep. Und dass die Charaktere immer das Gegenteil von dem machen, was sie eigentlich tun sollten?«

»Genau. Ich sag ja, absolutes Comedy-Gold.«

Ich konzentriere mich wieder auf den Film, kann aber deutlich spüren, dass Cameron mich betrachtet. Noch immer hat er sich halb in meine Richtung gelehnt, sodass sich unsere Knie und unsere Schultern berühren.

»Du bist wirklich was Besonderes«, murmelt er. Dabei hat seine Stimme einen rauen Unterton angenommen, den ich nicht deuten kann.

»Das könnte man auch als Beleidigung auslegen.«

»So ist es nicht gemeint. Wirklich nicht.«

Die Aufrichtigkeit in seinem Blick trifft mich mit der Wucht eines heranrasenden Zuges, reißt mir den Boden unter den Füßen weg, zerfetzt mich in tausend Teile, bis da nichts mehr übrig ist außer mein Herz, das nun so stark in meiner Brust pocht, dass ich nur den lautstarken Explosionen im Film zu verdanken habe, dass es nicht der ganze Saal mitbekommt.

Camerons Nähe wird mit jeder Sekunde unerträglicher, die Macht, die mich an ihn heranzieht, immer erbarmungsloser, bis ich ihr kaum noch widerstehen kann. Die warnende Stimme in meinem Hinterkopf, dass wir hier einen Fehler machen, wird leiser und geht schließlich unter, bis da plötzlich nichts mehr ist. Kein schlechtes Gewissen. Keine Furcht. Keine Konsequenzen. Nur er.

Ich weiß nicht, wer von uns beiden am Ende nachgibt und den letzten Abstand überwindet. Er? Ich? Wen interessiert das schon, denn es passiert.

Camerons Lippen sind genauso weich und fordernd, wie ich es in Erinnerung habe, schmecken süß wie das Karamellpopcorn, das wir uns vor dem Film geteilt haben, und rauben mir auch noch das letzte bisschen Verstand. Auf einmal denke ich nicht mehr, sondern existiere nur noch hier mit ihm, während der Rest der Welt in der Dunkelheit um uns versinkt.

Ich lege meine Hand auf seine Wange, die von dort ganz allein an seinen Hinterkopf wandert und sich in seinen Haaren vergräbt. Camerons Mund verzieht sich zu einem Grinsen, als er seinerseits die Arme um mich schlingt, um mich so nah wie möglich heranzuziehen. Dort, wo er mich berührt, entstehen ganze Brände, Hitze, die meinen Körper erfüllt, sodass ich mir ungläubig die Frage stelle, wie verdammt noch mal ich es all die Zeit ohne ihn ausgehalten habe. Alles passt so perfekt, als wäre das ganze Universum auf diesen Moment ausgelegt.

Irgendwann – es könnten Sekunden oder Jahre vergangen sein – rückt Cameron ein Stück von mir ab. Genug, um mir in die Augen sehen zu können, und dennoch so nah, dass ich jedes einzelne Wort auf seinen Lippen schmecken kann: »Ich will nicht, dass du meinetwegen dieses Meisterwerk von einem Film verpasst.«

»Ist das dein verdammter Ernst? Denkst du echt, dass ich mich noch auf den Film konzentrieren kann?«

Er grinst. »Okay, dann lass es mich anders formulieren: Wenn wir jetzt weitermachen, dann kann ich für nichts mehr garantieren.«

Stiege mir die Hitze nicht schon längst zu Kopf, würde ich spätestens an diesem Punkt zu glühen anfangen. *Gut so,* will ich sagen, dabei ist mir sehr wohl klar, dass ein Kinositz vielleicht nicht der beste Ort für mehr als nur ein bisschen Rumknutschen ist. »Oh. Das wäre aber auch schade.«

»Mhm, sehr schade.«

Da ist dieses herausfordernde Funkeln in seinen Augen. Eine unausgesprochene Frage, und ich weiß, wenn ich es provoziere oder ihn nur darum bitten würde, hätte er kein Problem damit weiterzumachen. Weiter zu gehen. Der Gedanke ist zu verlockend.

Aber ich erinnere mich daran, dass »so tun, als ob« nicht bedeutet, gleich jedes bisschen Vernunft über Bord zu werfen. Außerdem … will ich das, was gerade passiert, genießen, ohne gleich zehn Schritte auf einmal zu überspringen. Also verneine ich wortlos, bevor ich mich wieder aufrecht hinsetze. Cameron versteht, lässt es sich jedoch nicht nehmen, seinen Arm um meine Schulter zu legen und mich an sich heranzuziehen, bis mein Kopf an seinem lehnt. Einen Moment lang schließe ich die Augen, lasse zu, wie seine Wärme mich einlullt, während mein Herzschlag sich allmählich beruhigt.

Dann konzentriere ich mich endlich auf den Film. Na ja. So halb.

Als wir im Lavery's ankommen, werden wir bereits von meinen Freunden erwartet.

»Wo wart ihr denn so lange?«, begrüßt mich Connor, der ein Stück zur Seite rückt, um Platz für Cameron und mich auf der Bank zu machen. Wie immer an einem Samstagabend ist der gesamte Pub brechend voll, weshalb es mich wundert, wie die anderen diesen Tisch auf der Terrasse ergattern konnten.

Lichterketten sorgen für eine gemütliche Atmosphäre, und die alten an der Decke aufgehängten Fahrräder lassen einen denken, man wäre irgendwo in einem hippen Café in Amsterdam und nicht in einem Hinterhof in Belfast.

»Ich hol uns was zu trinken«, raunt Cameron mir kurz zu, bevor er sich auch schon davonstiehlt, sodass ich mich dem hohen Rat allein stellen muss.

Ich ignoriere Roisins vielsagende Miene und antworte Connor: »Im Kino.«

»Ihr wart im Kino, ohne uns? Alter, was soll das? Das ist Meuterei!«

»Ich war ehrlich gesagt überrascht, euch nicht zu treffen. Schließlich waren wir doch *verabredet*, oder Roisin?«

Ich funkele sie böse an. Offenbar waren die meisten in ihren Plan eingeweiht.

»Ist nicht meine Schuld, dass du nichts mitbekommst und nur die Bilder im Chat anklickst, Connor. Außerdem: Es war für einen guten Zweck«, rechtfertigt sie sich. »Und hat doch allem Anschein nach geklappt.«

»Der Zweck heiligt die Mittel?«

»Manchmal.«

»Kann mir jemand erklären, was das hier soll?«, mischt sich nun wieder Connor ein, der empört die Arme vor der Brust verschränkt hat.

Es ist Roisin, die antwortet: »Ich habe unserem lieben Freund Toast lediglich einen Schubs zur Tür hinaus gegeben. Wie Gandalf.«

»Sie hat so getan, als gäbe es Pläne, ins Kino zu gehen, um Cameron und mich auf ein Date zu schicken.«

»Und ich dachte, du hättest deine Verkupplungsversuche ein für alle Mal hinter dir gelassen«, wirft Ruth kichernd ein.

Sie und Roisin kennen sich schon seit der Highschool, was mich vermuten lässt, dass das heute nicht das erste Mal war, dass Roisin so eine Nummer abgezogen hat. Sollte mich eigentlich nicht überraschen.

»Wie gesagt, es hat funktioniert. Und das ist alles, was für mich zählt.«

Ich würde sie gern darauf hinweisen, dass »funktioniert« ganz davon abhängt, wie sie den Erfolg definiert. Wenn sie nur darauf aus war, dass Cameron und ich einen schönen, ungezwungenen Abend verbringen, dann, ja, hatte sie Erfolg. Wenn sie aber denkt, sie hätte uns verkuppelt, eher nicht. Bevor ich etwas dazu sagen kann, kehrt mein Date mit unseren Drinks zurück. Eine Cola für ihn, ein Guinness für mich und ein ganzes Tablett voller Shots.

»Was ist das?«, frage ich, als er die Getränke vor uns abstellt. Zwanzig Shotgläser sind zur Hälfte schwarz und gelb sowie rot und blau.

»An der Bar hatten sie ein Batman-vs.-Superman-Angebot«, erklärt er wie selbstverständlich. »Dachte, das wäre was für euch.«

»Wenn du denkst, du könntest dich damit einschleimen …«, knurrt Connor, »ist dir das hiermit geglückt. TEAM BATMAN.«

Während die anderen die Geste ebenfalls akzeptieren und ihr Team lautstark bekannt geben, flüstere ich Cameron zu: »Du musstest das nicht tun.«

»Ich weiß. Aber ich hatte Angst, dass deine Leute zu sehr versuchen, einen guten Eindruck zu machen. Daher der Eisbrecher.«

Wie teuer dieser *Eisbrecher* war, will ich gar nicht wissen, doch ich kann nicht leugnen, dass er seinen Zweck erfüllt. Das Thema Kino gerät blitzschnell in Vergessenheit. Keiner stellt Fragen. Keiner sieht uns an, als wären wir Aliens. Und keiner tut so, als würde Cameron nicht dazugehören, was letzten Endes auch ihn dazu bringt, die Vorsicht, die zurückgekehrt ist, über Bord zu werfen. Zumindest ein bisschen.

Irgendwann nimmt er unter dem Tisch meine Hand und schießt mir immer wieder vielsagende Blicke zu, unter denen ich erröte wie ein Teenager. Ich trinke nicht mehr als den einen Batman-Shot und die Hälfte meines Biers, aber dennoch fühle ich mich den ganzen Abend betrunken.

Alles wirkt auf einmal anders. Die Welt wärmer. Das Licht weicher, sodass ich mir für einen kurzen Moment erlaube, den Gedanken von vorhin weiterzuspinnen.

Angenommen, wir wären beide nur zwei ganz normale Typen, die einfach nicht die Hände voneinander lassen können, würde das funktionieren? Und wenn ich mir meine Freunde ansehe, die Cameron ohne Zögern und nur nach minimaler Bestechung bei sich aufgenommen haben, und dann in Camerons Augen schaue, kann ich zumindest für den Moment daran glauben, dass die Antwort auf meine Frage ein Ja ist.

Kapitel 24

Cameron

Es passiert selten, dass ich an einem Sonntag früh genug wach bin, um mir die Morgendämmerung von der Terrasse aus ansehen zu können. Nicht einmal meine Mum ist schon auf, als sich die Sonne langsam über den Horizont im Osten schiebt und das Meer erst violett, dann rot, dann orange werden lässt.

Der Himmel ist so klar, dass man meinen könnte, es wäre fast Sommer, wäre da nicht die Kälte, die meinen Atem zu feinen Wölkchen formt. Ich ziehe die Decke etwas fester um meine Schultern und trinke einen Schluck meines frisch gekochten Kaffees, an dem ich mir beinahe die Zunge verbrenne.

Konzentriert versuche ich, all die Details um mich herum aufzunehmen. Die Stille. Das sanfte Streichen des Windes. Das ferne Rauschen der Brandung. Damit ich meinen Kopf beschäftigt halten kann. Um zu vermeiden, dass meine Gedanken immer wieder zum letzten Abend zurückkehren und ihn in aller Deutlichkeit Revue passieren lassen.

Aber mein Verstand hat sich bereits verselbstständigt. Genauso gut könnte ich versuchen, die einzelnen Lichtspiegelungen in den Wellen zu zählen – es wäre vergeudete Mühe.

Irgendwann gebe ich schließlich auf und lasse zu, dass die Erinnerungen mich wie eine Flut ertränken. Jede Berührung. Jeder Blick. Jeder Kuss. Alles fühlt sich an, als würde es gerade passieren. Von Reue keine Spur. Stattdessen ist da nur *er*.

Dabei weiß ich, an welche Bedingung unser Abend geknüpft war. Es war kein Lass-uns-alles-vergessen-und-wir-sehen-was-passiert, sondern ein Tun-wir-mal-so-als-ob-nur-für-heute. Als ich den Vorschlag gemacht habe, klang es noch so verdammt simpel. Als würde man einen Lichtschalter an- dann wieder ausknipsen. Und ich merke erst jetzt, wie schwierig vor allem der zweite Part ist.

Ich habe David ein Stück weit die Tür geöffnet, nur um einen Geschmack von dem zu bekommen, was sein könnte. Eigentlich nur eine Kostprobe. Mehr nicht. Aber er ist einfach so über mich hereingebrochen. Wie ein Orkan, der mein Inneres völlig durcheinandergeworfen hat, und ich habe Schwierigkeiten, mich selbst davon zu überzeugen, dass das Ganze eine einmalige Sache war.

Das Schlimme ist, dass ich es dieses Mal nicht auf den Alkohol schieben kann. Schließlich bin ich gefahren und den ganzen Abend nüchtern geblieben. Jede einzelne Entscheidung habe ich im vollen Besitz meiner geistigen Kräfte getroffen, unmöglich, auf Unzurechnungsfähigkeit zu plädieren.

»Scheiße«, murmele ich, weil mir nichts Besseres einfällt, um meiner Überforderung Luft zu machen.

»Ah, ich sehe, da stehst du ausnahmsweise mal früh auf und bist ein richtiger Sonnenschein.«

Ich bin nicht einmal überrascht, Liz hier zu treffen. Schon immer hatten wir beide eine Art sechsten Sinn dafür, wenn dem anderen etwas auf der Seele lastet. Egal, ob wir uns gerade leiden können oder nicht.

Sie lässt sich auf den freien Stuhl neben mir fallen, ebenfalls eine Decke um sich geschlungen und eine Tasse dampfenden Kaffee in der Hand. Ich kann den Pumpkin-Spice-Sirup darin bis zu mir riechen.

»Wie lange bist du schon hier?« Ich kann mich nicht erinnern, die Tür gehört zu haben.

»Willst du nicht wissen. Eigentlich wollte ich dich auch gar nicht dabei stören, wie du ganz in Gedanken auf den Ozean starrst. Ehrlich, wärst du noch eine Weile länger so geblieben, hätte ich meinen Skizzenblock geholt. So reglos sitzt du normalerweise nie da.«

Meine Mundwinkel heben sich automatisch, als ich mich an ihre verzweifelten Versuche erinnere, aus mir ein gutes Modell für ihre Porträtübungen zu machen. Stillsitzen ist eigentlich nicht mein Ding.

»Also. Was lastet dir auf der Seele?«

Neben mir zieht Liz die Beine näher an den Körper und legt ihren Kopf auf ihre Knie. Mir fällt auf, dass ihre kurzen braunen Haare nass sind, als hätte sie gerade geduscht. Dabei ist sie eigentlich genauso ein Langschläfer wie der Rest der Familie.

»Wieso bist du überhaupt wach?«, entgegne ich.

»Ich hab zuerst gefragt.«

Ich seufze. »Zu viel. Lange Geschichte.«

»Wir haben Zeit.«

»Liz.« Ich verziehe gequält das Gesicht.

»Ich hatte nur 'ne lange Nacht«, erwidert sie. »Oder kurz. Wie man's nimmt. Jedenfalls habe ich bis fünf an einem Projekt gesessen, konnte danach nicht einschlafen, und dann dachte ich mir, dass es sowieso nichts mehr bringt, ins Bett zu gehen.«

»Klingt gesund.«

Sie zuckt mit den Schultern. »Ich mache mir einfach Sorgen um dich.«

Beinahe hätte ich gelacht. »Brauchst du nicht.«

Endlich wendet sie sich mir zu, die linke Augenbraue so weit gehoben, dass sie fast bis an ihren Haaransatz reicht.

»Ich komme klar«, bekräftige ich. »Es ist nur … gerade sehr viel los.«

Mir ist bewusst, wie fadenscheinig diese Ausrede ist und dass Liz mich von allen Leuten am ehesten durchschaut.

»Du wirst doch nicht etwa Stress haben – wo dich doch sonst nichts aus der Ruhe bringt? Klausuren?«

»Nein.« Ich wende mich ab und blicke zurück auf den Ozean aus Angst, dass mein Gesichtsausdruck mich verraten könnte. Dabei weiß ich, dass es unmöglich ist, ein Geheimnis vor meiner Schwester zu bewahren, wenn sie erst einmal etwas ahnt.

»Was mit der Society? Oder im Büro?«

»Nein.«

»Oder … dieses *andere* Thema.« Ihr Zögern macht deutlich, wie viel Überwindung es Liz kostet, es überhaupt – wenn auch nicht explizit – anzusprechen. Wir sind noch lange nicht an dem Punkt angelangt, an dem Gras über die Sache mit Aoife gewachsen ist, was bedeutet, dass sie sich wirklich Sorgen machen muss.

Ich nicke geschlagen.

»Verstehe …« Eine unausgesprochene Frage schwingt in ihrer Stimme mit.

»Ich hab nicht wieder mit einer Frau rumgemacht«, stelle ich klar. »Falls du das wissen willst.«

Liz beißt sich auf die Unterlippe. Volltreffer. »Sorry. Vermutlich hätte ich dich nicht so angehen sollen …«

»Doch«, wehre ich ab. »Ich hab Scheiße gebaut, und das auf Kosten anderer – du hattest jedes Recht, wütend zu sein.«

Als sie darauf nichts sagt, füge ich hinzu: »Nur bitte, du musst nicht immer wochenlang drauf rumreiten, wenn ich weiß, dass ich was falsch gemacht hab.«

»Tut mir leid«, wiederholt sie noch einmal.

»Schon gut.«

Danach schweigen wir beide in Gedanken versunken, während allmählich der Tag anbricht. Die Sonne schiebt sich weiter nach oben, über die Bäume hinweg, die die Seite unseres Grundstücks säumen. Wärme küsst meine Haut, macht das Chaos in meinem Kopf ein kleines Stück erträglicher.

»Ich hab da jemanden kennengelernt«, sage ich, obwohl ich mir eigentlich geschworen hatte, das Thema in Liz' Gegenwart nicht mehr aufzubringen. »Na ja, nicht *kennengelernt*. Aber es gibt da jemanden und …«

Ich ringe mit den Worten. Einerseits würde ich am liebsten mit allem herausplatzen. Andererseits habe ich Angst vor ihrer Reaktion, egal, wie diese ausfällt. Einen weiteren Streit will ich um jeden Preis vermeiden, aber gleichzeitig könnte ich es auch nicht ertragen, wenn sie mich ermutigen würde, ich selbst zu sein. Denn wir wissen beide, dass das gar nicht so leicht ist.

»Angenommen«, setze ich schließlich neu an. »Du wärst im Begriff, einen riesigen Fehler zu machen. Dir ist klar, dass es einer ist und dass du früher oder später dafür die Quittung bekommst, aber es fühlt sich auch irgendwie gut und richtig an … Würdest du es durchziehen?«

Liz bleibt still, und das für eine ganze Weile. Immer wieder nimmt sie einen Schluck Kaffee, holt Luft, als wollte sie etwas sagen, nur um doch weiter zu schweigen. Das Sonnenlicht erreicht inzwischen auch die grünen Berge auf der anderen Seite der Bucht. Ich höre, wie jemand hinter uns im Haus die Kaffeemaschine bedient, während ich mir am liebsten auf die Zunge beißen würde, weil ich Liz überhaupt davon erzählt habe.

»Weißt du noch, damals, als Mum uns zum ersten Mal in die Firma mitgenommen hat?«

Ich schmunzele. »Und wir den Nachmittag damit verbracht haben, unsere Hände und Gesichter zu fotokopieren? Na klar.«

Liz' Mundwinkel zucken, aber nur ganz kurz. »Erinnerst du dich, dass sie ursprünglich wollte, dass wir beide einmal ins Geschäft einsteigen? Du weißt schon, das Business-Geschwister-Duo, das eines Tages die Wall Street terrorisiert? Na ja …«

»Es war nicht deine Welt, oder?«

»Überhaupt nicht«, bestätigt Liz. »Aber sag das mal Mum. Oder überhaupt jemandem. Ich hab mich supermies gefühlt und mir eingeredet, dass ich da noch reinwachse. Fast Forward zu den A-Levels, zwei Sommerferien mit Firmenpraktikum später, und ich wusste, dass ich alles wollte, nur nicht in einem Büro arbeiten.«

Ich erinnere mich vage daran. Während der Praktika waren Liz und ich meistens getrennt, aber während ich in der Firma aufging, hatte sie nur ihre Zeit abgesessen und den Tag damit verbracht, Karikaturen besonders nerviger Kollegen anzufertigen, die Mum immer noch in einer Schublade in ihrem Schreibtisch aufbewahrt.

»Vollkommen okay. Ich bin ja noch da – und ehrlich, wir wären uns irgendwann an die Gurgel gegangen, wenn wir Rücken an Rücken im selben Büro säßen.«

Meinen lahmen Scherz lässt Liz unkommentiert. Ihre Lippen bilden einen schmalen Strich, wobei sie verdächtig oft blinzelt, als würde die Erinnerung immer noch wehtun.

»Als es an die Bewerbung fürs Studium ging, habe ich sehr viel mit Mum zusammengesessen. Diskutiert. Versucht, eine Möglichkeit zu finden, mit der wir beide glücklich sind. Sie wollte, dass ich zumindest BWL studiere und dann irgendwie ein Seminar im Kunsthandel belege. Als ›Kompromiss‹.«

Ich runzele die Stirn. »Davon … wusste ich gar nichts.«

»Nein. Wir waren beide im letzten Schuljahr. Ich wollte dich nicht damit belasten, zumal es ja am Ende auch nicht an dir hing.

Mum war dagegen, dass ich Kunst studiere. Sie hätte mich gelassen – hat sie auch –, aber die Entscheidung musste am Ende ich treffen. Und das war … gar nicht mal so leicht.«

Zögernd nimmt sie einen weiteren Schluck Kaffee. Dann noch einen. Und noch einen. Und stellt die Tasse schließlich auf den Tisch zwischen uns.

»Ich hab mich furchtbar gefühlt. Ich hatte eine Chance, etwas ›aus meinem Leben zu machen‹. Eine Karriere hinzulegen, von der andere nur träumen. Aber ich wollte es nicht. Ich kam mir so undankbar vor, als hätte ich Mum im Stich gelassen – *dich* im Stich gelassen, weil dann die ganze Arbeit und Verantwortung an dir hängen bleiben würde.«

»Und trotzdem hast du es durchgezogen.«

»Und trotzdem habe ich es durchgezogen«, wiederholt sie. »Weil es mir zwar wie der größte Fehler meines Lebens erschienen ist, aber eben auch … *richtig*.«

Ich lege den Kopf in den Nacken. »Bereust du es manchmal?«

»Ja klar«, kommt die überraschend aufrichtige Antwort. »Was denkst du, wie oft ich daran erinnert werde, dass Kunst keine Zukunft hat und dass ich ja so viel Glück habe, weil ich, wenn ich später mal arbeitslos bin, nicht gleich auf der Straße lande, weil ich reiche Eltern habe?«

»Manche Leute können echt Arschlöcher sein.«

»Na ja, sie haben nicht unrecht. Zumindest damit, dass ich ziemlich privilegiert bin. Nur das mit dem Studium und der quasi garantierten Arbeitslosigkeit kotzt mich an. Ständig reden alle von ›brotloser Kunst‹, während sie ihre Freizeit mit Netflix verbringen und Musik hören. Du weißt schon. Ebenjene ›brotlose Kunst‹ konsumieren, die ja niemand braucht.«

Liz stößt wütend Luft aus, und ich wünschte, ich könnte ihr irgendetwas Nützliches sagen. Ihr ein Kompliment für ihre Malerei machen oder dass ich sicher bin, dass sie erfolgreich sein wird, aber gerade käme mir das unaufrichtig vor. Mehr eine Floskel als ein ernst gemeinter Support, obwohl ich voll und ganz hinter ihr stehe.

»Sorry«, murmelt sie. »Ich wollte nicht einfach stupide vor mich hin ranten. Um also aufs Thema zurückzukommen: Wusste ich, dass es sehr wahrscheinlich ein Fehler ist? Ja. Habe ich ihn trotzdem gemacht? Ja. Bereue ich es manchmal? Und wie. Würde ich, wenn ich in der Zeit zurückreisen könnte, alles noch einmal genauso machen? Auf jeden Fall.«

Verblüfft schaue ich sie an, was sie zum Lachen bringt.

»Was?«

»Ich glaube, meine wichtigste Frage wäre: Wieso?«

Sie zuckt mit den Schultern, aber das Lächeln bleibt auf ihren Lippen. »Weil ich glücklich bin. Ich denke, das beschreibt es am ehesten. Ich meine, Zweifel gehören dazu. Es gibt keinen perfekten Weg, und nicht alles ist schwarz-weiß. Vielleicht habe ich damals einen Fehler gemacht, als ich mich für das Kunststudium entschieden habe, aber es ist seither kein Tag vergangen, an dem ich nicht froh darüber war, das tun zu können, was ich liebe. Trotz der Zweifel. Trotz der Arschlöcher, die mir das vermiesen wollen. Und ganz ehrlich? Selbst wenn es nicht so wäre, ist es jetzt eh zu spät, also muss ich einfach das Beste draus machen.«

Kapitel 25

Toast

Brauchst du eine Mitfahrgelegenheit?

Fassungslos starre ich auf mein Handy und weiß nicht, ob ich glücklich über diese Fügung sein soll oder mich nicht doch eher gruseln. Ich bin gerade mit dem Dreh für heute fertig geworden, fünf Minuten nachdem Cameron mir diese Nachricht geschickt hat.

Schockiert lasse ich mich auf die Bank in der Umkleidekabine fallen, dem einzigen Ort in den Studios, an dem ich mein Handy benutzen darf, und lese immer wieder die Nachricht. Es ist die erste seit unserem Date am Samstag.

Um mich herum sind die anderen Statisten darum bemüht, möglichst schnell die Kostüme und das Make-up loszuwerden, während ich mir am liebsten alle Zeit der Welt lassen würde. Draußen schüttet es in Strömen. Sosehr, dass ich das Trommeln des Regens auf dem Blechdach der Studios selbst hier unten in den Umkleiden höre. Ich habe sogar mitbekommen, wie sich die Tontechniker darüber unterhalten haben, dass die Störgeräusche zu laut sein könnten. Vor allem in der riesigen Halle mit dem Greenscreen, wo wir heute gearbeitet haben.

In der Hoffnung, dass der Regen vielleicht doch noch abflaut, lasse ich mir beim Umziehen Zeit.

Ich schicke Cameron nur drei Fragezeichen, auf die ich prompt eine Antwort erhalte.

Ich bin heute Morgen im Büro und hab mich erinnert, dass du noch mal am Set bist. Oder hab ich das falsch in Erinnerung?

Mein Herz setzt einen Schlag aus. Dass er sich gemerkt hat, wann meine Drehtage sind, ist eigentlich vollkommen banal, vielleicht sogar nur Zufall, und dennoch reicht dieses kleine Detail, um mein seelisches Gleichgewicht erneut gehörig auf den Kopf zu stellen. Dabei habe ich den gesamten Sonntag damit verbracht, genau dieses wieder aufzubauen. Oder zumindest alle Gedanken an Cameron mit zu viel Videospielen in eine Kiste zu sperren, die ich zur Sicherheit auch noch einbetoniert habe. Jetzt aber ist alles wieder präsent. Ob seine Nachricht vielleicht eine Art Hinweis ist, einfach ganz normal als Freunde weiterzumachen? Möglicherweise will er die Gelegenheit nutzen, mit mir zu reden und mir gleich schriftlich zu geben, dass Samstagabend keine tiefere Bedeutung hatte und unser Tun-wir-so-als-ob-Spielchen ein für alle Mal vorbei ist.

Macht dir das nicht zu viele Umstände?

David, ich bin keine 200 Meter von dir entfernt. Wann bist du fertig?

Ich zögere, dann antworte ich:

Jetzt.

Perfekt, ich auch. Ich muss noch ein paar Kopien machen, aber ich wäre so in zehn Minuten da. Passt das?

Klar. :)

Ein paar Sekunden zu lange bleibt mein Blick an dem Emoji hängen, das ich reflexartig dazugetippt habe. Das breite Lächeln mit den leblosen Augen, das meine Stimmung perfekt widerspiegelt. Hide the Pain Harold wäre stolz auf mich.

Ich gehe zu den Waschbecken, wo das Team freundlicherweise Make-up-Entferner und Wattepads zur Verfügung gestellt hat, und mache mich daran, die extravagante Schminke loszuwerden. Eigentlich mag ich den Look, den sie mir für den Film verpasst haben, den starken Eyeliner in Tiefschwarz und Neongrün, der unter Schwarzlicht besonders gut zur Geltung kommt, aber ich glaube, die Welt ist noch nicht bereit für Cyber-Toast.

Es dauert eine Weile, bis ich meine Augenbrauen freigelegt habe, die mit Klebstoff und jeder Menge Puder verdeckt wurden, aber danach sehe ich bis auf die Frisur und schwache Überreste des Lidstrichüberbleibsels wieder wie ich selbst aus. Ich schäle mich aus den schwarzen Lederklamotten und hänge sie zurück in den Spind, den man mir zugeteilt hat, danach schaue ich noch einmal aufs Handy.

Bin da.

Draußen regnet es nach wie vor Hunde und Katzen. Der vielversprechend blaue Himmel von heute Morgen ist dunkelgrau, während die Tropfen so dicht fallen, dass ich nicht einmal die gelben

Kräne der H&W-Werft auf der anderen Straßenseite erkennen kann.

Weil ich vorhin noch optimistisch gewesen bin, dass es, wenn überhaupt, nur leicht nieselt, habe ich nichts weiter dabei als eine Jeansjacke mit angenähter Stoffkapuze, die, sobald ich nicht mehr unter dem schützenden Vordach der Studios stehe, sofort durchweicht.

Ich schlängele mich durch das Labyrinth an Zäunen und Requisiten, wobei meine Chucks jede Pfütze aufsaugen und meine Brille zur Windschutzscheibe wird. Der Typ, der in einem beheizten Container am Eingang sitzt und meinen Ausweis entgegennimmt, wirft mir einen mitleidigen Blick zu und scheint sich der Ironie seiner Worte durchaus bewusst, als er mir einen schönen Tag wünscht.

Ich entdecke Cameron, bevor er mich sieht. Eine einsame Gestalt unter einem schwarzen Regenschirm – mit der teuren Jacke, den Stoffhosen und schwarzen Schuhen viel zu gut angezogen für die Statisten, die vereinzelt das Gelände verlassen. Ich zögere, warte darauf, dass die Panik zurückkehrt, doch das Gefühl bleibt aus. Stattdessen bin ich einfach nur froh, ihn zu sehen. Wärme kriecht in meine Brust, noch bevor ich ganz an ihn herangetreten bin und mich in eine Umarmung ziehen lasse, von der ich gar nicht so genau weiß, wer sie initiiert.

Ich lehne mich ihm entgegen, sauge seinen Duft ein und genieße kurz die Hitze, die sich zwischen uns bildet. Aber als ich wieder auf Abstand gehen will, hält er mich fest.

»Ich tropfe dich voll«, gebe ich zu bedenken.

»Mhm.«

»Cameron.«

»Mhm.«

»Du wirst ganz nass.«

»Und?«

Er gibt mich ein Stück frei. Nicht ganz. Gerade genug, dass ich den Kopf etwas zurücklehnen und ihn anschauen kann. Wir sind uns so verdammt nah. Ich kann die feinen Tröpfchen zählen, die meinetwegen auf seiner Haut liegen. Kann seinen Atem auf meiner Haut spüren, dessen Wärme meine Brillengläser beschlagen lässt. Ein Umstand, der Cameron ein Schmunzeln entlockt.

Er nimmt mir die Brille ab, lässt sie in seine Jackentasche gleiten. Ich will protestieren, da küsst er mich auf einmal.

Zuerst bin ich zu schockiert, um überhaupt zu realisieren, was passiert, doch mein Körper handelt wie von allein, lehnt sich ihm entgegen, während die tausend Fragen in meinem Inneren verpuffen.

Ich schmecke den Regen, während der Kuss alles um uns herum verschwinden lässt. Schon wieder. Eine stille, perfekte Welt, in der nur Cameron und ich existieren.

Wie macht er das nur?

Der Kuss ist anders als im Kino. Zarter, sehnsüchtiger und gleichzeitig auch irgendwie verzweifelter, voller unausgesprochener Worte. Als wären seit dem Wochenende Jahre vergangen.

Und dann ist er bereits vorbei.

»Sorry«, murmelt Cameron gegen meine Lippen, noch immer ganz dicht bei mir.

»Kein Ding.«

Meine unbeholfene, völlig überforderte Antwort bringt ihn zum Lächeln.

»Mein Auto steht auf dem Parkplatz.«

»Okay.«

Selbst als wir uns auf den Weg machen, bleibt er dicht bei mir. Ich könnte es auf den Schirm schieben, den er über uns hält, aber wir wissen beide, dass es dafür bei mir eh zu spät ist.

Sein Auto ist auf dem Parkplatz direkt neben den Titanic Studios geparkt. Cameron hält mir die Tür auf und hält weiterhin den Schirm über mich, bis ich eingestiegen bin, bevor er den Wagen umrundet und einsteigt. Nachdem er den Motor gestartet hat, dauert es keine zehn Sekunden, bis die Sitzheizung anspringt und mich darin erinnert, dass mir eigentlich kalt sein müsste.

»Alles okay?« Cameron mustert mich eindringlich von der Seite.

»Ja … nur …« *Überfordert?* »Kalt.«

Er dreht die Temperatur noch ein Stück höher, macht allerdings keine Anstalten, vom Parkplatz zu fahren. Vor uns prasselt der Regen unablässig auf die Windschutzscheibe, während aus den Lautsprechern leise irgendein Deep-House-Mix dudelt. Erleichtert, dass ich nicht den ganzen Weg zur Haltestelle laufen muss, lehne ich den Kopf zurück und sehe Cameron an. Seine Hand ruht reglos auf der Mittelkonsole, als würde er es darauf anlegen, dass ich danach greife.

»Du hast dir gemerkt, dass ich heute am Set bin«, stelle ich fest.

»Das war nicht so schwer.«

»Und wieso warst du im Büro? Bist du sonst nicht immer freitags dort?«

»Mum wollte, dass ich bei einem Meeting dabei bin. Investition in einen neuen Standort, um einen besseren Zugang zum asiatischen Markt zu bekommen. Glaub mir, es ist noch langweiliger, als es sich anhört.«

»Wirklich?«

»Nein«, antwortet er ertappt. »Ich hab Spaß dran. Vor allem, wenn ich dafür ohne schlechtes Gewissen meine Vorlesung ausfallen lassen kann.«

»Wow. Und ich dachte, du wärst Musterstudent.«

Meine Hand landet wie von allein auf seiner. Er dreht sie um, verschränkt seine Finger mit meinen.

»Wo hast du denn das gehört?«

»Gerüchte.«

»Soso.«

Cameron starrt geradeaus, und ich überlege, ob ihm dieselben Gedanken durch den Kopf gehen wie mir. Ob das hier ab sofort normal ist. Ob es etwas bedeutet. Ob wir weiter so tun, als ob, oder ob da doch viel mehr ist.

Gern würde ich ihn darauf ansprechen. Auf den Grund, wieso er mich abgeholt hat. Den Kuss eben. Aber ich bringe es nicht über mich. Der Moment ist perfekt und kommt mir gleichzeitig so unendlich zerbrechlich vor. Als bräuchte es nur die kleinste Erschütterung, um alles zu zerstören. Eine Erschütterung oder eine Frage.

Wie geht es mit uns weiter?

»Wie ist das bei dir?«, will Cameron plötzlich wissen. »Ich dachte, *du* wärst der Musterstudent schlechthin?«

Ich meine, ein leises Knirschen zu hören, als der Moment zu zerbröckeln beginnt. Ich war nicht gefasst auf den Themenwechsel und spüre, wie der Druck auf meiner Brust zurückkehrt.

»Wir wissen beide, dass das nicht stimmt«, sage ich, meine Stimme nur ein hohles Flüstern, das beinahe im Trommeln des Regens untergeht. Aber Cameron hat mich gehört, denn er verstärkt seinen Griff.

»Du hast noch Zeit«, erwidert er sanft.

Hab ich die?

Es sind keine vier Wochen mehr bis zur Deadline für den Fachwechsel. Und die Liste an Dingen, die es zu erledigen gibt, ist unendlich lang. Wenn ich Pech habe – oder Glück? –, werde ich noch für weitere Drehtage eingeplant. Dazu muss eine Projektarbeit abgegeben werden, und die erste Klausur steht in zwei Wochen an.

Normalerweise bin ich niemand, der davor nervös wird, doch gegenwärtig fühle ich mich so abgekoppelt von meinem Studium, dass ich keine Ahnung habe, was in meinen Kursen besprochen wurde.

Cameron stellt in keiner Weise einen Lösungsansatz für meine Probleme dar, macht meine Situation, wenn ich ehrlich bin, nur noch komplizierter. Und dennoch hilft mir seine Gegenwart, nicht einfach sofort das Handtuch zu werfen. Die Treffen für die Gala sind eine willkommene Pause, fernab von Erwartungen. Ich kann einfach sein und tue sogar etwas, das mir Freude bereitet. Mit jemandem, der mir Freude bereitet.

Nur habe ich keine Ahnung, ob diese Stunden, die mich immer wieder kurz vor der Realität fliehen lassen, am Ende Fluch oder Segen sind.

Mit jedem Tag wird das Kartenhaus, das sich aktuell mein Leben nennt, immer höher und komplexer und scheint nur einen Windhauch davon entfernt zusammenzubrechen. Eine Feststellung, zu der ich in den letzten Tagen und Wochen immer wieder gelangt bin, nur wirkt sie heute weniger bedrohlich als sonst.

Kapitel 26

Cameron

Sosehr es mich mein Leben lang belastet hat, einen Teil meiner selbst zu verbergen, so hat es doch einen gewissen Reiz, immer auf der Hut zu sein. Heimliche Gesten unter Tischen, unauffällige Blicke, gestohlene Küsse in verwinkelten Ecken des Campus. Es ist aufregend, Zeit mit David zu verbringen, auch wenn mir nur zu bewusst ist, dass wir uns auf sehr dünnem Eis bewegen.

Das mit uns ist nichts Offizielles. Und bisher sind wir beide auch peinlich darum bemüht, die Dinge nicht beim Namen zu nennen. Stattdessen genießen wir die Zeit, die wir zusammen verbringen, während ich merke, dass ich mit jedem Moment tiefer in etwas hineinrutsche, mit dem ich nicht gerechnet habe.

Mit ihm fühlt sich Zweisamkeit anders an. Freier. Weniger kontrolliert. Intensiver. Als wäre ich bei meinen Beziehungen bisher in Watte eingewickelt gewesen. Jede Berührung ist wie Feuer. Jeder Kuss ein ganzer Vulkan, dessen Eruption auch dann noch nachhallt, wenn ich schon längst wieder zurück in der Vorlesung oder zu Hause bin. Zeit scheint auf einmal keine Rolle zu spielen. Tage verstreichen, aber nur die Momente, die ich mit David verbringe, zählen wirklich. Alles andere zieht an mir vorbei. Die Welt wird zu einem unscharfen Meer aus Lichtern, bis ich realisiere, dass ich mehr will.

Der Gedanke kommt in Impulsen. Erwischt mich vor allem in den Momenten, in denen David nicht bei mir ist und ich wünschte, er wäre es. Beim Lernen in meinem Zimmer, bei einer Kneipentour der LawSoc, bei einem Gin Tonic auf der Terrasse, selbst beim Abendessen mit meiner Familie. Und jedes Mal fällt es mir schwerer, ihn zu ignorieren.

Aus *nur für einen Abend* wurde schnell eine Woche, dann zwei, und jetzt lautet die Frage ganz anders. Statt »Was wäre, wenn wir so tun, als ob?« ist es ein »Was wäre, wenn es denn so wäre?«.

Ja, was wäre, wenn ich offiziell mit David zusammen sein könnte? Ohne Versteckspiele. Ohne Vorwände, warum ich das Auto brauche, um ausgerechnet nach Mallusk zu fahren?

Liz schöpft Verdacht. Während Davids Eltern und seine Freunde längst wissen, was vor sich geht, oder es sich zumindest zusammenreimen. Aber komischerweise stört es mich bei ihnen nicht. Sie können mir mit dieser Information nicht schaden oder mir ein schlechtes Gewissen einreden.

Anders verhält es sich dagegen mit meinen Freunden, meinen Kommilitonen und vor allem meiner Mutter.

Mit der Vorstellung, was wäre, wenn ich mit David zusammenkäme, kommt auch die Erinnerung an mein Gespräch mit Liz zurück. An ihren Rat zu tun, was mich glücklich macht, egal, ob es ein Fehler ist oder nicht. In der Theorie ist es ganz leicht. In der Praxis habe ich dagegen eine Scheißangst.

Ich sitze in meinem Zimmer, als mich der Gedanke schon wieder ereilt. Vor zwei Jahren habe ich mir eine Gitarre gekauft, weil ich unbedingt auch etwas Kreatives machen wollte, dann jedoch schnell gemerkt, dass ich zwei linke Hände und leider nicht das

Zeug zum nächsten Brian May habe. Deshalb fristet das Instrument meistens an der Wand über meinem Bett sein Dasein und wird nur dann heruntergeholt, wenn ich mich zufällig daran erinnere, dass ich es besitze. Ich hole das Lehrbuch heraus, das ich mir dazu geholt habe, und probiere wieder ein paar Akkorde. E-Moll. A-Dur. Bei C-Dur verkrampft meine Hand bereits. Ich bin eine Niete, wenn es um Musik geht. Oder etwas anderes, das nichts mit Tennis zu tun hat.

Obwohl ich nicht einmal ein paar Akkorde zusammenbekomme, läuft vor meinen Augen ein Film ab, in dem ich David hierherbringe und ihm einen der Songs aus *Toast's Dank Mixtape* vorspiele, das er inzwischen immer anwirft, wenn er bei mir im Auto sitzt. Ich stelle mir vor, wie ich ihn damit zum Lachen bringe, dann die Gitarre beiseitelege, ihn küsse. Ohne Scheu, ohne die stille Angst, jemand könnte plötzlich zur Tür hereinplatzen und uns entlarven.

Ich schüttele den Kopf, um den Gedanken loszuwerden. Eigentlich hält mich nichts davon ab, ihn zu mir nach Hause einzuladen. Meine Mutter hat nichts dagegen, dass ich jemanden date, solange ich es unter dem Deckmantel der Verschwiegenheit tue. Aber etwas lässt mich zögern, obwohl ich langsam mehr will als nur ein bisschen rumknutschen.

Vielleicht ist es die Angst, dass dadurch etwas Offizielles aus unserer … Was-auch-immer werden würde. Oder nur das schlechte Gewissen. Dabei hat mich das doch sonst nie aufgehalten. Curtis war oft bei uns zu Besuch, sehr oft sogar, und ich habe die damit verbundene Freiheit sogar genossen. Warum kann ich es mit David nicht einfach so handhaben und ihn fragen, ob er nicht mal vorbeikommen will?

Ich beiße mir auf die Unterlippe, weil ich die Antwort darauf erahne. Weil es mit David *anders* ist als mit allen anderen. Und ich ihn nicht tiefer in dieses seltsame Doppelleben hineinziehen will, obwohl ich weiß, dass wir beide schon bis zu den Knien drinstecken.

Plötzlich erregt ein Geräusch meine Aufmerksamkeit. Das leise Summen eines Elektromotors gepaart mit dem Knirschen der Reifen auf unserer Einfahrt. Meine Mutter, die heute ausnahmsweise früh zu Hause ist.

»Cameron?«

Als sie mich ruft, zucke ich zusammen. Ich fühle mich ertappt, als könnte sie beim Betreten des Hauses meine Gedanken gehört haben.

Ich hänge meine Gitarre zurück über mein Bett, wo sie vermutlich die nächsten vier Wochen bleibt, und haste so schnell ins Erdgeschoss, dass ich beinahe die letzte Treppenstufe hinunterschlittere. Meine Mum erwartet mich im Flur, und ihre linke Augenbraue schießt bei meiner Ankunft skeptisch in die Höhe. Ein Gesichtsausdruck, der mich an Liz erinnert.

»Wieso habe ich gerade ein Flashback?«, fragt sie amüsiert. »Du siehst aus, als hättest du mit Elizabeth zusammen was ausgefressen.«

Ich lächele leicht und helfe ihr aus dem Mantel, was nicht wirklich für meine Unschuld spricht. »Elizabeth ist noch in der Uni.«

»Also hast nur du was ausgefressen? Hast du etwa wieder die Ordner im Büro vertauscht? Ich dachte, du wärst aus dem Alter raus?«

Ihre gute Laune hat etwas Ansteckendes. Es passiert nicht oft, dass sie nach der Arbeit diese lockere Seite von sich preisgibt – dann wiederum kommt es aber auch nicht häufig vor, dass sie nur einen halben Tag im Büro verbringt. Sie lässt ihre Handtasche auf der Kommode stehen, schlüpft aus den High Heels und läuft barfuß ins Wohnzimmer.

»Kannst du mir einen Espresso machen? Danach können wir reden.«

Bin ich so durchschaubar?

Ich komme ihrem Wunsch nach und mache mir gleich selbst einen Kaffee. Cognac oder Gin wären mir zwar lieber, aber ich muss jetzt klar denken können und mir genau überlegen, was und wie viel ich ihr sagen will.

Sobald ich den Mut dazu aufbringe, geselle ich mich zu ihr auf die Terrasse, die um diese Zeit teilweise im Schatten liegt. Heute ist der Himmel wieder blau, nur am Horizont über Cave Hill sind vereinzelt Wölkchen zu sehen, ein deutlicher Kontrast zu der verregneten letzten Woche. Der April macht seinem Ruf alle Ehre.

Mum hat ihre Sonnenbrille aufgesetzt und sich im Stuhl zurückgelehnt.

»Du siehst aus, als wärst du reif für einen Urlaub«, lasse ich sie neckisch wissen.

»Wirklich?«, stößt sie gespielt schockiert aus. »Ist nicht dein Ernst.« Schmunzelnd stelle ich die Kaffeetasse auf den Beistelltisch und lasse mich auf meinen Stammplatz fallen. »So schlimm?«

»Du hast es ja mitbekommen: Am Fiskaljahresende herrscht Krieg. Aber hey, vielleicht fliege ich ja wirklich bald in den Urlaub.«

»Eine Geschäftsreise nach Singapur ist kein Urlaub«, merke ich an.

Meine Mum liebt ihren Job und das Unternehmen. Nur manchmal tut sie das etwas zu sehr, sodass es ihr schwerfällt, die Balance zwischen der Arbeit und ihrem Privatleben zu finden. Sie weiß das. Ich weiß das. Aber ich weiß auch, dass es in der Praxis nicht leicht ist, eine Pause zu machen. Vor allem, wenn Verantwortung auf einem lastet.

Eine Weile ist sie still, weshalb ich mich kurz frage, ob sie eingenickt ist, doch dann nimmt sie plötzlich die Kaffeetasse. Sie leert den Espresso in einem Zug und wischt sich danach die übrig gebliebene Crema von der Oberlippe.

»Worüber wolltest du mit mir sprechen?«

»Wer sagt denn, dass ich mit dir sprechen wollte?«, frage ich ausweichend.

»Du sitzt hier, als würdest du auf etwas warten. Mal ganz davon abgesehen, dass du mich beim Reinkommen beobachtet hast. Also. Was hast du ausgefressen?«

»Nichts.«

»Cameron?«

Ich seufze. »Es ist … kompliziert. Denke ich. Da ist dieser Typ und …«

»Oh, jemand Neues?«

Ich kann erahnen, wie ihre Augen hinter den getönten Gläsern mich nun neugierig mustern. Der Rest ihres Gesichts bleibt dagegen ausdruckslos. Ein schwieriges Terrain, auf dem wir uns beide hier bewegen.

»Ja«, gebe ich zu. »Er geht mit mir auf die Uni und fängt im Sommer ein Praktikum bei uns an.«

Mum zieht ihre Brille herunter. »McCann, oder? Dennis oder so?«

»David«, verbessere ich. »Du kennst ihn?«

»Ich habe seine Bewerbungsunterlagen gesehen. Mehr durch Zufall, weil ich mich mit Susan zum Kaffee getroffen habe.«

Die Managementmethoden meiner Mutter sind manchmal etwas eigen. Sie gehört nicht zu der Sorte Führungskräfte, die einen in jeder freien Minute wissen lassen, dass sie der Chef sind, glaubt aber gleichzeitig nicht daran, ihre Tür auszuhängen, um Mitarbeitern zu zeigen, dass sie immer ein offenes Ohr für sie hat. Stattdessen pflegt sie einen lockeren Umgang mit den Managern der einzelnen Abteilungen. Wie zum Beispiel mit Susan von HR.

»Er hatte die besten Ergebnisse im Praxistest, die wir je hatten. War wohl ein ziemliches Nervenbündel beim Vorstellungsgespräch, aber sympathisch.«

»Was war das für ein Kaffeetreffen?«, hake ich nach, schockiert darüber, dass meine Mutter David gefühlt besser kennt als ich.

Zur Antwort grinst sie nur. »Also, wie hast du ihn kennengelernt?«

Ich schlucke, denn ich weiß, dass wir unweigerlich auf das Thema zusteuern, vor dem ich mich so sehr fürchte. »Uni. Wir planen zusammen die Charity-Veranstaltung für die LawSoc.«

»Chari… ach ja. Haben wir damit etwas zu tun?«

»Ihr sponsert die Location.«

»Ah. Sehr gut … Okay, zurück zum Thema. Wann stellst du ihn mir vor?«

Ich blinzele überrascht. »Wie?«

»Wenn du mir freiwillig von ihm erzählst und ich ihm nicht zufällig in der Sauna über den Weg laufe, muss er ja was Besonderes sein.«

Ich wende ertappt den Blick ab und schaue hinunter auf meine Socken. Mir ist klar, dass der Zeitpunkt gekommen ist, mit der Sprache rauszurücken.

»Ehrlich gesagt … wollte ich damit noch etwas warten«, gestehe ich. »Und sehen, wie sich die Dinge entwickeln …«

»Aha?«

Ich komme mir plötzlich wirklich wie ein Kind vor, das etwas ausgefressen hat und nicht bereit ist, die Tat zu gestehen. »Ich mag ihn. Sehr. Und deshalb will ich ihm keine Hoffnungen machen, wenn wir am Ende keine richtige Beziehung führen können. Sofern er das überhaupt will.«

»Wer sagt denn, dass ihr keine richtige Beziehung führen könnt?«

»Du weißt, was ich meine.« Fünf Worte. Fünf Worte, in denen explosionsartig so viel unterdrückte Wut mitschwingt, dass ich erschrocken die Augen zukneife. Als könnte mich zur Strafe plötzlich der Blitz treffen. Aber nichts passiert. Meine Mutter schweigt, versteckt sich hinter einer ausdruckslosen Miene und der Sonnenbrille, während ich es nicht fertigbekomme, sie direkt anzusehen.

»Darüber wollte ich mit dir reden«, gebe ich schließlich zu. »Über die Option, es vielleicht mal zu versuchen. Also richtig. *Öffentlich.*«

Meine Mutter nickt, und als sie endlich die Stimme erhebt, klingen die Worte mechanisch, wie auswendig gelernt. »Aber darüber hatten wir doch schon geredet.«

»Ich weiß. Ich dachte nur, dass es vielleicht eine Möglichkeit gibt …«

»Cameron«, seufzt sie. »Ich kann dir nicht vorschreiben, was du tun und lassen sollst. Wenn du mit diesem Mann zusammen sein willst, stehe ich dir nicht im Weg. Aber du musst einsehen, dass das mitunter Konsequenzen haben könnte. Für dich. Für uns. Für ihn. Nicht alle, mit denen wir zusammenarbeiten, sind tolerant. Erinnerst du dich an den Aufruhr, den es gab, als wir die Belfast Pride Parade gesponsert haben?«

Ich verstehe und fühle mich dennoch verraten. »Ja.«

»Cameron.« Meine Mum greift nach meiner Hand. »Ich will dir nichts verbieten, nur bitte: Sei vorsichtig.«

»Ich weiß.«

Kapitel 27

Toast

»Ist das hier das, was normale Menschen unter einem Date verstehen?«, frage ich genervt, weil meine Füße bereits wehtun.

»Das hast jetzt *du* gesagt.«

Ein bisschen fühle ich mich wie ein nörgeliges Kleinkind, während ich Cameron hinterhertrotte. Er in voller Wandermontur, ohne auch nur ein Tröpfchen Schweiß auf der Stirn, während ich nur auf der Hälfte des Weges hinunter zum Giant's Causeway bereue, so viel mitgeschleppt zu haben. Darunter drei Liter Wasser, Sonnencreme und genug von Mums Sandwiches, um die Sieben Königslande durch den Winter zu bringen.

Zu meiner Verteidigung habe ich nicht damit gerechnet, derart viel laufen zu müssen, als Cameron vorgeschlagen hat, zum Causeway zu *fahren,* und wünschte fast, ich hätte etwas anderes vorgeschlagen.

»Schon außer Puste?«

»Nein.« Aber die Tatsache, dass meine Antwort in einem Japsen untergeht, spricht nicht gerade für mich.

An sich bin ich nicht faul, doch Sport und Bewegung waren nie mein Ding. Das war bereits zu meiner Schulzeit so, wo ich während der P.-E.-Stunden etwa die Koordinationsfähigkeit einer Sardine bewiesen habe, und ist durch das ständige Herumsitzen während des Studiums nur schlimmer geworden.

Cameron dagegen ist hier ganz in seinem Element, und ich kann nur neidisch seine durchtrainierten Waden bewundern, während ich immer wieder zurückfalle. Meine durchgelatschten Schuhe tun ihr Übriges. Als er bemerkt, dass der Abstand zwischen uns größer wird, wartet er, bis ich aufgeholt habe, und hakt sich dann bei mir unter.

»Bereust du es, dass du dich nicht für Bushmills entschieden hast?«

»Damit du mir zusiehst, wie ich mich bei der Brennereiverkostung allein betrinke? Nein, da lauf ich doch lieber zehnmal hier rauf und runter.«

Er grinst. »Ich kann's immer noch nicht glauben, dass du noch nie am Causeway warst. Verlässt du überhaupt das Haus?«

Halbherzig stupse ich ihn in die Seite. »Es hat sich nie ergeben, als ich jünger war. Man könnte sagen, mich verbindet eine tragische Vergangenheit mit diesem Ort.«

»Oh?«, sagt Cameron stirnrunzelnd.

»Jedes Mal wenn meine Eltern sich vorgenommen haben, mit mir hierherzukommen, kam irgendwas dazwischen. Ich wurde krank. Das Auto hat den Geist aufgegeben. Es hat geregnet. Meine Mum hat sich den Knöchel verstaucht. Wir haben keinen Termin gefunden und, und, und.«

»Tut mir leid.«

»Schon okay. Ich glaube einfach, ich bin verflucht«, winke ich ab. »Ein Wunder, dass wir jetzt hier sind. Theoretisch hätte dein Auto einen Platten bekommen müssen, oder ich müsste noch von einer Klippe stürzen.«

»Versuch's gar nicht erst«, raunt er mir zu und verstärkt seinen Griff.

Obwohl ich mir schönere Dinge vorstellen könnte als zu wandern, bin ich unendlich froh darüber, dass Cameron dieses Date vorgeschlagen hat, nachdem er mit mir den – Zitat – »zweitschlimmsten Film seines Lebens sehen musste.« Auf diese Art haben wir nicht nur Gelegenheit, uns über andere Dinge als die Gala zu unterhalten, sondern können auch Zeit miteinander verbringen, ohne an der Universität unter ständiger Beobachtung zu stehen oder in der Enge seines Autos rumzuknutschen.

Während wir dem schmalen Fußgängerweg folgen, fahren regelmäßig Busse an uns vorbei, die einen Shuttleservice vom Besuchercenter oben bis ans Ende des Weges bieten. Mein bevorzugtes Transportmittel, hätte Cameron nicht darauf bestanden, zumindest bergab zu Fuß zu gehen.

Am Ende erreichen wir unser Ziel: die wohl berühmteste Sehenswürdigkeit des ganzen Landes. Der Fluch scheint gebrochen, denn ich bin hier und kann den Ort, den ich nur von Postkarten und aus dem Fernseher kenne, endlich selbst bewundern.

Der Giant's Causeway hat seinen Namen von einer alten Legende, laut der der Riese Finn McCool mit Felsen einen Damm nach Schottland baute. Davon übrig geblieben ist eine Formation sechseckiger Steinsäulen, die wirken, als stammten sie aus einer anderen Welt. Eingebettet zwischen hohen, grün bewachsenen Klippen, ragen diese ins Meer hinaus und bilden eine Art Treppe, auf der sich auch im Frühjahr bereits unzählige Touristen tummeln.

Kurz vor den Felsen bleiben wir stehen. »Na, zu viel versprochen?«

Camerons Frage ist rhetorisch, denn vermutlich verrät mein offen stehender Mund sowieso alles. Es ist später Nachmittag, und die tief stehende Sonne lässt das Gras auf den Bergen dunkelgrün leuchten. Mir wird klar, wieso die Leute Irland manchmal als die

Smaragdinsel bezeichnen. Orangefarbenes Licht spiegelt sich im ruhigen Wasser und lässt das Gras auf den Klippen wie magisch leuchten.

Ich lasse mich von Cameron zu den Säulen ziehen, der prompt damit beginnt, an den vordersten Punkt der Landzunge zu klettern. Ich folge ihm, wenn auch wesentlich ungeschickter, und bin dankbar, als er mir seine Hilfe anbietet. Meine abgetragenen Schuhe haben so gut wie kein Profil mehr an den Sohlen, und die Steine werden glitschiger, je näher wir dem Meer kommen.

Als wir stehen bleiben, sind die Wellen nur eine Armeslänge entfernt. Niemand versperrt mehr die Sicht auf den Ozean. Gischt landet auf meinem Gesicht, bildet feine Tröpfchen auf meiner Brille und zeichnet unzählige hauchzarte Regenbögen in die Luft. Ich atme tief ein, nehme den Geruch des Meeres, des Windes in mich auf und merke erst da, wie sehr ich das hier gebraucht habe. Eine Pause. Einfach nur ein paar Stunden, in denen ich nicht in Belfast oder bei meinen Eltern bin. In denen mir keine Deadline im Nacken sitzt.

Cameron legt den Arm um meine Schulter und haucht mir einen Kuss auf die Schläfe. »Woran denkst du?«

Ich muss lachen. »Daran, dass ich eigentlich nicht an Märchen glaube, aber jetzt, wo ich hier bin, sehr gut verstehen kann, wieso die Leute früher geglaubt haben, der Giant's Causeway wäre von einem Riesen gebaut worden.«

»Wurde er?«

»Kennst du die Geschichte nicht?«

Er schüttelt den Kopf. »Sorry, ich steh nicht so auf diese Infotafeln.«

Ich verdrehe die Augen und erkläre in meiner besten Dungeon-Master-Stimme: »Der Legende nach wurde der Riese Finn McCool einst von seinem Widersacher, dem schottischen Riesen

Benandonner, beleidigt und forderte ihn zum Duell. Dieser akzeptierte, und Finn baute aus Felsen einen Damm bis hinüber nach Schottland. Einer Version nach besiegte er seinen Feind. Einer anderen zufolge war er nach dem Bau so erschöpft, dass er nicht kämpfen wollte. Stattdessen verkleidete er sich als Baby. Als Benandonner hierherkam, fand er nur Finn McCools Frau, die ihm versicherte, dass ihr Mann nicht da sei. Doch als Benandonner sah, wie riesig das Baby war, hatte er plötzlich Angst, wie gigantisch dann erst Finn McCool sein würde. Also floh er und zerstörte auf dem Rückweg einen Großteil des Dammes. Das hier ist alles, was davon übrig geblieben ist.«

»Wow.«

»Du klingst nicht begeistert.«

»Doch, bin ich. Allein davon, dass du dir das alles merken kannst. Und dass der Schotte die Nummer mit dem Baby abgekauft hat …«

Ich schüttele den Kopf, weiß aber, dass er es nicht böse meint. Und zugegebenermaßen gibt es auch wesentlich bessere und romantischere Dinge, die ich tun könnte, als Cameron eine Unterrichtsstunde in irischer Mythologie zu geben.

In seinen Armen drehe ich mich ein Stück, sodass ich ihn ansehen kann. Vom Wind hier draußen ist seine sorgsam gestylte Frisur völlig ruiniert, was seiner Attraktivität jedoch keinen Abbruch tut. Zögernd lege ich meine Hand auf seine Wange und fahre über die weiche, kühle Haut. Er lächelt unter der Berührung und küsst meine Nasenspitze.

Wie so oft realisiere ich, wie selbstverständlich das alles für ihn ist. Wie leicht es ihm fällt, das alles hier zu akzeptieren, während ich trotz der Ereignisse der letzten Wochen immer noch nicht ganz realisieren kann, dass das hier kein Traum ist. Dass Cameron echt ist. Dass er hier bei mir ist.

Ich lehne mich ihm noch ein Stück mehr entgegen und küsse ihn. Kurz, zärtlich. Gerade genug, um das Salz auf seinen Lippen zu schmecken. Er murmelt meinen Namen so leise, als könnte ich mich allein durch den Klang in Luft auflösen, und sieht mich aus diesen einmaligen grüngrauen Augen an. Inzwischen kenne ich ihn gut genug, um die Sorge darin zu erkennen. Die Furcht. Die Dunkelheit, die ich nicht wage anzusprechen, weil ich Angst habe, dass sie dadurch erst greifbar wird. Stattdessen lehne ich meine Stirn an seine, lege nun ebenfalls meine Arme um ihn und drücke ihn an mich, als könnte ich nur so verhindern, dass mein Herz, das schwer in meiner Brust schlägt, herausspringt.

Als wir aus dem Restaurant kommen, ist die Nacht bereits hereingebrochen. Die Uhr auf dem Armaturenbrett zeigt kurz nach neun an, was bedeutet, dass ich erst spät zu Hause sein werde. Für ein paar Minuten bleiben Cameron und ich im Auto sitzen, ohne etwas zu sagen. Keiner von uns ist bereit, die schönen, unbeschwerten Stunden ziehen zu lassen.

Nachdem wir den Bus zurück ins Besucherzentrum genommen haben, hat Cameron mich noch zum Essen eingeladen. Hier in Portrush, dem wohl nobelsten Ort des ganzen Landes, in dem jährlich ein internationales Golfturnier stattfindet, direkt an der Atlantikküste. Das Restaurant, in das er mich geführt hat, war glücklicherweise nicht superschick. Vermutlich hätten sie mich mit den abgetragenen Jeans sowieso hochkant rausgeworfen, aber laut Cameron gibt es hier die besten Fish and Chips. Und er hatte recht.

Jetzt im Auto öffnet er immer wieder kurz den Mund. Das tut er stets, wenn er etwas sagen will, aber nicht weiß, wie er anfangen soll. Seine Hand umklammert so angespannt das Lenkrad, dass seine Knöchel weiß hervortreten.

»Zwei Optionen«, sagt er schließlich. »Erstens: Wir machen uns auf den Rückweg, und ich bringe dich nach Hause.«

Meine Kehle fühlt sich an wie zugeschnürt. Plötzlich ist da wieder diese Nervosität, obwohl ich darüber längst hinweg sein müsste. Meine Stimme klingt, als bestünde sie aus Metall. »Und zweitens?«

»Meine Familie hat hier in Portrush ein Sommerhaus. Um diese Zeit vermieten wir es normalerweise, aber weil wir eine neue Sauna einbauen, steht es aktuell leer.«

Ich will ihn darauf hinweisen, wie versnobt er gerade klingt. Mit seinem Sommerhaus. Und der Sauna. Aber ich bringe nicht mal einen lahmen Witz zustande. Sondern nicke nur, weil mir klar ist, was er mit seinen Worten impliziert. Bisher habe ich mich nicht getraut, Sex oder zumindest das Thema Übernachten anzusprechen. Ich wollte mich nicht einfach zu Cameron nach Hause einladen, wo ich doch um seine schwierige Situation weiß, will ihm aber auch gleichzeitig nicht den mangelnden Komfort eines alten Kinderbetts zumuten, in dem nicht einmal genug Platz für einen von uns ist. Kurz lasse ich mir seine Worte durch den Kopf gehen, dann sage ich: »Option Nummer zwei.«

In den letzten Wochen habe ich mich einigermaßen an den Gedanken gewöhnen können, dass Cameron und ich aus zwei unterschiedlichen Welten stammen. Manchmal ist das frustrierend, aber ich weiß, dass ich ihm keinen Vorwurf machen kann, bloß weil er ein bisschen mehr Glück in der Hinsicht hatte als ich. Trotzdem kann ich nicht verhindern, dass mir mulmig zumute wird, als wir von der Straße am Meer auf eine lange Einfahrt einbiegen. Wir passieren ein elektrisches Tor, dann ein kleines Waldstück und folgen einem schmalen, gewundenen Weg einen Hügel hinauf, auf dem ein Haus thront, von dem ich in meinem Leben nicht einmal träumen würde.

Die Villa ist modern kubistisch, mit flachem Dach und besteht geschätzt zu achtzig Prozent aus riesigen Fenstern, die alle in Richtung Ozean zeigen.

Ich folge Cameron unsicher hinein, in einen Flur, der allein so groß ist wie das Wohnzimmer meiner Eltern. Cameron zieht seine Schuhe und die Jacke aus, wirft achtlos seine Schlüssel auf eine Kommode und bedeutet mir dann mit einem Kopfnicken, ihm zu folgen.

Der Raum, in den er mich führt, ist gigantisch. Hohe weiße Wände, schwarzer Holzfußboden und eine Fensterfront, hinter der sich der Mond im Meer unter uns spiegelt. Ich fühle mich völlig fehl am Platz, bin wie abwesend, als Cameron mich auf das ausladende Ledersofa drückt und mir eine Decke über die Schultern legt. Die Luft im Haus ist kalt, doch ich kann spüren, wie sich der Boden unter meinen Socken langsam erwärmt. Natürlich.

Die Einrichtung erinnert mich ein wenig an den Firmensitz von LabyrIntelligence. Schwarz und Weiß sind die dominanten Farben, ohne Farbakzente. Selbst das abstrakte Gemälde an der Wand ist komplett in Grautönen gehalten.

»Meine Mum steht auf diesen modernen Stil«, kommentiert Cameron das Interieur, als hätte er meine Gedanken erraten. »Was zu trinken?«

Ich beneide ihn darum, wie selbstverständlich das alles für ihn ist. Und wie gut er hier hineinpasst. Er hat eine Flasche Sekt in der Hand, die wir bei Marks & Spencer mitgenommen haben. »Crémant«, meinte er, »es muss nicht immer Champagner sein«, während ich schon nicht mit den Lebensmittelpreisen in dem Laden klarkam. Wir kaufen meistens bei Lidl. Nur einmal im Jahr gehen wir zu M&S: an meinem Geburtstag, um mir einen »Colin the Caterpillar«-Kuchen zu besorgen.

»Alles okay?«

Ich schüttele den Kopf. »Es ist nur schwer zu verarbeiten, dass du hier lebst. Also im Sommer. Keine Ahnung. Da komme ich mir minderwertig vor, wenn ich daran denke, wie wir uns vor Kurzem noch an meinen Minischreibtisch gequetscht haben.«

Er lächelt schief, aber traurig. »Wenn es hilft … ich fand es bei dir zu Hause wesentlich gemütlicher.«

»Das sagst du nur so.«

»Nein. Vielleicht nicht unbedingt dein Bett, aber bei uns bekomme ich manchmal das Gefühl, als sei ich in einem Museum. Als müsste ich um Erlaubnis bitten, bevor ich mich auf die Couch setzen darf.«

»Oh, hätte ich fragen sollen?«, bemerke ich lahm.

»Nein, nein. Eintritt verlange ich später.« Er zwinkert. Ich werde rot. »Also, Crémant?«

»Ja, bitte.«

Sobald die Flasche geleert und die Temperatur im Haus auf gefühlt dreißig Grad angestiegen ist, bin ich weit weniger beklemmt. Vielleicht sogar ein wenig zu entspannt, denn wie immer wenn ich Sekt oder Wein getrunken habe, ist meine Zunge locker. Im Fernsehen läuft *Herr der Ringe,* und ich nutze die Gelegenheit, Cameron mit unnötigen Fakten zum Dreh zu versorgen.

»Wusstest du, dass Sean Connery eigentlich Gandalf spielen sollte, aber abgelehnt hat, weil er lieber in wichtigeren Projekten mitspielen wollte?«

»Christopher Lee hat Tolkien persönlich gekannt.«

»Das Stuntdouble von Arwen wollte nach dem Dreh unbedingt ihr Pferd ersteigern, konnte aber einen der Geldgeber nicht überbieten. Also hat Viggo Mortensen es ihr gekauft.«

Irgendwann bemisst mich Cameron nur mit diesem Blick von der Seite, was mich schließlich innehalten lässt, gerade als ich dazu ansetzen wollte, dass …

»Sorry«, murmele ich kleinlaut, weil mir klar wird, wie komisch das für ihn sein muss. Zwar wirkt er nicht gelangweilt von dem Film, aber das bedeutet nicht, dass er gleich meine Begeisterung für Funfacts teilt, die gar nicht mal so funny sind.

»Weißt du«, sinniert er. »Jeder andere hätte längst so getan, als wäre er müde, um mich ins Bett zu bekommen. Oder den Film nur als Vorwand angemacht. Muss ich mir Sorgen machen, dass du mich eigentlich doch nicht interessant findest und nur auf *Herr der Ringe* in 4K aus warst?«

Ich erröte. Erneut. »Ich wollte nur nicht, dass es so wirkt, als wäre ich hier, weil ich auf das eine aus bin.«

»Dein Ernst?« Cameron hebt die Brauen. »Deshalb machst du dir Sorgen? Nachdem *ich* dich in unser *leer stehendes* Sommerhaus eingeladen habe, wo garantiert *niemand* anderes ist, nachdem wir beide den ganzen Tag zusammen verbracht haben?«

»Wenn du es so sagst, klingt es wirklich etwas offensichtlich«, gestehe ich.

Ohne Warnung lehnt er sich zu mir und küsst mich. Hungrig, fordernd, sodass mir schwindelig wird und ich innerhalb weniger Sekunden zerfließe.

»Immer noch nicht deutlich genug?«, raunt er.

Ich muss blinzeln, um wieder scharf sehen zu können. Allein das Brennen in Camerons Blick macht mich schwach, und ich kann nur leicht den Kopf schütteln. Wie schafft er das nur, dass er mit einem Kuss mein gesamtes Denkvermögen lahm legt?

»Lass uns raufgehen.«

Ich nicke, immer noch unfähig, auch nur ein Wort herauszubringen.

»Es sei denn, du willst lieber einen *Herr-der-Ringe*-Marathon machen, als mit mir zu schlafen.«

»Vielleicht will ich ja beides?« Das ist eindeutig der Alkohol, der aus mir spricht, denn der eigentliche Toast hat sich schon lange vor Überforderung verabschiedet.

Cameron lacht und haucht mir einen weiteren Kuss auf die Lippen. Doch dabei bleibt es nicht. Seine Hand wandert von meinem Kinn hinab zu meinem Hemd, wo er der Reihe nach einen Knopf nach dem anderen öffnet.

Sobald er fertig ist, sieht er mich besorgt an. »Du sagst Bescheid, wenn dir das zu schnell geht, okay?«

Ich schüttele den Kopf plötzlich panisch. »Machst du Witze? Weißt du, wie lange ich darauf warte, dass wir mal irgendwo ungestört Zeit miteinander verbringen können?«

Mutiger geworden, streife ich das Shirt von meinen nackten Schultern und klettere auf Camerons Schoß. Allein das Grinsen, das sich dabei auf sein Gesicht stiehlt, legt mein Denken lahm. Er rutscht ein Stück nach oben, sodass ich die Beule in seiner Hose deutlich spüren kann.

Genüsslich langsam beuge ich mich zu ihm nach unten und küsse ihn, während ich meine Hände langsam unter sein Gucci-Shirt wandern lasse. Mit den Fingerspitzen fahre ich über die scharfen Konturen seiner Muskeln, nehme wahr, wie die Hitze seiner Haut langsam auf mich übergeht. Ich lasse kurz von ihm ab, um das lästige Kleidungsstück loszuwerden, damit ich ihn erneut küssen kann. Wieder. Und wieder. Ohne Zurückhaltung. Ohne Schüchternheit. Ohne Zweifel.

Zwei verdammte Jahre habe ich auf diesen Moment gewartet. Aber, Gott, das war es wert.

Kapitel 28

Cameron

Meine gute Laune am Montagmorgen macht es leicht, die Blicke meiner Kommilitonen zu ignorieren, als ich den Hörsaal betrete. Der Tag hat für mich früh begonnen mit einem weiteren Meeting, bei dem mich meine Mutter unbedingt dabeihaben wollte. Ich kann nicht sagen, dass es langweilig war oder unnötig, ich verstehe nur nicht, wieso sie sich dafür ausgerechnet den Montagmorgen ausgesucht haben. Mittag für die Teilnehmenden aus Singapur.

Mit meinem heißen Becher von Starbucks lasse ich mich auf den freien Platz neben Laura sinken.

»Meeting«, sage ich, während ich mein MacBook auspacke, um zu erklären, wieso ich im Anzug in der Vorlesung sitze, wie es sonst nur die Jones-Brüder tun. »Ich habe dir doch erzählt, dass Mum mich aktiver einplanen will.«

»Ihr ist hoffentlich klar, dass du immer noch studierst?«

»Ja. Aber ehrlich gesagt ist mir jedes Meeting lieber als zwei Stunden Vertragsrecht.«

»Aus dir wird mal ein vorbildlicher Workaholic.«

Ich muss grinsen. »Ich weiß.«

Zur Bestätigung öffne ich mein E-Mail-Programm, um nachzusehen, ob in der kurzen Zeit eine Nachricht eingetrudelt ist.

»Ist … etwas vorgefallen?«

Ich blinzele verwirrt. »Nein, wieso?«

Sie presst die vollen schwarz geschminkten Lippen zusammen, sieht ausweichend erst nach links, dann nach rechts. Will sie mir damit irgendetwas sagen?

Möglichst unauffällig tue ich es ihr gleich und schaue mich im Raum um. Die meisten Leute sind bereits hier, sitzen bei ihren Freunden und Cliquen, tuscheln leise untereinander.

Ich verdrehe die Augen und wende mich ab, weil Olcan keinen Hehl daraus macht, dass sich das Gespräch mit seinem Kumpel Marcel um mich dreht. Er mustert mich eindringlich von Kopf bis Fuß, dabei sollte er langsam wissen, dass ich neben dem Studium auch arbeite und nicht aus reinem Gottkomplex im Anzug zur Vorlesung komme.

Neben mir tippt Laura hastig auf ihrem Smartphone herum, wobei das leise Klacken ihrer Fingernägel auf dem Display mir Gänsehaut bereitet.

Mein Handy vibriert.

Du wirst beobachtet.

Ach was?, hätte ich beinahe laut gesagt.

Gibt's dafür einen Grund? Hab ich einen
verdächtigen Fleck auf der Hose?

Du warst heute Morgen nicht hier, deshalb
weißt du es wahrscheinlich noch nicht. Aber
es gibt Gerüchte.

Gerüchte?

Über dich. Und David aus der Literific.

Ich stocke. Kann förmlich spüren, wie mein Herz in Höchstgeschwindigkeit das Blut aus meinem Kopf pumpt. Panik steigt in mir auf, aber ich bemühe mich, mein Pokerface zu bewahren. Es gab schließlich schon häufiger Gerüchte über mich, die absoluter Bullshit waren.

Nur lagen die bisher nicht so nah an der Realität.

Und welche?

Willst du das wirklich wissen?

Laura mustert mich aus ihren braunen Augen, dass ich für einen Moment das Gefühl habe, sie könnte direkt in meine Seele schauen und die Wahrheit darin lesen. Dann schreibt sie:

Abigail betreut am Wochenende die Bustouren für Touristen. Diese Tagesfahrten, die zu den Drehorten von *Game of Thrones* gehen. Und sie meint, sie hätte dich am Giant's Causeway gesehen. In Begleitung.

Ich schlucke und verfluche dieses Land, das mir mit seinen zwei Millionen Einwohnern manchmal kaum größer vorkommt als ein Dorf. Eigentlich hätte ich es wissen müssen. Hätte vorsichtiger sein müssen, denn schließlich sind mir meine Kommilitonen schon an den seltsamsten Orten über den Weg gelaufen, aber …

Ich hab ihr natürlich gesagt, dass das Bullshit ist und sie dich sicher verwechselt hat, weil du

samstags meistens auf irgendwelchen
Veranstaltungen deiner Familie hockst oder
einfach nur verkatert bist.

Als ich Laura ansehe, bringe ich nicht einmal ein dankbares Lächeln zustande.

Haben sie dir geglaubt?

Was denkst du?

Dem Tuscheln meiner Kommilitonen nach zu urteilen, bestenfalls zur Hälfte. Ich kann mir vorstellen, dass die meisten in diesen Gerüchten eine Art Erklärung dafür finden, dass ich noch nie mit jemandem ausgegangen bin. Eine Bestätigung für ihr angekratztes Ego, weil die meisten Leute es nicht mitansehen können, wenn jemand allein ist.

Ach, Cameron ist schwul? Na, das erklärt einiges. Ich kann die Gespräche hinter meinem Rücken förmlich hören. Die Lästereien. Die Kommentare. Angefangen bei verhältnismäßig harmlosen Klischees bis hin zu Feindseligkeiten. Gerade von Leuten wie den Jones-Brüdern, die davon überzeugt sind, Homosexualität wäre eine ansteckende Krankheit.

»Willst du reden?«, flüstert Laura.

Ich schüttele den Kopf, obwohl ich weiß, dass ich zumindest ihr eine Erklärung schuldig bin.

Ist es sehr schlimm, wenn die anderen es
wissen?

Ja.

Mal abgesehen davon, dass niemand, wirklich *niemand* gern von anderen Menschen zwangsgeoutet wird, kann ich den Rattenschwanz an Problemen, die die Sache unweigerlich hinter sich herziehen wird, schon erahnen. Gerüchte verbreiten sich an der Uni wie ein Lauffeuer.

An einem Tag meint Abigail, etwas mitbekommen zu haben. Am nächsten weiß es bereits der ganze Kurs. Ab hier ist es nur noch eine Frage der Zeit, bis jemand seinen Eltern davon erzählt und das Wissen schließlich an die falschen Leute gerät.

Und dabei denke ich gerade nur an mich. Das schlechte Gewissen überrollt mich förmlich, als mir klar wird, dass ich nicht allein in dieser Sache stecke. Dass sich die Gerüchte nicht nur um mich drehen, sondern auch um David. David, der es bei seinem aktuellen Pensum nicht gebrauchen kann, wenn sich die halbe Uni darüber das Maul zerreißt, mit wem er schläft.

Erneut schiele ich hinüber zu Olcan. Als er meinen Blick bemerkt, verzieht er die Lippen anzüglich. Dazu macht er mit dem Mund eine obszöne Geste, für die allein ich am liebsten sofort auf dieses homophobe Arsch losgehen würde.

Ich wende mich ab, balle wütend die Hände zu Fäusten und realisiere nur am Rande, dass Laura unsere Sachen packt. Beschwichtigend legt sie mir die Hand auf den Rücken, raunt mir irgendwelche Worte zu und bringt mich schließlich dazu, aufzustehen und mit ihr den Raum zu verlassen. Zweifelsohne wird das die Gerüchteküche nur weiter anfeuern, aber meine beste Freundin kennt mich besser als ich selbst. Sie weiß, dass ich da drin explodiert wäre.

Sobald wir in die kühle, frische Luft treten, lichtet sich der Nebel um meine Gedanken ein wenig. Genug zumindest, dass ich wieder ein paar Worte zustande bekomme. »Wohin gehen wir?«

»An einen Ort, wo wir unsere Ruhe haben.«

»Und die Vorlesung?«

Laura sieht mich schief an. »Dein Ernst?«

»Sollte ich das nicht eher dich fragen? Du hast noch nie eine Stunde verpasst.«

Daraufhin zuckt sie mit den Schultern. »Ja und? Irgendwann ist immer das erste Mal.«

Im Vergleich zu mir scheint Laura ziemlich genau zu wissen, wo es einen ruhigen Ort gibt. Zielstrebig führt sie mich quer über den Campus, vorbei an anderen Studierenden, Dozenten und Professorinnen, die zwischen den Vorlesungen die Räume wechseln, hinüber in die Botanic Gardens. Dort steuert sie geradewegs auf das Palm House zu, ein riesiges viktorianisches Gewächshaus, in dem um diese Zeit keine Menschenseele anzutreffen ist.

Die Luft im Inneren ist angenehm warm, leicht feucht und verströmt einen wohltuend erdigen Duft. Bis auf das Tropfen der Bewässerungssysteme ist es hier drin komplett still und die Bank, zu der Laura mich führt, so versteckt, dass ich bezweifele, hier auf irgendjemanden zu treffen.

»Man könnte meinen, du warst vorbereitet«, bemerke ich kühl.

»Nein. Ich komme immer zum Lernen hierher, wenn mir die Bibliothek zu voll ist. Du wärst überrascht, wie wenige Leute sich an diesen Ort verirren.«

»Weniger als an den Giant's Causeway?«

»Also ist es wahr?«

Ich lege den Kopf in den Nacken. Obwohl es inzwischen ziemlich offensichtlich ist, tue ich mich schwer mit der Antwort. »Ja.«

»Verstehe.«

Mehr sagt sie nicht, wofür ich dankbar bin. Kein triumphierendes »Wusste ich's doch«, kein verschmitztes Grinsen, sondern einfach nur Akzeptanz.

Ich atme tief durch und versuche, mich von ihrer Ruhe und der Stille dieses Ortes anstecken zu lassen. Aber es geht nicht. In meinem Inneren brodelt es, und auch wenn ich gerade die Oberhand behalte, weiß ich, dass ich nur einen winzigen Zwischenfall davon entfernt bin, in die Luft zu gehen. Ich bin wütend. Auf die Welt. Auf mich. Meine Unbesorgtheit am Wochenende und diesen Arsch Olcan. Aber vor allem habe ich Angst davor, was passieren könnte. Wenn sich Gerüchte so schnell verbreiten, wie sieht es mit Tatsachen aus?

»Wie lange?«, fragt Laura schließlich.

»Wie lange ich schon schwul bin?«

Sie verdreht die Augen. »Nein. Wie lange bist du mit David McCann zusammen? Erst seit der Planung?«

»Jein«, antworte ich. »Wir sind nicht zusammen. Zumindest nicht in dem Sinne. Es ist kompliziert.«

Kurz zuckt ihr linker Mundwinkel nach oben. »Wäre ja auch schön, wenn es einmal im Leben einfach wäre.«

»Schon wär's«, seufze ich. »Aber nein, einfach ist es nicht.«

»Liegt's an deiner Mum?«

»Jein.«

Laura legt den Kopf schief. Noch immer fühlt es sich seltsam an, offen mit ihr über diese Dinge zu sprechen. Auch wenn ich langsam realisiere, dass ich das gerade brauche. »Meine Mutter hat per se kein Problem damit, dass ich schwul bin. Die Leute, denen mit ihr zusammen die Firma gehört, dagegen schon. Die Chancen stehen gut, dass ihnen einer der Gesellschafter abspringt, wenn ich mich öffentlich oute.«

»Autsch. Wie wahrscheinlich ist das?«

Ich zucke mit den Schultern. »Ehrlich gesagt will ich das gar nicht herausfinden. Gut möglich, dass wir uns zu viele Sorgen machen – dann wiederum haben ein paar der Herren in der Führungsetage in der Vergangenheit ziemlich deutlich gemacht, was sie von ›Schneeflocken‹ halten, die ›ihren Platz in der Welt nicht kennen‹.«

»Oh, wow. Wusste gar nicht, dass ein paar Leute aus der LawSoc bei euch arbeiten.«

Ich schmunzele über den makabren Witz. Lustig ist an dieser ganzen Geschichte überhaupt nichts, aber Laura hat verstanden, wo das Problem liegt.

»Und was willst du jetzt machen?«

Ich seufze. »Keine Ahnung. Schadensbegrenzung vermutlich. Besteht die Möglichkeit, dass ich deine sagenumwobene Kontaktliste für meine Zwecke missbrauchen kann?«

Laura lacht und legt mir eine Hand auf die Schulter. »Aber klar. Ein Wort, und morgen glauben sie alle, dass du den Samstag völlig verkatert im Bett verbracht hast.«

»Das wäre genial.«

»Wird erledigt.«

Sie holt ihr Handy hervor, zögert dann aber. »Bist du dir sicher?«

Ja, liegt mir bereits auf der Zunge, doch ihr Blick lässt mich innehalten. Ihre Worte hallen noch in meinem Bewusstsein nach. Was, wenn wir uns wirklich zu viele Sorgen machen? Was, wenn das hier ein Wink des Schicksals ist, dass ich endlich den Hintern hochbekomme und anfange, ich selbst zu sein?

Einen Moment lang klingt diese Vorstellung zu verlockend. Ich stelle mir vor, wie eine mutigere Version meiner selbst da rausgeht und auf alle Gerüchte pfeift. Wie ich David nach der Vorlesung abhole und mitten auf dem Campus küsse, damit es auch ja jeder mitbekommt, dass mir verdammt noch mal egal ist, was die Leute davon halten. Ich sehe die Jones-Brüder vor mir, deren Sonnenbrandgesichter noch röter werden, weil ich es wage, ihr heteronormatives Weltbild derart zu erschüttern. Ich sehe Liz, die mir zunickt und endlich das Gefühl gibt, mal etwas richtig gemacht zu haben.

Und ich sehe David. Sein schüchternes Lächeln, die Brille, die immer ein bisschen schief sitzt, nachdem ich ihn geküsst habe. Eine Zukunft, die zu gut ist, um wirklich wahr zu sein. Ein Trugbild. Eine Utopie. Mehr nicht.

Am Ende bejahe ich Lauras Frage und schaue zu, wie sie ihre Messenger-App öffnet, wo tatsächlich schon jemand nachgehorcht hat, ob mit mir alles in Ordnung ist. Ein letzter rückversichernder Blick in meine Richtung. Die Worte aus meinem Mund klingen so, als würden sie nicht zu mir gehören: »Tu es.«

Kapitel 29

Toast

Ich erinnere mich noch lebhaft an ein Gespräch, das ich mal mit meiner Mutter geführt habe. Damals, noch während der Highschool. Ich war gerade fünfzehn, und mir wurde zum ersten Mal richtig bewusst, dass ich anders bin als die anderen. Allerdings war ich noch nicht bereit, zu akzeptieren, dass *anders* zu sein nicht zwangsläufig etwas Schlechtes ist.

Die Geschichte, dass Alex Woods und ich uns während der Mittagspause auf der Treppe am Hintereingang der Sporthalle geküsst hatten, hielt die ganze Schule in Trab. Als gäbe es unter fast tausend Leuten nichts Aufregenderes zu berichten. Es sollte ein Experiment sein. Alex war damals mein engster Freund, und wir hatten immer mal wieder vorsichtig darüber gesprochen, dass wir keines der Mädchen in der Klasse süß fanden. Ein Kuss sollte uns Erkenntnis bringen. Tat er auch. Für ihn, dass er Ace ist. Für mich, dass ich definitiv nicht hetero bin. Und für den Rest der Schule, dass wir beide ziemliche Weirdos waren.

Ich weiß noch genau, wie ich mir wegen der Hänseleien bei meiner Mutter die Augen ausgeheult habe, wie sie mich getröstet und mir immer wieder versichert hat, dass nichts an mir falsch sei. Und dass die anderen einfach noch nicht wüssten, wie sie damit umzugehen hätten. Aber das würde besser werden, wenn wir alle erst einmal erwachsener wären.

Na ja. Fast Forward an die Universität. Ich finde mich in einem seltsamen Déjà-vu wieder. Zwar wäre es eine Übertreibung, zu sagen, dass sich der ganze Campus über Cameron Walsh und mich das Maul zerreißt, aber es ist definitiv nicht hilfreich, dass wir beide durch unsere Aktivitäten einen relativ großen Kreis an Leuten um uns haben, die sich auf die Gerüchte über unsere Beziehung stürzen, als wären wir ein Teil der Royals.

Ich habe kein Problem damit, den Kopf einzuziehen und das Getuschel während der Vorlesung oder der Debatten jeden Donnerstag zu ignorieren. Gemeine Kommentare gibt es keine – zumindest nicht in meiner Gegenwart –, und den wenigen Leuten, die mich direkt auf die Gerüchte ansprechen, sage ich, dass sie nicht stimmen, weil ich weiß, dass Cameron genau das hier vermeiden wollte. Und glücklicherweise erstirbt der Buschfunk genauso schnell, wie er aufgeflammt ist, denn Laura El-Sayed hat beteuert, dass Cameron den ganzen Samstag verkatert zu Hause verbracht hat. Sie gäbe eine fantastische PR-Agentin ab.

Während das Getuschel um mich herum langsam ruhiger wird, gilt das allerdings auch für jemand anderen: Cameron, der seit dem Wochenende kein Wort mit mir gesprochen hat.

Am Anfang habe ich versucht, das nicht persönlich zu nehmen. Ich kann mir nur zu gut vorstellen, dass er nach dem Schock über die Gerüchte vorerst etwas Abstand wollte, aber selbst unsere Chats fallen spärlich und ungewohnt zweckmäßig aus. Etwas Small Talk, Absprachen für die letzten Vorbereitungen zur Gala. Kein Wort über das letzte Wochenende, die Gerüchte oder über uns.

Mit jedem Tag, der seitdem verstrichen ist, hat mir die Ungewissheit mehr zugesetzt. Gleichzeitig traue ich mich aber auch nicht, ihn einfach darauf anzusprechen. Aus Angst, eine Grenze zu übertreten oder ihn möglicherweise noch mehr unter Druck zu setzen. Ich will nicht, dass er denkt, ich würde einen besonderen Wert auf das Gerede der Leute legen und die Gelegenheit nutzen, ihm eine offizielle Beziehung vorzuschlagen. Genau genommen habe ich selbst dafür zu viel Schiss, weil ich trotz allem immer noch nicht glauben kann, dass er meine Gefühle erwidert.

»Du tust es schon wieder«, lässt Dominic mich wissen, als ich erneut auf mein Handy schaue. Das bestimmt zehnte Mal innerhalb der letzten halben Stunde.

»Sorry.«

»Entschuldige dich nicht bei mir. Du wolltest unbedingt, dass ich dich davon abhalte, ständig deine Nachrichten zu checken.«

Ich sehe ihn an und ringe mir ein müdes Lächeln ab. Hasse ihn ein bisschen dafür, dass er meine scherzhafte Bitte so wörtlich nimmt. Dabei hat er recht, ich habe Wichtigeres zu tun, als ständig ein Chatfenster anzustarren, in dem sich ohnehin nichts tut. Zum Beispiel die Dokumentation zu unserer Gruppenarbeit, die morgen fällig ist und mit Screenshots und Nachweisen gefüllt werden will. Eine Aufgabe, für die ich mich freiwillig gemeldet habe, während Dominic mit mir im Aufenthaltsraum des IT-Gebäudes sitzt und seine Unterlagen für die Datenbanken-Klausur nächste Woche durchgeht. Der Aufenthaltsraum ist unser Plan B, wenn die Bibliothek, wie immer um diese Zeit des Jahres, bis auf den letzten Platz belegt ist.

Ich lese den Text vor mir, ohne dass auch nur einer der Buchstaben in meinem Gehirn ankommt. Wieder drehe ich den Kopf in Richtung Handy, was Dominic anscheinend reicht, um sich zu räuspern.

»Ist es mies, wenn ich sage, dass es mich mit Genugtuung erfüllt, dich so zu sehen?«, fragt er süffisant.

»Ein bisschen. Aber wieso?«

»Weil *du* immer derjenige bist, der mir in den Ohren liegt, dass ich einfach machen soll, statt die Dinge zu zerdenken. Und nicht den Mund halten, wenn ich etwas will.«

Das hier ist was anderes, will ich anmerken, dabei weiß ich, dass das nicht stimmt. Dass Dominic und ich uns im Grunde gar nicht so unähnlich sind.

»Was ist los, Toast?« In seiner Stimme schwingt plötzlich ein Unterton mit, den ich selten bei ihm höre.

»Willst du dir das wirklich anhören?«

»Ja. Ich bin vielleicht nur nicht der beste Ansprechpartner, wenn es um so was geht. Da bist du bei Roisin oder Connor vielleicht besser aufgehoben.«

»Roisin würde mir in den Hintern treten – oder schlimmer noch: selbst zu Cameron rennen«, bemerke ich matt. »Und Connor sagt immer, dass er mit romantischen Gefühlen nichts anfangen kann.«

»Also geht es um Cameron? Gibt es etwa immer noch Leute, die sich den Mund fusselig reden?«

Ich schaue Dominic an. Bin nicht nur überrascht von seiner ungewohnten Einfühlsamkeit, sondern auch von der Tatsache, dass er das alles mitbekommen hat. Normalerweise lebt er in seiner eigenen Blase, zu der nur Ruth und selten auch mal wir anderen Zugang haben.

»Ja und nein. Ich glaube, inzwischen gilt es als allgemein akzeptiert, dass die Person, die uns gesehen hat, uns nur verwechselt hat. Jetzt gibt es wieder wichtige Themen wie die Klausuren, die Gala … nicht zu vergessen Love Island, das Anfang Juni beginnt.«

»Aber das ist doch gut, oder?«

Ich zucke mit den Schultern. Es ist kurz vor sechs abends, weshalb wir allein im Aufenthaltsraum sind. Lediglich eine Figur, halb Mann, halb Eistüte, sitzt auf einem der Snackautomaten und wacht über uns. Ihre leblosen weißen Augen bereiten mir Gänsehaut.

»Er redet nicht mit mir«, stelle ich klar. »Beziehungsweise nicht viel. Und ich weiß nicht, ob ich ihn darauf ansprechen soll oder ob er nur auf Nummer sicher gehen will oder Zeit braucht, alles zu verarbeiten.«

Dominic nickt. »Verstehe. Aber wenn er nur auf Nummer sicher gehen wollte, würde ja nichts gegen ein Telefonat sprechen. Oder was weiß ich, ein anonymes Treffen in einem Café mit Trenchcoat und Sonnenbrille. Und was das Verarbeiten betrifft, frag ihn einfach?«

»Und wenn ihn das nur noch mehr unter Druck setzt?«

»Nicht jeder ist so sozial inkompetent wie ich, Toast. So wie er auf mich gewirkt hat, wird er dir sicher sagen, wenn es ihm gerade zu viel ist und er etwas Zeit braucht.«

»Normalerweise bist du doch sonst nicht so vernünftig.«

Dominic verschränkt die Arme vor der Brust. »Normalerweise bist auch du derjenige, der auf *mich* aufpassen muss. Aber denkst du, ich sehe nicht, dass es dir scheiße geht?«

Ertappt zucke ich zusammen. »So schlimm nun auch wieder nicht. Ich hab …«

»Nur ein bisschen viel um die Ohren, ich weiß.«

Ich fühle mich mies, als Dominic mir meine eigene Ausrede entgegenschleudert, die ich in letzter Zeit so häufig verwendet habe, dass sie beinahe zu einer Art Mantra geworden ist. Etwas, das ich mir selbst immer wieder vorbete, in der Hoffnung, dass es wahr wird. Nur ein bisschen viel um die Ohren. Nur noch diese Klausur. Nur noch die Gala. Nur noch diese Woche. Mein ganzes Leben besteht nur noch daraus, dass ich mich selbst vertröste, um irgendwie obenauf zu bleiben.

»Du hast recht, ich sollte mit ihm reden.«

»Sagst du das auch nicht nur so?«

»Nein. Ich hab's wirklich vor. So habe ich die Sache hinter mir und kann mich … auf alles andere konzentrieren.«

»Klingt vernünftig.«

»Ja.«

Noch immer mustert Dominic mich sehr genau. Ich könnte schwören, dass da noch mehr ist, das er ansprechen will, sich aber verkneift. Ob nun aus Rücksicht auf mich oder weil seine Zurechtweisung gerade eben seinen sozialen Akku bereits geleert hat.

»Du musst dir keine Sorgen machen«, betone ich.

»Kann ich das schriftlich haben? Zusammen mit einer Bestätigung, dass du wirklich nur viel um die Ohren hast?«

Genervt verdrehe ich die Augen und hebe die rechte Hand mit gespreizten Fingern. »Ich schwöre.«

»Das ist der Vulkaniergruß.«

»Ach, komm schon, Dom.«

Er schüttelt den Kopf, scheint aber mein halbes Versprechen für den Moment zu akzeptieren. Dann wendet er sich wieder seinen Unterlagen zu, notiert sich etwas an den Rand, und nach nur ein paar Sekunden ist es fast so, als hätte es dieses Gespräch zwischen uns nie gegeben. Als hätte mir mein Gewissen diese Szene nur vorgespielt, was ehrlich gesagt gar nicht so abwegig ist. Schließlich ist Dominic sonst nie so offen um mein Wohlergehen besorgt. Geschweige denn die Stimme der Vernunft in meinem Leben.

Ich schnappe mir mein Handy, um dieses Mal nicht nur den Chat zu aktualisieren, sondern eine Nachricht zu tippen.

Können wir reden?

Kapitel 30

Cameron

Als ich mein Auto in die Tiefgarage des Titanic Museum lenke, komme ich mir vor wie ein Manager Mitte vierzig, der sich in einem schicken Hotel mit seiner Affäre trifft. Dabei gilt mein schlechtes Gewissen allerdings nicht einer Ehefrau zu Hause, sondern David, dem ich dieses lächerliche Versteckspiel überhaupt aufzwinge.

Nachdem er mir geschrieben hat, dass er mit mir reden möchte, wollte ich ihn vertrösten. Ihm sagen, dass ich Zeit brauche. Aber das ist nur ein Teil der Wahrheit. Stattdessen habe ich gefühlte Ewigkeiten darüber nachgedacht, wo ich mich am besten mit ihm treffen könnte, ohne dass uns schon wieder jemand aus der Uni über den Weg läuft, während ich gleichzeitig auch an keinen Ort wollte, an dem ich auch nur in Versuchung geraten könnte, ihm die Kleider vom Leib zu reißen. Wobei das ein Ding der Unmöglichkeit ist. Seit dem letzten Wochenende mehr denn je.

Aber weil ich ein verdammter Schisser bin, habe ich stattdessen Carol vom Titanic Museum angerufen und sie gebeten, dass wir noch einmal kurz vorbeikommen könnten, um etwas für die Veranstaltung nächste Woche auszumessen. Ein perfekter Vorwand, um an den vermeintlich perfekten Ort für dieses Gespräch zu gelangen.

Keiner wird hinterfragen, wenn David und ich zusammen ins Museum gehen – schließlich ist bekannt, dass die LawSoc mit der Literific zusammen die Gala veranstaltet.

Außerdem haben Besucher zu den Veranstaltungsräumen keinen Zutritt, was bedeutet, dass uns dort niemand zufällig belauschen könnte.

Und zuletzt besitze ich zu viel Anstand, um dort nicht irgendetwas mit David anzustellen, auch wenn ein nicht unbedeutender Teil von mir es gern versuchen würde.

Wenn ich so darüber nachdenke, wie *perfekt* meine Wahl ist, fühle ich mich fast schon wie ein Serienkiller, der gerade das ultimative Verbrechen geplant hat. Ich war sogar noch im Baumarkt, um mir ein Maßband zu besorgen, damit Carol womöglich nicht noch seltsame Fragen stellt.

Bis ich einen Parkplatz habe, ist es bereits zu spät. Trotzdem schaffe ich es zuerst nicht aus dem Auto heraus. Ich schließe die Augen in dem verzweifelten Versuch, meine Gedanken zu sortieren. Doch statt all der Phrasen, die ich mir seit Davids Nachricht zurechtgelegt habe, ist dort absolut nichts. Mein Kopf ist wie leer gefegt und gleichzeitig erfüllt von Angst vor diesem Gespräch.

Wie gern würde ich die Zeit zurückdrehen. Zurück zum Sommerhaus meiner Eltern, zurück zu der Nacht, in der Stunden, Minuten und Sekunden keine Bedeutung hatten und David alles war, was zählte. Die Welt ist mir einfacher vorgekommen, obwohl das natürlich nicht die Wahrheit ist. Es fiel mir leichter, alles andere zu verdrängen. Nur jetzt funktioniert das nicht mehr.

Die Digitalanzeige im Armaturenbrett springt eine weitere Minute nach vorn, und ich akzeptiere, dass ich mich nicht länger vor diesem Gespräch drücken kann.

David erwartet mich bereits am oberen Absatz der Treppe zur Tiefgarage, in der Hand den Schlüssel für die angemietete Titanic Suite. Seine Miene ist ausdruckslos, aber ich merke ihm an, wie viel es ihn kostet, sein Pokerface zu bewahren. Dabei geht es mir nicht besser. Sobald ich ihn entdecke in seiner engen Jeans und einem weiteren nerdigen Hemd, habe ich Mühe, meine Hände davon abzuhalten, sich zu verselbstständigen. Am liebsten würde ich David an Ort und Stelle an mich ziehen, ihn küssen, ihm sagen, dass es mir leidtut und dass wir das alles schon irgendwie hinbekommen. Aber meine Kehle bleibt wie zugeschnürt. Ich schaffe es nicht einmal, sein gemurmeltes »Hi« zu erwidern.

Ich bedeute ihm vorauszugehen und vergrabe die Hände zur Sicherheit in meinen Hosentaschen, um nicht in Versuchung zu geraten, ihn zu berühren. Wir gehen nach oben, vorbei an Schulklassen und Touristen, die den Freitagnachmittag nutzen, um alles über die Geschichte der *Titanic* zu lernen.

Ich erwische mich dabei, wie ich jeden Besucher einen Moment zu lange unter die Lupe nehme. Wie ich automatisch sortiere nach Alter, Hintergrund, Sprache, um zu schauen, ob sich in der Menge ein Kommilitone versteckt, der uns entdecken könnte. Mir ist klar, wie lächerlich das ist, doch ich kann nicht anders und bin gleichzeitig dankbar, eine Ablenkung zu haben, damit ich David nicht in die Augen sehen muss.

Als dieser die Schlüsselkarte an den Eingang zur Titanic Suite hält, bemerke ich, wie seine Hände zittern. Mit einem Piepen öffnet sich das Schloss, und wir beide treten ein, werden von Stille und dem Geruch frisch gereinigter Teppichböden empfangen.

David geht ein paar Schritte in den kleinen Vorraum, wo eine Fensterfront den Blick auf den Hafen freigibt, dessen Kräne mit dem Grau des Himmels verschmelzen. Dann endlich wendet er sich zu mir um, und seine bisher so kontrollierte Fassade bröckelt, als ein schwaches, schiefes Lächeln über seine Mundwinkel huscht.

Jetzt, wo wir allein sind, verliere ich die Kontrolle. Erleichterung trifft mich mit einer Wucht, die ich nicht für möglich gehalten habe, und lässt mich da erst realisieren, wie sehr David mir in den letzten Tagen gefehlt hat.

Ich überwinde den Abstand zwischen uns, lege die Arme um ihn und ziehe ihn so fest an mich, wie ich nur kann. Sein Körper schmiegt sich perfekt an meinen, als würde er genau dorthin gehören. Seine Wärme geht auf mich über. Ich atme seinen Duft ein – eine Mischung aus Waschmittel und frisch gemähtem Gras – und wiege mich in dem Gefühl, dass vielleicht doch alles wieder so werden kann, wie es vor einer Woche war. Dass wir eine Zukunft haben, die nicht nur Schmerz und Frustration bereithält.

»Du hast mir gefehlt«, murmelt David, und ich würde ihn am liebsten schütteln und gleichzeitig küssen.

»Du mir auch«, sage ich.

Mach mir das hier nicht schwerer, als es ist.

Am Ende muss ich mich zwingen, mich aus der Umarmung zu lösen, bevor ich noch mehr Dinge sage, die ich am Ende bereue. Stattdessen deute ich auf eine Sitzecke, wo David und ich uns ungestört unterhalten können.

Das Leder des Sessels quietscht, als ich mich David gegenüber darauffallen lasse. Alles fühlt sich plötzlich förmlich an, aber wenigstens ist der Abstand zwischen ihm und mir groß genug, um nicht erneut in Versuchung zu kommen, ihn zu berühren.

»Wie geht's dir?«, frage ich, weil Small Talk schon immer zu meinen Stärken gehörte.

David zuckt mit den Schultern und kaut nervös auf der Unterlippe herum, bevor die Worte schließlich langsam aus seinem Mund purzeln. »Entschuldige, dass ich dich so überfallen habe. Mit dem Treffen und allem. Ich wollte dich nicht unter Druck setzen, vermutlich hast du sowieso alle Hände voll zu tun.«

»Nein, du hattest jedes Recht. Es war nicht okay von mir, dich so hängen zu lassen.« Obwohl ich meine Worte so meine, kann ich nicht verhindern, dass meine Stimme diesen widerlichen Ton annimmt, den ich mir sonst für unliebsame Meetings zurechtlege. Die, bei denen ich meiner Mutter dabei helfe, Peter Edwards klarzumachen, dass seine Idee verdammt mies ist, ohne dabei unhöflich zu werden.

David nickt schwach, verschränkt die Hände auf seinem Schoß, als könnte er dadurch das Zittern verbergen. Gott, was bin ich für ein Arsch, ihm das hier anzutun. »Und wie geht's dir?«

»Ehrlich gesagt hätte ich gern auf das ganze Drama verzichtet, aber immerhin scheint wieder alles unter Kontrolle zu sein.«

»Das zwischen uns wird sich dadurch doch nicht verändern, oder?«

Meine Brust schmerzt. Ich meine zu spüren, wie sich Risse darin bilden, als etwas in mir in tausend Teile zersplittert, weil mir ein für alle Mal klar wird, wieso wir hier sind und was ich David zu sagen habe. Dass die ganzen Optionen, die ich zuvor im Kopf durchgespielt habe, keine Bedeutung haben, weil für mich ohnehin nur eine einzige infrage kommt.

»Cameron?«

Ich schlucke die Angst hinunter. »Ich glaube, es wäre besser, wenn wir wieder auf Abstand gehen.«

»Okay.« Das Wort klingt seltsam gefasst. Als hätte David bereits mit diesem Vorschlag gerechnet. Sein Blick sagt jedoch etwas anderes. Die Tatsache, dass er mit mir reden wollte, sagt etwas anderes. Er hat gehofft, dass es eine andere Möglichkeit gibt.

»Falls es wirklich nur an den Gerüchten liegt … Ich … ich hätte echt kein Problem damit, es geheim zu halten. Du kennst meine

Freunde, die werden niemandem etwas sagen. Und ich auch nicht. Mir wäre es auch nicht wichtig, dass wir öffentlich *zusammen* wären.«

Es ist das erste Mal, dass dieses Wort überhaupt in diesem Kontext fällt. Bisher waren wir beide ziemlich gut darin, einen Bogen darum zu machen, die Dinge beim Namen zu nennen. Das Wort »zusammen« aus Davids Mund zu hören beschleunigt meinen Puls. Lässt mich einen Funken Glück spüren, wo eigentlich keiner sein dürfte.

»David«, murmele ich, ohne wirklich zu wissen, wie ich weitermachen soll. »Ich … Das mit den Gerüchten, das hat mich eiskalt erwischt. Davor kam ich mir so unantastbar vor, aber ich weiß jetzt wieder, dass ich das nicht bin. Dass wir es nicht sind. Nur ein winziger Fehler könnte eine Kettenreaktion auslösen. Wir haben es Laura zu verdanken, dass das diese Woche glimpflich ausgegangen ist, aber ich habe trotzdem eine Ahnung bekommen, was unweigerlich passieren wird. Und ich weiß verdammt noch mal nicht, wie ich weitermachen soll, als wäre das nicht gewesen. Wie ich etwas mit dir unternehmen soll, ohne Angst zu haben, dass selbst die Wände Augen und Ohren haben.«

»Aber hattest du das davor denn nicht? Du warst davor doch auch schon mit Männern zusammen.«

»Das war … anders. Dort hatte ich mehr das Gefühl, die Kontrolle zu haben.«

»Und das hast du bei mir nicht?«

Ich lächele schwach. »Nein.«

»Und das ist schlecht?«

»Nein.«

Ich meine, kurz so etwas wie Hoffnung in seinem Blick zu erkennen. Den Gedanken, dass er nur lange genug mit mir reden muss, um mich umzustimmen. Dabei ahnt er nicht einmal, wie gefährlich nah dran er ist. Selbst jetzt.

»Aber das ändert nichts.« Ich muss meine Stimme förmlich dazu zwingen, fest zu klingen. »Ich kann das einfach nicht mehr. Nicht mit dir. Glaub mir, David, wenn ich dir sage, dass ich dir das nicht antun will. Du verdienst jemanden, der ohne Bedingungen mit dir zusammen ist. Der ein Gespräch nicht in die Titanic Suite verlegt, aus Angst, jemand könnte mithören.«

Der Schmerz in meiner Brust wird stechender. Noch nie hatte ich ein derart schlechtes Gewissen, als ich mit jemandem Schluss gemacht habe – und dabei war ich nicht richtig mit David zusammen. Trotzdem bricht es mir das Herz, zu sehen, wie er langsam in sich zusammensackt, in seinem Sessel immer kleiner wird. Ich meine Tränen in seinen Augen schimmern zu sehen, aber er gibt sich beste Mühe, mich nicht mehr anzuschauen. Stattdessen fixiert er einen imaginären Punkt an der Wand. Sein Atem geht schwer. Seine Lippen beben.

Und ich will ihn an mich ziehen. Ihn küssen. Und meine Worte zurücknehmen.

»Sollte ich das nicht selbst entscheiden dürfen?«

Ich habe das Gefühl, zehn Stockwerke in die Tiefe zu fallen. Die offensichtliche Antwort ist »Ja«, natürlich sollte er selbst entscheiden können, was für ihn das Beste ist. Ich habe überhaupt nicht das Recht, ihm diese Wahl abzunehmen, und kann nicht einmal einschätzen, was er will. Ob er nicht doch bereit wäre, alles auf sich zu nehmen, um mit mir zusammen zu sein.

Der Gedanke, dass diese Möglichkeit besteht, treibt mir selbst die Tränen in die Augen. Ich sehe zur Decke, um gegen das Brennen anzukämpfen. Gern würde ich mir einreden, dass er das nur so sagt und dass er gar nicht einschätzen kann, was er da von sich gibt, aber wenn ich inzwischen eines über David weiß, dann, dass er nie unaufrichtig war. Nicht mir gegenüber. Er meint es ernst. Und er würde nicht irgendwann damit beginnen, nach mehr zu fragen, wie es Curtis und all die anderen getan haben. Ihm würde es reichen, mit mir zusammen zu sein. Als wäre ich all das tatsächlich wert …

Doch seine Bereitschaft ändert nichts an den Umständen. Meinen Umständen. Meinem Leben. Meiner Verantwortung. Meinen beschissenen Regeln. Und meiner Angst, die Kontrolle zu verlieren.

All diese Dinge sollte ich mit ihm besprechen. Sollte mir die Zeit nehmen, ihm zu erklären, was genau in mir vorgeht. Und wer weiß? Vielleicht finden wir auf diese Art einen Kompromiss, der es uns ermöglicht, zusammen zu sein. Aber stattdessen sage ich nur: »Das kannst du doch gar nicht beurteilen.«

Ich schaffe es nicht, ihm in die Augen zu schauen, aber ich weiß auch so, wie sehr meine Worte sitzen. In diesem Moment hasse ich mich selbst mehr als alles andere. Mehr als meine Situation, die Firma, die Peter Edwards und ihre Gefolgschaft, wegen denen ich mich überhaupt erst verbiegen muss. Ich höre ihn schluchzen, während ich weiter an die Decke starre, um nicht selbst loszuheulen und um so zu tun, als stünde ich hinter meinen Worten.

Die Schlüsselkarte landet mit einem Klappern auf dem Boden. Schritte entfernen sich. Eine Tür wird geöffnet. Drei Sekunden verstreichen. Vier. Fünf. Dann fällt sie krachend ins Schloss, und ich bin allein.

Kapitel 31

Toast

Zum ersten Mal bin ich dankbar dafür, so viel um die Ohren zu haben. Zwischen Lernen, letzten Vorbereitungen für die Gala und der Literific bleibt mir keine Zeit, an etwas anderes zu denken. Egal, ob an Cameron oder meine Zukunft. Ich kann mir einreden, dass alles irgendwie seine Richtigkeit hat. Dass ich auch mit Informatik glücklich werden kann. Und dass das mit ihm nur ein Flirt war. Mehr nicht – auch wenn sich mein Herz trotzdem schmerzhaft zusammenzieht, wenn sein Name auf meinem Display aufploppt, weil er noch eine Rückfrage zur Moderation hat, die ich übernehme. Ich verdränge es einfach.

Das Wetter wird wärmer. Die Klausurenphase kommt und geht. Und bald sind es nur noch wenige Tage bis zum großen Abend, wodurch ich endlich einen Teil meines Lebens zurückbekomme. Ich trete aus dem Gebäude der Students' Union und werde von strahlendem Sonnenschein begrüßt. In der Luft hängt bereits der Duft von Sommer, auch wenn ich dem Wetter nie so ganz traue.

Einen Moment halte ich inne und atme tief durch, wobei ein Lächeln ganz von allein auf meine Lippen wandert. Meine Gedanken sind leer, und ich tue mein Bestes, dass das auch so bleibt.

Jeder Funke eines nicht positiven Gefühls wird in eine Ecke verbannt, während ich mich stur auf das konzentriere, was vor mir liegt: *Dungeons and Dragons* – die erste Session seit Langem, weil wir alle endlich mal wieder Zeit gefunden haben. Und wenn ich Ruths Nachricht im Gruppenchat glauben darf, können wir dafür sogar an unseren Stammplatz zurückkehren.

Beschwingt überquere ich die Straße und laufe durch die Pforte des Lanyon Building, vorbei an der Statue von Edwin Lawrence Godkin, dem Gründer der Literific Society, dem ich wie immer wohlwollend zunicke. Das Geräusch meiner Schritte auf den schwarz-weißen Fliesen wird von der hohen Holzdecke zurückgeworfen.

Während der Vorlesungszeiten ist der Innenhof dahinter wie ausgestorben, weshalb ich gar nicht umhinkann, Cameron und Laura zu bemerken, die auf einer der Bänke den anbrechenden Sommer genießen. Auf die Distanz höre ich nicht, worüber oder ob sie sich unterhalten, aber mir bleiben ohnehin keine fünf Sekunden, bevor Cameron mich ebenfalls bemerkt. Ganz kurz wird seine Miene ernst, und mir fällt auf, dass er im Vergleich zu mir Farbe bekommen hat. Kein Wunder, ihm steht stresstechnisch das Wasser nicht bis zum Hals. Vermutlich hat er das ganze Wochenende am Pool gelegen und Sonne getankt, wohingegen ich …

Jetzt wandert ein Grinsen auf seine Gesichtszüge, das mir nur zu bekannt vorkommt. Es ist nicht das selbstironische, das er in manchen Momenten zeigt, sondern das anzügliche, überlegene, das noch aus einer Zeit stammt, bevor diese unnötige Gala uns überhaupt zusammengeworfen hat. Die Art von Grinsen, die mich lange hat glauben lassen, ich wäre ihm nicht gut genug. Mittlerweile sollte ich das besser wissen, aber die Zweifel werden innerhalb eines Wimpernschlags unendlich laut.

Der schmerzhafte Stich in meiner Brust kehrt mit voller Kraft zurück, und ich kann spüren, wie mein Lächeln erstirbt.

Positivität, Toast, rede ich mir ein. *Bleib positiv, dann wird dir Gutes widerfahren.*

Die Worte ändern nichts. Egal, wie sehr ich mir sage, dass es besser so ist, desto mehr zweifele ich daran. Desto mehr zweifelt mein Herz daran.

Erst da wird mir bewusst, dass ich die ganze Zeit stehen geblieben bin und Cameron angestarrt habe. Mein Körper handelt von allein, und ich mache mir nicht einmal die Mühe, so zu tun, als wäre alles in bester Ordnung. Stattdessen mache ich auf dem Absatz kehrt und nehme den langen Weg um das Lanyon Building herum.

Sobald ich endlich im obersten Stock der McClay Library ankomme, erwartet mich ein mir unbekanntes Bild. Ausnahmslos alle meine Freunde sind bereits im Raum und betrachten mich verstört, während ich mich durch den falschen Kleiderschrank schiebe. Bin ich tatsächlich zu spät?

Die angespannte Stille tut ihr Übriges, und ich fühle mich, als hätte ich die anderen bei etwas Wichtigem unterbrochen. Selbst mein freudiges »Hi« erntet nur verhaltene Erwiderungen. Ist was passiert? Oder ist das nur die Klausurmüdigkeit, die uns alle noch fest im Griff hat? Was es auch ist, ich tue mein Bestes, die Sache zu überspielen, und setze mich auf meinen üblichen Platz.

Als dann noch immer niemand etwas sagt, beginne ich damit, meine selbst angefertigten Karten auf dem Tisch auszubreiten und mein Material für die Kampagne rauszuholen. Zuletzt baue ich den Sichtschutz auf, damit niemand meine Notizen lesen kann, und werfe einen Blick in die Runde.

»Hab ich was verpasst?«

Einstimmiges Kopfschütteln, das mir eine Gänsehaut verursacht.

»Sicher? Wir können das auch verschieben, wenn euch heute nicht danach ist«, biete ich an, was mir unter normalen Umständen nicht im Traum einfallen würde.

»Was ist mit dir?«, stellt Ethan die Gegenfrage. »Du siehst aus, als hättest du einen Geist gesehen.«

»Ach was, nein. Ich bin nur müde, weil ich gestern noch bis spät gelernt habe. Aber hey, wir haben die ersten Klausuren hinter uns gebracht! Yay!«

Obwohl drei der fünf Anwesenden mit mir zusammen studieren, stimmt niemand in meinen Jubel mit ein. Dominic und Ruth sehen sich kurz an. Holly macht gelangweilt Kaugummiblasen. Selbst Connor scheint sich lieber mit seinen Fingernägeln zu beschäftigen als mit mir.

Schwieriges Publikum. Aber vielleicht sind sie nur etwas eingerostet?

Ich sehe Roisin an, die Einzige am Tisch, die sich nicht bemüht, ihre schlechte Laune zu verbergen, sondern mit verschränkten Armen auf ihrem Platz hockt. Ihr Blick ist auf mich fixiert, bohrt sich eiskalt unter meine Haut, wie eine Nadel. Wieder frage ich mich, ob ich irgendetwas getan habe, um die anderen zu verärgern, aber mir fällt nichts ein, außer dass ausnahmsweise mal ich zu spät bin.

Mit jeder Sekunde, die verstreicht, fühle ich mich zunehmend unwohler, unsicher, ob ich das Offensichtliche ansprechen soll, oder hoffen, dass sich die Stimmung lockert, sobald alle wieder in character sind. Am Ende tue ich Letzteres.

Ich schaue noch einmal auf meine Notizen und das Kampagnenbuch, um mir in Erinnerung zu rufen, wo wir das letzte Mal aufgehört haben, und beginne mit der Session.

»Nachdem ihr euch zuvor entschlossen habt, durch die Wispernden Wälder zu gehen, statt den langen Weg darum herum zu nehmen, werdet ihr dort mit eurem ersten Hindernis konfrontiert. Zunächst merkt ihr es noch nicht, doch bald schweben winzige Partikel um euch herum in der Luft, die von innen heraus leuchten.«

»Ich würfele auf Wahrnehmung«, kommt es von Ethan, unserem Magier. »Das wären … acht. Plus sieben.«

»Während der Rest der Gruppe sich entschlossen einen Weg durchs dichte Unterholz kämpft, nimmst du dir Zeit, die Partikel genauer zu untersuchen. Aus der Nähe wirken sie wie Sporen des blauen Fliegenpilzes, die beim Einatmen tödliche Verätzungen in der Lunge herbeiführen können.«

Ethan nickt und gibt, ganz in seiner Rolle, die Informationen an die Gruppe weiter, die nun besorgt tuschelt.

»Würde ein Wirbelwind sie vertreiben?«, überlegt Ruth.

»Zeitweise.«

»Was ist, wenn wir uns unsere Ärmel vor die Nase halten?«, fragt Ruth weiter.

»Das würde die Sporen blockieren«, antworte ich.

»Ja«, mischt sich nun auch Connor mit ein, »aber wenn …«

Er wird von Roisin unterbrochen. »Ich würde gern auf Einschüchtern würfeln.«

Ich blinzele verwirrt. Will sie, dass ihr Barbar die Sporen bedroht, oder was? »Okay?«

»Oh, sieh mal an. Eine natürliche Zwanzig«, bemerkt sie in zuckersüßem Ton, der mir das Blut in den Adern gefrieren lässt.

»Und was willst du damit machen?«

Sie funkelt mich an. »Ich zücke meine Axt, schaue in den Himmel und frage an den Gott dieser Welt gerichtet, wie lange er verdammt noch mal so tun will, als wäre nichts.«

Ich stocke.

»Bin dabei«, stimmt Dominic zu, der nun ebenfalls seinen Würfel rollt. »Sechs plus vier.«

Und als hätten sie das alles hier schon von langer Hand geplant, machen auch die anderen mit. Ich schlucke.

»Ich glaube, ich verstehe nicht ganz, was ihr wollt.«

Roisins Brauen zucken gefährlich in die Höhe. »Ach nein? Da gibt es nichts, das du uns sagen willst?«

»Nein.«

»David«, kommt es nun auch scharf von Holly, die sonst nie meinen richtigen Namen benutzt. »Denkst du, wir merken nicht, dass etwas mit dir nicht stimmt? Oder hast du dir echt eingebildet, dass dir irgendjemand die *positiven VIBES*, die du die letzten Wochen versprüht hast, abkauft?«

»Was soll denn mit mir nicht stimmen?«

Immer mehr glaube ich, in eine Art Intervention gestolpert zu sein, denn anscheinend haben alle Anwesenden sich ihre Worte genau überlegt. Als säße ich auf der Anklagebank, und Connor macht den Anfang.

»Erstens: Du hast gesagt, dass das mit Cameron nicht funktioniert hat, und bist nicht im Geringsten traurig oder enttäuscht deswegen, obwohl du vor drei Wochen noch von nichts anderem gesprochen hast?«

»Ja, es ist halt …« Ich komme nicht dazu, mich zu rechtfertigen, denn nun mischt sich Dominic ein.

»Zweitens: Du redest davon, dass du im Studium unglücklich bist, erzählst aber nur mir davon, wo du doch sonst immer alles mit allen teilst. Aber urplötzlich ist angeblich alles wieder okay?«

Dieses Mal habe ich nicht einmal Gelegenheit, zu einer Erwiderung anzusetzen, denn jetzt ist Holly an der Reihe.

»Drittens: Du fehlst an mehreren Tagen morgens in der Vorlesung und schiebst es darauf, dass du verschlafen hast, obwohl du sonst *nie* zu spät kommst?«

»Viertens«, sagt Roisin scharf. »Du kriechst seit Wochen auf dem Zahnfleisch, hast schlimmere Augenringe als Dominic und musst aus deiner Höhle gezerrt werden, wenn wir überhaupt mal was unternehmen wollen.«

»Was wollt ihr hören?«, bricht es da aus mir heraus. Viel heftiger als beabsichtigt.

»Die Wahrheit wäre nicht schlecht«, knurrt Roisin. »Wie es dir geht und wieso du nicht mit uns redest.«

Ich spüre förmlich, wie der Damm in meinem Inneren erst Risse bekommt und dann langsam unter den angestauten Gefühlen in sich zusammenbricht. Geschlagen lasse ich den Kopf hängen, während ich auf meinem Sitz langsam immer kleiner werde. »Kann das nicht warten?«

Connors Hand landet auf meiner Schulter. »Wir können dir nicht helfen, wenn wir nicht wissen, was Sache ist.«

»Ihr könnt mir auch so nicht helfen.«

»Bullshit«, zischt Dominic.

»Raus mit der Sprache, David.« Zur Untermauerung ihrer Worte klatscht Holly in die Hände, aber ich schaffe es nicht, sie anzusehen. Oder irgendeinen der anderen. Stattdessen bleibt mein Blick auf die Tischplatte gerichtet, wo die Tränen, die ich nun nicht mehr zurückhalten kann, unbarmherzig auf die südlichen Berge von Narnia niedergehen, mitten ins Archenland. Energisch wische ich sie weg, aber es kommen immer mehr, egal, wie sehr ich auch versuche, mich dagegen zu wehren.

»Ihr habt recht. Das mit Cameron hat mich ziemlich runtergezogen.«

»Schon besser.«

»Ich bin nicht einmal traurig«, beteuere ich und hole tief Luft, obwohl mein verheultes Gesicht eine andere Sprache spricht. »Sondern einfach nur verdammt wütend. Ich verstehe, dass er keine öffentliche Beziehung eingehen will, aber dann sollte ich doch verdammt noch mal entscheiden dürfen, ob es mir reicht, es trotzdem zu probieren.«

»Und täte es das?«

»Mhm. Aber sag das mal ihm.«

»Kann ich gern machen. Gib mir dein Handy.«

Roisins Übereifrigkeit, sich für mich einzusetzen, entlockt mir zumindest ein kleines Lächeln. Wie erwartet fühle ich mich hilflos, jetzt, wo meine Freunde mich so sehen, aber komischerweise stört mich das nicht.

»Aber das ist noch nicht alles, oder?«, bemerkt Dominic, obwohl er die Antwort bereits kennt.

Ich nicke. Und auch mein letzter Widerstand erstirbt. »Ich will das Studienfach wechseln.«

»Was?!«

»Aber macht dir Informatik nicht Spaß?«, kommt es verwirrt von Connor. »Du bist der Beste in unserem Kurs, und Mr Clarke würde heulen, wenn sein liebster Student plötzlich weg wäre.«

»Das ist es ja.« Inzwischen klingt meine Stimme etwas fester, auch wenn ich es noch nicht schaffe, den Kopf zu heben. »Ich *bin* gut darin. Und ich habe an sich auch Spaß daran. Nur … eben mehr als so eine Art Hobby. Ich kann mir einfach nicht vorstellen, den Rest meines Lebens in einem Büro zu versauern und irgendwelche Apps zu schreiben oder Tests laufen zu lassen.«

»Aber es gäbe ja noch mehr«, meint Holly. »Meintest du nicht mal, dass du es cool fändest, ein Hacker zu sein?«

»Ja, aber das wäre am Ende auch nur immer wieder das Gleiche. Solange ich nicht auf die kriminelle Schiene wechsele und Bankfonds knacke.«

»Verstehe. Und was ist Plan B?«

»Eigentlich hatte ich keinen. Zumindest am Anfang. Es gibt eine Menge Sachen, die mich interessieren, aber nichts, auf das ich mich festlegen wollte. Dann hab ich aber eine E-Mail von The Extras Dept. bekommen. Erinnert ihr euch noch, dass ich mich vor Ewigkeiten mal in deren Datenbank registriert habe, um vielleicht ein Weißer Wanderer in der letzten Staffel *Game of Thrones* zu sein?«

»Ach, das Profil gibt es noch?«

»Ich war genauso überrascht. Jedenfalls haben sie mich als Statist angefragt, für diesen Sci-Fi-Film, den sie aktuell drehen. Und das hat mich daran erinnert, dass ich schon immer was im Bereich Film machen wollte. Schauspieler oder Regisseur oder so. Also habe ich zugesagt, was auch der Grund war, wieso ich ein paarmal in den Vorlesungen gefehlt habe.«

»Und uns davon zu erzählen ist dir nicht eingefallen?«, will Holly scharf wissen.

»Ich wollte es nicht an die große Glocke hängen – ohne Erwartungen –, und das Ganze einfach auf mich wirken lassen, damit ich am Ende nicht beeinflusst werde. Ich hoffe, ihr könnt das verstehen.«

Roisin zieht scharf Luft ein, aber wenn sie sich nicht mit der Erklärung anfreunden könnte, würde sie etwas sagen. »Und was hast du gelernt?«

»Dass ich … definitiv gern etwas in die Richtung machen würde. Auch wenn ich keine Vorstellungen habe, was genau. Die Tage am Set waren unglaublich.«

»Aber das ist doch gut, oder?«, fragt Ruth leise.

»Eigentlich ja«, erkläre ich matt. »Aber nicht so leicht. Es würde sich anbieten, das Studienfach zu wechseln. Nicht zwangsläufig wegen der Theorie, sondern allein wegen der vielen Kontakte, die ich knüpfen könnte. Und da stehe ich vor meinem Grundproblem: Ich kann es mir nicht leisten.«

Endlich schaffe ich es, den Blick zu heben und den anderen wieder ins Gesicht zu schauen. Glücklicherweise sehe ich keine Verurteilung darin, auch wenn sie nicht zufrieden darüber scheinen, dass ich erst jetzt mit der Sprache herausrücke. Berechtigterweise.

Ethan, der mir schräg gegenübersitzt, wickelt sich nachdenklich eine Locke um den Finger. »Was ist mit deinem Darlehen?«

»Das lässt sich nicht verlängern. Dadurch, dass ich das Foundation Degree gemacht habe, läuft der Kredit eine Weile. Ein Studienwechsel ist zwar nicht unmöglich, aber Geld würde ich dann nur fürs erste Jahr bekommen.«

»Und deine Eltern?«, fällt Connor da ein. »Hat dein Dad inzwischen wieder was gefunden?«

Ich beiße mir auf die Unterlippe. Mit allem, was so passiert ist, hatte ich vollkommen verdrängt, dass ich meinen Freunden selbst das verschwiegen habe. Vielleicht sogar das Allerwichtigste. Schwach schüttele ich den Kopf. »Er wird nicht mehr arbeiten können, weil er krank ist … Er hat Parkinson, schon seit ich meine A-Levels gemacht habe. Die Diagnose kam genau in meinem letzten Schuljahr. Deshalb waren meine Noten auch so mies. Und deshalb musste ich das Foundation Degree machen, um überhaupt an die Queen's zu können.«

»Scheiße, Toast, wieso erzählst du uns das nicht?« Es passiert selten, dass Dominic überhaupt Gefühle zeigt, weshalb die Entrüstung in seiner Stimme mich eiskalt erwischt.

Ich zucke hilflos mit den Schultern. »Weil ich … euch nicht damit belasten wollte, schätze ich. Es ist sowieso schwierig genug, irgendwie die Balance zu finden, damit ich meinen Dad vor lauter Mitgefühl nicht wie ein rohes Ei behandele. Daher wollte ich einfach vermeiden, dass von außen das Gleiche kommt. Macht das Sinn?«

»Nein«, erwidert Roisin unbarmherzig. »Aber wir können es auch nicht ändern. Es wäre nur schön gewesen, wenn du mit irgendjemandem von uns darüber gesprochen hättest, damit wir zumindest nicht hilflos dabei zusehen, wie du vor lauter Stress zu Staub zerfällst.«

»Jetzt übertreibst du.«

»Nein, ernsthaft«, stimmt Ethan ihr zu, der sonst immer der Ruhigste in der Gruppe ist. »Wir wussten alle, dass etwas nicht in Ordnung ist, und hatten Wetten laufen, ob du uns zuerst erzählst, was Sache ist, oder lieber alles für dich behältst, bis du einen Joker-Moment hast.«

»Ihr hättet fragen können …«

»Haben wir«, erinnert mich Roisin. »Mehr als einmal. Aber wir können auch nur so viel tun und waren uns am Ende nicht sicher, ob es die Situation nicht noch schlimmer macht, wenn wir ständig nachbohren. Dann kam Cameron, und das schien zumindest einigermaßen zu helfen, bis er seinen Egotrip eingeleitet hat.«

»Sorry.«

»Schon okay. Ich bin stinkwütend, aber es hilft uns hier nicht weiter, wenn ich dir einen Vortrag darüber halte, dass du sonst derjenige bist, der klare Kommunikation verlangt. Also, wie ist dein Plan?«

Wieder zucke ich mit den Schultern. »Na ja … ich hatte keinen. Eigentlich wollte ich nur die Klausuren und die Gala überstehen und dann meine Seele an *Minecraft* verlieren.«

»Und was ist mit dem Studium? Gibt es keine Möglichkeit, dass du doch irgendwie das Fach wechseln kannst, statt den Rest deines Lebens todunglücklich zu sein?«

Ich zögere, unsicher, ob ich den anderen wirklich davon erzählen soll. Nicht weil ich es unbedingt für mich behalten will, sondern eher aus Sorge, was es mit mir macht, wenn ich das Mögliche ausspreche. Weil es immer noch so viel Raum für Enttäuschungen gibt.

Ethan deutet mein Schweigen richtig. »Also gibt es etwas?«

»Ja … Es wäre nicht ganz einfach, aber Cameron und ich haben alles durchgerechnet. Wenn ich weiterhin bei meinen Eltern wohne und durchgehend Teilzeit arbeite, könnte ich die Gebühren allein stemmen. Auch wenn ich meine Freizeit sowohl zeittechnisch als auch finanziell vergessen kann. Mir bleibt am Monatsende vielleicht gerade mal genug für eine Cola im Lavery's, keine neuen Videospiele oder Pokémon-Karten, dazu jede Menge zu tun, aber …«

»Es ist das, was du willst«, beendet Connor meinen Satz.

»Ja.«

Ich atme tief durch und merke, wie ein Teil der Anspannung von mir abfällt. Auf einmal komme ich mir furchtbar naiv vor, weil ich nicht schon viel früher den Mund aufgemacht habe. Roisins Wut ist absolut berechtigt, aber ich weiß, dass es manchmal nicht so einfach ist, Probleme sofort auszusprechen und aus dem Weg zu räumen.

»Wie geht es deinem Vater?«, fragt Ruth vorsichtig, als niemand etwas sagt.

»So gut es eben geht, schätze ich. Ich kann es leider nicht genau sagen, weil ich nicht in seiner Haut stecke und er ziemlich stur ist, was die Situation betrifft. Er kommt zurecht, ist mobil und scheint die Zwangsrente ein bisschen genießen zu können. Zumindest macht er das Beste draus. Nur arbeiten kann er nicht mehr. Ich denke, das nagt etwas an ihm, auch weil er sich so auf Mum verlassen muss.«

»Hast du mal mit ihnen wegen des Studiums gesprochen?«,

wirft Ethan ein. »Ob ihnen vielleicht noch etwas einfällt, woher du etwas Geld bekommen könntest? Ein Sparbuch oder so?«

»Oder ein reicher Onkel, von dem niemand etwas ahnt?«, erwidere ich grinsend. »Nein. Meine Eltern sind ziemlich offen, was unsere Finanzen betrifft. Keine Chance, irgendwo noch ein, zwei Pfund mehr 'rauszuquetschen. Ich bin auf mich allein gestellt, wenn ich das Fach wechseln möchte.«

»Und damit kämst du klar? Also rein vom Arbeitspensum, Uni plus Job plus Pendeln?« Dominic verzieht die Lippen.

»Bei dir klappt das doch auch. Ich denke schon, dass es schaffbar ist, solange ich etwas tue, wofür ich mich begeistern kann.«

»Und das würdest du, oder?«, hakt Holly noch einmal nach. »Nicht nur so ein bisschen?«

Ich denke kurz darüber nach und nicke schließlich. Durch meinen Kopf fluten die Eindrücke meiner Tage am Set. Die Betriebsamkeit. Die Abwechslung. Die Tatsache, dass vieles nicht nach Plan lief und man ständig improvisieren musste. Für viele ein Albtraum, aber für mich tausendmal erstrebenswerter als auch nur ein einziger Tag im Büro. »Ja.«

»Na, dann hast du doch deine Antwort«, stellt Roisin zufrieden fest. »Rede vielleicht mal nur zur Sicherheit mit deinen Eltern. Schlaf noch eine Weile drüber …«

»Die Deadline für den Fachwechsel ist nächsten Montag.«

Roisin verdreht die Augen, aber es ist Connor, der nun voller Begeisterung weiterspricht. »Dann schlaf ein, zwei Nächte darüber. Und dann machst du das. Und wir tun alles, um dich bei deiner Entscheidung zu unterstützen. Das schließt übrigens auch ein Go Fund Me mit ein, sobald die neue *Destiny*-Erweiterung kommt. Easy.«

Aus seinem Mund klingt es so einfach. Ich sehe den Studienwechsel auf einmal mit nie da gewesener Klarheit, sodass es mir seltsam vorkommt, dass ich je etwas anderes in Betracht gezogen habe. Ich kann etwas tun, das ich liebe. Und mit etwas Glück meine Traumkarriere einschlagen. Die Doppelbelastung bekomme ich gestemmt, und wenn sich am Ende wirklich keine Berufschance für mich ergibt, bringe ich immer noch genug IT-Erfahrung mit, um mir irgendwo im technischen Kundendienst genug zu verdienen, während ich an einer Alternative arbeite.

Der Reihe nach schaue ich meine Freunde an. »Und ihr denkt, ich bekomme das hin?«

Einstimmiges Nicken. Mein Lächeln wird breiter. »Okay. Habt ihr sonst etwas, zu dem ihr mich ausquetschen wollt?«

»Was ist mit Cameron?«

Ich schlucke und kann spüren, wie der Optimismus, der mich eben überkommen hat, sofort wieder zu verpuffen droht, als ich auch nur an ihn denke. Sein Gesicht taucht vor meinem geistigen Auge auf, zusammen mit Erinnerungen der letzten Wochen. Doch statt sie wegzudrücken, lasse ich sie zu, während ich mir unweigerlich die Frage stelle, ob es das schon gewesen sein soll. Ob ich mich wirklich so leicht von ihm abspeisen lasse. Und ob das alles keinerlei Bedeutung für ihn hatte. Denn für mich hatte es das definitiv. Ich spüre es an der Art, wie sich meine Brust zusammenzieht. Dem Gefühl der Wärme, das mir wie ein Schauer den Rücken hinabrinnt und dieses elektrische Knistern zurückbringt, das sonst nur seine Berührungen auslösen.

Zu denken, dass es wirklich vorbei ist, tut nicht nur verdammt weh, sondern kommt mir auch falsch vor. Genauso wie ihn einfach kampflos ziehen zu lassen. Aber gleichzeitig fällt mir auch nicht ein, wie ich diesen Kampf überhaupt bestreiten soll. Schließlich kann ich ihm keine zehnseitige Abhandlung darüber schicken, wieso er eine Beziehung mit mir in Betracht ziehen sollte. Oder doch?

»Toast?« Roisins Stimme erinnert mich daran, dass ich den anderen noch eine Antwort schuldig bin. Auch wenn mir gerade keine gute einfällt.

»Erst das Studium«, erkläre ich. »Dann die Gala. Und danach regele ich das mit Cameron.«

Kapitel 32

Cameron

Im Verdrängen war ich eigentlich schon immer einsame Spitze. Es ist inzwischen Teil einer Routine geworden, die mein ganzes Liebesleben bestimmt. Ich treffe jemanden, den ich interessant finde. Idealerweise findet derjenige mich ebenfalls interessant. Wir kommen uns näher. Er verliebt sich in mich. Wir sind zusammen, verbringen schöne Tage miteinander, bis früher oder später die Realität die Tür eintritt und sich zurückmeldet. Entweder hält er das Versteckspiel nicht aus – oder ich bin es. Unfähig, tiefe Gefühle zu erwidern, weil ich die warnende Stimme in meinem Hinterkopf nie ganz abstellen kann. Weil ich blockiere. Wir trennen uns. Er trauert mir vielleicht hinterher. Ich fühle mich matt, überfordert und bin gleichzeitig auch bitter erleichtert. So war es mit Curtis und mit den anderen davor auch.

Nur dieses Mal …

Die Erleichterung bleibt aus. Meine Frustration über meine Zwickmühle ist plötzlich mehr. Dreidimensionaler. Greifbarer. Ich bin nicht mehr nur genervt davon, dass ich nicht tun kann, was ich will – zum ersten Mal geht es mir um den Menschen an sich. Früher habe ich immer gedacht, Beziehungen kommen und gehen. Aber jetzt habe ich Angst, ich hätte eine einzigartige Chance in den Sand gesetzt.

Vielleicht bin ich gerade nur melodramatisch, weil ich David im Vergleich zu meinen ganzen anderen Ex-Freunden nicht einfach aus dem Weg gehen kann. So wie auch heute.

Laura und ich haben es uns nach der Vorlesung im Innenhof des Lanyon Building bequem gemacht, um die Zeit bis zur Sitzung der LawSoc in der Sonne zu entspannen. Oder, wie in ihrem Fall, noch mal die Mitschriften der Vorlesungen durchzugehen. Ich sitze neben ihr auf der Bank und genieße die Sonnenstrahlen auf meinem Gesicht, bis eine Bewegung im Augenwinkel meine Aufmerksamkeit erregt.

Ich wende den Kopf, wünsche allerdings sofort, ich hätte es nicht getan. Es ist David. Natürlich. Nachdem ich mir die letzten Tage so viel Mühe gegeben habe, nur oberflächlich Kontakt mit ihm zu halten und ihn nicht persönlich zu treffen, war abzusehen, dass er mir irgendwann über den Weg läuft. Ich hätte vorbereitet sein müssen, doch stattdessen reicht allein sein Anblick, dass sich alles in meinem Inneren schmerzhaft zusammenzieht.

Wortlos betrachte ich ihn, versuche, aus seiner Miene zu lesen, was wohl in ihm vorgeht. Ob er wütend ist? Verletzt? Traurig? Gleichgültig? Nie hat das aufgesetzte Lächeln perfekter seine wahren Gedanken verborgen. Aber zumindest wirkt er ebenso überrascht wie ich über diese unverhoffte Begegnung, denn er ist mitten auf dem Weg stehen geblieben.

Und nun?, geistert es durch meinen Verstand, weil ich selbst nicht so recht weiß, was ich tun soll. Der Moment, in dem er nur kurz hätte Hi sagen und dann weitergehen können, ist schon lange vorbei.

Was jetzt, David?, frage ich ihn wortlos und spüre, wie sich meine Mundwinkel wie von allein heben, sein Lächeln erwidern, um ihm irgendeine Reaktion zu entlocken. Im selben Moment realisiere ich, dass es ein Fehler ist. Sein Gesicht wird kreidebleich. Er blinzelt zwei-, dreimal, und selbst auf die Distanz kann ich erkennen, dass Tränen in seinen Augen schimmern. Das schlechte Gewissen trifft mich so unvorbereitet, dass ich mich am liebsten an Ort und Stelle übergeben hätte. Hilflos wende ich mich ab und höre, wie seine Schritte sich entfernen.

Neben mir seufzt Laura. »Erklär's mir noch mal.«

Ich beiße die Zähne zusammen. Der Cocktail aus Emotionen in meinem Inneren ist so explosiv, dass ich Angst habe, auch nur einen einzigen Laut von mir zu geben.

»Cameron?«

»Hm?«

»Erklär mir noch mal, wieso du dir das antust. Und ihm.«

Energisch ignoriere ich das Brennen in meinen Augen und lege meinen Kopf in den Nacken.

»Weil ich«, zische ich, »nicht anders kann. Ich hab dir doch gesagt, dass ich wegen der Firma vorsichtig sein muss.«

»Ja ... aber zu welchem Preis? Ich verstehe ja, dass du deine Karriere nicht aufs Spiel setzen willst, aber ist es das wirklich wert, wenn es dich so unglücklich macht?«

Ich muss mich zusammenreißen, sie nicht sofort anzufahren. Laura ist der letzte Mensch, der meine schlechte Laune verdient hat, nachdem ich mir so lange Zeit gelassen habe, sie überhaupt in mein Geheimnis einzuweihen.

»Es geht nicht um *meine* Karriere«, erkläre ich, wobei ich jedes bisschen Selbstbeherrschung brauche, um meine Stimme ruhig zu halten.

»Nicht?« Laura runzelt die Stirn. In ihren dunklen Augen liegt Sorge, die ich heute nur schwer ertragen kann, weshalb ich mich stattdessen auf ihre großen goldenen Ohrringe konzentriere.

»Nein. Also nicht direkt. Ginge es nur um mich und meine Zukunft, hätte ich schon längst auf die Firma geschissen und mich öffentlich … geoutet.« Zögernd lasse ich meinen Blick schweifen, weil die Paranoia, jemand könnte uns belauschen, selbst hier in dem ruhigen Innenhof präsent ist. Aber wir sind allein.

»Sondern?«, bohrt Laura nach.

»Meine Mum. Sie hat ihr ganzes Leben darauf ausgerichtet, die Firma großzuziehen, ist Risiken eingegangen, hat sich am Ende sogar von unserem Vater getrennt …«

»Davon hast du nie was erzählt.«

Ich zucke schuldbewusst die Achseln. »Jedenfalls könnte ich mir nicht mehr in die Augen sehen, wenn all das meinetwegen in die Brüche ginge. Und solange ich selbst keinen Einfluss habe und mir keine Möglichkeit einfällt, die falschen Leute loszuwerden, muss mein Liebesleben eben warten.«

»Verstehe … Aber könntest du es nicht geheim halten? Wieso die Reißleine ziehen? Du meintest doch, dass Dav…«

»Laura«, unterbreche ich sie kühl. Mein Schädel brummt, weil sich meine Gedanken schon wieder im Kreis drehen. Wie auf einer Karussellfahrt, die einfach nicht aufhören möchte. Jedes Mal dieselbe Aussicht, immer wieder die gleichen Argumente.

Ich weiß, dass ich mich stur stelle. Ich weiß, dass ich David unrecht getan habe. Aber ich habe Angst. So verdammt viel Angst vor dem, was passieren könnte, wenn ich mich nicht von ihm fernhalte. Angst vor dem, was er mit mir macht.

Lauras Hand landet sacht auf meiner Schulter, woraufhin ich sie endlich wieder ansehe. Ihre vollen Lippen bilden einen schmalen Strich, aber das Nicken, das sie mir schenkt, ist verständnisvoll. »Kann ich irgendetwas tun?«

Müde lächelnd schüttele ich den Kopf. »Ich bin einfach nur froh, wenn die Gala endlich vorbei ist.«

Kapitel 33

Toast

Nach der *DnD*-Session und einer Debatte der Literific fühlt sich mein Leben seit Langem endlich wieder normal an. Zwar nagt die Situation noch immer an mir, aber zumindest komme ich mir nicht mehr vor, als bestünde die Luft um mich herum aus Watte, die sämtliche Emotionen und Eindrücke dämpft. Mir geht es besser – und das Gespräch mit meinen Freunden hat geholfen. Lektion gelernt.

Als ich endlich zu Hause ankomme, ist es bereits dunkel, doch nicht allzu spät. In den meisten Häusern brennt noch Licht, oder Fernseher malen flackernde Muster an zugezogene Vorhänge. Ich lege mir einen Plan für die nächsten Tage zurecht. Morgen habe ich frei, was ich nutzen will, um die Pläne für den Fachwechsel noch ein letztes Mal durchzugehen und anschließend mit meinen Eltern darüber zu sprechen. Samstag findet dann die Gala statt, für die ich meinen alten Anzug vom Abschlussball vom Speicher holen muss, in der Hoffnung, dass er dort oben seit dem Vorstellungsgespräch nicht zu sehr gelitten hat. Ich werde den Abend moderieren, feiern und zumindest zeitweise so tun, als wäre zwischen Cameron und mir alles im Reinen. Anschließend werde ich den ganzen Sonntag verschlafen, Montag pünktlich zur Deadline meinen

Fachwechsel anmelden, und dann habe ich in meinem Kopf genug aufgeräumt, um mir zu überlegen, wie ich die Situation mit Cameron löse. Zumindest sofern in der Zwischenzeit kein Wunder geschieht … haha, als ob.

Sobald ich durch die Haustür trete, löst sich mein Plan bereits in Luft auf, denn meine Eltern sitzen beide noch im Wohnzimmer und schauen *Gogglebox*, ein Programm, dem ich früher nie viel abgewinnen konnte. Der Gedanke, anderen Leuten dabei zuzusehen, was sie in der letzten Woche im Fernsehen geschaut haben, klingt im ersten Moment furchtbar langweilig, doch seit ich wieder zu Hause bin, habe ich irgendwie Gefallen daran gefunden.

Meine Mutter winkt mich energisch heran, was reicht, um mich zu überzeugen. Ich ziehe meine Schuhe aus, stelle meinen Rucksack neben den Treppenabsatz, bevor ich mir eines der guten Gläser aus der Wohnzimmervitrine hole, um mir zumindest einreden zu können, der Zwei-Pfund-Rosé, der ungekühlt auf dem Wohnzimmertisch steht, hätte Klasse. Mit der Flasche haben es sich meine Eltern bereits gemütlich gemacht. Beide tragen Pyjama und Morgenmäntel, während der elektrische Kamin unter dem Fernseher den Raum wohlig warm macht.

Ich setze mich neben Dad und schenke mir ein Glas Wein ein. Der Rosé schmeckt zuckersüß, reicht aber bei Weitem nicht dazu, mir Mut anzutrinken. Dazu müsste ich vermutlich drei Flaschen davon runterkippen.

»Wie war's in der Uni?«, fragt in der Werbepause meine Mutter, die dem Geschehen auf dem Bildschirm bisher ganz gebannt gefolgt ist.

»Gut«, antworte ich achselzuckend. »Die Klausur war okay. *DnD* danach auch, und bei der Debatte wurde auch niemand ausfällig.«

»Schade.«

Ich muss lächeln. Mum liebt es, donnerstags auf mich zu warten, damit ich ihr den neuesten Tratsch aus der Literific berichten kann, doch dort ist es zur Abwechslung relativ ruhig, was vermutlich daran liegt, dass keiner es in letzter Zeit gewagt hat, mich mit irgendwelchen Problemen zu konfrontieren.

»Wie war es bei euch?«

»So wie immer«, antwortet Mum.

»Dad?«

»Was deine Mutter sagt.«

Wie so oft kann ich nicht beurteilen, ob er schlechte Laune hat oder einfach nur keine Lust zu erzählen.

»Wenn ihr beide noch halbwegs aufnahmefähig seid«, setze ich vorsichtig an, »gibt es da etwas, was ich mit euch besprechen will.«

Mum löst ihren Blick von der McDonald's-Werbung, um mich anzusehen. »Warum so förmlich? Du hast doch nicht etwa was ausgefressen?«

»Nein, nein. Ich will euch nur wirklich nicht damit nerven, wenn ihr zu müde seid.«

»Du bist schlimmer als deine Mutter«, murmelt mein Dad. »*Du wirst nicht glauben, was ich heute erfahren habe. Aber nein, ich erzähl's dir besser nicht!*« Eins muss ich ihm lassen. Im Laufe der Jahre hat er sich ihren zwitschernden Tonfall perfekt angeeignet. Sosehr, dass sogar Mum über die kleine Stichelei lächelt. »Also, schieß los.«

»Okay.« Ich räuspere mich kurz, nehme mir noch einen Moment, um mir die Worte genau zu überlegen.

Eine kleine Stimme in meinem Hinterkopf warnt mich, dass ich die Sache zu schnell angehe und ruhig noch einmal darüber schlafen sollte. Dabei weiß ich, dass das nichts ändern würde. Denn auch wenn mein Gehirn noch nicht ganz angekommen ist, hat mein Herz längst entschieden. »Ich habe vor Kurzem ein Angebot bekommen. Als Statist in einem Film.«

»Oh, das ist großartig«, freut sich meine Mutter. »Weißt du mehr?«

»Ja, denn genau genommen ist das alles schon passiert.«

Einen Moment warte ich auf eine Reaktion, aber meine Mutter ist bestenfalls verwirrt, während Dad weiterhin aufrichtig interessiert wirkt. Sicher sieht er mich bald als Held in einem seiner heiß geliebten Tarantino-Filme.

»Die ganze Sache ist ein paar Wochen her. Genauso wie der Dreh und das alles. Ich habe euch nicht davon erzählt, weil ich … weil ich …« *Na komm schon.* »Mit dem Gedanken spiele, das Studienfach zu wechseln. Und deshalb habe ich für die Rolle zugesagt, damit ich schauen kann, ob das vielleicht eine Option ist. Und dann war ich am Set und, und …« Mit jedem Wort wird der Gesichtsausdruck meiner Mutter ernster, meine Stimme leiser, bis ich schließlich verstumme, bevor ich ein weiteres Mal meinen Mut zusammennehme. »Ich möchte das Fach wechseln und Schauspiel studieren.«

Die Stille im Raum ist so greifbar, dass sie mich zu ersticken droht und mich meine Worte augenblicklich bereuen lässt. Ich sehe es an der vorwurfsvollen Miene meiner Mutter. Neben mir sitzt Dad nun ganz angespannt da, greift nach seinem halb vollen Glas, das er in nur einem Zug leert.

Keine gute Idee. Absolut gar keine gute Idee.

»David«, sagt meine Mutter. »Du weißt, ich bin die Letzte, die dir etwas verbieten will, aber … ich kann mir einfach nicht vorstellen, wie das funktionieren soll. Das wären drei weitere Jahre Studium. Und die Gebühren …?«

Ich nicke. »Ich weiß, es ist nicht ideal. Und glaub mir, ich würde es auch nicht vorschlagen, wenn es nicht genau das wäre, was ich will. Mir ist klar, dass es nicht das ist, was ihr euch für mich wünscht, aber es würde mich glücklich machen – auch langfristig.«

»Daran zweifele ich nicht, aber … du bist doch so gut in dem, was du tust.«

»Das ist es ja, Mum. Bloß weil ich in etwas gut bin, bedeutet das noch lange nicht, dass ich für den Rest meines Lebens nichts anderes machen will. Und allein der Gedanke daran …«

»Was ist, wenn du dein Studium erst einmal beendest«, schlägt mein Vater vor. »Dann hast du auf jeden Fall einen Abschluss und bist auf der sicheren Seite und kannst dich danach immer noch umschauen.«

»Im Schauspielstudium gibt es ziemlich viele Seminare und Zusatzveranstaltungen – Möglichkeiten, Leute aus der Branche kennenzulernen. Klar kann ich hoffen, dass sich nach dem Abschluss trotzdem ein Weg findet, in die Filmbranche einzusteigen, aber ich habe Angst, dass es die eben nicht gibt. Oder dass ich dann zu viel Zeit und meine Chance verschwendet habe.«

Mum stützt das Kinn auf ihre Hände und legt die Finger an ihre Lippen, während sie mich mit diesem intensiven Blick mustert, wie nur sie es kann. »Das verstehe ich ja, und ich muss auch sagen, dass ich dich lieber auf dem roten Teppich als in einem Büro sehen würde, aber … Wie sollen wir das anstellen? Ich tue gern alles, was in meiner Macht steht, aber ich kann mir keinen zweiten Job suchen.«

»Ich habe es durchgerechnet«, erkläre ich. »Die Studiengebühren liegen bei knapp 5000 Pfund im Jahr. Das ist viel, aber wenn ich mir einen Nebenjob suche, bei dem ich 450 Pfund im Monat verdiene – das wären übrigens nur etwas über zwölf Stunden Arbeit die Woche bei Mindestlohn –, könnte ich die Gebühren allein stemmen. Klar müsste ich hier und da sparen, aber solange ich weiterhin zu Hause leben kann, sollte das kein Thema sein.«

Plötzlich und ohne Vorwarnung schnappt sich Dad seine Gehhilfe. Er sagt kein Wort, aber das Knacken seiner Gelenke beim Aufstehen verursacht mir eine Gänsehaut. Ich sehe ihn an, unsicher, ob ich etwas Falsches gesagt habe, während er aus dem Wohnzimmer geht und Mum und mich allein zurücklässt. Ich höre seine schweren Schritte auf der Treppe, dann die Schlafzimmertür im oberen Stockwerk.

Als ich mich umwende, sieht Mum mich mitleidig an. Ich kann Tränen in ihren Augen erkennen und weiß, was sie sagen wird, noch bevor sie überhaupt den Mund aufmacht.

»David … bitte, versteh das nicht falsch. Ich kann sehen, dass du das wirklich willst und dir über alles Gedanken gemacht hast, aber … die Dinge sind nicht immer so leicht, wie wir es gern hätten. Dein Dad und ich haben vorhin erst darüber gesprochen, dass wir nicht wissen, was in den nächsten Jahren passiert. Aktuell kommt er noch allein zurecht, aber bei seiner Diagnose kann sich die Lage innerhalb kurzer Zeit verschlechtern. Du hast es doch gehört.«

Ich nicke, unfähig, auch nur einen Ton herauszubringen. Plötzlich komme ich mir furchtbar egoistisch vor.

»Natürlich stehen die Chancen gut, dass sich sein Zustand in den nächsten Jahren nicht wesentlich verschlechtert. Dann könntest du das Fach wechseln und nebenbei arbeiten. Nur … falls doch etwas passiert und die Krankheit schlimmer wird, kann ich möglicherweise selbst nicht mehr arbeiten, weil ich ihn pflegen muss. Wir bekämen zwar Sozialhilfe und Pflegegeld, aber das wird kaum reichen.« Jetzt kommen ihr die Tränen. Energisch reibt sie sich sie aus den Augenwinkeln, aber es kommen immer mehr. »Ich wünschte, ich müsste dir das nicht aufbürden, aber wenn es wirklich hart auf hart kommt, wären wir davon abhängig, dass du uns aushilfst.«

Und das ginge nicht, wenn mein gesamtes Einkommen für Studiengebühren draufgeht …

Mums Schluchzer erfüllen den Raum, und ich würde am liebsten mit einstimmen. In meinem Bauch mischen sich Wut und Verzweiflung. Ich fühle mich wie gefangen, weiß aber gleichzeitig, dass es egoistisch ist, so zu denken. Mein Traumjob ist nicht wichtiger als Dads Gesundheit oder meine Familie.

Ich rücke ein Stück näher an den Rand des Sofas und strecke meine Hand aus. Vorsichtig lege ich sie auf die meiner Mum. Sie zittert, weint immer mehr, sodass es mir leidtut, das Thema überhaupt angesprochen zu haben. Ich weiß, wenn sie eine Möglichkeit sähe, würde sie nicht zögern, ganze Berge zu versetzen, um mir meinen Traum zu ermöglichen. Aber am Ende ist meine Mum auch nur ein Mensch, und Berge sind ganz schön schwere Dinger, solange man nicht Finn McCool heißt …

Nachdem ich meiner Mutter mehrfach versichert habe, dass es in Ordnung ist, verschwinde ich auf mein Zimmer. Ich lege mich ins Bett und starre an die Decke, wobei ich immer wieder alle Möglichkeiten durchgehe, nur um am Ende zu demselben Schluss zu gelangen: Egal, womit ich während des Studiums mein Geld verdiene, solange ich nicht mindestens den doppelten Mindestlohn bekomme, bin ich geliefert, sobald sich Dads Zustand verschlechtert. Es gibt einfach keinen vernünftigen Weg, der weiter geradeaus führt. Wir haben keine Verwandten, von denen wir uns im Notfall Geld leihen könnten. Es waren immer nur Mum, Dad und ich. Beide sind Einzelkinder. Zur Familie auf Mums Seite besteht kein Kontakt, weil ihre Eltern nicht akzeptieren wollten, dass sie einen Mann liebt, der über zehn Jahre älter ist als sie, und mit achtzehn schwanger wurde – vor der Ehe noch dazu. Und meine anderen Großeltern sind gestorben, bevor ich überhaupt auf der Welt war. Keine Chance.

Am Ende kann ich mich nur auf mich selbst verlassen. Solange ich über Nacht keinen Geistesblitz für eine bahnbrechende Erfindung wie Facebook habe, bleibt mir am Ende nichts übrig, als weiterhin Informatik zu studieren … Wird schon nicht so schlimm sein.

Wem mache ich eigentlich etwas vor?

Eine neue Welle der Frustration treibt mir die Tränen in die Augen. Ich hasse das alles so, so sehr. Mein Leben. Dads Krankheit. Die Tatsache, dass ich nicht ein einziges verdammtes Mal Glück haben kann. Ein Sechser im Lotto, das wäre es doch. Oder einmal leben wie Cameron Walsh.

Natürlich bleibe ich an seinem Namen hängen. Und ich kann gar nicht so schnell darüber nachdenken, da habe ich bereits mein Handy gezückt und eine Nachricht getippt.

Sieht ganz so aus, als hättest du deine Wette
doch noch verloren.

Wie immer kommt seine Antwort blitzschnell, als hätte er nur darauf gewartet, dass ich mich melde. Mein Herz schlägt ungewollt höher, obwohl es das gar nicht sollte.

Wette?

Du hast gesagt, dass es eine Möglichkeit gibt,
das Fach zu wechseln, ohne dass ich dafür im
Lotto gewinnen muss.

Ja. Und wir haben das durchgerechnet.

Anscheinend nicht gut genug.

Hast du mit deinen Eltern geredet?

Yep.

Alles okay?

Ahahahahahhahaha.

Ich tippe die Nachricht und lösche sie wieder, bevor ich sie abschicke.

Was denkst du? :)

Wieder lösche ich sie.

Absolut perfekt.

....

Und wieder. Am Ende bleibe ich bei einem einfachen Nein.

Gib mir zwanzig Minuten.

Kapitel 34

Cameron

Bis ich vor Davids Haustür halte, erlaube ich mir keine Sekunde, darüber nachzudenken, was zur Hölle ich da tue. Ein Teil von mir ahnt, dass ich eigentlich nur auf eine Gelegenheit wie diese gewartet habe, um ihn wiederzusehen, obwohl ich mir geschworen hatte, dass ich über ihn hinweg bin. Ein einfacher Flirt, habe ich mir eingeredet. Aber noch nie hat sich ein Mann derart hartnäckig in meinem Kopf festgesetzt wie David McCann. Und auch wenn ich meine Meinung zu einer Beziehung nicht ändern werde, kann ich nicht verhindern, dass ich bei ihm sein möchte. Auch wenn ich mich insgeheim schäme, dass mein Plan nicht ganz uneigennützig ist.

Während ich warte, betrachte ich mich im Rückspiegel und komme nicht umhin, zu bemerken, wie furchtbar ich aussehe. Vor allem müde. Die letzten Tage haben ihren Tribut gefordert, und die Anzahl an Falten unter meinen Augen dürfte in etwa mit der Menge schlafloser Nächte übereinstimmen. Ich wünschte, das läge nur an der Nervosität wegen der Gala, weil ich mir ständig einbilde, etwas vergessen zu haben. Allerdings weiß ich sehr genau, was mich die Nächte wach hält. Es ist dasselbe Gefühl, das umso intensiver wird, als David zu mir ins Auto steigt: Schuld.

Wortlos nimmt er neben mir Platz und schnallt sich an. Seine Miene ist ausdruckslos, aber selbst im schwachen Licht kann ich erkennen, dass er geweint hat.

»Willst du irgendwohin?«, frage ich mit belegter Stimme.

»Weg.«

Ich tue ihm den Gefallen. Dabei habe ich nicht wenig Lust, einfach auf dem Gas zu bleiben und nicht mehr runterzugehen, als ich auf die M2 fahre, bis wir in Cork ankommen und das alles hier vergessen können. Das Schlimmste ist, dass das nicht einmal reichen würde. Irland ist eine kleine Insel, und ich kann nur so weit von hier wegfahren, bevor wir uns wieder auf dem Rückweg befinden. Kerry wäre vielleicht noch eine Möglichkeit. Aber für alles andere bräuchte ich eine Fähre – oder gleich ein Flugticket in die Karibik oder nach Venezuela, an einen Ort, an dem niemand irgendwelche Erwartungen an mich oder David stellt.

Am Ende entscheide ich mich für meinen Stammplatz. Ein kleiner Parkplatz auf der östlichen Seite des Hafens zwischen Holywood und Belfast, wo nachts allerlei zwielichtige Dinge ablaufen. Nicht der schönste Ort, aber die Aussicht aufs Meer hat mir schon in manchen Situationen beim Nachdenken geholfen, zumal die Abwesenheit von Straßenlaternen dafür sorgt, dass man vor neugierigen Blicken geschützt ist.

Ich halte keine zwei Meter vom Ufer entfernt und öffne die Fensterscheiben einen Spaltbreit, bevor ich den Motor abschalte, sodass das sanfte Schwappen der Wellen zu hören ist. Darunter mischt sich das Zwitschern von Vögeln, die nachts in der feuchten Erde nach Futter suchen.

Neben mir bleibt David still, wie bereits die ganze Fahrt über, während ich nicht recht weiß, was und ob ich überhaupt etwas sagen soll. Jedes mögliche Thema kommt mir entweder zu banal oder wie ein Minenfeld vor. Am Ende lasse ich es einfach bleiben, lehne mich nur im Sitz zurück und starre auf die ruhige Wasseroberfläche, auf der die Lichter des anderen Ufers tanzen, und eine Stena-Fähre friedlich an uns vorbeigleitet.

»Ich wusste gar nicht, dass es diesen Ort gibt«, bemerkt David mit brüchiger Stimme.

»Ist ein Geheimtipp unter Drogendealern«, scherze ich. »Ich komme gern zum Nachdenken hierher, wenn mir zu Hause die Decke auf den Kopf fällt.«

»Beneidenswert. Mir bleibt da nur ein ausrangiertes Industriegebiet oder Dads Geräteschuppen, den seit Jahren niemand mehr betreten hat.«

»Klingt doch wunderbar.«

»Wieso sind wir hier, Cameron?«

Ich seufze, dabei wusste ich, dass diese Frage unweigerlich kommen würde. »Weil ich mir dachte, dass du etwas Abstand gebrauchen könntest. Du sahst vorhin in der Uni schon aus, als wärst du ziemlich am Ende.«

»Ach, das hat man mir angesehen?«, murmelt er. »Eigentlich ging es mir sogar ganz gut … also nachdem ich mich mit den anderen zum *DnD*-Spielen getroffen habe. Zumindest bis ich nach Hause kam und die naive Idee hatte, meinen Eltern vom Studium zu erzählen.«

»Haben sie es nicht gut aufgefasst?«

»Ja und nein. Ich glaube nicht, dass sie grundsätzlich ein Problem damit haben, *dass* ich gern etwas anderes machen möchte. Nur haben wir leider nicht die Mittel dazu.«

»Hast du es ihnen nicht vorgerechnet? Das mit dem Mindestlohn und …«

»Hab ich«, unterbricht er mich. »Aber es ist komplizierter als das …« Jetzt zögert er. Sein Blick wandert nach draußen und verharrt auf einem imaginären Punkt am Horizont, während sich das stete Aufflackern des Leuchtturms in seinen feuchten Augen spiegelt. »Dad ... ist irgendwann einfach gegangen. Wahrscheinlich, weil er nicht derjenige sein wollte, der mir die schlechten Nachrichten überbringt. Mum hat mir dann erklärt, dass sich sein Zustand jederzeit verschlechtern könnte. Natürlich kann das noch dauern, aber es kann eben auch ganz schnell gehen. Und wenn das passiert, müsste sie ihren Job aufgeben, und sie wären auf Sozialhilfe angewiesen. Und möglicherweise auf mich. Und wenn ich dann noch studiere und mein Einkommen für die Studiengebühren draufgeht, dann ... ja ... dann war's das mit dem Traum.«

Er legt den Kopf in den Nacken, sodass ich das leichte Beben seines Adamsapfels wahrnehmen kann. Meine Hand bewegt sich wie von allein, greift nach seiner, obwohl sie das nicht sollte. Ich fühle mich hilflos. Und würde gern etwas tun. Ihm, was weiß ich, fünfzigtausend Pfund aus meinem Aktienfonds überweisen, aber ich weiß, dass das nur bevormundend wäre. Dass er sich lieber allein durchbeißen möchte, oder eben nicht.

Als David seine Finger mit meinen verschränkt, bin ich dankbar für die Mittelkonsole, die gerade das Einzige ist, das mich davon abhält, ihn in meine Arme zu ziehen und ihm falsche Versprechungen ins Ohr zu flüstern, es gäbe schon einen Weg, nur um ihn nicht weiter leiden zu sehen. Stattdessen bleibe ich hilflos sitzen und versuche, nicht zu viel darüber nachzudenken, was allein dieses winzige bisschen Körperkontakt mit mir macht. Wie sehr ich mich nach mehr sehne. Nach ihm.

Was ich vor unserer Trennung bereits geahnt habe, hat sich in den letzten Tagen, in denen wir uns kaum gesehen haben, bestätigt, weil allein die Leere in meiner Brust kaum zu ertragen war. Kein Vergleich zu Curtis oder den anderen Männern davor.

Dabei kann ich mir nicht erklären, was genau es ist, das mich so sehr zu David hinzieht. Er ist nicht muskelbepackt und braun gebrannt oder ein unverschämter Bad Boy, sondern das Gegenteil. Schüchtern, aber auf seine Art charismatisch. Dazu intelligent, humorvoll und viel zu gutherzig. Es gibt keinen Menschen, dem er nicht eine Chance geben würde – selbst mir. Ausgerechnet mir. Ich betrachte sein Gesicht im Profil, während ich im Geiste die Konturen nachfahre: die scharfe Linie seines glatt rasierten Kinns, den Mund, die schmale, leicht gekrümmte Nase. So wie er dasitzt, kommt er mir vor wie der schönste Mann der Welt, und er ahnt womöglich nicht einmal, was das mit mir macht. Vielleicht ist es ja genau das? Die Tatsache, dass er nicht weiß, wie unglaublich er ist.

»Woran denkst du gerade?«

Daran, dass ich dich liebe, rutscht es mir beinahe heraus, doch stattdessen antworte ich: »Ob es nicht doch irgendeine Möglichkeit gibt.«

Ein trauriges Lächeln umspielt seine Lippen. »Selbst wenn, Cameron. Die Deadline ist am Montag. Solange es morgen nicht plötzlich Geld regnet, ist das Thema vom Tisch.«

Ich nicke, und kurz kommt mir der naive Gedanke, eine Menge Bargeld abzuheben, das ich morgen früh von Davids Dach werfe. Eine Art Weihnachtswunder im Mai, aber vermutlich könnte ich das nicht lange geheim halten. Schließlich regnet es nicht aus dem Nichts Geld.

Auf einmal entzieht David seine Hand meinem Griff und deutet mit dem Kinn auf die Uhr am Armaturenbrett. »Hast du morgen keine Vorlesung?«

»Es ist Donnerstag. Normalerweise bin ich um diese Zeit noch mit den Jungs aus der LawSoc in der Kneipe. Ich habe Zeit.«

»Ich will dich nicht aufhalten«, sagt er, und plötzlich ist da eine ungeahnte Kälte in seiner Stimme, als hätte er sich eben erst daran erinnert, wer ich bin. »Und so schön ich deinen Nachdenkplatz auch finde, glaube ich nicht, dass wir unsere Probleme durch reines Grübeln lösen können.«

Unsere Probleme. War das ein Hinweis? Ich suche seinen Blick, doch auch dort steht die Antwort nicht geschrieben. Ob das nur eine Floskel war oder ob er meint, dass wir beide uns mit etwas befassen müssen? Dass ich mich vor allem mit *meinen* Problemen befassen sollte?

»Willst du nach Hause?«, frage ich, um nicht in Versuchung zu kommen, darüber nachzudenken.

»Ja bitte.«

Wieder verbringen wir die Fahrt schweigend, während die nächtlichen Lichter der Stadt an uns vorbeiziehen. Ich merke, wie ich immer wieder in Gedanken abdrifte und mich dabei nur im Kreis drehe. Warum habe ich David heute Abend abgeholt, wenn ich doch eigentlich Abstand wollte? Warum kann ich nicht einfach die Finger von ihm lassen? Und warum verdammt noch mal lässt mich das alles nicht los?

Schneller, als mir lieb ist, biege ich auf die Straße ein, in der Davids Haus liegt. Vor der Einfahrt schalte ich den Motor ab, seufze, ohne zu wissen, was ich sagen soll. Mir kleben tausend Worte auf der Zunge, während sich meine Kehle wie zugeschnürt anfühlt. David scheint es genauso zu gehen. Ich sehe es an der Art, wie er seine Hände knetet und unruhig auf seinem Sitz hin und her wippt.

»Danke dir«, sagt er schließlich. »Du … hättest das nicht tun müssen.«

»Ich weiß. Trotzdem gern geschehen.«

Wir schauen uns an, und auf einmal ist die Spannung wieder zurück. Unter dem Licht im Deckenpaneel scheinen seine graublauen Augen geradezu zu leuchten und mich zu ihm zu ziehen.

Davids Lippen beben verräterisch. Mir ist klar, dass er darauf wartet, dass ich den nächsten Schritt tue, um selbst keinen Fehler zu machen. Nur kann ich das nicht. Sollte nicht. Auch wenn ich nichts anderes will, als ihn endlich zu küssen.

Ein paar Sekunden verstreichen, ehe David sich mit einem resignierten Seufzer abwendet. »Na dann, schreib mir, wenn du zu Hause bist.«

Er öffnet die Tür, und meine mühsam aufrechterhaltene Selbstkontrolle löst sich in Luft auf. Meine Hand schließt sich wie von allein um seinen Arm, zieht ihn zurück. Ich muss mich nicht anstrengen. Da ist kein Widerstand. Ich kann nicht einmal sicher sagen, ob David das hier nicht sogar beabsichtigt hat, aber als sein Mund meinen findet, ist mir das auch scheißegal.

Wenn ich ihn küsse, scheint alles plötzlich seine Richtigkeit zu haben. Da sind keine Fragen mehr. Keine Zweifel. Nur er und ich. Ein Gefühl, das ich am liebsten in ein Glas füllen würde, um mich daran festhalten zu können.

Allerdings ist dieser Kuss anders als die bisherigen. Gieriger. Intensiver. Verzweifelter. Ich schmecke Salz auf Davids Lippen und all die überwältigenden Gefühle, die ich nicht wage auszusprechen. Mein Verstand ist benebelt, während meine Hand unter sein Shirt wandert und über seine glatte, kühle Haut streicht. Ich folge der Linie seiner Wirbelsäule nach unten, kann spüren, wie David unter meiner Berührung erschaudert.

Ich will ihn. Jetzt. Hier. Für immer.

Ich raune seinen Namen in den Kuss hinein, genieße das Gefühl seiner Hand in meinen Haaren, seiner Zunge, die meine eigene umspielt. Am Ende weiß ich nicht, ob ich meinem Auto dankbar sein oder es verfluchen soll, weil die riesige Mittelkonsole mich davon abhält, ihm noch näher zu sein. Sex wäre keine Option – auch wenn ich nicht wenig Lust hätte, das hier weiter in die Länge zu ziehen, bis ich bald auch meinen Namen vergesse.

Am Ende lösen wir beide den Kuss, bleiben uns aber so nahe, dass ich Davids keuchenden Atem auf meinem Gesicht spüren kann. Seine Augen sind glasig, voller Zuneigung, dass allein der Anblick mein Herz in tausend Stücke zerschmettert. Doch es sind seine Worte, die mich zurück in die Realität holen.

»Ich liebe dich.«

Ich kann nicht verhindern, dass ich mich verkrampfe, obwohl mir die Erwiderung förmlich auf der Zunge klebt. Ich bin wie zerrissen. Und würde David am liebsten einfach nur fragen, warum.

Warum ich? Warum niemand anders? Und warum muss er es unbedingt aussprechen? Als ob die Dinge zwischen uns nicht schon kompliziert genug sind. Schmerzhaft genug. Warum schaffen es drei kleine Worte, meine Welt derart aus den Angeln zu heben, ohne gleichzeitig etwas an der Lage zu ändern? Ich will lachen. Weinen. Schreien. Ihn küssen und mit ihm bis ans Ende des Universums fahren. Tausend Dinge will ich mehr als das, was ich tun muss.

Doch ausgerechnet jetzt fällt es mir so verdammt leicht, pflichtbewusst zu sein. Ich lehne mich zurück, fixiere einen Punkt auf seiner Stirn. Mir fallen keine passenden Worte ein, um zu erklären, was in mir vorgeht, ohne ihn zu verletzen.

Ich liebe dich auch kommt mir heuchlerisch vor, weil direkt darauf ein *Aber* folgen würde. Doch alles andere wäre gelogen. Ich liebe ihn, daran ändern auch die Umstände nichts.

Nach einer Weile nimmt David mir die Entscheidung ab. Er verzieht die Lippen zu einem Lächeln, das ich ihm nicht abkaufe, und murmelt nur ein leises »Sorry«, ehe er sich abwendet. Die Tür steht immer noch halb offen, und dieses Mal lasse ich ihn gehen. Er wendet sich noch einmal um und sieht mich hoffnungsvoll an.

Als rechnete er immer noch damit, dass ich die Situation irgendwie rette.

Aber, verdammte Scheiße, ich kann nicht.

Dann endlich schließt er die Tür mit einem lauten Krachen. Kein weiteres Wort. Kein letzter verzweifelter Blick, obwohl ich ihm am liebsten hinterherrennen würde. Stattdessen starte ich einfach den Motor, warte nur kurz, bis er durch die Haustür verschwunden ist, bevor ich mich davonmache. Und obwohl ich weiß, dass wir uns spätestens Samstag wiedersehen, fühlt sich dieser Moment wie ein Abschied an. Einer für immer.

Kapitel 35

Cameron

Ich habe gehofft, dass ich befreiter wäre, wenn ich mit David abschließe, aber die Wahrheit ist, dass ich mich mit jeder Sekunde, die verstreicht, mieser fühle. Erst ist da nur das schlechte Gewissen, weil ich ihn derart habe auflaufen lassen, doch bald schon kommt die Angst hinzu, gerade den größten Fehler meines Lebens gemacht zu haben.

Ich fahre nicht direkt nach Hause, sondern nehme einen Umweg. Weit hinaus in die hügeligen Ländereien Antrims bis nach Ballymena, von dort nach Süden weiter in Richtung Dungannon, vorbei am Loch Neagh, bis die Schilder wieder Belfast anzeigen. Früher haben mir lange Autofahrten dabei geholfen, meine Emotionen in den Griff zu bekommen, doch als ich in den frühen Morgenstunden endlich zu Hause ankomme, bin ich nur erschöpft und deprimiert.

Ich parke das Auto vor der Garage, schleppe mich ins dunkle Haus, hinauf in mein Zimmer, wo ich mich völlig entkräftet ins Bett fallen lasse, das Gesicht im Kissen vergraben, als könnte ich so die Welt ausblenden. Verzweiflung kriecht durch meine Venen, bis ich nichts anderes mehr fühle. Selbst die glücklichen Erinnerungen an David verblassen, bis am Ende alles schwarz ist.

Irgendwann schlafe ich, aber nicht für lange, denn als ich die Augen wieder aufschlage, höre ich unten in der Küche Geräusche. Mein Nacken schmerzt von der unbequemen Position. Ich rolle mich auf den Rücken, realisiere, dass ich immer noch meine Klamotten von gestern trage, an denen ich ganz vage Davids Geruch wahrnehme. Aber vermutlich spielt mein Gehirn mir nur einen Streich, um mich weiter zu foltern.

Ich habe keine Ahnung, was ich mit mir anstellen soll. Eigentlich hätte ich heute noch zwei Vorlesungen, aber allein die Vorstellung, zum Campus zu gehen und ihm dort möglicherweise über den Weg zu laufen, verursacht mir Übelkeit. Mal ganz davon abgesehen, dass Laura gleich erkennen würde, dass etwas mit mir nicht stimmt, und mich unweigerlich zur Rede stellen würde.

Nein, heute mache ich blau. Und nächste Woche, wenn es mir hoffentlich besser geht, schiebe ich es einfach auf die Gala.

Scheiße, die Gala.

Um mich abzulenken und Davids Geruch loszuwerden, dusche ich, doch selbst danach ist es kein Stück besser. Also gehe ich nach unten, wo Liz sich gerade einen Coffee to go für die Vorlesung macht. Als sie mich entdeckt, runzelt sie missbilligend die Stirn. »Ich dachte schon, du wirst gar nicht mehr wach. Wir müssen los.«

»Ich bleibe heute zu Hause.«

»Verkatert?«

»Mhm.«

Unter ihrem strengen Blick komme ich mir nackt vor, aber offenbar reicht ihr meine Antwort. »Mum hat gestern Kuchen aus dem Büro mitgebracht. Wenn du Glück hast, ist noch was im Kühlschrank.«

Ich nicke abwesend, weil allein der Gedanke an Essen mir

Übelkeit bereitet, und nehme mir nur eine gekühlte Flasche Mineralwasser, die ich in einem Zug hinunterschütte.

»Scheint ja ’ne heftige Nacht gewesen zu sein. Wie bist du überhaupt … Scheiße, bist du nicht gefahren?!«, realisiert Liz. So viel zu meiner Ausrede.

»Ich habe nicht getrunken.«

»Was anderes genommen?«

»Nein, Liz. Es war einfach nur eine lange Nacht«, erkläre ich, während ich die leere Flasche in den Recyclingmüll werfe. Meine Schwester zögert, und mir ist klar, dass sie mir kein Wort glaubt. »Musst du nicht los?«

Wütend funkelt sie mich an. »Wir reden später.«

Ich sehe ihr dabei zu, wie sie das Kinn reckt, ihre Tasche schnappt und dann erhobenen Hauptes zur Tür hinausmarschiert, wobei der lange Trenchcoat, den sie heute trägt, wie ein Cape eindrucksvoll hinter ihr herflattert. Keinen Moment später bin ich allein.

Ich beschließe, den Tag für Selfcare zu nutzen. Zumindest rede ich mir das ein, um nicht zugeben zu müssen, dass ich mich am liebsten unter meiner Decke verkriechen und mir vor Kummer die Augen aus dem Kopf heulen will.

Zuerst verputze ich die restlichen drei Stücke Schokoladenkuchen, während im Fernsehen *Judge Rinder* läuft und die Sauna im Keller aufheizt. Danach mache ich drei Aufgüsse, bevor ich es mir mit Crémant auf der Gartenliege bequem mache, um endlich den verpassten Schlaf nachzuholen. Ich stelle mir zwischenzeitlich einen Wecker, damit mein Rücken am Ende nicht blasser wird als meine Vorderseite, und versuche, mir vorzustellen, ich sei irgendwo auf dem Deck einer Jacht an der Côte d’Azur. Für eine Weile gelingt mir das sogar, wobei der Alkohol definitiv gute Arbeit leistet. Ich verdöse den Großteil des Tages und komme erst wieder richtig zu mir, als meine Schwester mir eine Schaufel Crushed Ice auf den Rücken schüttet.

Ich fahre zusammen. »Was zur Hölle, Liz?«

»Du sahst so friedlich aus«, gluckst sie.

»Und da dachtest du dir: ›Oh, Zeit, seinen Tag zu ruinieren‹?« Wütend stehe ich auf, mache damit jedoch alles schlimmer, weil die Eisstückchen meine Wirbelsäule entlang rutschen und eine bitterkalte Spur darauf hinterlassen, die sich unter meiner Badehose fortsetzt. »Was soll das?«

Liz verschränkt die Arme vor der Brust. »Hast du etwa den ganzen Tag hier rumgelegen und dich betrunken?«

»Ich war auch in der Sauna. Und überhaupt, das nennt sich Selfcare, solltest du vielleicht auch mal probieren, dann wärst du nicht so angespannt, dass du deine Wut an mir auslässt.«

Ich schnappe mir das Handtuch, das ich eben noch als Kissen benutzt habe, und wickele es mir um den Oberkörper.

»Ach komm, Cam. So war das nicht gemeint.« Sie nimmt mein noch halb volles Sektglas, um einen Schluck zu trinken. Angewidert verzieht sie die Lippen. »Bah, wie lange bist du schon hier draußen?«

»Eine Weile. Wollte einfach mal kürzertreten heute.« Nachdem ich mich abgetrocknet habe, werfe ich mich wieder auf die Liege. Zwar neigt sich der Tag langsam dem Ende zu, doch noch steht die Sonne hoch genug, dass es neben dem Pool angenehm warm ist. Zumindest solange einen die eigene Schwester nicht mit Crushed Ice terrorisiert.

Ohne Aufforderung lässt Liz sich auf dem Platz neben mir nieder. Offensichtlich ist sie eine Weile zu Hause, denn sie trägt andere Klamotten als noch am Morgen: kurze Hosen und ein Bikini-Oberteil. Sogar ihre Sonnenbrille hat sie mitgebracht, die sie nun aufsetzt.

»Ist etwas vorgefallen?«

Ich antworte nicht, weil ich zu erschöpft bin, um sie anzulügen.

»Hat es etwas mit der Uni zu tun?«

Ich schweige.

»Deinen Kommilitonen oder der LawSoc?«

Stille.

»Oder mit diesem David, von dem du nie etwas erwähnt hast?«

»Woher …«

»Du hast Mum davon erzählt. Ich meine, *Mum* von allen Leuten. Und ich, deine geliebte Schwester, kriege nur ein ausweichendes Gespräch über *Entscheidungen?*«

Schuldbewusst presse ich die Lippen zusammen. »Ist nicht so, als ob du mir in letzter Zeit irgendwelche Gelegenheiten gegeben hättest, mit dir zu reden.«

»Du weißt, dass ich für dich da bin. Auch wenn du Scheiße gebaut hast.«

»Ich weiß …«

»Also?«

Seufzend rücke ich meine eigene Sonnenbrille zurecht und starre hinaus auf den Ozean, der heute eine so strahlend blaue Farbe hat, dass ich Mittelmeer-Vibes bekomme. Wenn man mal von den Containerschiffen und Stena-Fähren absieht, die den ganzen Tag in der Bucht herumschippern.

»Es ist nicht der Rede wert«, erkläre ich schließlich leise.

»Sicher?«

»Mhm.«

Ich höre, wie Liz eine Flasche Sonnencreme aufmacht und sich damit einsprüht. Im Vergleich zu mir bleibt sie sonst lieber im Schatten oder am besten direkt im Haus, was bedeutet, dass sie sich aus gutem Grund zu mir gesetzt hat. »Und die Wahrheit?«

Geht niemanden etwas an, will ich sagen, aber ich weiß, dass Liz nicht lockerlassen wird. Und dass es auch keinen Grund gibt, ihr zu verschweigen, was vor sich geht.

»Die Wahrheit ist, dass sich manche Dinge einfach nicht ändern lassen.«

Sie runzelt die Stirn. »Hat David etwa keine Lust auf eine heimliche Beziehung?«

»Doch. Das ist es ja.«

»Hä?«

»Ich aber nicht«, antworte ich heftiger als beabsichtigt. »Zumindest nicht mit ihm.«

»Wow, dann hat es dich ja echt erwischt.«

»Ach, halt die Klappe, Liz. Als ob das irgendwas ändert.«

Ein mitleidiges Lächeln huscht über ihre Lippen. »Hey, es ist noch nicht zu spät, mich als Familienenttäuschung abzulösen. Oder dem Klub beizutreten.«

»Wenn es nur das wäre, wäre ich sofort dabei. Aber selbst wenn, hab ich's mir mit ihm eh verschissen. Ich habe ihm gestern nämlich ziemlich deutlich gemacht, dass das mit uns nicht funktionieren wird.«

»Okay?«

»Mhm.«

Eine Weile sitzen wir stumm da, während die Gedanken um David langsam wieder Fahrt aufnehmen, obwohl ich mit aller Kraft versuche, sie unter Kontrolle zu halten. Aber es nützt nichts. Sein Gesicht will einfach nicht aus meinem Kopf verschwinden.

»Kann ich irgendwas tun?«, fragt Liz vorsichtig.

»Mir eine Flasche Absinth organisieren, damit ich das alles irgendwie vergessen kann?«

»So wie du klingst, reicht eine Flasche nicht.«

Beinahe hätte ich darüber gelacht, wie offensichtlich man mir meine Misere ansieht. Warum gebe ich mir überhaupt Mühe, mich irgendwie zusammenzureißen, wenn ich auch gleich die volle Selbstmitleidsnummer durchziehen kann?

»Nein. Sicher nicht …«

»Wie ist er denn so?«

»Streust du absichtlich Salz in die Wunde?«

»Nein. Ich würde nur gern wissen, wer es nach all der Zeit geschafft hat, dir so den Kopf zu verdrehen, dass ich doch noch zu glauben beginne, du wärest zu tieferen Gefühlen fähig.«

»Sehr witzig, Liz.«

Die Antwort auf ihre Frage bleibe ich ihr schuldig, denn im selben Moment nähert sich ein weiteres Paar Schritte aus dem Haus.

»Euch ist echt kein Wetter zu kalt für eine Poolparty, oder?«

»Mum«, nörgelt Liz mit aufgesetzter Weinerlichkeit. »Mein Bruder und ich haben gerade einen sehr emotionalen Moment.«

»Ich weiß. Wärst du trotzdem so lieb und könntest mich mit Cameron allein lassen?«

Elizabeth und ich sehen uns verwirrt an. Ich will sie einladen, einfach zu bleiben, aber zu meiner Überraschung kommt sie Mums Bitte ohne Widerworte nach. Nur wenige Sekunden später wird ihr Platz auf der Liege neben meiner von Mum eingenommen, die ebenfalls bereits ihr Businessoutfit abgelegt hat und stattdessen ein schlichtes langes Kleid trägt.

»Du hast es dir ja gut gehen lassen«, kommentiert sie mit Blick auf das Sektglas, das dort seit dem Morgen steht.

»Ich wollte eine Auszeit.«

»Ja … das habe ich mitbekommen.«

Ich stocke. »Ach ja?«

»Mhm. Früher Freitag, schon vergessen?«

Ich nicke steif. »Wie viel hast du noch gehört?«

»Genug. Familienenttäuschung, ja? Da werde ich später noch

mal mit Liz drüber sprechen, denn niemand sieht sie hier als schwarzes Schaf, bloß weil sie keine Lust auf BWL hatte.«

»Das meint sie gar nicht so.«

»Ist das so?«, bohrt Mum nach. »Oder will sie nur, dass du das glaubst?«

Ich schweige.

»Ihr beiden vergesst manchmal, dass ich euch genauso lange kenne wie ihr einander. Ich bin zwar nicht ständig da, aber ich bekomme trotzdem einiges mit.«

»Mhm. Wenn du dich auch überall anschleichst …«

Mum kichert leise. »Ich schwöre, ich habe euer Gespräch nur zufällig mitbekommen und mache bestimmt nicht früher Feierabend, um eure Geheimnisse in Erfahrung zu bringen.«

»Na, Gott sei Dank.«

»Davon einmal abgesehen … glaube ich, dass wir etwas zu besprechen haben.«

Meine Miene erstarrt zu Eis, während ich unwillkürlich die Hände in meinem Schoß zu Fäusten balle. Das Letzte, was mir diese Woche noch gefehlt hat, ist ein belehrendes Gespräch mit meiner Mutter. »Haben wir?«

»Haben wir.« Sie macht eine Pause, so wie sie es immer in Meetings tut, bevor sie jemanden mit sorgsam vorbereiteten Argumenten vernichtet. »Weißt du, die letzten zwanzig Jahre habe ich mir viel auf meine Doppelrolle eingebildet. Die Tatsache, dass ich es schaffe, für meine Familie da zu sein, während ich gleichzeitig ein Unternehmen leite. Viele haben das nicht gutgeheißen. Im Kindergarten durfte ich mir anhören, ich wäre nicht genug für euch da, und auf der Arbeit wurde ständig hinter meinem Rücken gemunkelt, wie ich das denn bitte schaffen soll, während mir vornerum gesagt wurde, was für eine *Powerfrau* ich doch bin.«

Meine Mum spuckt das Wort förmlich aus. Und es ist nicht das erste Mal, dass sie sich darüber auslässt, denn die meisten, die ihr dieses fehlgeleitete, frauenfeindliche Kompliment machen, sind irgendwelche Männer.

»Ich rede mir ein, dass ich beides ziemlich gut hinbekomme. Und vielleicht stimmt es sogar, aber es gab viele Momente, in denen ich entscheiden musste, wie ich meine Prioritäten setze. Ein Familienurlaub oder ein wichtiges Meeting. Euer Abschlussball oder ein Firmendinner mit einem neuen Klienten aus New York. Das war nicht immer einfach, aber ich habe zumindest versucht, die Balance zu halten, obwohl ich tief im Inneren wusste, dass ich mich, wenn es darauf ankommt, immer für meine Familie entscheiden würde.«

Ich schlucke und starre leer nach vorn. Versuche zu begreifen, was meine Mutter mir gerade sagt.

»Leider war ich so in meinem Stolz über die Doppelrolle gefangen, dass ich manchmal den Blick fürs Wesentliche verloren habe: was es mit dir oder Elizabeth macht, wenn ich mich mal für die Firma entscheide. Bei einem Urlaub ist das vielleicht noch zu verkraften, aber bei Dingen, die euer komplettes Leben beeinflussen, nicht. Und bis heute habe ich nicht einmal eine Sekunde an den Gedanken verschwendet, wie es dir dabei geht, wenn ich verlange, dass du dein Liebesleben geheim hältst.« Sie zögert. »Ich habe gedacht, ich sei tolerant, weil ich dich liebe, wie du bist, ohne zu realisieren, dass ich dir gleichzeitig eines der Dinge verwehre, die dich ausmachen.«

»Mum«, unterbreche ich sie, aber sie schüttelt den Kopf.

»Es gibt keine Entschuldigung dafür, dass ich dir gegenüber so uneinsichtig war und Peters Ignoranz über deine Identität gestellt habe.«

»Mum«, wiederhole ich fester, obwohl ich das Gefühl habe, meine Stimme könnte mir jede Sekunde versagen. Ich sehe sie an, die Verzweiflung in ihren sonst so kontrollierten Gesichtszügen, und die Worte, die mir eben noch auf der Zunge lagen, verschwinden einfach.

»Es tut mir leid.«

»Ist schon okay. Wirklich. Ich bin dir dankbar, dass du es eingesehen hast, aber ich kann absolut verstehen, wieso du dich für die Firma entschieden hast. Wir sind auf diese Leute angewiesen ...«

»Cameron«, fällt sie mir ins Wort. »Sei ehrlich, und damit meine ich von Grund auf ehrlich, statt nur nachzuplappern, was ich dir die letzten Jahre erzählt habe: Willst du wirklich lieber dich selbst aufgeben für die *Eventualität*, dass wir in der Firma Probleme bekommen?«

Reflexartig will ich mit Ja antworten, schweige aber, weil ich nicht weiß, was ich sagen soll. Alles ist vollkommen durcheinander.

»Du arbeitest jetzt schon wie lange im Büro? Und hast du je einen Tag erlebt, an dem alles rund läuft?«

Ich schüttele den Kopf.

»Probleme kann man lösen, Cameron. Egal, ob es ein kaputter Kopierer ist oder Peter, der sich querstellt, weil er Diversität nicht mit seinem rückständigen Weltbild vereinbaren kann. Letzteres mag vielleicht komplizierter sein, aber auch dafür findet sich eine Lösung. Wofür es allerdings keine Lösung gibt, ist, wenn du den Rest deines Lebens unglücklich bist, weil du nicht du selbst sein kannst.«

Sie nimmt meine Hand, setzt ein Lächeln auf, das ich, noch immer sprachlos, nur schwach erwidern kann. Das alles, dieses Gespräch, kommt mir vor, als entstammte es einem Fiebertraum. Als hätte ich die Flasche Sekt doch geleert, während die Sonne mir fröhlich das Hirn weggebrutzelt hat. Aber Mums kühle Haut auf meiner fühlt sich verdammt echt an. Ebenso die Tränen, die meine

Wangen hinunterlaufen, ohne dass ich etwas dagegen tun kann. Energisch wische ich sie mir weg, doch die Erleichterung hat alle Dämme niedergerissen.

»Und du bist sicher, dass wir das regeln können?«, frage ich vorsichtig, als ich endlich wieder meine Stimme finde.

»Natürlich. Ich bin schließlich eine *Powerfrau* und sag den Herren schon, wo's langgeht.«

Ich lache leise und lasse mich von Mum in eine Umarmung ziehen, die sich verdammt gut anfühlt, weil mir erst da klar wird, wie sehr ich eine gebraucht habe.

»Aber was, wenn Peter wirklich abspringt«, gebe ich zu bedenken, wobei ich sie wieder von mir wegschiebe. »Was, wenn er seine Anteile verkauft?«

Mum stockt und denkt über meine Worte nach. »Das wird nicht leicht«, gesteht sie nach kurzer Pause. »Peter war von Anfang an dabei, und ich … war leider etwas naiv, als ich ihn mit ins Boot geholt habe. Es gibt keine Vereinbarung für den Fall, dass er seine Anteile verkaufen möchte.«

Schweigend nicke ich, während ich die Möglichkeit im Kopf durchspiele. Ihm gehört gut ein Drittel der Anteile – wenn die Firma diese zurückkaufen müsste, würden wir in ganz schönen Schwierigkeiten stecken. Noch dazu wäre ein Rechtsstreit nicht ausgeschlossen, wenn es um die Summe oder Bedingungen geht. Wäre es das wirklich wert?

»Aber«, holt Mum mich wieder zurück in die Realität, »darum können wir uns kümmern, wenn es so weit kommt. Am Ende ist er möglicherweise eh zu feige. Und wenn nicht, kann ich mir vorstellen, dass es sogar eine ganze Reihe Investoren gibt, die nur zu gern in ein rapide wachsendes IT-Unternehmen einsteigen möchten, das erst kürzlich einen Zugang zum asiatischen Markt erschlossen hat.«

»Hast du etwa eine ganze Verkaufspräsentation vorbereitet?«

»Was ich damit sagen will: Wir finden eine Möglichkeit. Versprochen.«

Wieder landet ihre Hand auf meiner, drückt sie fest, bis ich ihr in die Augen schaue, die so viel Zuversicht ausstrahlen, dass mir beinahe erneut die Tränen kommen. Energisch blinzele ich sie weg und räuspere mich.

»Okay, ich vertraue dir. Aber mal ganz davon abgesehen ist das auch gar nicht so dringend.«

Sofort schiebt mich Mum von sich weg und betrachtet mich skeptisch. »Wieso?«

»Ich dachte, du hast mitgehört? Das mit David hat sich erledigt. Also haben wir erst einmal genug Zeit …«

»Erledigt-erledigt oder nur ›erledigt‹?«

Ich löse mich aus ihrem Griff. »Na ja, ich habe ihm gestern Abend ziemlich deutlich gemacht, dass das mit uns keine Zukunft hat. Zum zweiten Mal im Übrigen. Ich glaube also nicht, dass er noch was von mir hören will.«

»Wie wär's, wenn du einfach noch mal mit ihm redest?« Ich fahre erschrocken zusammen, als Elizabeth sich nun wieder zu uns gesellt, auf der Hand ein Tablett mit drei ihrer Spezialcocktails. Als Mum ihr einen vorwurfsvollen Blick zuschießt, zuckt sie nur mit den Schultern. »Was? In diesem Haus bleibt doch sowieso nichts geheim, und wenn du mir nicht erzählst, worüber ihr redet, tut Cameron es bestimmt morgen. Also: Warum sprichst du nicht mit ihm?«

»Ich glaube nicht, dass Reden es in dieser Situation tut«, gestehe ich. »Er hat mir gesagt, dass er mich liebt, und ich habe ihn geghostet.«

»Autsch«, kommt es ausgerechnet von Mum.

»Das ist ziemlich mies, Cameron«, bestätigt Elizabeth.

»Was ihr nicht sagt.« Ich verdrehe die Augen. »Hätten wir dieses Gespräch doch nur gestern schon gehabt, dann wäre ich nicht in dieser Situation.«

»Jetzt gib bloß nicht uns die Schuld«, zischt Liz. »Sondern überleg dir halt was. Taten sagen mehr als Worte. Zieh dir ein paar kitschige RomComs rein und kopiere, was die dort machen.«

Ich verziehe angewidert die Lippen. »Da wäre es, glaube ich, besser, wenn ich als Gandalf verkleidet an seiner Tür klopfe und ein paar Zwerge mitbringe. Oder ...«

Ich halte inne, als mir plötzlich eine Idee kommt.

»Oder ...?«

Ich gebe mir einen Moment Zeit, um die Idee in meinem Kopf durchzugehen, die gleichermaßen kitschig, brillant als auch absolut over the top ist. Die Chancen stehen gut, dass ich mich vollkommen zum Affen mache oder David nie wieder mit mir redet, aber gleichzeitig hat Liz recht: Go big or go home.

»Liz, hast du morgen schon was vor?«

Kapitel 36

Toast

Missmutig betrachte ich mich im Spiegel. Ich weiß nicht, ob ich es gut oder schlecht finden soll, dass mir der Anzug, den ich schon zu meinem Abschlussball getragen habe, noch passt. Ich erinnere mich daran, wie ich mir nach den A-Levels geschworen habe, öfter mal ins Fitnessstudio zu gehen, um »swole« zu werden, weil ich ja jetzt endlich die Zeit dafür hätte. Na ja, so viel dazu.

Ich richte den Kragen, und obwohl das Kleidungsstück passabel sitzt, fühle ich mich einfach nicht wohl darin. Die schwarze Farbe ist an manchen Stellen verblasst, und beim Umzug ist ein seltsamer Fleck mitten auf dem Rücken entstanden. Dazu hat der Stoff auf der Innenseite ein Muster, das noch aus einem anderen Jahrhundert stammt. Am Ende liege ich mit dieser Vermutung gar nicht so falsch, denn ich bin mir ziemlich sicher, dass wir den Anzug damals im Secondhandladen geholt haben. Der Schnitt ist furchtbar. Meine Schultern wirken zu breit für meinen schmalen Körper, und die Ärmel sind zu kurz, während der Saum des Sakkos bis zu meinen Oberschenkeln reicht. Wer auch immer der ominöse Vorbesitzer war, er hatte definitiv sehr ungewöhnliche Körpermaße. Für mein Vorstellungsgespräch war das vielleicht noch akzeptabel, definitiv aber nicht für das, was ich heute vorhabe.

Provisorisch richte ich mir die Haare und lächele mein Spiegelbild an. Dabei komme ich mir mehr wie ein Schulsprecher vor als jemand, der auf einer noblen Spendengala das Abendprogramm moderiert. Ob es zu spät ist abzusagen? Würde Roisin mich sehr hassen, wenn ich ihr einfach meine Notizen zukommen lasse und sie bitte, meinen Part zu übernehmen, während ich den Rest des Tages im Bett verbringe?

Meine Mum kommt die Treppe herauf und entdeckt mich sofort, weil der einzige bodenlange Spiegel mitten im Flur im Obergeschoss hängt. Ihre Miene gibt genau das wieder, was ich denke.

»Du siehst sehr adrett aus«, versucht sie ihr offensichtliches Missfallen zu überspielen.

»Meinst du?«

Sie seufzt und überbrückt den letzten Abstand zwischen uns. Fürsorglich beginnt sie damit, das Jackett zurechtzuzupfen, nur um zu derselben Feststellung zu gelangen wie ich: »Das kannst du so nicht tragen.«

»Ach was. Hast du eine bessere Idee?«

»Was ist mit dem Anzug deines Vaters?«

»Ist mir vier Nummern zu groß. Seine Schultern sind doppelt so breit wie meine.«

Mum legt den Kopf schief. »Denkst du, wir könnten den Saum kürzen und daraus Ärmel machen?«

»Klar. Kannst du nähen?«

»Du?«

Wir tauschen ein völlig hilfloses Grinsen, bevor Mum mir aus der Jacke hilft. »Ich kann zumindest versuchen, etwas gegen den Fleck und die Färbung zu tun«, schlägt sie vor. »Das ändert zwar nichts am Schnitt, aber zumindest sieht der Anzug dann nicht mehr aus, als wäre er hundert Jahre alt.«

»Schaffst du das bis heute Abend?«

»Ich tue mein Bestes.«

Unsicher übergebe ich ihr Jackett und Hose, ehe ich mich wieder in mein Zimmer verkrieche. In Unterwäsche und Hemd lasse ich mich auf meinen Schreibtischstuhl fallen und drehe mich mehrfach im Kreis. Dabei gehe ich in Gedanken meine Freundesliste durch, aber mir fällt niemand ein, von dem ich mir kurzfristig einen Anzug leihen könnte. Ethan ist kleiner. Connor breiter. Dominic größer. Ruth hat vielleicht in ihrem Sammelsurium an Klamotten etwas Passendes, doch auch bei ihr stimmt die Größe nicht.

Bleibt mir also nichts übrig, als zu hoffen, dass meine Mutter meinen Anzug irgendwie wieder hinbekommt. Oder am besten gleich eine gute Fee aufkreuzt. Wahlweise auch ein paar Mäuse, die mir aus den Vorhängen etwas Passables schneidern … Mein Blick fällt auf die beigefarbenen Gardinen mit dem weißen Blümchenmuster. Vielleicht doch besser die gute Fee.

Um ja nicht zu viel darüber nachzudenken, dass der Abend sowieso ein absolutes Desaster wird, öffne ich meinen Laptop, um erneut das Programm durchzugehen. Meine Begrüßung, Vorstellung des Musikensembles, Bankett, musikalisches Programm, Auktion, Verabschiedung. Und ein ganzes Repertoire an von der LawSoc abgesegneten und bloß nicht politischen Witzen. Check.

Durch die Literific bin ich es eigentlich gewohnt, regelmäßig vorzusprechen und Veranstaltungen zu moderieren. Doch es liegt ein himmelweiter Unterschied zwischen ein paar Studierenden und einer Gruppe reicher Schnösel, denen wir möglichst viel Geld aus der Tasche ziehen wollen. Vor allem, wenn meine Kleidung förmlich Secondhand schreit. Und einer dieser Anwesenden auch noch Cameron Walsh ist, den ich nie wiedersehen will.

Nur noch ein Abend, Toast, rede ich mir ein, dabei kann ich kaum garantieren, dass ich ihm nicht einfach vor die Füße kotze, sobald er mir unter die Augen tritt. Was sich zweifelsohne nicht vermeiden lassen wird, weil wir beide für die Veranstaltung verantwortlich sind und die Begrüßung und Verabschiedung gemeinsam übernehmen. Ich kann mich daher auch nicht früher davonschleichen. Und von meinen Freunden wird außer Roisin auch niemand da sein, deren Job es übrigens ist, sich in Gespräche einzumischen und Leuten zu erzählen, wie toll die Literific Society ist. Yep. Disaster incoming.

Hat jemand Lust, noch eine Runde *Minecraft*
zu spielen? Ich muss erst um sieben bei der
Gala sein.

Noch ganze vier Stunden also, bis ich mich auf den Weg machen muss. Zu lange, um mit mir selbst allein zu sein. Die Antworten im Gruppenchat folgen schleppend und sind allesamt negativ. Anscheinend ist heute ausgerechnet einer der Tage, an dem alle etwas Besseres zu tun haben.

Enttäuscht schalte ich meinen PC an und logge mich auf den Server. Mir steht nicht der Sinn danach, mich mutterseelenallein in *Minecraft* zu vergnügen, aber Connor und Roisin werden sicher dankbar sein, wenn ich uns bis zur nächsten Runde ein paar Diamanten organisiert habe.

Weit komme ich allerdings nicht, denn keine zehn Minuten später klingelt es plötzlich an der Haustür, und meine Mutter ruft nach mir. Ich kann durch mein Zimmerfenster nicht erkennen, wer es ist. Dementsprechend verhalten schlüpfe ich in meine Jogginghose, bevor ich mich auf den Weg nach unten mache.

Meiner Mum steht die Verwirrung ebenso ins Gesicht geschrieben, aber sie verschwindet kommentarlos in die Küche, sobald ich auf dem Treppenabsatz ankomme.

»Elizabeth?«, rutscht es mir verwirrt raus, als ich Camerons Schwester im Türrahmen erkenne.

Ich habe bisher noch nie ein Wort mit ihr gewechselt, weshalb ich umso schockierter bin, sie plötzlich vor unserem Haus zu treffen. Sie selbst wirkt dabei wenig begeistert. Ihre braunen Haare sind zerzaust, und ihre Klamotten wirken mit der Latzhose, der weiten Bluse und den Gucci-Sneakern mit den Bienen wahllos zusammengewürfelt.

»Hi«, begrüßt sie mich kühl. »Ich soll dir das hier vorbeibringen.«

Sie drückt mir, ohne auf meine Reaktion zu warten, eine große Einkaufstasche in die Hand. Ich bin zu fassungslos, um auch nur einen Ton von mir zu geben, geschweige denn zu fragen, was das Ganze soll.

»Der Fahrer kommt um halb sieben«, erklärt Elizabeth und klingt dabei so, als würde sie einen auswendig gelernten Text halbherzig vortragen. »Keine Sorge, der war nicht teuer. Und äh … Bibbidi Bobbidi Boo, oder so.«

Damit wendet sie sich ab und stürmt geradezu in Richtung des Teslas, der vor unserer Haustür steht, davon. Fast hoffe ich, Cameron hinter der Scheibe zu erspähen, doch, warum auch immer, ist Elizabeth allein hier.

Völlig perplex bleibe ich im Flur zurück und starre dem silbernen Auto hinterher.

»Wer war das?«, ruft Mum mir zu.

Ich schließe die Haustür und laufe zu ihr, wobei sich meine

Beine anfühlen, als wären sie aus Gummi. Wortlos stelle ich die Tasche auf den Tisch. Das Logo fällt mir erst jetzt auf.

»Hast du dein Konto geplündert, um einen neuen Anzug mit Expresslieferung zu bestellen?«

Kopfschüttelnd hole ich die beiden Kartons heraus, auf die ebenfalls das Emblem des Ladens in Gold geprägt ist. Hawthorne & Emmett, Belfast, Est. 1829.

»Oder bist du den King's Men beigetreten?«

»Nein.«

»David?«

Sobald ich realisiert habe, dass das hier gerade wirklich passiert, ist der Inhalt der Box keine Überraschung mehr. Ein dreiteiliger Anzug, eingewickelt in Seidenpapier, brandneu und in meiner Größe. Dazu ein schwarzes Hemd, Schuhe. Und eine grüne Krawatte und Manschettenknöpfe, auf denen subtil kleine Green-Lantern-Logos eingearbeitet sind, an denen ich schon seit Jahren bei *Forbidden Planet* sehnsüchtig vorbeilaufe.

Woher wusstest du das, Cameron?

Es steht außer Frage, dass das Paket von ihm ist. Und ein Teil von mir hätte nicht wenig Lust, alles auf einen Haufen zu werfen und einfach zu verbrennen, weil mir das hier nur wie eine billige Entschuldigungsgeste vorkommt, die dem, was er getan hat, nicht im Geringsten gerecht wird. Dann wiederum hat er irgendwie das mit der Krawatte und den Manschettenknöpfen herausbekommen, was zumindest zeigt, dass er sich mehr als nur ein paar Sekunden darüber Gedanken gemacht hat. Und außerdem kann ich nicht leugnen, dass mir dieses Geschenk genau richtig kommt. So falsch es sich auch anfühlt, es zu akzeptieren.

»Das ist von Cameron«, erkläre ich schließlich, woraufhin meine Mutter erfreut die Hände zusammenklatscht.

»Hast du ihm was gesagt oder kam das von ihm?«

Im Chaos der letzten Tage habe ich irgendwie verpasst, ihr mitzuteilen, dass das mit Cameron und mir nicht ganz so glücklich zu Ende gegangen ist. Und auch wenn mir nicht wohl dabei ist, sie anzulügen, habe ich keine Kraft dazu, ihr gleich die Wahrheit zu sagen.

Was hat Elizabeth gesagt? Bibbidi Bobbidi Boo? Soll das etwa Camerons Version eines Friedensangebots sein?

Nicht nur passt der Anzug wie angegossen, er gibt mir auch ein Stück Selbstbewusstsein zurück. Zumindest so weit, dass ich nicht mehr allzu viel Angst habe, mich heute Abend vor allen Leuten zu blamieren.

Wie von Elizabeth angekündigt, werde ich um Punkt halb sieben abgeholt. Aber nicht von ihr oder einem Taxi, sondern einer waschechten Limousine. Die vielsagenden Blicke meiner Eltern, als der weiße Wagen in unsere Straße einbiegt, sind unerträglich, aber immerhin sparen sie sich irgendwelche Kommentare. Meine Mutter zupft ein letztes Mal meinen Anzug und meine Frisur zurecht, während Dad mir von seinem Platz auf der Couch aus wohlwollend zunickt.

»Bist du nervös?«, fragt er.

»Ein bisschen.«

»Du schaffst das«, ermutigt mich meine Mum.

Und Dad fügt hinzu: »Du weißt ja, wenn du sie nicht überzeugen kannst, verwirr sie.«

Sein Motto, mit dem er mir schon bei so manchem Referat Mut zugesprochen hat, bringt mich zum Schmunzeln. »Ich versuche, euch ein paar Sachen vom Buffet klarzumachen.«

»Das will ich doch auch hoffen.«

Ich drücke Mum noch ein letztes Mal an mich, bevor ich das

Haus verlasse. Draußen begrüßen mich frische Luft und ein feuriger Abendhimmel, an dem bereits die ersten Sterne funkeln.

Der Fahrer öffnet mir die Tür, auf der tatsächlich ein schwarzer Kürbis-Sticker prangt. Das Ganze ist mir fast ein bisschen peinlich, weil mir bereits jetzt klar ist, dass die Nachbarschaft die nächsten Wochen über nichts anderes sprechen wird. Dennoch fühle ich mich auch ein bisschen fancy, als ich in meinem teuren Anzug in das teure Auto steige. Und dann geschockt, denn der Innenraum ist wider Erwarten nicht leer.

»Überraschung!«

Vor Schreck wäre ich beinahe rückwärts wieder aus der Limousine gekippt. Ich habe es allein meiner Selbstbeherrschung zu verdanken, dass ich es beim Anblick meiner Freunde auf einen der freien Plätze schaffe. Verzweifelt versuche ich, das, was hier gerade passiert, zu verarbeiten, doch mein Gehirn verzeichnet eine Fehlermeldung nach der anderen.

Brain.exe
Task failed successfully.

Alle sind gekommen. Nicht nur Roisin, sondern auch Ethan, Holly, Connor, Ruth und Dominic, wobei ich mir nie im Traum hätte vorstellen können, dass Letzterer einen Anzug tragen würde. Zusammen sehen wir aus, als wären wir auf dem Weg, die Casinos in Las Vegas unsicher zu machen. Vor allem Ruths funkelndes Kleid macht dem Anlass alle Ehre.

»W-was macht ihr hier?«, stottere ich hilflos.

Connor, der mir gegenübersitzt, grinst breit. »Na, was wohl? Wir treten den *Men in Black* bei!«

Wäre er nicht selbst in einem hellgrauen Anzug hier, hätte ich ihm die Nummer fast geglaubt, so durch den Wind bin ich gerade.

Während die Limo sich in Bewegung setzt und Roisin mir ein Glas mit gekühltem Champagner in die Hand drückt, nehme ich die Inneneinrichtung in Augenschein. Angefangen bei den dunklen Böden, der verspiegelten Decke über die schwarzen Ledersitze bis hin zu Neonstreifen erinnert mich alles an einen abgefahrenen Science-Fiction-Traum, wobei der *Star-Wars*-Soundtrack, der im Hintergrund läuft, sein Übriges tut. Hat Cameron das etwa alles bedacht? Und hat er das alles seit gestern auf die Beine gestellt oder von langer Hand geplant?

»Du siehst aus, als würdest du gleich ohnmächtig werden«, lässt Dominic mich wissen, den ich so rausgeputzt kaum wiedererkenne.

»Und wer bist du und was hast du mit meinem besten Freund gemacht?«, gebe ich lahm zurück, woraufhin ich das halbe Glas hinunterstürze.

»Glaub mir, ginge es nach mir, säße ich jetzt zu Hause und …«

»Ach komm schon, Dom«, unterbricht ihn Ruth stichelnd. »Tu nicht so, als wärst du nicht der Erste gewesen, der auf Camerons Rundnachricht geantwortet hat.«

»Also war es Cameron?«

Die anderen nicken, und ich starre missmutig auf die Bläschen in meinem Glas. Das alles hier, die Limo, der Anzug, vor allem die Details zeugen davon, dass er sich viel Mühe gegeben hat. Aber wozu? Ist das etwa der klägliche Versuch einer Entschuldigung, nachdem er mich vorgestern derart abserviert hat?

Dann wiederum rettet er mir buchstäblich den Abend. Aber andererseits kommt das alles mit einem bitteren Beigeschmack, und ich weiß nicht, ob ich diesen ignorieren kann, sobald ich ihm unter die Augen trete …

Kapitel 37

Cameron

Wenn das hier vorbei ist, werde ich Liz bis ans Ende aller Zeiten als Modell herhalten müssen, denn ich schulde ihr so einiges. Während ich den Tag damit verbracht habe, im Titanic Museum den Aufbau zu koordinieren, Davids Freunde zu kontaktieren, seine Kleidergröße in Erfahrung zu bringen und eine Limo zu buchen, hat sie dafür gesorgt, dass alles bei ihm ankommt – auch wenn ich ihm den Anzug am liebsten persönlich vorbeigebracht hätte, nur um sein Gesicht zu sehen. Das hätte mir zwar höchstwahrscheinlich eine Ohrfeige eingebracht (die ich sehr wohl verdient habe), aber das wäre es mir fast wert gewesen.

Stattdessen hatte ich nur knapp eine Stunde, um nach Hause zu fahren, zu duschen und mich umzuziehen, bis ich schon wieder im Museum sein musste, um das Musikensemble einzuweisen. Bereits jetzt ist mein Stresspegel am Anschlag, und das wird auch nicht besser, als zu Beginn der Veranstaltung nirgends eine Spur von David und seinen Freunden zu finden ist. Mittlerweile steigt meine Nervosität ins Unermessliche, während ich mit Laura zusammen an der Eingangstür zur Titanic Suite stehe und die Gäste in Empfang nehme.

Mit jeder Sekunde, die verstreicht, kommen mir mehr Zweifel.

Was, wenn etwas schiefgelaufen ist. Oder er hat das mit dem Cinderella-Thema zu wörtlich genommen und daher beschlossen, viel zu spät aufzukreuzen und dann gleich wieder zu verschwinden. Oder schlimmer: Er nimmt meine Entschuldigung nicht an und will mich nie wiedersehen … Verdenken könnte ich ihm das nicht. Nicht nach vorgestern Nacht.

Ja … je mehr ich darüber nachdenke, desto naiver kommt mir mein Plan vor. Und ich wage es nicht einmal, daran zu denken, wie er reagieren wird, wenn ich ihm von meinem Gespräch mit Mum erzähle. Nur müsste er dafür überhaupt erst hier aufkreuzen. Fuck, ich brauche ihn.

Dann endlich, als der Strom an Gästen sich etwas lichtet, kann ich in der Menge die bunten Haare seiner Freundin Ruth entdecken und kurz darauf den Rest seiner Truppe, der sich trotz der kurzfristigen Einladung ordentlich rausgeputzt hat. Roisin stürmt an mir vorbei, allerdings nicht ohne mir einen warnenden Blick zuzuwerfen, bevor David wie aus dem Nichts an meiner Seite auftaucht, um Laura vom Begrüßungsdienst abzulösen.

»Bin ich viel zu spät?«, raunt er mir panisch zu. »Auf der M2 war eine Baustelle.«

Ich winke ab, obwohl mir der Schweiß auf der Stirn steht. »Genau rechtzeitig, keine Sorge. Du siehst klasse aus.«

Obwohl ich mich eigentlich weiter darauf konzentrieren sollte, zu lächeln und ab und zu ein paar Hände zu schütteln, lasse ich es mir nicht nehmen, ihn genau zu betrachten. Obwohl der Anzug nicht maßgeschneidert ist, sitzt er überraschend perfekt und unterstreicht Davids schlanke Statur.

»Du schuldest mir eine Erklärung«, zischt er mir zu, als kurzzeitig niemand durch die Flügeltür kommt.

»Ich weiß.«

Bevor ich etwas anderes sagen kann, betritt meine Mutter zusammen mit Elizabeth den Saal, die es wie durch ein Wunder ebenfalls geschafft hat, sich rechtzeitig umzuziehen. Ich küsse Mum auf die Wange und lasse mich sogar auf ein peinliches High Five mit Elizabeth ein. Ganz der Gentleman, erkläre ich ihnen, wo ihre Plätze sind, wobei mir allerdings nicht entgeht, dass Mum David sehr genau mustert. Ein wissendes Grinsen huscht über ihre Lippen, aber immerhin besteht sie nicht darauf, ihm vorgestellt zu werden.

Mit meiner Familie scheinen auch die letzten Gäste einzutrudeln. Das Ensemble der Music Society stimmt bereits die Instrumente für das Eröffnungsstück, während lautes Stimmengewirr die Titanic Suite erfüllt. Ich will eben einen Haken an den nächsten Punkt meiner To-do-Liste setzen, als sich unter die letzten Menschen ein weiteres bekanntes Gesicht mischt, bei dessen Anblick allein mir das Blut in den Adern gefriert.

Peter Edwards ist kein Mann, der sich häufig in der Öffentlichkeit zeigt, weshalb ich die Male, die ich ihn in Person getroffen habe, an beiden Händen abzählen kann. In der Firma sehe ich ihn so gut wie nie, weil er sich meistens hinter Vorstandsmitgliedern versteckt, die nach seiner Pfeife tanzen, und dennoch hätte ich ihn überall wiedererkannt.

Er ist groß, größer als ich, mit einem markanten Kiefer und blendend weißen Zähnen. Man sieht ihm an, dass er in seiner Freizeit viel und gern läuft – gefühlt das einzige Small-Talk-Thema, das er kennt –, und seine gebräunte Haut erinnert mich immer ein bisschen an Leder. Als er mich entdeckt, versteife ich mich automatisch.

»Guten Abend, Peter.« Es kostet mich alles an Selbstbeherrschung, meine Hand nicht sofort wieder zurückzuziehen, als er sie ergreift.

»Cameron.« Er lässt es sich nicht nehmen, mich in eine kurze

Halbumarmung zu ziehen und mir väterlich auf die Schulter zu klopfen. Etwas, das ihm vollkommen legitim erscheint, weil er meine Mutter seit Jahren kennt, während sich jeder Muskel in meinem Körper anspannt. »Du kennst mich. Ab und zu muss ich ja ein Auge darauf werfen, wie deine Mutter meine Altersvorsorge investiert.«

Ich grinse gespielt amüsiert. »Dann hoffe ich, dass es das wert war.«

Nun bemerkt Peter auch David, der bisher nur mit vor dem Körper verschränkten Händen danebengestanden hat.

»Das ist übrigens David«, stelle ich ihn vor. »Er ist der Präsident der Queen's Literary and Scientific Society, die dieses Jahr mit der Law Society zusammen diese Gala organisiert hat. David, das hier ist Peter Edwards, ein Gesellschafter von LabyrIntelligence.«

Kurz sucht David meinen Blick und lässt mich lautlos wissen, dass ihm klar ist, mit wem er es hier zu tun hat. Auf einmal kommt mir selbst dieser knappe, wortlose Austausch wie etwas Verbotenes vor. Als könnte Peter allein aus Davids Händedruck herauslesen, was zwischen uns läuft.

»Freut mich, Sie kennenzulernen.«

Erleichtert stelle ich fest, dass David seine Rolle mindestens genauso gut spielt wie ich. Er lächelt breit, als wäre es das Natürlichste der Welt, und weist Peter sogar auf seinen Platz, den er der Gästeliste auf unserem Clipboard entnimmt. Zufrieden gibt dieser uns ein Thumbs-up, bevor er ein Glas Champagner von einem Mitarbeiter entgegennimmt.

»Bist du okay?«, raunt David mir vorsichtig zu. Aber alles, was ich zustande bekomme, ist ein steifes Nicken. Ich fühle mich, als hätte ich einen Geist gesehen, und kann förmlich spüren, wie mich die Zuversicht, die ich durch das Gespräch mit Mum erfahren habe, verlässt.

Nach Peter Edwards folgen nicht mehr viele Gäste, und ich stelle fest, dass ich zumindest den ersten Teil des Abends überlebt habe, auch wenn die Erleichterung darüber ausbleibt. Während wir uns kurz in den Personalbereich verziehen, wechseln David und ich kein Wort, doch ich kann auch so spüren, dass er Mühe hat, mich nicht sofort zur Rede zu stellen. Immerhin ist es in dem engen, spärlich beleuchteten Gang um einiges ruhiger als in dem riesigen Saal, wo die Gäste Small Talk halten und nach ihren Plätzen suchen.

»Wie lange hast du das alles schon geplant?«, platzt es aus David heraus, kaum habe ich die schweren Türen hinter uns geschlossen.

Ich sehe ihn an und komme nicht umhin, erneut festzustellen, wie verdammt perfekt er aussieht. Allein sein Anblick hätte es mir schwer gemacht, nicht sofort über ihn herzufallen, würde mir die Begegnung mit Peter nicht tief in den Knochen sitzen. Zumal ich nicht mit der Tür ins Haus fallen will und David in Ruhe klarmachen möchte, dass ich es ernst meine.

»Seit gestern«, gestehe ich.

»Dein Ernst?«

»Yep.«

»Wieso?!«

Sein Schock bringt mich schließlich zum Lachen und löst den Knoten in meiner Brust ein Stück weit. »Ich hätte gern etwas früher damit angefangen, aber die Idee kam mir leider erst gestern. Und glaube mir, es war gar nicht so leicht, eine Limo zu finden, die noch nicht ausgebucht war und innen nicht aussah, als wäre sie noch aus den 80ern.«

David verdreht die Augen. »Das meine ich nicht. Wieso machst du dir überhaupt die Mühe?«

»Du meintest, du wolltest mal einen Abend wie Cinderella

sein«, antworte ich sanft. »Ich konnte dich zwar nicht von der Moderation freistellen, weil wir niemanden haben, der das so gut draufhat wie du, aber ich wollte, dass du dich zumindest ein bisschen so fühlen kannst. Auch wenn ich ehrlich gesagt ziemlich Schiss hatte, dass du erst kurz vor Ende der Veranstaltung aufkreuzt.«

»Cameron.« Mein Name aus seinem Mund endet in einem Seufzen.

»Ja?«

»*Wieso?*«

Ich schlucke und werfe einen Blick durch das schmale Fenster in der Tür. Draußen haben sich die Gäste inzwischen auf ihren Plätzen eingefunden und schauen nun erwartungsvoll zur *Titanic*-Treppe, wo die Technik bereits ein Mikrofon installiert hat. Ich erkenne meine Mum und Liz direkt am vordersten Tisch. Und ausgerechnet Peter, der sich mit Tom, dem Director of Finances von LabyrIntelligence, unterhält.

»Lass uns später reden«, sage ich.

»Ist das dein Ernst?« David hält mich am Arm fest, um zu verhindern, dass ich weglaufe. »Du kannst mich doch nicht ohne Antworten da rausschicken! Verdammt, Cameron, ich hab doch keinen blassen Schimmer, was zur Hölle gerade …«

Ein Kuss bringt ihn schließlich zum Schweigen und überrascht mich fast genauso sehr wie ihn. Aber ich musste es tun, konnte nicht anders. Obwohl ich mir eigentlich fest vorgenommen hatte, *zuerst* mit ihm zu reden. Obwohl ich noch immer Todesängste spüre. So viel dazu.

»Später. Versprochen«, flüstere ich ihm zu, dann löse ich meine Hand aus seinem Griff und gehe hinaus in den Saal.

Showtime.

Während ich zumindest bei der Begrüßung noch dabei bin, gehört der Rest des Abends ganz allein David, der sich als gekonnter Redner und Entertainer entpuppt. Zwar habe ich nie an ihm gezweifelt und ihn schon mehr als einmal bei den Debatten der Literific erlebt, doch erst heute kann ich verstehen, wieso es ihm die Schauspielerei so angetan hat. Jemand wie er, charismatisch, intelligent und charmant, gehört auf eine Bühne und nicht in ein Büro. Ich beobachte ihn vom Tisch meiner Mutter, wie er uns durch das Abendprogramm geleitet, und merke, wie die Anspannung langsam von mir abfällt, jetzt, wo ich nicht mehr wie ein aufgescheuchtes Huhn alles koordinieren muss. Der Abend verläuft problemlos. Die Anwesenden sind begeistert von der Location und dem, was das Team vom Titanic Museum mit schillernd goldener Dekoration und sanfter Beleuchtung daraus gemacht hat. Das Essen ist hervorragend, und alle sind ganz begeistert von der musikalischen Begleitung, die zwischen untermalenden Streichquartetten und kleinen konzertartigen Intermezzi wechselt.

In der kurzen Pause nach dem Essen atme ich draußen am Flussufer durch.

»Sag mal, rennst du vor mir weg?« Ich bin nicht einmal überrascht darüber, dass David mir gefolgt ist, sondern sogar ganz zufrieden über den Umstand. Als er neben mir zum Stehen kommt, holt er tief Luft, als wäre er gerannt, und sein dunkles Haar ist leicht zerzaust. »Was soll das, Cameron?«

Ohne ihm eine Antwort zu geben, richte ich seine Frisur, während mir bewusst ist, dass sich unser Platz im direkten Sichtfeld des Museums befindet, unmittelbar unter dem großen Fenster, das zur Titanic Suite gehört. Ein Umstand, der meine Finger zum Zittern bringt.

»Hm?« Ich lehne mich gegen das Geländer, wobei ich immer

wieder hinauf zur Veranstaltung schiele, als könnte dort am Fenster jede Sekunde Peter auftauchen.

Es ist okay, es ist okay, rede ich mir ein.

»Ach komm. Willst du mich ernsthaft warten lassen, bis der Abend vorbei ist? Es ist sowieso schon schwer genug, mich auf die Moderation zu konzentrieren, wenn ich mich ständig dazu zwingen muss, nicht nur dich anzusehen.«

»Hast du getrunken?«, frage ich, weil ich ihn noch nie derart redselig erlebt habe – und um abzulenken. Ich will dieses Gespräch. Ich will mit ihm zusammen sein. Aber jetzt, wo ich mich nicht mehr davor drücken kann, brennen in meinem Kopf sämtliche Sicherungen durch.

»Ja verdammt. Was glaubst du, wie ich sonst so lange durchgehalten hätte?«

»Dann sollten wir lieber wann anders reden und …«

»Cameron!«

»Schon gut, schon gut«, beschwichtige ich. »Ich ziehe dich nur auf.«

David stößt hörbar Luft aus. »Also? Was soll das Ganze? Wieso die Limo? Und der Anzug? Und die Green-Lantern-Sachen?«

Nun bin ich ausnahmsweise derjenige, dem die Worte fehlen. Nicht weil ich David nichts zu sagen habe, sondern weil ich nicht weiß, wo ich überhaupt beginnen soll. Oder auch nur ansatzweise dazu bereit bin. Zum ersten Mal in meinem Leben steht mir nichts im Wege außer ich selbst, meine Angst, dass ich am Ende doch einen Fehler begehe, obwohl Mum versprochen hat, dass wir eine Lösung finden. Obwohl ich mir nichts mehr wünsche, als mit ihm zusammen zu sein.

»Würdest du mir glauben, wenn ich sage, dass ich nur wollte, dass du einen schönen Abend hast?«

»Sitzt dein schlechtes Gewissen so tief?«

»Ja. Nein. Ja«, platzt es aus mir heraus. »Aber darum geht es mir nicht. Ich wollte mit dir reden. Mich entschuldigen. Aber dann dachte ich, dass ich mir schon was Besseres überlegen muss, als dich heute Abend irgendwann beiseitezunehmen. Dann meinte Liz, dass Taten mehr sprechen als Worte, und ich hab mich erinnert, dass du unbedingt mal einen Cinderella-Abend wolltest.«

»Okay«, sagt er schließlich gedehnt. »Und du denkst ernsthaft, dass das reicht? Ich meine, was soll ich denn davon halten, nachdem du …«

»Ich weiß …«

»Verdammt noch mal, Cameron. Das hier ist kein BWL-Planspiel. Du kannst nicht einfach ein bisschen Geld auf den Tisch hauen, um Gras über die Sache wachsen zu lassen.«

Mein Mut schwindet. »Ich weiß … Es tut mir leid, David. Ich hätte nicht über deinen Kopf hinweg entscheiden sollen, dass es vorbei ist.«

Er stockt, nickt dann aber. Zögernd sehe ich ihm ins Gesicht. Dabei würde ich mich am liebsten wegdrehen, weil ich mich noch nie so verletzlich gefühlt habe. So nackt.

»Und es tut mir leid, dass ich dir falsche Signale gesendet habe. Und dich vorgestern derart abserviert habe.«

»Okay.«

»Das heute Abend … sollte keine Bestechung sein«, beteuere ich. »Mir fiel nur nichts Besseres ein, wie ich alles wiedergutmachen könnte. Dir eine Nachricht zu schicken kam mir billig vor. Und ich hatte Angst, dass du mich einen Kopf kleiner machst, wenn ich dir mit leeren Händen unter die Augen trete.«

»Da liegst du vermutlich gar nicht mal so falsch.«

»Siehst du?«

»Also hast du alles nur organisiert, damit ich dich nicht auf der Gala enthaupte?«

»Nein. Sondern um dir zu sagen, dass ich dich liebe.«

Ich habe keine Ahnung, wo zur Hölle dieser Satz herkam. Ob meine Zunge insgeheim nur darauf gewartet hat, ihn auszuspucken, oder ob es in meinem Gehirn einen Kurzschluss gab. Aber nun ist er heraus. Meine Mundwinkel wandern von allein nach oben, noch bevor ich in den Genuss von Davids entrückten Gesichtszügen komme.

»Was?«, huscht es leise über seine Lippen.

»Ich liebe dich. Auch. Das wollte ich dir schon die ganze Zeit sagen.«

»Aber. Was? Wie?« Er deutet unbeholfen erst auf sich, dann auf mich, dann auf das Museum. »Was?«

»David, ich meine es ernst. Und es tut mir leid, dass ich es dir erst jetzt sage und dich vorgestern einfach habe auflaufen lassen. Mir war alles zu viel, aber das ist keine Rechtfertigung dafür, dass ich dich verletzt habe … Bist du okay?«

Er beginnt plötzlich zu zittern, während er panisch seine Hände knetet. Um ihn daran zu hindern, nehme ich sie in meine und zwinge ihn so, mich wieder anzuschauen. »David?«

»Ich bin nur etwas überfordert, geht gleich wieder.«

Ich nicke verständnisvoll und ziehe ihn in eine Umarmung, in der er sich zunächst versteift. Nur zögernd lehnt er sich mir entgegen, bevor er vorsichtig seine Arme um mich legt. »Sorry.«

»Schon okay.«

»Bist du dir sicher, dass wir das hier … Ich meine, das Fenster.«

Ich schüttele den Kopf und drücke ihn, wenn möglich, noch fester an mich, sodass nichts mehr zwischen uns passt. Ich atme seinen Duft ein, vergrabe mein Gesicht in seiner Schulter und genieße das Gefühl seines Körpers an meinem, als wären Jahre vergangen, seit ich ihm das letzte Mal so nah gewesen bin. Wie leicht es seine Gegenwart doch macht, meine Angst zu vergessen.

»Cameron?«

»Hm?«

»Was ist, wenn die Leute uns bemerken?«

»Sollen sie doch.«

David löst sich vorsichtig aus der Umarmung, um mich ansehen zu können. Verständnislos schüttelt er den Kopf, versucht sogar, noch mehr auf Abstand zu gehen, aber ich gebe nicht nach.

»Es ist okay«, sage ich und bin selbst überrascht, wie ruhig die Worte plötzlich herauskommen. »Wirklich.«

Mir ist klar, dass David Fragen hat, aber gerade will ich nicht darüber reden, aus Angst, mir könnten dabei doch noch einmal Zweifel an diesem Schritt kommen. Und um das zu verhindern, lehne ich mich ihm erneut entgegen, bis meine Lippen nur wenige Zentimeter von seinen entfernt sind.

»Ich liebe dich«, wiederhole ich erneut.

»Cameron, ich …«

Ich gebe ihm nicht mehr die Gelegenheit zu antworten oder mir selbst zu zögern, sondern küsse ihn einfach. Jetzt und hier am Flussufer, wo von mir aus die ganze Welt zusehen kann. Kein Ort war je besser. Kein Zeitpunkt passender. Kein Moment perfekter als jetzt und hier.

Kapitel 38

Toast

Als ich am Morgen aufwache, brauche ich eine ganze Weile, um zu realisieren, dass mein Bett ungewohnt breit ist, sich meine Laken anders anfühlen und vor dem Fenster noch kein Nachbar damit begonnen hat, den Rasen zu mähen, obwohl es hinter meinen geschlossenen Lidern schon hell ist. Kriechend langsam sickert die Erkenntnis, dass ich nicht zu Hause bin, in mein Bewusstsein, während ich mit den Händen vorsichtig meine Umgebung abtaste. Schnell stoße ich dabei auf einen Widerstand, der weder Decke noch Kissen ist, und reiße die Augen auf.

Du bist auf der falschen Zeitschiene, liefert mein Gehirn mir die nötige Erklärung, *Dr. Strange hat es nicht geschafft, und die Multiversen haben sich vermischt.*

Ungläubig betrachte ich Cameron, dessen schlafendes Gesicht kaum eine Handbreit von meinem entfernt ist. Mein Blick wandert von seinem zerzausten Haar über die weiche Linie seines Kiefers hinab zu seinem nackten Oberkörper, von dem allein mir heiß wird. Allmählich kehren die Bilder der letzten Nacht zurück. Der Anzug, die Limo, die Gala, der Kuss und diese verdammten drei Worte, die mein Kopf noch immer nicht ganz verarbeitet hat, obwohl mein Herz bereits meine Mundwinkel nach oben wandern lässt.

Plötzlich hebt Cameron die Lider, und das Grün seiner Augen trifft mich so unerwartet, dass ich nicht glauben kann, dass das hier die Realität sein soll. Als er meine geschockte Miene bemerkt, grinst er, lehnt sich nach vorne und küsst mich hauchzart.

»Alles okay?«, fragt er sanft.

»Mhm … Ich brauche nur kurz. Gib mir … 'nen Werktag oder vielleicht auch zwei oder gleich vier Wochen.«

Er lacht leise und rückt näher an mich heran, bis seine nackte Brust meine berührt. Vermutlich kann er mein rasendes Herz deutlich spüren. »Wieso?«

»Weil ich mir ziemlich sicher bin, dass irgendwas durcheinandergeraten ist, und ich Angst habe, dass gleich Doc Oc und drei verschiedene Spider-Men hier reinplatzen.«

Verwirrt runzelt Cameron die Stirn. »Und das heißt im Klartext?«

»Dass ich glaube, ich träume?«

Erneut landet ein Kuss auf meinen Lippen. Dann noch einer, dann wieder, wobei Camerons Mund jedes Mal ein Stück weiter nach unten wandert. Zu meinem Kinn, meinem Hals, meinem Schlüsselbein …

»Das macht es nicht besser.«

»Sicher? Ich finde das nämlich ziemlich gut.« Er drückt sich noch ein bisschen mehr an mich, sodass ich seine Härte spüren kann. »Nicht nachdenken, David.«

»Meintest du das gestern ernst?«

Cameron stockt. »Dass ich dich liebe? Ja, natürlich.«

»Nicht das.« Auch wenn ich es gern einfach dabei belassen will. »Was ist mit der Firma und den Leuten …?«

»Mach dir darüber keine Sorgen.«

»Ich mache mir *immer* Sorgen«, erwidere ich. »Das ist quasi meine einzige Charaktereigenschaft.«

Cameron setzt seine Spur der Küsse auf meiner Brust fort. »Sicher? Ich wüsste da noch ein paar mehr …«

»Ach ja?« Beinahe ersticke ich an meiner Stimme, weil Camerons Hand im selben Moment unter die Decke gleitet.

»Mhm. Erzähle ich dir später …«

Wir verbringen den Morgen im Bett und würden dort vermutlich auch bleiben, wenn mein Magen sich vor Hunger nicht schmerzhaft zusammenziehen würde. Nichts, was der randvolle Kühlschrank im Hause Walsh nicht lösen könnte. Oder die Schalen mit frischem Obst, die überall herumstehen und die einzigen Farbkleckse in dem sonst monochromen Haus bieten.

Während ich Cameron durch die riesigen Räume folge, fühle ich mich furchtbar klein. Ich weiß nur zu genau, dass wir aus anderen Verhältnissen stammen, habe in Portrush schon eine Ahnung davon bekommen, doch die Villa in Holywood, in der er lebt, sprengt alle Dimensionen. Die hohen Decken, die Granitplatte auf der riesigen Kücheninsel, die Tatsache, dass der Kühlschrank nicht eine, sondern zwei Türen mit eingebautem Wasserspender *und* Bildschirm hat.

Doch die Überraschung hebt Cameron sich zum Schluss auf. Eine riesige Terrasse aus schwarzem Stein, die in einen Infinitypool übergeht, der genauso breit ist wie das Haus. Das Belfast Lough liegt zu unseren Füßen mit den malerischen Bergen zu unserer Linken und der Küste Schottlands in weiter Ferne am Horizont zu unserer Rechten.

Als wir uns mit unserem Frühstück an den Tisch zu Elizabeth setzen, bin ich seltsam beklommen. Das alles kommt mir so unwirklich vor. Wie fühlt es sich an, in einem solchen Haus zu leben? Wenn man sich keine Sorgen um Geld machen muss.

Während Elizabeth und Cameron sich über gestern Abend unterhalten und dabei ausführlich die Kleiderwahl mancher Gäste beurteilen, futtere ich still mein Schokomüsli. Noch immer kommt mir alles vor wie ein Traum, in den nun langsam die bittere Realität sickert. Die Erkenntnis, welcher Tag heute ist …

Als Elizabeth etwas zu trinken holen geht, landet Camerons Hand auf meiner. Besorgt sieht er mich an, streicht mit dem Daumen über meine Haut. »Du bist so still.«

»Ich bin nur überfordert«, antworte ich ausweichend. »Und denke nach.«

»Worüber?«

»Morgen.«

Verwirrt legt Cameron den Kopf schief. Bis es ihm schließlich dämmert. »Die Deadline?«

»Yep.«

Er verzieht das Gesicht. »Ich könnte dir ja ein Privatstipendium anbieten oder einen Kredit, den du mit deinem Körper bezahlst …«

Ich schnaube. »Es gibt sicher schlimmere Wege, sich das Geld fürs Studium zu verdienen. Aber nein. Ich will unsere Beziehung nicht damit beginnen, dass ich dich als Sugardaddy benutze.«

»Wäre kein Problem«, bemerkt er grinsend.

»Und außerdem … käme ich mir schäbig vor, einfach so Geld anzunehmen, ohne etwas dafür getan zu haben.«

»Verstehe.«

Ich weiß, dass seine Antwort nicht ganz aufrichtig ist, denn schließlich trifft das genau auf ihn zu. Er konnte sich sein Leben lang auf dem ausruhen, was seine Eltern erschaffen haben, und kennt es nicht anders. Im Grunde genommen stört mich das nicht, weil ich weiß, dass das eines dieser Dinge ist, bei denen wir uns immer unterscheiden werden, aber mir ist auch klar, dass *ich* damit nicht so sorglos leben könnte. Allein der Gedanke, mir das Studium von ihm bezahlen zu lassen – mal ganz davon abgesehen, dass wir streng genommen erst seit gestern zusammen sind –, kommt mir vor, als würde ich Cheats benutzen. Einfach falsch. Auch wenn es vermutlich die simpelste Lösung wäre.

»Was sollen die langen Gesichter?«, fragt Elizabeth, die mit einem Glas Orangensaft zu uns an den Tisch zurückkehrt. »Solltet ihr beide nicht überglücklich und ekelhaft verliebt sein?«

»David will nicht, dass ich sein Sugardaddy werde«, scherzt Cameron.

»Ach echt?« Sie wendet sich an mich und raunt: »Was findest du dann an ihm?«

Eine ganze Menge … Aber das werde ich ihr sicher nicht auf die Nase binden.

»David will das Studienfach wechseln«, erklärt Cameron und wirft mir einen unsicheren Blick zu. Ich nicke. »Aber weil sein Dad krank ist und sein Darlehen ausläuft, kann er sich die Gebühren nicht leisten – selbst mit einem Nebenjob.«

»Scheiße«, murmelt sie. »Einer Kommilitonin geht es ähnlich. Sie hält sich geradeso mit Nachtschichten bei Tesco über Wasser.«

»Das würde bei mir nicht mal reichen«, erkläre ich. »Wenn sich der Zustand meines Dads verschlechtert und ich noch studiere, wären meine Eltern darauf angewiesen, dass ich noch etwas Geld dazuverdiene – und nicht alles fürs Studium ausgebe. Solange Westminster morgen nicht spontan den Mindestlohn verdoppelt, fällt diese Option also weg.«

»Und wieso arbeitest du nicht bei uns?«

Ich blinzele verwirrt und tausche einen fragenden Blick mit Cameron aus, der genauso verblüfft dreinschaut wie ich.

»Habt ihr beide nicht darüber nachgedacht?«

»Wo … soll er denn arbeiten?«

»Ernsthaft, Cam? Du bist doch Mr Future CEO. Du brauchst eine neue Stelle? Schaff eine. Lass ihn, was weiß ich, dein Assistent sein. Oder die IT-Fee für den Fall, wenn irgendjemand aus dem Vorstand mal wieder denkt, er hätte das Internet gelöscht.«

Ich muss ein Lachen unterdrücken. Das Beispiel klingt wie eine Übertreibung, aber irgendwas an Liz' Stimme lässt mich glauben, dass sich hinter der Aussage eine wahre Geschichte verbirgt.

Aber wäre das echt eine Möglichkeit? Ich wage es gar nicht, überhaupt daran zu glauben. Cameron gräbt die Zähne in seine Unterlippe, während er nachdenklich den Kopf in den Nacken gelegt hat.

»Wir können ihn schlecht als Laufburschen einstellen und ihm dann zwanzig Pfund die Stunde zahlen«, murmelt er. »Aber was ist mit dem Praktikum?«

»Das wäre Vollzeit«, erkläre ich. »Und an mein Studium geknüpft, das ich dann ja nicht mehr hätte.«

»Aber du bist gut in dem, was du tust, oder? Mum meinte zumindest, dass deine Ergebnisse im Einstellungstest einsame Spitze waren.«

Beschämt schaue ich nach unten. »Ich kann ganz gut mit Computern, ja.«

»Hm.« In Gedanken versunken legt Cameron die Zeigefinger an die Lippen. »Es gibt da … eine neue Regelung, die wir ab Sommer in den technischen Abteilungen einführen. Statt Leute nach Abschlüssen einzustellen und zu bezahlen, gibt es ein Kompetenzmodell, bei dem vor allem deine Fähigkeiten zählen und nicht zwangsläufig ein Diplom. Wenn wir danach gingen und eine Stelle für dich finden, könntest du Teilzeit bei regulärem Gehalt einsteigen. Das wären mindestens fünfundzwanzig Stunden in der Woche mit flexiblen Arbeitszeiten …«

»Cameron?«

Er sieht mich mit großen Augen an. »Gib mir fünf Minuten.«

Mir bleibt keine Zeit mehr, etwas einzubringen, denn bereits im selben Moment richtet er sich auf und verschwindet nach innen. Kurz kann ich noch seine Schritte hören, dann ist es still. Und ich bin vollkommen überfordert.

»Manchmal hat er echt ein Brett vorm Kopf«, zischt Elizabeth.

Ich schlucke. »Denkst du echt, dass es da eine Möglichkeit gibt?«

»Ja klar. Du hast ihn doch gehört. Murmel murmel murmel, irgendwas mit Modell. Der kriegt das schon hin.«

»Wenn du meinst.«

Ich traue mich nicht zu hoffen, obwohl mein Herz mit jeder verstreichenden Minute schneller schlägt. Unruhig wippe ich mit den Füßen, während mein Blick ständig zur Terrassentür wandert, durch die Cameron verschwunden ist. Ab und zu meine ich leise Stimmen aus dem Haus zu hören, aber das könnte genauso gut nur in meinem Gehirn passieren, während ich hier draußen in Panik versinke.

Wozu braucht er denn so lange?

Redet er gerade mit seiner Mutter? Oder macht irgendwelche wichtigen Businesstelefonate? Erreicht er etwas damit?

Während ich mich mehr und mehr in ein Nervenbündel verwandele, tippt Elizabeth ganz entspannt auf ihrem Handy herum, als hätte sie nicht den geringsten Zweifel an ihrem Bruder. Dann wiederum geht es auch nicht um ihre Zukunft hier, sondern um meine.

Ich weiß nicht, wie viel Zeit vergangen ist, bis Cameron schließlich zurückkehrt, doch allein seine Miene spricht Bände.

Seine Lippen sind nur ein schmaler Strich und die Falten in seiner Stirn tief.

»Und?«, fragt Liz mit gehobenen Brauen.

Ich selbst traue mich nicht, irgendetwas zu sagen. Will auch nichts hören. Obwohl ich mir eigentlich keine Hoffnungen machen wollte, bin ich nicht bereit für eine Enttäuschung.

»Sorry. Ich hab mit Mum geredet«, sagt er. »Und das Praktikum in der Qualitätssicherung kannst du nicht behalten, wenn du das Studium wechselst.«

Ich nicke. Nichts Neues, und trotzdem fühlt es sich verdammt niederschmetternd an.

»Du müsstest dich dann leider auf die neue Teilzeitstelle bewerben. Aber das wird echt hart, hab gehört, die Maschine im dritten Stock macht echt den schlechtesten Kaffee. Du müsstest also jedes Mal ins Foyer und …«

»Was?«, falle ich ihm ins Wort.

»Sorry.« Auf einmal bröckelt seine ernste Miene, und ein Grinsen bahnt sich auf sein Gesicht. »Ich kann für nichts garantieren. Du müsstest dich regulär bewerben und dich gegen andere Bewerber im Auswahlverfahren durchsetzen. Aber: Es gibt einen Weg.«

Epilog

Cameron

Wer hätte gedacht, dass Freitagnachmittage im Büro noch langweiliger werden könnten? Es kam immer mal wieder vor, dass meine Mum ohne mich in einem Meeting saß, aber mit dem bevorstehenden Abschluss der Expansion sind gefühlt alle ausgeflogen. Meine Mutter, James sowie die halbe Führungsetage sind für zwei Wochen ans andere Ende der Welt geflogen, um in Seoul die Vorbereitungen für den Launch von LabyrIntelligence in der APAC-Region zu starten. Ich hätte meine Seele dafür gegeben, jetzt mit ihnen dort zu sein, was vermutlich sogar möglich gewesen wäre, hätte ich diese Woche nicht gleich drei Klausuren geschrieben.

Dementsprechend sitze ich nun allein in Mums Büro ohne einen blassen Schimmer, wie ich die Zeit totschlagen kann. Eine geisterhafte Stille hat sich über das oberste Stockwerk gelegt, während ich durch die riesige Fensterfront das rege Treiben am Hafen beobachten kann – das lautlose Schwingen der Kräne und das ruhige Wasser des Lagan, das gegen den Rumpf eines Containerschiffs schwappt.

Ich seufze, während mein Blick auf die Uhr fällt. Es ist noch nicht einmal drei, und ich bin bereits reif fürs Wochenende, aber ein früher Feierabend kommt heute nicht infrage. Gelangweilt sehe ich wieder auf den Stapel Papiere, den ich schon seit einer Stunde ergebnislos durchgehe.

Wie sich herausstellt, ist es doch nicht so leicht, plötzlich loud and proud zu sein, wenn man sein Leben damit verbracht hat, die eigene Sexualität zu verstecken. Ja, ich möchte mich outen. Ja, Mum hat mir versichert, dass wir eine Lösung für das Peter-Problem finden werden. Und doch fühle ich mich noch nicht ganz bereit. Zumindest nicht, um mit wehender Pride-Flagge Händchen haltend mit David in eine Vorstandssitzung zu schneien, während im Hintergrund »YMCA« läuft.

Mittlerweile sind David und ich offiziell zusammen, und ich erlaube mir, kleinere und größere Risiken einzugehen wie den Kuss am Flussufer am Abend der Gala, aber mehr schaffe ich nicht. Zumindest im Moment. In meinem Kopf rede ich mir ein, dass ich nur einen handfesten Plan B für Peter brauche, um den Mut zu finden, es in die Welt hinauszuschreien. Gleichzeitig ahne ich, dass das womöglich nicht reicht und ich mir einfach Zeit geben muss.

Trotzdem sitze ich in jeder freien Minute über den Gründungsdokumenten der Firma, Verträgen, selbst der Urkunde, die besagt, dass LabyrIntelligence jetzt eine Limited Company ist, in der Hoffnung, irgendetwas zu finden, das Peter in Schach halten könnte, sollte er von meiner Sexualität erfahren und sich querstellen. Nur war meine Suche bisher wenig erfolgreich, denn Mum hat ihm in der Vergangenheit zu sehr vertraut und keinerlei Regelungen festgelegt für den Fall, dass er seine Anteile verkaufen möchte. Frustriert raufe ich mir die Haare.

Du hast Zeit, Cameron, sage ich mir, als im gleichen Moment mein Handy klingelt. Verwirrt ziehe ich es aus meiner Hosentasche. Kein eingehender Anruf. Ein Alarm. Es ist fünf vor drei.

Komischerweise reicht allein diese Feststellung, um die dunklen Wolken in meinen Gedanken zu lichten. Ich lehne mich im Stuhl zurück, strecke mich ausgiebig und lasse meinen Kopf kreisen, um die Verspannung in meinem Nacken loszuwerden. Ich sitze schon wieder viel zu lange hier. Zeit für einen Tee.

Weil die komplette Etage außer Landes ist, ist auch die Kaffeeecke leer, weshalb ich direkt den Aufzug hinunter ins Foyer nehme. Dabei prüfe ich meine Frisur in der verspiegelten Decke des Fahrstuhls und richte meinen Kragen.

Unten angekommen werde ich von Andrew an der Rezeption mit einem Nicken begrüßt. Das hochmoderne Foyer ist genauso still wie der Rest des Gebäudes, sodass ich das leise Surren der indirekten LED-Beleuchtung hören kann und meine Schritte auf dem Granitboden ein lautes Echo verursachen.

Ich fühle mich in ein Déjà-vu versetzt, als ich David auf dem Sofa neben der Kaffeemaschine entdecke. Er trägt Anzughosen und ein kurzärmliges hellgraues Hemd, auf dem zur Abwechselung kein Muster prangt. Offensichtlich hat er sich rausgeputzt, sich sogar die Haare gestylt und scheint diese Gelegenheit sehr ernst zu nehmen. Keine Ahnung, wieso mich das überrascht. Schließlich weiß ich, welches Risiko er eingeht.

Vitamin B hat zwar geholfen, die Stelle, auf die er sich beworben hat, überhaupt zu schaffen, aber durch das Auswahlverfahren bringt es ihn nicht. Nicht nur weil es in der Firma Dutzende Regelungen gibt, um einen fairen Bewerbungsprozess zu gewährleisten, sondern auch weil er es nie im Leben akzeptiert hätte, wenn Mum ihm die Stelle einfach geschenkt hätte. Ab hier ist er auf sich allein gestellt. Und er braucht diesen Job.

Als sich unsere Blicke begegnen, huscht nur ein schwaches Lächeln über seine Lippen. Seine Haut ist vor Nervosität bleicher als sonst.

»David«, begrüße ich ihn mit hochgezogener Braue und gespielt ernster Miene.

»Cameron.«

»Was verschlägt dich hierher?«

Jetzt grinst er, erinnert sich vermutlich genau wie ich an unser letztes Treffen hier im Foyer. Die Tatsache, dass er mir am liebsten an die Gurgel gegangen wäre, was zugegebenermaßen auf Gegenseitigkeit beruhte.

»Vorstellungsgespräch«, rezitiert er unsere Konversation von damals. »Und du?«

»Ich arbeite hier.«

Mittlerweile schaffe ich es kaum noch, ernst zu bleiben. Allein seine Gegenwart bringt meinen Herzschlag durcheinander, dass es mir schwerfällt, überhaupt klar zu denken und nicht sofort über ihn herzufallen. Ich will gerade dazu ansetzen, ihm zu erklären, dass meiner Mutter die Firma gehört, als Andrew unser kleines Theaterstück mit einem Räuspern unterbricht.

»David McCann?«, fragt er.

David zuckt sichtbar zusammen. »Ja?«

»Die Kollegin möchte Sie bitten, nach oben zu kommen und dort zu warten. Die Qualitätssicherung ist im dritten Stock. Einfach den Aufzug und …«

»Ich übernehme das«, unterbreche ich ihn.

Überrascht runzelt Andrew die Stirn, dann jedoch huscht ein wissendes Lächeln über seine Lippen. »Viel Erfolg.«

Etwas zu schnell richtet David sich auf und tritt stocksteif an meine Seite. Er sagt kein Wort, doch jetzt, wo er mir nahe ist, bemerke ich, wie er schluckt. Ich widerstehe dem Impuls, seine Hand zu ergreifen. Zumindest bis wir hier weg sind.

Im Aufzug drücke ich, ohne ein Stockwerk auszuwählen, auf den Knopf, der die Türen schließt. Kein sonderlich subtiler Plan, da Andrew auf der Anzeige außen erkennen müsste, dass sich der Fahrstuhl nicht bewegt, aber David und ich haben ohnehin nicht viel Zeit.

Im Schneckentempo schiebt sich die Metalltür zu, dann endlich lasse ich sämtliche Vorsicht fallen und ziehe David in eine Umarmung. »Bist du nervös?«

»Nervös? Ich? Wo denkst du hin?«, zischt er. »War Frodo nervös, als er endlich den Hang des Schicksalsbergs erreicht hat?«

»Keine Ahnung. Du wolltest mit *Rückkehr des Königs* warten, bis unser neuer Fernseher kommt.«

Zögernd löst er sich aus der Umarmung und sieht mich an. Einen Moment drohe ich mich in dem hellen Blau seiner Augen zu verlieren, doch etwas hält mich davon ab.

»Wirke ich sehr nervös?«

Ich presse die Lippen zusammen. »Du bist etwas blass.«

»Shit. Shit. Shit.«

»David.«

»Shit. Shit. Shit.«

»David.« Ich schnappe mir seine Hände, mit denen er wild zu gestikulieren begonnen hat, und zwinge ihn so, sich wieder auf mich zu konzentrieren. »Du schaffst das.«

»Das sagst du so leicht«, kontert er. »Du musstest dich auch noch nie auf einen Job bewerben, für den du vollkommen unterqualifiziert bist.«

»Quatsch. Wärst du unterqualifiziert, hätten sie dich überhaupt nicht eingeladen.«

»Und ob. Du hättest sie wahrscheinlich sonst …«

»Ich hätte gar nichts gekonnt«, falle ich ihm sanft ins Wort. »Und Mum auch nicht. Es gibt Regeln, an die müssen wir uns halten. Dass du es hierhergeschafft hast, hast du ganz dir selbst zu verdanken.«

David runzelt die Stirn, wodurch sich wieder das kleine Fältchen zwischen seinen Brauen bildet, das ich so sehr liebe. »Sicher?«

»Absolut. Und von hier aus ist es nicht mehr weit. Du bist auf der Zielgeraden.«

Kurz schweigt er, dann seufzt er schließlich und nickt.

»Du schaffst das«, wiederhole ich.

Seine Finger zittern noch immer, als er den Knopf für den dritten Stock betätigt. Die Nummer leuchtet auf.

»Ich schaffe das«, spricht er mir nach, wobei er wesentlich weniger überzeugt klingt.

Mit einem sanften Ruck setzt der Fahrstuhl sich in Bewegung. Jetzt gibt es kein Zurück mehr.

»David.« Ich ziehe ihn erneut an mich, auch wenn uns kaum Zeit bleibt.

»Hm?«

»Ich liebe dich.«

Meine Worte schaffen es noch immer, einen sanften Rotschimmer auf seine Wangen zu bringen. Vorsichtig lehne ich meine Stirn an seine. Dieses Mal lasse ich es zu, dass ich mich in seinen Augen verliere, versuche nicht einmal, dem Sog zu widerstehen, den allein sein Blick auf mich ausübt. Und obwohl ich weiß, dass ich hier ein Risiko eingehe, lehne ich mich ihm noch ein Stück mehr entgegen. Nicht so sehr, wie ich es gern gewollt hätte, aber genug, dass unsere Lippen sich kurz berühren.

Die Worte *Ich liebe dich auch* gehen irgendwo in dem Kuss verloren, aber sie sind da. Ich kann sie mit jeder Faser meines Körpers spüren, auch ohne dass David sie aussprechen muss.

Er liebt mich. Und ich liebe ihn.

Und irgendwie ist dieses Wissen alles, was ich brauche, um meine Ängste zumindest für den Moment zu vergessen.

Danksagung

Mein Gedächtnis ist ein Sieb, und somit sind Danksagungen immer eine Qual, weil ich gefühlt die Hälfte aller tollen Menschen vergesse, die auf die ein oder andere Weise am Entstehungsprozess eines Buches beteiligt waren. Dennoch werde ich mein Bestes tun, denn ganz ehrlich – ohne tatkräftige Unterstützung wäre *Counting Rainbows* wohl nie fertig geworden. Danke also an:

Jordan for everything. For listening to my complaints, my frustration and stopping me from yeeting my PC off a building.

Matthew who makes the graveyard shift enjoyable.

The Hedgehog Crew: Adam, Frazier, Curtis, and Dave, for once again being the inspiration for Toast's friend group and also supporting my *crucial* D&D-related research.

Regan – Liebe und so.

Ju wie immer fürs Testlesen, Supporten und meinen Spam Ertragen.

Julia für die wundervolle Unterstützung bei Toasts Dad.

Patty.

Sam (ma girl).

Die Augengruppe – Auge Mund Auge, that's all I'm gonna say.

Die Co-Working-Crew.

Cosi und Christin.

Timo für das unheimlich hilfreiche Feedback zur Geschichte.

Das Team von Forever, Ullstein, und Louisa, die dieser Geschichte ein Zuhause gegeben haben. Vor allem aber meiner wundervollen (knallharten) Lektorin Margit für ihren beharrlichen Kampf gegen die Füllwörter und weil sie mir das Gefühl gegeben hat, doch keinen Müll fabriziert zu haben.

Meiner wundervollen Agentin Kathrin, die Träume wahr werden lässt.

Und natürlich euch lieben Lesenden – dafür, dass ihr *Counting Rainbows* und Gay Romance eine Chance und vielleicht sogar einen Platz in euren Herzen gebt.

Stay proud!

Emily

Content Note (Achtung Spoiler!)

Catching Stardust enthält Elemente, die potenziell triggern können. Diese sind: Homophobie und chronische Erkrankungen (Parkinson)